浙江师范大学中国语言文学一流学科建设成果

水浒研究史胜论

刘天振 ◎ 著

中国社会科学出版社

图书在版编目(CIP)数据

水浒研究史脞论 / 刘天振著 . —北京：中国社会科学出版社，2016.12
ISBN 978-7-5161-9592-5

Ⅰ.①水… Ⅱ.①刘… Ⅲ.①《水浒》研究—文学史—中国 Ⅳ.①I207.412

中国版本图书馆CIP数据核字(2016)第320485号

出 版 人	赵剑英
选题策划	慈明亮
责任编辑	慈明亮
责任校对	王 斐
责任印制	戴 宽

出　　版	中国社会科学出版社
社　　址	北京鼓楼西大街甲158号
邮　　编	100720
网　　址	http://www.csspw.cn
发 行 部	010-84083685
门 市 部	010-84029450
经　　销	新华书店及其他书店
印　　刷	北京君升印刷有限公司
装　　订	廊坊市广阳区广增装订厂
版　　次	2016年12月第1版
印　　次	2016年12月第1次印刷
开　　本	710×1000 1/16
印　　张	20.75
插　　页	2
字　　数	303千字
定　　价	76.00元

凡购买中国社会科学出版社图书，如有质量问题请与本社营销中心联系调换
电话：010-84083683
版权所有　侵权必究

目 录

绪　言 …………………………………………………………… (1)

第一章　《水浒传》研究方法的历史回顾 ………………… (5)
　第一节　明清时期《水浒传》研究方法及其现代传承 ……… (5)
　第二节　20世纪《水浒传》研究方法的演进与检讨 ………… (18)

第二章　《水浒传》作者研究面面观 ……………………… (39)
　第一节　扑朔迷离的"罗贯中"说 …………………………… (39)
　第二节　疑云重重的"施耐庵"说 …………………………… (46)
　第三节　苏北"施耐庵文物史料"真伪争论述要 …………… (54)
　第四节　调和二说的"施、罗合著说" ……………………… (61)
　第五节　普泛笼统的"集体创作说" ………………………… (65)

第三章　《水浒传》版本研究 ……………………………… (68)
　第一节　《水浒传》的原本 …………………………………… (71)
　第二节　简本系统研究述评 ………………………………… (75)
　第三节　"两种《水浒》说"与"两截《水浒》说"论争
　　　　　述评 ………………………………………………… (134)

第四章　《水浒传》本事研究 ……………………………… (146)
　第一节　《水浒传》人物原型考证 …………………………… (146)
　第二节　宋江形象研究 ……………………………………… (148)

第三节　林冲、鲁智深、武松、李逵形象研究 …………（161）
  第四节　杨志、关胜、燕青等人物原型研究 ……………（172）
  第五节　关于《水浒传》中"梁山泊"之由来的争论 ………（179）
  第六节　《水浒传》人物绰号研究…………………………（186）

第五章　《水浒传》思想意旨研究 ………………………（202）
  第一节　明清时期《水浒传》主旨二元对立争论 …………（202）
  第二节　民国时期的"反政府说"及其他 …………………（211）
  第三节　《水浒传》"农民起义"说之反思 …………………（215）
  第四节　90年代以来的《水浒传》多元主题论 ……………（224）

第六章　《水浒传》叙事艺术研究 ………………………（230）
  第一节　明清人对于《水浒传》艺术价值的论述 …………（230）
  第二节　对《水浒传》人物塑造艺术的论述 ………………（236）
  第三节　《水浒传》结构艺术研究…………………………（239）
  第四节　金圣叹的小说创作论和《水浒传》文法论 ………（256）
  第五节　对《水浒传》语言风格的评论……………………（261）

第七章　《水浒传》影响研究 ……………………………（269）
  第一节　《荡寇志》研究史述评……………………………（269）
  第二节　《水浒后传》研究…………………………………（285）
  第三节　《后水浒传》研究…………………………………（296）
  第四节　《水浒传》版画插图研究述略……………………（298）
  第五节　黄肇初刻本《陈章侯水浒叶子引》作者辨正及
　　　　　考索 ………………………………………………（311）
  结　语 …………………………………………………………（319）

参考文献 ……………………………………………………（320）

后　记 ………………………………………………………（329）

绪 言

即使从明嘉靖间《百川书志》著录《水浒传》版本算起，《水浒传》研究也已走过了将近五百年的历史。但真正立足于学术立场的《水浒传》研究实有三个时期：一是晚明清初，重要研究者有李贽、汪道昆（天都外臣）、袁无涯、胡应麟、叶昼、金圣叹等人，其研究重点集中于《水浒传》意旨、作者、版本、叙事艺术等方面，为后来的研究奠定了初步基础。二是20世纪20年代至40年代的30年，代表性学者有胡适、鲁迅、余嘉锡、孙楷第、郑振铎等人，胡适、郑振铎的《水浒传》成书研究，鲁迅的《水浒传》版本研究，余嘉锡的《水浒传》本事研究，孙楷第的《水浒传》版本著录，均有开创性之功，他们的研究共同打造起《水浒传》研究的现代学术品格，为后人的研究奠定了坚实基础。50年代虽有何心《水浒研究》、严敦易《水浒传的演变》、张政烺《宋江考》等功力深厚的论著，但意识形态之力逐渐将包括《水浒传》在内的古典文学研究驱离学术研究的轨道，终致《水浒传》研究于20世纪六七十年代陷入政治斗争的泥沼。三是20世纪70年代末改革开放以来的新时期。伴随学术思想的解放及与西方学术的全面接轨，《水浒传》研究视野不断得以拓展，涉及文献研究、文本研究、影响研究、传播研究、文化研究等诸多方面。自研究方法角度而言，新时期形成了以传统文献学手段为主导，各种现代学术理论竞擅胜场的繁盛格局，其成果形式以论文、专著为主体。同时，许多省、市，甚至地级市均有群众团体"水浒研究会"。研究力量形成了以高校与社科院古代文学专业教师、学者为主体，社会各领域《水浒》[1]爱好者广泛参与的格局。关于《水浒传》的学术交流也空前活跃，除了山东省水浒研究会、浙江省水浒研究会等经常举办"水浒传研究研讨会"，另如全国性的明代文学研究会议、中国古代小说研究会议等，《水浒传》研究也是一个重要话题。

众所周知，依照现代学术观念，《水浒传》只是一部小说。但《水浒传》的学术命运在所有中国古代小说中，应该是最为坎坷的，堪称绝无仅有的。主要表现为其经常遭受三种外力的干扰：一是意识形态之力。明清时期历次官方禁书，几乎每次的黑名单中都有《水浒传》。明清时期主流学界对《水浒传》争论的焦点是其主旨究竟是"诲盗"抑或宣扬"忠义"的问题。清朝末年，《水浒传》在社会上突然走红，民主革命家们竞相为《水浒传》贴上"民权"、"平等"、"社会主义"的标签。20世纪50年代至70年代，在中国大陆，因为《水浒传》被认为是歌颂"农民起义"的作品而被大力宣扬，频繁出版，广泛传播，甚至被当作组织学习的政治文件，宋江、李逵、鲁智深等都被称为"农民起义的领袖"而受到膜拜。1975年至1976年，《水浒传》又突然被说成是"宣扬投降主义的反面教材"，宋江则一下子变成了"投降派的典型"。21世纪之初，在提倡"建设和谐社会"的新时期，《水浒传》因传播暴力，描写杀人放火，而又被认为是一种"破坏因素"，以至有政协委员公开提议要禁止《水浒传》影视的播出[2]。二是经济利益的驱动。如20世纪90年代以来，对于《水浒传》中"梁山泊"的现实出处、具体方位，就有山东、浙江、江苏的多个区、县政府竞相宣称，其地某某景点就是《水浒传》中描写的梁山泊，他们通过举办研究会、旅游推介会等各种场合、形式来扩大宣传。稍微有一点文学常识的人都知道，小说有别于历史，小说中的场景不能等

---

[1] 本书中《水浒》和《水浒传》意义完全相同，只是根据语境或传统而使用不同的表达。

[2] 《政协委员：〈水浒有关暴力，为维稳应禁播〉》，news. xinhuanet. com/overseas/2014 – 03/06/c – 12622767. htm。

同于现实中、历史上的地理空间。再如《水浒传》作者的争论，主要有"罗贯中说"、"施耐庵说"两种观点。对于罗贯中的籍贯，明初贾仲明《录鬼簿续编》记载为"太原"，但也有的文献记载为"东原"、"钱塘（杭州）"等地。近年来，山西太原、山东东平、浙江杭州展开了"先贤罗贯中"争夺战，参与者不仅是地方政府，更有许多罔顾学术理性的学者。而20世纪20年代以来关于苏北所谓"施耐庵文物史料"的争论，尽管在80年代基本已有定论，认为"苏北的施彦端并非著《水浒传》的施耐庵"，但是当地政府与一些学者却继续扩大宣传。以上两种"闹热"现象的实质都是经济利益之争，而并非学术争鸣。其负面结果之一是，历史真相、学术理性距离《水浒传》研究越来越远。三是研究者学风浮躁，热衷于名著争鸣，以沽名钓誉。众所周知，与其他所有古典文学名著研究一样，《水浒传》研究的核心任务主要有二：一是发现材料，二是解读材料，后者依存于前者。目前，后一方面的工作已经做得相当充分，各种解读性成果已有叠床架屋之虞，许多问题已经有了共识性结论。但是前一方面的工作却基本上原地踏步。20世纪80年代以来，《水浒传》文献资料，除了版本方面有一些简本的新发现，其作者、本事、成书这些最基本的材料方面并未有突破性的新发现。但因为《水浒传》是古典小说名著，21世纪以来，《水浒传》研究的队伍不断壮大，成果越出越多，这就难免造成重复研究以及研究成果泡沫化的现象。

《水浒传》研究是一个庞大的系统工程，甚至近年有人提出"水浒学"的概念。我们认为，《水浒传》研究至少应包括文献研究、文本研究、传播研究、影响研究、文化研究等宏观领域。20世纪与21世纪之交，曾发表众多关于"《水浒》研究历史回顾"的论著，这些成果或通代，或断代，或全面回顾与反思，或仅就某种现象、某个问题、某种角度进行回望与检讨，检阅成绩，发现不足，指出未来的努力方向，对于继续拓展《水浒》研究视野，丰富《水浒》研究内涵，推进《水浒》研究水平的整体提高均有积极意义。而本书无意于对《水浒传》研究史作宏观、系统的回顾与检讨，仅就明清至现代《水浒传》研究方法的演进、《水浒传》文献视域中的作者、版本及本事研究、《水浒传》文本层面的思想意旨及叙事艺术研究、影响研究维度的续书现象、版画插图研究等现状，进行回望与检讨，故以"脞论"命题。在上述几个方面，力求梳理出最具实证力的材料，提挈出最有说服力的观点。然后讨论材料的可信度，辨析观点的说服力，表达自己的新见解。在此基础上，有针对性地提出未来改进、提高的具体思路。不当之处，敬祈博雅君子垂教指正。

第一章 《水浒传》研究方法的历史回顾

第一节 明清时期《水浒传》研究方法及其现代传承

明清时期的学者运用著录、注释、序跋、评点等传统方法对《水浒传》的作者、本事、成书、版本等问题进行研究，取得了许多基础性成果。20世纪初以来，各种西方理论的引入极大拓展了《水浒传》研究的视野，但传统研究方法在吸收现代理论营养基础上，依然展现出强盛的生命力，它们依托新式传媒技术，采用新型撰述方式，在与现代学术理论结合、交融的过程中，共同推进《水浒传》研究不断迈向新的境界。

一 明清时期《水浒传》研究方法基本格局

（一）文献学手段

1. 目录学方法的研究。水浒故事篇目的著录最早可以追溯到南宋罗烨的《醉翁谈录》一书，此书《舌耕叙引·小说开辟》记载南宋"说话"的107个篇目中有四个水浒故事："朴刀类"有《青面兽》，"杆棒类"有《花和尚》、《武行者》，"公案类"有《石头孙立》。元代钟嗣成《录鬼簿》、明初贾仲明《录鬼簿续编》又载录了许多当时流行的水浒剧目。这些著录工作为后人研究《水浒传》的成书提供了重要资料。明代嘉靖间高儒《百川书志》、嘉万间王圻《续文献通考·经籍志·传记类》、清初钱曾《也是园书目》等书对《水浒传》的作者、版本、成书过程等诸多问题都有著录，并有简要的评述，为后人的进一步研究提供了珍贵的文献基础，并对后世的著录工作产生深远影响。

2. 注释。所谓"注释"是指对文本中生僻字词、名物掌故、作者背景等的解释说明。孔颖达《毛诗正义》卷一："注者，著也，言为之解说，使其义著明也。"[①] 受历史上经传注释之学的影响，古人对小说的注释早已有之。晋代郭璞注《山海经》、《穆天子传》，开辟小说注释的先例。后来又有刘孝标注《世说新语》，影响很大。明清时期在《水浒传》注释方面最引人瞩目、成就最显著者当推清代程穆衡的《水浒传注略》。程穆衡（1703—1793），字惟淳，太仓人。乾隆二年（1737）进士，授山西榆社知县，博闻强识，工于文章，著有《复社纪略》2卷，《太仓风土记》，《太仓州名考》，《吴梅村诗集笺注》12卷，《娄东耆旧传》等。正统文士为通俗小说作注，在当时可谓惊世骇俗之举，对于周围人的疑惑责问，程穆衡在《水浒传注略·小引》中这样辩解说："学务其大，固已，不曰学始于博乎！学不博，则僻陋谩訑，譬鼠之窥止四壁，鸡之鸣止一声。而务博者，又必抉其奥。古来著述者皆然，而是书尤著。……盖其贯穿经史，网罗百家，旁摭二氏，衍一义、订一言，靡不融会载籍而出之。乃数百年来从无识者。即自诩能读矣，止窥其构思之异敏，运笔之灵幻。若其炉锤古今，征材浩演，语有成处，字无虚构，余腹笥未可谓俭，然且茫如望洋焉。"这是虫鱼之学在乾嘉考据之风裹挟下渗入小说研究的一个绝无仅有的范例。他的注释不止于字词名物、典实制度的考证，对《水浒》文本中的许多问题也发表了独到见解。如他对"东都施耐庵"之有无持怀疑态度，"不知耐庵何名字，宋、元人书俱无载者。唯考元人钟嗣成《录鬼簿》，有'施惠字君美，巨目美髯，好谈笑……'嗣成，宋末元初人，而与君美游，或即其人未可知"[②]。他对贯华堂

[①]《十三经注疏》本，浙江古籍出版社1998年版，第269页。
[②]（清）程穆衡：《水浒传注略》，引自朱一玄、刘毓忱编《水浒传资料汇编》，百花文艺出版社1981年版，第431页。

本作者题署的怀疑是有道理的。再如九纹龙史进在打东平府时提出打入敌人内部做内应，理由是他旧日曾与妓女李瑞兰往来情熟。而这个枝节显然与卷首那个少年英雄史进的形象不相吻合。程穆衡发现了这个矛盾，他说"古本"中去当细作的是焦挺。不管程穆衡所言"古本"是否存在，但他的质疑指出了《水浒传》在塑造史进形象时的疏忽。程的注释、引证与分析，对于促进《水浒传》的传播、提高《水浒传》的地位，均有积极作用。因而受到郑振铎先生的高度评价："为章回小说作注者，于此书外，未之前闻。程穆衡引书凡数百种；自《史》《汉》以下至耐得翁《都城纪胜》、吴自牧《梦粱录》，僻书颇多。《水浒》多口语方言，作者于此亦多详加注释，不独着意于名物史实之训诂。故此书之于语言文字研究者亦一参考要籍也。"①

（二）评点与序跋

1. 评点。明清时期《水浒传》研究最重要的方法是评点学研究，其代表人物是李贽、叶昼、金圣叹等人。经史的注疏、章句、叙录等形式孕育了评点的思维模式，梁代萧绮有关《拾遗记》的"录"更可以视为后世小说"回评"的前驱。但是直接对明清小说评点产生影响的还是唐宋以来的诗文评点。这种民族形式，多是有感而发，有的放矢，精警深刻，已与作品融为一体，相得益彰，可以说"评点靠作品而生发，作品因评点而生色"。②他们的评点涉及《水浒传》的思想及艺术价值、小说创作中的有关理论问题等。据袁宏道《游居柿录》载，李贽在万历壬辰间曾逐字批点《水浒传》。虽然明代冒出的许多所谓李贽评点本《水浒传》的真伪存疑，但至少百回本的《忠义水浒传叙》出于李贽之手是可以肯定的。在这篇著名的"叙"中，李贽称《水浒传》为"贤圣发愤之所作"，"古今至文"。金圣叹在此基础上将《水浒传》与《史记》、杜诗等并称为"宇宙间五大文章"，并称

---

① 郑振铎：《劫中得书记》"补记第五"，引自朱一玄、刘毓忱编《水浒传资料汇编》，百花文艺出版社1981年版，第496页。

② 黄霖：《中国小说研究史》，浙江古籍出版社2002年版，第41—43页。

"天下之文章，无有出《水浒》右者"①。叶昼曾伪托李贽之名评点了许多小说戏曲，②他主要从艺术角度对《水浒传》进行了深入研究。伪李评说："《水浒传》人物情节都是假的，说来却似逼真，所以为妙。"③金圣叹则说《水浒传》是"因文生事"，都指出了小说创作中艺术虚构的合理性。伪李评云："《水浒传》文字不好处只在说梦、说怪、说阵处；其妙处都在人情物理上。"④提出了小说创作中的艺术真实性问题。《水浒传》第三回伪李评指出，其人物"同而不同处有辨"，金圣叹更将《水浒传》人物个性化描写的艺术视为其艺术成功的根本标志，他说："别一部书，看过一遍即休，独有《水浒传》，只是看不厌，无非为他把一百八个人性格，都写出来。"⑤李贽、叶昼、金圣叹等人评点《水浒传》有一个共同的倾向，即借题发挥，有感而发，常常突破小说研究的畛域，把《水浒》评点作为一种批判现实、张扬个人思想的方式，或者说他们的小说评点只是一种干预现实的媒介。比较而言，李贽更重小说的内容思想为我所用，而金圣叹更重视小说成就的评价。同时，李、金等人借题发挥式的评点，往往有一种"六经注我"的偏执，对后世小说研究中出现的、愈演愈烈的主

---

① （清）金圣叹：《第五才子书施耐庵水浒传序三》，引自朱一玄、刘毓忱编《水浒传资料汇编》，南开大学出版社2002年版，第212—215页。

② 对于所谓"李卓吾批评《水浒传》"，自明代以来，学界早有定论，系出自叶昼伪托。主要文献依据是钱希言《戏瑕》卷三《赝籍》的记载："比来盛行温陵李贽书，则有梁溪人叶阳开名昼者，刻画摹仿，次第勒成，托于温陵之名以行。往袁小选中郎尝为余称，李氏《藏书》、《焚书》、《初潭集》、《批点北西厢》四部，即中郎所见者，亦止此而已。数年前，温陵事败，当路命毁其籍，吴中锓《藏书》板并废。近年始复大行，于是有李宏父批点《水浒传》、《三国志》、《西游记》，《红拂》、《明珠》、《玉合》数种传奇，及《皇明英烈传》，并出叶笔，何关于李？"（引自朱一玄、刘毓忱编《水浒传资料汇编》，南开大学出版社2002年版，第135页。）1988年上海古籍出版社出版《容与堂本水浒传》，卷首《前言》对此也有详述。本文认同这种观点，但为尊重版本起见，仍采用"李卓吾批评"的表述。

③ （明）李贽：《水浒传回评》，引自朱一玄、刘毓忱编《水浒传资料汇编》，南开大学出版社2002年版，第172页。

④ 同上书，第184页。

⑤ （清）金圣叹《读第五才子书法》，引自朱一玄、刘毓忱编《水浒传资料汇编》，南开大学出版社2002年版，第220页。

观臆测、过度阐释现象有重要影响。

2. 序跋。《水浒传》成书以后，在社会上流传广泛，版本众多，其面貌纷纭复杂。伴随着许多版本流传的还有书卷前后的序跋。这种传统批评方式以小见大，以少总多，涵括了丰富的批评内容和形式，从文献学的本事考证，作者、版本辨析，到作品思想内容、艺术价值的评析，既积淀了不同时代、不同角度《水浒》研究的成果，也演绎出《水浒传》版本演变的活的历史。由于它贴近文本和读者，往往能够发挥其他许多批评形式所不可及的效果，对《水浒传》的传播及研究做出了重要贡献。明清时期，比较有代表性的《水浒传》版本序跋有：

　　《水浒传》序（明·汪廷讷）
　　《忠义水浒传》叙（明·李卓吾）
　　批评《水浒传》述语（明·怀林）
　　梁山一百单八人优劣（明·怀林）
　　《水浒传》一百回文字优劣（明·怀林）
　　又论《水浒传》文字（明·怀林）
　　《忠义水浒全书》小引（明·杨定见）
　　《出象评点忠义水浒全书》发凡（明·袁无涯）
　　《忠义水浒全传》序（明·五湖老人）
　　刻《忠义水浒传》缘起（明·大涤余人）
　　《英雄谱》弁言（明·熊飞）
　　刊刻《英雄谱》缘起（明·雄飞）
　　叙《英雄谱》（明·杨明琅）
　　《水浒传》序（明·钟惺）
　　题《水浒传》叙（明·天海藏）
　　《第五才子书施耐庵水浒传》序（三篇）（清·金圣叹）
　　施耐庵《水浒传》序（清·金圣叹）
　　读第五才子书法（清·金圣叹）
　　《水浒传》序（明·张凤翼）

《水浒传》叙（清·句曲外史）
题抄本《水浒》（清·延月草堂主人）
《水浒传》序（清·陈枚）
《水浒传注略》小引（清·程穆衡）
《续水浒征四寇全传》叙（清·赏心居士）
《水浒传》总论（清·王仕云）
《五才子水浒》序（清·王仕云）
《水浒传注略》序（清·蕴香居士）
《水浒全图》序（清·刘晚荣）
《水浒全图》跋（清·叶德辉）
《水浒传》序（清·王韬）
《新评水浒传》叙（清·燕南尚生）
《新评水浒传》凡例（清·燕南尚生）
《水浒传》新或问（清·燕南尚生）
《水浒传》命名释义（清·燕南尚生）
《宋元春秋》序（清·刘子壮）[①]

这些序跋成为后世《水浒传》研究最基本、最重要资料之一种。而且这种批评形式至今仍然焕发旺盛的活力，今日众多《水浒传》版本所附的序跋、出版说明、前言等文字都是明证。

（三）思想评论中的二元对立思维模式

作为一部世代累积型的长篇巨著，《水浒传》在漫长的成书过程中，吸纳、融汇了宋元明社会各阶层的思想资源，其思想内涵呈现丰富性和多元性特征。明清时人基于不同的政治、道德立场对这部小说思想倾向的评论争议很大。总括起来，最有代表性的观点有两种："诲盗说"与"忠义说"。明代嘉靖时田汝成首倡《水浒传》"诲盗说"。其《西湖游览志馀》卷二十五云："……

[①] 参阅马蹄疾编《水浒资料汇编》，中华书局1977年版；朱一玄、刘毓忱编《水浒传资料汇编》，百花文艺出版社1981年版；南京大学中文系资料室编《水浒研究资料》，1980年。

《水浒传》叙宋江等事，奸盗脱骗机械甚详。然变诈百端，坏人心术，其子孙三代皆哑，天道好还之报如此。"① 后来陈继儒《晚香堂小品》卷二十三也有此论。② 无疑，这种论调与官方态度是完全一致的。明清官方曾多次发布禁毁小说戏曲的命令，几乎每次禁书令中，《水浒传》都名列黑名单中，王利器《元明清三代禁毁小说戏曲史料》录之甚详，此不赘述。"忠义说"的倡导者可以明代汪道昆和李贽为代表。汪道昆（1525—1593）《水浒传序》对梁山好汉的忠义美德给予了高度评价："既蒿目君侧之奸，拊膺以愤，而又审华夷之分，不肯右缫辽而左缫金，如郦琼、王性之逆。……虽掠金帛，而不掳子女。唯剪婪墨，而不戕善良。诵义负气，百人一心。有侠客之风，无暴客之恶。是亦有足嘉者。"③ 李贽是明代杰出思想家，他对《水浒传》创作宗旨的认识代表了明人对《水浒》思想评价的最高水平。其《忠义水浒传序》说："……施、罗二公传《水浒》，而复以忠义名其传焉。夫忠义何以归于水浒也？其故可知也。夫水浒之众，何以一一皆忠义也？所以致之者可知也。……则谓水浒之众，皆大力大贤有忠有义之人可也，然未有忠义如宋公明者也。"④ 并称宋江为"忠义之烈"。此外，杨定见《〈忠义水浒全书〉小引》、五湖老人《〈忠义水浒全传〉序》、大涤余人《刻〈忠义水浒传〉缘起》等也都发表过类似之论。这种评价模式在20世纪以来《水浒》思想研究中多次以不同形式映现出来。

---

① （明）田汝成：《西湖游览志馀》，上海古籍出版社1998年版，第379页。
② （明）陈继儒：《晚香堂小品》卷二十三，引自朱一玄、刘毓忱编《水浒传研究资料》，百花文艺出版社1981年版，第224页。
③ （明）汪道昆：《水浒传序》，引自朱一玄、刘毓忱编《水浒传资料汇编》，百花文艺出版社1981年版，第188页。
④ （明）李贽：《忠义水浒传叙》，施耐庵、罗贯中《忠义水浒传》附录，上海古籍出版社1988年版，第1488页。

二 20世纪以来《水浒传》研究方法对明清时期研究方法的承传

（一）文献学方法

1. 对《水浒传》文献的著录。20世纪初以来问世的许多小说目录都是在明清人工作基础上而完成的。一些综合性小说目录书如：孙楷第《日本东京所见小说书目》（上杂出版社1953年版）、《中国通俗小说书目》（作家出版社1957年版），[澳]柳存仁《伦敦所见中国小说书目提要》（书目文献出版社1982年版），[日]大塚秀高《增补中国通俗小说书目》（日本东京：汲古书院1987年版），江苏省社科院明清小说研究中心编《中国通俗小说总目提要》（中国文联出版公司1990年版），石昌渝《中国古代小说总目》（白话卷）（山西教育出版社2004年版）等，对《水浒传》的著录，尽管版本数量不断增加、编撰体例也不断改进，但从中不难看出所受到的明清人著录方式的影响。仅就《水浒传》版本著录情况而言，孙楷第《中国通俗小说书目》卷六"明清小说部"、卷九"附录二"共著录24种《水浒传》版本。石昌渝主编《中国古代小说总目》（白话卷）著录《水浒传》版本多达27种。就撰述体例而言，义项不断扩展，信息越来越丰富，实用性越来越强。孙楷第《中国通俗小说书目》著录《水浒传》信息包括：书名、卷数、存佚、载录书目、版本面貌等项。江苏省社科院明清小说研究中心编《中国通俗小说总目》，对《水浒传》的著录包括：书名、作者、版本、情节提要、回目等项，尤其后二项为孙氏书目所无，而这两项对于读者了解作品内容概貌很有帮助。马蹄疾《水浒书录》（上海古籍出版社1986年版）是一部《水浒传》的专题目录书，全书分三编，上编为"版本编"，著录《水浒传》的各种版本；下编"评论编"，著录《水浒传》的研究专著、专集和报刊散论；外编"水浒故事的各种文艺作品"著录有关水浒故事的各种文艺作品，分续书·仿书、小说·故事、戏曲·电影、话剧·评话·曲唱、绘画·工艺品五个部分。显然其著录范围更广，信息量更大，实用性更强。另外，今人沈伯俊《〈水浒〉研究论著索引》（1949年10月—1984年12月），（载沈伯俊编《水浒研究论文集》，中华书局1994年版）、白岚玲《金圣叹研究专著、论文索引》（载《才子文心——金圣叹小说理论探源》，北京广播学院出版社2002年版）等，都是传统著录方法的承传与延续。

2. 新型注释学研究方法。20世纪初以来，中国古代小说研究逐步实现了现代转型，许多新的理论与方法被引入《水浒传》研究，但是，扎根于深厚学术文化传统基础上的注疏学方法仍然展现出顽强的生命力。张真如《〈水浒传〉方言疏证》（刊于1921年5月6日、11日、13日、14日、16日、17日、19日、21日、23日、27日《时事新报》副刊《学灯》）对《水浒》中涉及的众多方言进行注释、考证，为这部小说跨越时空局限、实现现代意义的"通俗"扫除了许多障碍。1923年上海世界书局出版的整理本《足本水浒传》，书后附有李崇孝的《人名辞典》、《地理辞典》。余嘉锡《〈水浒传〉之俗语》（刊于1946年10月9日《经世日报》副刊《读书周刊》第9期）对《水浒》中出现的"剪拂"、"迎儿"、"婆惜"诸俗语，结合宋代民俗，进行一一考释，不仅有助于理解文本，也对民俗学视角的小说研究有帮助。1952年人民文学出版社出版整理本《水浒》，以金圣叹批改本为底本，并根据其他版本进行订正，除了文字的修订，还对一些难解词语尤其是方言隐语作了注释。1953年再版时，对该书注释中存在的问题，许政扬撰有《评新出〈水浒〉的注解》（载1953年6月3日《光明日报》）一文进行专门评论。许政扬与周汝昌甚至"为将来更精详的注本作个开路先锋"，合作撰写《〈水浒传〉简注》，底本采用人民文学出版社出版的《水浒》，但可惜只注了两回，写了117条注释就中止了。[①] 1954年何心著《水浒研究》一书由上海文艺联合出版社出版，全书分二十章，对《水浒传》涉及的官职、地名、社会风俗、

[①] 许政扬、周汝昌：《水浒传简注几条凡例》，《许政扬文存》，中华书局1984年版，第83页。

衣食住行、俗话谚语等进行了详尽考释，深受读者欢迎，后来又多次出版修订本。

80年代以来，一些关于《水浒传》的辞书、工具书相继问世，如李法白、刘镜芙编著《水浒语词词典》（上海辞书出版社1989年版），以人民文学出版社出版的百回整理本《水浒传》为依据，共收录词、熟语3194条，所收"以《水浒传》中的近代词语（上起晚唐五代下迄元末明初）为主"①。每一词语释义后附列两个例证。胡竹安历40多年资料积累之功编成《水浒词典》（汉语大辞典出版社1989年版），所收"以古代白话词汇、语法现象为主"②，采用音序法，分为词语和俗语两部分，所收词语据1954年人民文学出版社郑振铎序本《水浒全传》，共收词4673条，熟语222条，计4895条。类似的《水浒》专书词典还有日本学者香坂顺一著《水浒词汇研究》（日本光生馆1987年版），以人民文学出版社1954年版《水浒全传》为依据，旨在把《水浒》中词汇"纳入各个词类，以得出一个系统的语法体系"。这些采用现代语言学理论研究《水浒传》的辞典，一方面具有独立的学术价值，同时，在推动《水浒传》传播与普及方面更是厥功甚伟。后来还有一些关于《水浒传》的辞书陆续问世，如王珏、李殿元《水浒大观》（四川人民出版社1996年版）、任大惠主编《水浒大观》（上海古籍出版社1998年版）、许振东主编《学生实用水浒传辞典》（辽海出版社2003年版）、沙先贵编《水浒辞典》（崇文书局2006年版），还有日本高岛俊男《水浒人物事典》（日本讲谈社1999年版）等。这些辞书实际可称为文本形式的水浒知识博物馆。它们已不是简单地注释词语、训诂名物，或赏析故事，而是试图汇辑与《水浒传》研究相关的所有知识。如任大惠主编《水浒大观》，编者的话说：对《水浒》中"难点、疑点、成书背景、思想内容等等进行了诠释、

---

① 李法白、刘镜芙：《水浒语词词典·凡例》，《水浒语词词典》，上海辞书出版社1989年版，第1页。

② 胡竹安：《〈水浒词典〉后记》，《水浒词典》，汉语大词典出版社1989年版，第615页。

分析和介绍，举凡人物、地理、制度、谋略、武术等方面内容都在搜罗撰述之列"①。全书体例包括：天下奇书、人物画廊、诨号拾趣、百科一览、地名考略、武功精粹、谋略集锦、说古道今八个部分。这种包容性、系统性从某种角度上讲体现了现代学术交叉性、互渗性的发展大势。

（二）"出版说明"及其他

对明清时期《水浒传》各版本序跋文字的搜集、整理一直是现代《水浒》文献研究的一项基础性工作。20世纪50年代至80年代，这项工作的成果最为丰硕。70年代"文革"期间的"评《水浒》、批宋江"运动中，曾编辑了许多《水浒评论资料》之类的汇编之书，如《〈水浒〉评论资料》（《出版通讯》1975年第11、12期合刊）、《〈水浒〉序跋集》（人民日报图书资料室编，1975年内部印行）、《水浒评论资料》（西北大学中文系编，1975年内部印行）等，这些书中除了一些批判文章，基本都汇辑历代《水浒传》版本的序跋文字，当时是出于政治运动的需要，但客观上的文献整理之功是不能抹杀的。80年代以来出版的几部《水浒传》专题资料汇编，如马蹄疾编《水浒资料汇编》（中华书局1980年版）、《水浒研究资料》（南京大学中文系资料室编，1980年内部印刷）、朱一玄和刘毓忱主编《水浒传资料汇编》（百花文艺出版社1981年版），其体例旨在汇辑《水浒》研究的所有资料，构建《水浒》资料库，其中一个必有部分就是历代版本的序跋文字。

20世纪初以来出版的众多《水浒传》版本中，大多附有"前言"、"出版说明"等文字，由于这些文字的作者多为《水浒传》研究领域的知名学者，因而它们往往就是学力深厚、见解独到的研究论文，往往能反映当时研究的最高水平。如1920年上海亚东图书馆出版汪原放校点整理的《水浒》，卷首附有胡适《水浒传考证》、陈独秀《水浒新序》、汪原放《水浒校读后记》等文，它们

---

① 任大惠：《水浒大观》"编者的话"，上海古籍出版社1998年版，第2页。

以全新的方法、全新的观点、全新的撰述形式，揭开了《水浒传》现代研究史的新篇章。1952年人民文学出版社出版整理本《水浒》（七十一回本），卷首附载《关于本书的版本》、《关于本书的作者》二文，对于本书所据版本、整理经过，以及《水浒》作者研究现状等问题，作了详细说明。1954年人民文学出版社又出版一百二十回《水浒全传》整理本，卷首载有郑振铎撰《〈水浒全传〉序》，介绍了当时所有的9种比较重要的《水浒传》版本，并对版本演变情况作了简要评述。此序实际上反映了当时《水浒传》版本研究的最新状况。

（三）《水浒传》沦为政治斗争的工具

晚清"小说界革命"思潮中，《水浒传》被资产阶级革命家当成了政治工具，邓狂言《红楼梦释真》称《水浒传》、《金瓶梅》"皆政治小说而寄托深远者也"。①燕南尚生《新评水浒传序》更宣称《水浒传》提倡"平权、自由"，并说"《水浒传》者，祖国之第一小说也；施耐庵者，世界小说家之鼻祖也"②。民国时期，胡适、鲁迅又提出《水浒传》"反抗政府"说③，20世纪50年代以后《水浒传》"农民起义"说成为最权威的观点，并被写入教科书。六七十年代"文革"期间的"评《水浒》，批宋江"运动，又将《水浒》打成"宣扬投降主义"的书，宋江由"农民革命的领袖"摇身变为"农民革命的叛徒"。70年代末以

---

① 邓狂言：《红楼梦释真》，民权出版部1919年版，据朱一玄、刘毓忱编《水浒传资料汇编》转录，百花文艺出版社1981年版，第381页。

② 朱一玄、刘毓忱编：《水浒传资料汇编》，百花文艺出版社1981年版，第391页。

③ 胡适《〈水浒传〉考证》中说："水浒的故事乃是四百年来老百姓与文人发挥一肚皮宿怨的地方。……明朝中叶的人——所谓施耐庵——借他发挥一肚皮宿怨，故削去招安以后的事，做成一部纯粹反抗政府的书。"（胡适《〈水浒传〉考证》，见《中国章回小说考证》，安徽教育出版社1999年版，第43页。）鲁迅在《中国小说的历史的变迁》中说："（《三侠五义》）所叙的侠客，大半粗豪，很像《水浒》中的人物，故其事实虽然来自《龙图公案》，而源流则仍出于《水浒》，不过《水浒》中底人物在反抗政府，而这一类书中底人物，则帮助政府，这是作者思想的大不同处。"（鲁迅：《中国小说的历史的变迁》，《中国小说史略·附录》，人民文学出版社1973年版，第309页。）

后,《水浒》思想研究才逐渐趋向理性,回归文本。王学泰在一篇反思"农民起义说"的文章中曾说:"对于《水浒传》主题与思想内容的阐发往往与当时的思想运动和政治倾向有着极为密切的关系。近世更是把评论'水浒'当作政治运动的一部分,开古今未有之先例。"[1] 这种说法不可谓不深刻,但是对这种批评现象追根溯源,则必须指出,百余年来《水浒传》思想评论的褒贬抑扬、大起大落,与明清人《水浒》思想评论中二元对立思维模式是存在内在逻辑关联的。

三 结语

20 世纪初以来,中国学术逐步完成了从传统向现代的转型,包括《水浒传》在内的中国古代小说研究在研究方法、撰述方式等方面,皆根本改观。20 年代至 40 年代,在《水浒》研究界形成了以西方进化论、马克思主义哲学方法及中国传统考据学为主流的中西融合的基本格局,对《水浒传》的成书过程、作者、版本、本事源流等问题的研究都取得了突破性进展,涌现一批里程碑式的研究成果,如胡适《〈水浒传〉考证》(初载亚东图书馆 1920 年版《水浒》卷首)、鲁迅《中国小说史略》(北新书局 1925 年合订本)第十五篇"元明传来之讲史"、郑振铎《水浒传的演化》(初刊于《小说月报》1929 年 20 卷 9 期,后收入《郑振铎全集》第四卷),因为方法的科学与进步,得出了一些不刊之论,为后来的研究奠定了坚实的基础。但是,一个不争的事实是,以上几位学术大师尽管借用了现代研究方法,同时,他们又都拥有深厚的考据学功底。著名史学家罗尔纲倾力探索《水浒传》的作者及原本,发表一系列考证专文[2],提出《水浒传》著者是罗贯中,原本有七十回,在八九

---

[1] 王学泰:《〈水浒传〉思想本质新论——评"农民起义说"等》,《文史哲》2004 年第 4 期,第 117—126 页。
[2] 罗先生相关研究论文后来辑成《水浒传原本和著者研究》一书,由江苏古籍出版社 1992 年出版。

十年代曾产生较大影响。"用的考证方法是我国传统的对勘方法"①，说服力很强，当时虽有人反对，但无法从根本上撼动其观点。②

《水浒传》作为一部孕育于中国文化土壤、渗透了中华民族文化精神的艺术杰构，对它的研究，如果摒弃本土的学术理念与研究方法，而热衷于削足适履、硬套各种时髦的西方理论，则难免会有舍本逐末、南辕北辙之偏失。众所周知，《水浒传》作者面貌、本事源流、成书过程、版本演变、方言隐语等问题的研究，舍弃传统文献学手段的考辨、梳理、注疏之法，要想取得任何进展，都是不可能的。因此，我们要正确对待西方理论方法的运用。有些理论方法直接地拿来使用是不够的，往往需要在借鉴、吸收的基础上，融合中国学术传统，重新创造出适合研究中国古代小说的具有民族风格的新的理论方法。

第二节　20世纪《水浒传》研究方法的演进与检讨

作为一部具有广泛社会影响的经典之作，《水浒传》研究一直是20世纪中国古代小说研究的热点。统观20世纪《水浒传》研究方法的递嬗演变，可以说走过了一个从中西结合、多元拓展，到一元独尊，再到理性自觉、多元并举的曲折历程。而且，《水浒传》研究总是接纳最新的理论方法。在50年代至70年代，《水浒传》研究与政治理性关系复杂，其影响远远超出了学术研究的界域。因此，从许多方面来看，《水浒传》在20世纪的学术命运都比其他古代小说更具有代表性。研究的理论方法往往规定着学术研究的面貌，透过20世纪《水浒传》研究方法的兴替递嬗，不仅可以折射

---

① 罗尔纲：《水浒传原本和著者研究·后记》，江苏古籍出版社1992年版，第268页。

② 刘天振：《"两种〈水浒〉说"与"两截〈水浒〉说"论争述评》，《浙江师范大学学报》（社会科学版）2005年第1期。

出百年《水浒》研究的演变发展,而且从某种意义上还可以透视百年人文社会科学研究的兴衰变迁。

20世纪之初,《水浒传》曾被资产阶级民主革命家选作宣传革命的工具。王钟麒《论小说与社会改良之关系》称《水浒传》为"社会主义之小说"①。燕南尚生《新评水浒传序》则认为,《水浒传》提倡"平权、自由"②。这种"动辄索引古人之理想,以阑入今日之理想"③的政治实用主义性质的评论,严格讲来称不上学术研究。这些言论虽然对封建社会长期歧视小说的观念有一种反拨作用,但是这种给古代小说贴政治标签的做法,却为60年代至70年代《水浒》研究的政治化开了先河。

一 20年代至40年代末:《水浒传》研究方法中西并用、多元开拓

这一时期的《水浒传》研究完成了向现代型的转型,逐步形成了以西方进化论、马克思主义哲学方法、传统考据学三种理论方法为主,兼有其他多种方法的研究格局。本期《水浒传》研究的主要内容为成书过程、作者、版本、故事源流等几个方面,并取得了重要进展。相对而言,对于《水浒传》思想内蕴、审美价值等方面的探讨则比较薄弱。

20世纪初,随着中国知识分子对西方文明了解的加深,他们普遍认识到西方物质文明的进步,依赖于发达的科学技术,而发达的科学技术却取决于先进的研究方法。当时在中国学界兴起了介绍、学习西方科学方法的热潮。历史术、归纳法、进化论、实证法等被纷纷介绍进来。其中,进化论最受重视,被广泛运用于人文社会各学科的研究。

20世纪以现代学术观念和方法对《水浒传》进行专题研究始

---

① 王钟麒:《论小说与社会改良之关系》,《月月小说》第一卷第九期(1907)。
② 燕南尚生:《新评水浒传序》,《新评水浒传》卷首,清光绪三十四年(1908)保定直隶官书局排印本。
③ 吴沃尧:《说小说》,《月月小说》第一卷(1906)。

于胡适。他作于1920年的《〈水浒传〉考证》，采用"历史演进法"对《水浒传》的成书及版本作"历史的考据"。他的总论点是："《水浒传》乃是从南宋初年（西历12世纪初年）到明朝中叶（15世纪末年）这四百年的'梁山泊故事'的结晶。"① 这一结论为后来《水浒传》成书问题研究奠定了基本框架。他在《〈水浒传〉考证》中表达的"种种的不同时代发生种种不同的文学见解，也发生种种不同的文学作品"的见解与王国维《宋元戏曲考》（发表于1913年）中"凡一代有一代之文学"的观点，都贯通着一种文学进化的思想。这种观念是对中国传统的文学退化观、复古观的彻底颠覆。胡适在西方进化论指导下对《水浒传》成书过程进行的实证主义研究，尽管曾遭时人及后人訾议，如责其机械套用进化论，过分倚重考据法等，但其在确立《水浒传》研究现代规范方面的意义却不容抹杀。他的"大胆假设，小心求证"的研究方法其实就昭示着对传统经学研究方法的超越。在20年代，鲁迅的《中国小说史略》②、李玄伯的《读水浒记》（1925年北京燕京印书局排印本《百回本水浒》卷首）研究《水浒传》成书过程，皆受到胡适的影响。郑振铎《〈水浒传〉的演化》用进化论观点来研究《水浒传》的源流发展，并在研究中注意社会历史背景的分析，把文学作为社会现象来考察，③体现出理论方法的更新与进步，为古代小说研究观念和方法创立了更好的典范。

科学方法认为任何学说、权威都必须接受质疑、求证和检验，从而彻底颠覆了传统经学圣言独断的思维模式。但是运用"进化论"研究古代小说也存在问题，即自然科学的有效方法难以准确解决人文学科的问题。

20年代至40年代，马克思主义哲学方法也开始在中国传播，并不断向纵深发展。辩证唯物主义和历史唯物主义被引入人文社会科学研究。马克思主义理论观点如：社会存在决定社会意识，人的

---

① 胡适：《〈水浒传〉考证》，见亚东图书馆1920年版《水浒》卷首。
② 鲁迅：《中国小说史略》，北新书局1932年版，第173—175页。
③ 郑振铎：《〈水浒传〉的演化》，《小说月报》1929年第20卷第9号。

社会地位决定人的思想意识，人民群众是推动历史前进的真正动力，社会历史是阶级斗争的历史等，影响及于方法论，就是主张从经济的、阶级的立场去观察、分析意识形态现象。早在20年代，即有人运用阶级观点研究《水浒传》。谢无量认为："《水浒传》大半是鼓吹他那种'好汉'主义，……一个人或一阶级受迫太甚，自然有反动，自然要革命的。"①谢文从"革命"、"阶级"的角度分析《水浒传》的思想内容，在当时确有新人耳目之效果。1924年陈独秀为亚东图书馆《水浒》第三版所作《水浒新叙》中提出，《水浒传》白胜所唱"赤日炎炎似火烧，田中禾黍半枯焦。农夫心内如汤煮，公子王孙把扇摇"四句诗，"就是施耐庵作《水浒》的本旨"。显然是指这首歌谣清楚地揭示了封建社会的阶级对立。陈独秀以《水浒传》中一首诗歌概况它的主旨，对50年代以后的《水浒传》题旨研究产生过显著影响。不过当时就有人反对陈独秀的看法，潘力山《水浒传之研究》认为，谢无量、陈独秀想把《水浒传》"社会主义化"，"平民革命化"，主观色彩太浓。②郭箴一《中国小说史》认为，《水浒传》"全书完全为贪官污吏与不良政治的反响，所以处处表现出一种强毅的反抗精神。……这是真正的平民文学，这是一部平民对于贵族政治表示反抗精神的伟大的杰作"。③强化了《水浒传》所反映的平民与贵族政治的矛盾，以及平民的强毅反抗精神。刘大杰《中国文学发展史》则称，《水浒传》"是一部中国未曾有过的无产阶级革命小说"，并称梁山好汉"确实是社会主义者、共产主义者，也确实在梁山水泊建立了无产阶级的政权"。④这种言过其实的论述昭示出，《水浒传》研究中的庸俗社会学倾向自40年代末即已露端倪。

马克思主义理论方法，注重从经济因素和阶级关系角度来解读《水浒传》，在揭示《水浒》成书原因、探求文本思想内涵等方面，

---

① 谢无量：《罗贯中与马致远》，商务印书馆1920年版，第43、45页。
② 郑振铎主编：《中国文学研究》，商务印书馆1927年版。
③ 郭箴一：《中国小说史》，商务印书馆1939年版，第284页。
④ 刘大杰：《中国文学发展史》（下卷），中华书局1949年版，第379页。

拓展了崭新的视角。但也存在某些缺点，如重功利性而轻视文学性，过分看重经济因素而忽视其他因素，过分看重阶级性而忽视人性等。

20年代至40年代，在《水浒传》版本、人物、作者、成书等问题的研究中，传统的文献学手段仍然是主要研究方法之一。20年代至30年代标榜科学方法的学术大师们实际都有很雄厚的中国传统学术的根底，胡适"大胆假设，小心求证"的历史考据法，实际是中西学术传统血缘融合下的产物，其中既有传统朴学的考据因子，又有美国詹姆士和杜威实用主义理论的神髓，并将其比较成功地运用于古代小说的研究。可以说，胡适、鲁迅、郑振铎三位大家在新的学术观念指导下对《水浒传》成书、版本进行的开拓性研究，都是以坚实的文献考证功底为基础的。孙楷第"博考载籍，旁搜故实"而成的《中国通俗小说书目》一书（初版于1933年），代表了当时《水浒传》版本目录学研究的最高水平。该书对异于金本的许多早期刻本的著录、介绍，为后人研究《水浒传》的成书、版本递嬗及章回小说的演变提供了更为坚实的文献基础。另如赵孝孟《〈水浒传〉板本录》（载《读书月刊》第1卷第11期，1932年9月10日）、孙楷第《由高阳李氏藏百回本水浒传推测旧本水浒传》（刊1941年7月5日、12日、19日《星岛日报》副刊《俗文学》第25、26、27期）、文华《〈水浒传〉七十回古本问题》（载《猛进》第33、34期，1925年10月16日、23日）、俞平伯《论水浒传七十回古本之有无》（载《小说月报》第19卷第4期，1928年4月）等在版本研究方面也都有不同程度的拓展。在《水浒》人物研究方面，用力最勤，成就最为突出的要数余嘉锡先生，他的《宋江三十六人考实》最初发表于1939年《辅仁学志》第8卷第2期，该文序言及正文中对水浒故事、人物的考证，对《水浒传》成书过程的叙述，揭示出我国早期长篇通俗小说对历史有所依傍的特点，为后人的进一步研究奠定了基础。另外，谢兴尧《〈水浒传〉人物考》（载《逸经》第1期，1936年3月5日）、李彤印《宋江考》（载《民治月刊》第17期，1938年1月）等也都各有创获。

30年代还有学者从社会学角度研究《水浒传》，发表了一些有相当影响的著作。如萨孟武《水浒与中国社会》（南京正申书局1934年7月版）是最早研究《水浒传》的专著之一，作者借水浒故事以反思、批判中国传统社会，笔锋所至，及于中国传统政治、经济、历史、宗教等诸多领域。有的学者不同意萨著的观点，李辰冬《〈水浒传〉研究》称"萨孟武先生在他的《水浒传与中国社会》里，以《水浒传》所表现的为流氓之徒与无产阶级，这是一种错误"。[①] 但是，萨孟武的批评方式对20世纪下半叶港台地区及海外的《水浒》研究产生了不小影响。刘毓松《〈水浒传〉的社会思想研究》一文分析了该书的社会背景、梁山人物的阶级属性，剖析了梁山的指导思想，结论是："梁山泊的失败，是由于没有社会运动的中心，没有革命的政纲政策与坚强的政党来作有组织有力量的领导，结果梁山泊的暴动，也与过去历来所有农民暴动一样地宣告惨败了，这是历史所注定的事实。"[②] 这种批评方式也表现出某种程度上的偏离学术本体的趋向。

当时还有人运用西方理论解读《水浒传》。李辰冬《三国水浒与西游》（重庆大道出版社1945年版）一书借用西方美学大师克罗齐、丹纳、弗里契的理论，从作品来源、美感基础、艺术造诣三个方面对《水浒传》进行分析，发表了许多新见，如指出《水浒传》的风格是"简捷雄伟"，并指出《水浒》之所以不朽与伟大，在于"创造了许多不朽的人物"等，颇有新意。

另外，这一时期，还有人从历史学、地理学、民俗学、方言学等不同角度进行《水浒传》研究。李文治《〈水浒传〉与晚明社会》（载《文史杂志》第2卷第3期，1942年3月）、余嘉锡《〈水浒传〉宋江平方腊考》（载《清华周刊》第37卷第9、10期合刊，1932年5月）、罗尔纲《〈水浒传〉与天地会》（刊1934年

---

① 李辰冬：《〈水浒传〉研究》，《三国水浒与西游》，大道出版社1945年版。
② 刘毓松：《〈水浒传〉的社会思想研究》，《历史社会季刊》第1卷第1期，1947年3月。

11月16日《大公报》副刊《文史周刊》第9期）、谢兴尧《南宋使之忠义军与〈水浒传〉》（载《越风》第6期，1936年1月16日）、恨水《水浒地理正误》（刊《世界日报副刊》1928年8月30日及9月6日、13日、20日）、湘如《〈水浒传〉的年代与地理的错误》（载《北洋画报》第1297、1298、1301、1303期，1935年9月17日、19日、26日，10月1日）、谢兴尧《梁山泊的沿革与形势》（载《人间世》第27期，1935年5月5日）、子振《〈水浒传〉和宋元风习》（载《文潮月刊》第2卷第5期，1947年3月）等都从不同方面深化了《水浒传》研究。

总之，20年代至40年代《水浒传》研究理论方法，呈现出中外兼济、多元拓展的发展态势，在成书研究、版本研究等方面取得了重要进展，尤其是胡适的《水浒传》成书研究、鲁迅的《水浒传》版本研究，都为20世纪后半期的《水浒传》研究奠定了坚实的基础。

二 50年代至60年代中期：《水浒传》研究方法由多元走向一元

1949年中华人民共和国成立，马克思主义和毛泽东思想确立了在意识形态领域的统治地位。在人文社会科学研究领域，辩证唯物主义与历史唯物主义的理论方法逐渐取得了主导地位。不过在50年代初，《水浒传》研究方法还基本上延续了40年代的传统，譬如文献考证法仍然发挥着重要作用。但是50年代中期以后，马克思主义理论方法变成了基本的原则和方法，并逐步排斥其他的理论方法。

50年代上半期，在《水浒传》研究领域既有传统的考证法，又有历史唯物主义理论研究法，体现一种过渡期的特征。老一辈学者如何心、赵景深、陈中凡、张政烺等仍然运用传统的考证法开展研究，取得了新的成就，而一些青年学者李希凡、张友鸾、宋云彬等则主要运用辩证唯物主义和历史唯物主义理论研究《水浒传》，挖掘其社会政治意义。但更多的是将考证法与社会学批评结合起来。

何心《水浒研究》一书于1954年由上海文艺联合出版社出版,这部研究著作汇集了何先生对《水浒》作者、版本、本事等方面的考证材料及结果,是新中国成立后问世较早的研究《水浒》的专著,对《水浒》文献整理工作做出了重要贡献。陈中凡《试论水浒传的著者及其创作年代》(载《南京大学学报》1956年第1期),张政烺《宋江考》(《历史教学》1953年第1期)等文都是于扎实的考证中蕴含卓识的力作。就具体研究方法而言,对勘和互证等传统手段仍是一些学者惯于使用的方法。何心《水浒研究》一书将《水浒传》与罗贯中《龙虎风云会》杂剧的词语进行了对勘,发现二者有五处相同,在此基础上得出二书同出罗贯中之手的结论。陈中凡先生则采取以戏曲证小说的方法,将元代水浒戏中的情节、人物与今本《水浒传》相较,指出元代水浒戏对于《水浒传》小说的贡献不独在材料的扩充,还表现在主题思想、艺术成就等多方面的提高。[①] 但是传统的考证方法在这时也遭到了批判,杨丁《评何心著〈水浒研究〉》一文就认定,何心是"依照资产阶级的观点、方法从事《水浒》研究","以考证代替了对作品的分析、研究,引经据典,以说明作品中的某人某事曾见于某书某章……把《水浒》降低到仅仅作为社会学、历史学的注解"。杨文并提出"首先应阐述《水浒》的主题及社会政治意义"。[②] 可见在50年代中期,传统的考证法越来越受到排斥,对于《水浒传》的价值评估开始逐渐摒弃美学标准与历史标准,而趋向于一元化政治标准。

王利器先生本来擅长的是考证,但又尝试运用新理论解读旧材料,结果往往理论是理论,考证是考证,不能有机结合在一起,给人一种穿西装戴瓜皮帽的感觉。他在《水浒与农民革命》中认为,"《水浒》一方面反映阶级斗争,一方面反映民族意识,因而《水浒》是一个有政治性的斗争武器。它是从晚明以来,一直标识着农

---

① 陈中凡:《试论水浒传的著者及其创作时代》,《南京大学学报》1956年第1期。
② 杨丁:《评何心著〈水浒研究〉》,《光明日报·文学遗产》1955年5月22日。

民革命的榜样，照耀着反抗侵略的道路"。①他列举晚明以来大量史料，如李自成的诏文、李岩所编的口号，还有《崇祯存实疏钞》、明郑敷教《郑桐庵笔记》等文献的记载，以证明农民起义"都是以《水浒》为榜样的"。其实，说《水浒传》小说对明清农民暴动有一定影响也是事实，至于称《水浒传》为"有政治性的斗争武器"，一直标识着"农民革命的榜样"，"照耀着反抗侵略的道路"，"它影响农民革命几乎整整地占了17、18、19三个世纪之久"云云，则显然有违历史事实。这时期将考据法与社会历史分析法结合起来研究《水浒传》的还有聂绀弩，其《〈水浒〉是怎么写成的》谈到《水浒传》的创作有三个阶段：第一阶段，人民口头传说阶段。第二阶段，民间艺人讲述、演唱和记录的阶段。第三阶段，编辑、加工、改写阶段，也就是《水浒传》形成的最主要阶段。②

50年代在古代文学研究界曾有一场方法论之争，突出表现于批评俞平伯《红楼梦研究》的运动，并很快波及包括《水浒传》在内的整个古代小说研究领域。其实质是关于如何处理基础研究与文学规律研究的关系问题。结果后者占了上风，后者从批评基础研究的繁琐考证，走向了另一个极端——用庸俗社会学方法，即以贴阶级标签和做人事档案的方法来评价作家作品。与此同时是对传统考证方法的批判，胡适的《水浒传考证》成为批判的对象，作为只重历史事实而轻视思想研究的代表，并给胡适的研究扣上"资产阶级唯心主义"的帽子。

50年代之初，已有人运用阶级斗争理论研究《水浒传》，突出表现于重思想阐发而忽略艺术美学分析、用今人价值观去苛求或拔高古人的反历史主义倾向。刘中《谈〈水浒〉中的几个问题》就指责《水浒传》的作者，因为不懂阶级斗争理论，对封建阶级皇帝

---

① 王利器：《水浒与农民革命》，《光明日报》1953年5月27、28日。
② 聂绀弩：《〈水浒〉是怎么写成的》，原载《人民文学》1953年第6期，后收入《中国古典小说论集》，上海古籍出版社1981年版。

的本质缺乏认识，才为《水浒传》英雄安排了招安的结局。①张文勋的争鸣文章《历史的真实与艺术的真实》也说"整部《水浒》从开始到结尾，所表现的是以'赵官家'为首的封建地主阶级与农民阶级间的矛盾"。②这种把文学作品给予简单化政治图解的方法，为"文革"期间《水浒传》研究彻底沦为政治斗争的工具埋下了伏笔。

50年代之初《水浒传》研究就与政治纠缠一起，是有其特殊的政治、历史原因的。据陈新《近五十年来〈水浒传〉出版情况琐忆》③一文的回忆，1952年人民文学出版社出版了七十一回本《水浒传》，这也是该社新中国成立后出版的第一本古代小说，在当时是把《水浒传》看作歌颂农民起义的"革命作品"的，思想性最高，所以安排首先出版。当年10月27日《人民日报》为此发表的短评声称，这"是具有历史意义与世界意义的事情"。同时，在当时思想文化界还存在着对于文学本体认知上的幼稚病。当时关于《水浒传》的讨论中曾出现的许多时髦说法都让今人难以理解。张真《谈谈读〈水浒〉的态度》一文认为："读《水浒》最大的好处，就是它使我们对于古代的一次农民革命，发生感情的联系。"④有人不同意张的说法，张真在《答李蔚同志的意见》中又进一步声称："文学艺术，它是阶级斗争的工具。"⑤

1957年以后，马克思主义方法由40年代前的一种方法变成了独尊的方法，历史唯物主义和辩证法被做了简单狭隘的理解，物质决定意识、阶级分析、一分为二等被当作学术研究的基本原则方法。在文学研究领域，突出表现为过分强调文学的社会作用和政治工具性，而消解文学的本体性，甚至取消文学研究的独立性。60

---

① 刘中：《谈〈水浒〉中的几个问题》，《文学遗产》1955年第44期。
② 张文勋：《历史的真实与艺术的真实——对〈谈《水浒》中的几个问题〉的意见》，《文学遗产》第58期，1955年6月12日。
③ 陈新：《近五十年来〈水浒传〉出版情况琐忆》，《文教资料》1997年第3期。
④ 张真：《谈谈读〈水浒〉的态度》，《文艺学习》1954年第5期。
⑤ 张真：《答李蔚同志的意见》，《文艺学习》1955年第2期。

年代，中国科学院文学研究所编的《中国文学史》谈到《水浒传》的形成时，把元末农民大起义作为《水浒传》产生的重要社会原因。① 这一时期对于《水浒》招安结局的争论、对于宋江等人物形象的评价，都远远超出了学术研究的范围，而变成了政治斗争、思想路线斗争在学术领域的延续。

到了"文革"时期，人文社会科学研究方法基本上丧失了它的功用，即便马克思主义方法也遭到歪曲。当时哲学上鼓吹打倒一切的"斗争哲学"，影响及文学研究，马克思主义方法被随意歪曲，已经完全走向异化。"从政治与方法的关系而言，则是政治对研究方法的全方位的彻底的控制。哲学在西方中世纪成了宗教的婢女，马克思主义方法在'文革'十年成了政治的婢女。"② 1975年9月至1976年9月，在全国范围内掀起了一场铺天盖地的"评《水浒》"政治运动，报刊广播到处是批判宋江的文章，据中国社会科学院文学研究所图书资料室编《中国古典文学研究论文索引》（1966年7月—1979年12月）的统计，在这次为时一年的运动中，发表的评《水浒》文竟有一千七百篇之多。但这些文章呓语满纸，又千篇一律，总的看来都较少学术含量。学术研究迷失了自我。何满子先生曾称这种小说批评为"以阶级斗争为纲的机械独断意识"，并忧心忡忡地指出，"文革"以后的若干年内这种风气在学术界仍有市场。③ 今天我们可以体会到，何先生的话绝非无的放矢。

三 70年代末至90年代：《水浒传》研究方法从一元独尊到理性自觉、多元竞争

70年代后期至90年代的二十几年，《水浒传》研究从开始拨乱反正，到重新确立以马克思主义为主导，全方位地参照和吸取古

---

① 中国科学院文学研究所编：《中国文学史》，人民文学出版社1962年版，第855页。
② 李承贵：《20世纪中国人文社会科学研究方法回眸与检讨》，《南昌大学学报》（人文社会科学版）1999年第4期。
③ 何满子：《学术论文集·古小说经典谈丛弁言》，福建人民出版社2002年版。

今中外学术思想、理论方法的合理内核，使《水浒传》研究呈现出前所未有的多元发展、百家争鸣的局面。

70年代末80年代初，《水浒传》研究面临的首要任务是对"评《水浒》"运动进行拨乱反正，使《水浒》研究重新回归学术本体，突出表现于当时为金圣叹翻案、为宋江平反的学术思潮。但是这个时期，社会学方法仍是最重要的理论方法。在《水浒》主题是否表现"农民起义"的争论中，各家理论武器仍是阶级分析法。《水浒》艺术研究也不脱社会学色彩，如林文山《〈水浒〉的人物塑造》一文认为，《水浒》中人物性格的形成决定于其阶级出身和社会地位。[①]

80年代初，《水浒》研究逐步纳入学术正轨，并形成了作者研究、成书与版本研究的热潮，传统的文献考证法又重现生机，对勘法、比较法和旁证法等再立新功。在作者研究方面，戴不凡、张国光等人提出的郭勋说，罗尔纲提出的罗贯中说，都是在扎实文献考证基础上提出的。罗尔纲《水浒真义考》[②]、《从罗贯中〈三遂平妖传〉看〈水浒传〉著者和原本问题》[③]等论文提出《水浒传》作者为罗贯中，原本只有七十回。他将《平妖传》和容与堂刻百回本《忠义水浒传》二书的赞词、叙事、对待人民大众的态度进行对勘，得出两书都是罗贯中所著的结论。1981年8月江苏兴化又发现了一些所谓施耐庵文物史料，围绕这些史料的真伪，章培恒、何心、何满子、戴不凡、刘世德等学者进行了详尽细微的考证辨析，拨除了作伪的重重迷雾，证实此一"施耐庵"并非著《水浒传》的施耐庵。在成书研究方面，高明阁《〈水浒传〉与〈宣和遗事〉》[④]、王利器《水浒释名》[⑤]等都立足于文献的占有与分析，而

---

① 林文山：《〈水浒〉的人物塑造》，《江淮文艺》1982年第1期。
② 罗尔纲：《水浒真义考》，《文史》第15辑，中华书局1982年版。
③ 罗尔纲：《从罗贯中〈三遂平妖传〉看〈水浒传〉著者和原本问题》，《学术月刊》1984年第10期。
④ 高明阁：《〈水浒传〉与〈宣和遗事〉》，《水浒争鸣》第一辑，长江文艺出版社1982年版。
⑤ 王利器：《水浒释名》，《社会科学研究》1985年第3期。

提出了一些新见。1983年,《水浒争鸣》第1辑发表了日本学者的两篇论文。一是白木直野的《〈水浒传〉的传日与文简本》,称"文简本始于16世纪后半,万历之初,经福建建阳书贾之手而始创,以当时通行之文繁二十卷一百回本大加删节"。二是大内田三郎的《〈水浒传〉版本考》,作者对比了繁本《水浒全传》和简本百十五回本,说明二本字句的不同,并认为简本是繁本的节本。有的学者借用传统的文史互证法来考证《水浒传》的成书年代,提出了一些不同于传统的观点。张国光《水浒祖本探考》一文从明代地名建制入手,论证《水浒传》成书于嘉靖初年,而非元末明初。① 罗尔纲从明代里甲制度,以及"南京建康"地名出处等角度研究《水浒》成书年代,认为应在洪武二十年(1387)后至永乐初,而不是如汪道昆所说成书于洪武初②;石昌渝从明代的土兵制、明代商品流通中白银的使用,以及腰刀、子母炮等兵器的使用情况等角度探讨《水浒传》的成书年代,认为今本《水浒传》成书于"嘉靖元年至十九年(1522—1540)这样一个时段"③。这些基于扎实考证提出的观点都对传统成说构成了有力的挑战。

由于《水浒传》现存早期简本多在海外,国内学界很少有人直接接触这些版本,因此研究时只能采用间接资料。海外学者马幼垣自1973年开始访求《水浒传》简本的海外遗珠。先后从法国国立图书馆、英国牛津大学图书馆、丹麦皇家图书馆、梵蒂冈教廷图书馆等寻获五种《水浒传》简本的残本,发表《牛津大学所藏明代简本〈水浒〉残叶书后》(《中华文史论丛》1981年第4辑)、《现存最早的简本〈水浒传〉》(《中华文史论丛》1985年第3辑)等论文,对包括巴黎本在内的六种版本进行了详细互勘,纠正了郑振铎记载及推论的一些谬误。他的研究于材料之搜罗考辨甚见功力。

---

① 张国光:《水浒祖本探考》,《江汉论坛》1982年第1期。
② 罗尔纲:《〈水浒传〉的著者及其成书年代》,收入《水浒传原本与著者研究》,江苏古籍出版社1992年版。
③ 石昌渝:《从朴刀杆棒到子母炮——〈水浒传〉成书研究之一》,《文学遗产》1999年第2期。

第一章 《水浒传》研究方法的历史回顾

80 年代以来，随着对外开放的不断深入，西方人文科学新方法大量传入中土，美学、比较文学、心理学、原型批评、系统论、控制论、信息论、接受美学、语义学、符号学、结构主义、模糊数学、阐释学、传播学、人类学等理论和批评方法受到了国内学术界的普遍欢迎。1983 年、1984 年全国兴起的方法讨论热潮便是学界方法论意识自觉的表现。新的理论视角大大开阔了人们的视野，改变了人们的传统思维方式。《水浒传》研究方法迎来了多元拓展、百家争鸣的局面。

《水浒传》叙事学研究。《水浒传》来自宋元说话艺术，其叙述方式基本上采取说话人全知叙述角度，但是总体的全知叙述中也不乏局部的限知叙述的精彩之笔。清代的金圣叹评点《水浒传》时已经触及叙事中视角转换的问题。80 年代以来，学界借用西方叙事学对《水浒传》在内的中国古典小说进行了重新审视与解读。叙事视角问题是学界研究的一个热点，多数学者认为，由于《水浒传》直接来源于"说话"艺术，故其叙事全部采用全知全能的说话人视角，并因此歧视《水浒传》叙事方式的落后。这种认识自然有其片面之处，杨义《〈水浒传〉的叙事神理》一文对《水浒传》叙事视角进行了认真研究，认为《水浒传》不仅有全知视角和限制视角，还采用了流动视角、环形视角和辐射形视角。如第二十九回"武松醉打蒋门神"，就是采用武松的限制视角。《水浒传》更多采用的是故事中人物视角与站在故事之外的叙述者——说话人视角的相互转换。①

叙事学认为，叙事结构不仅是叙事成分的机械组合样式，而且是作家世界观、艺术观的一种形象图示。表层由人物、事件组成的不同叙事单元之下往往隐含着深邃的哲理意蕴。美国学者浦安迪认为，明代中叶奇书文体以"十回"单元为基础的"百回"定型结构，已成为文人小说形式的标准特征，正好符合中国艺术美学追求二元平衡的倾向。"百回"总轮廓划分为十个十回，形成一种特殊的节奏律

---

① 杨义：《〈水浒传〉的叙事神理》，《齐鲁学刊》1994 年第 1 期。

动。《水浒传》、《西游记》、《金瓶梅》的早期版本，大致都分成十卷，每卷十回。这个看来似乎是出于偶然的版本学细节，其实暗蕴明清文人小说布局的一个重要秘密。①浦安迪并以《水浒传》结构为例，驳斥了某些西方汉学家对中国古典小说缺乏"艺术整体感"的指责，他说："中国奇书文体的字无虚用、事无虚设体现在'事'与'事'之间的空间布局之上。"②郑铁生《论〈水浒传〉叙事结构》一文，引入西方叙事学理论中的"单元结构"和"结合部"概念，认为人物是一个建构过程，他将在矛盾中不断地被否定和置换。他把《水浒传》七十回以前的叙事结构归纳为五个大单元：鲁十回、林十回、武十回、宋十回、卢十回，另外还有五个小单元。③另外王平《论〈水浒传〉的叙事逻辑》（载《齐鲁学刊》1999年第6期）也发表了新的见解。"他山之石，可以攻玉"，西方叙事学理论的引入，为《水浒传》叙事研究增添了几分科学的素养。

浦安迪《明代小说四大奇书》（中国和平出版社1993年版）、《中国叙事学》（北京大学出版社1996年版）都有专论《水浒传》的章节。他从"反讽"视角来揭示小说中存在的种种悖谬现象，认为从整体上观察，《水浒》对许多山寨英雄的描写都有一种反讽意味，既写出了他们义勇高尚的一面，同时也暴露了他们卑微世俗的另一面。围绕着这些内涵复杂的人物，小说的多层次质感才逐渐展现，传统小说批评的多元化倾向得以因此而确立。

从女权主义角度对《水浒传》女性观的批判。从50年代以来《水浒传》的女性观就不断受到批判，聂绀弩先生曾说过"《水浒》上的英雄豪杰竟几乎都是风化主义者"④。90年代有的学者运用西方话语理论，指出《水浒》中的女性无论是被"非道德化"的淫妇妓女，还是被完全"男性化"的女英雄"都夹杂着叙事者的爱

---

① ［美］浦安迪：《中国叙事学》，北京大学出版社1998年版，第62页。
② 同上书，第61页。
③ 郑铁生：《论〈水浒传〉叙事结构》，《天津外国语学院学报》1998年第1期。
④ 聂绀弩：《中国古典小说论集》，上海古籍出版社1981年版，第3页。

憎，这是叙事者权力的体现，是为男性话语所特设的'陈述'"。①《水浒》所设计的淫妇、女英雄的两极女性形象，不过是男性话语权力和男性叙事策略的体现。

语言学角度的研究。本时期借用语言学理论研究《水浒传》的版本取得了一些成绩。李思明《通过语言比较来看〈古本水浒传〉的作者》一文分析了《古本水浒传》前七十回与后五十回所使用的语言在十四个方面存在的差异，它们有的是语法方面的，有的是词语方面的，也有的是用字方面的，并得出结论：这些差别的出现，决不带有偶然性质，因为它存在于前七十回的近六十万字加上后五十回的近三十万字共达九十万字的作品中，每种语言事实都有相当的数量，因此完全可以说明，后五十回完全是他人所作。②1999 年魏达纯又再次撰文论证所谓《古本水浒》，其后 50 回并非施耐庵所作。他是从用词、句式等七个方面对比了《古本水浒》前 70 回与后 50 回所存在的差异得出的结论。③

比较文学的角度。将《水浒传》与其他中国古代小说进行比较的研究，自 30 年代即已兴起，而且一直为国内学界所重视。进入 90 年代以来，在国内比较文学热的背景下，将《水浒传》与西方文学及其他东方国家文学进行比较成为一个新的热点。站在中国文化立场，将《水浒传》与产生于异域文化背景的作品进行比较，有利于更清楚认识《水浒传》的民族特点，丰富和深化对于《水浒传》文化精神的研究。李树果《〈八犬传〉与〈水浒传〉》将《水浒传》与日本江户时代曲亭马琴（1767—1848）著《南总里见八犬传》进行了比较，论述了从构思、结构、体裁和写法等方面，阐述了《水浒传》对于《南总里见八犬传》的全面影响，但也指出了《南总里见

---

① 宁俊红：《〈水浒〉女性形象漫说》，《新疆大学学报》（哲学社会科学版）1998 年第 3 期。

② 李思明：《通过语言比较来看〈古本水浒传〉的作者》，《文学遗产》1987 年第 5 期。

③ 魏达纯：《再证〈古本水浒〉后 50 回非施耐庵所作——前 70 回后 50 回用语调查》，《中山大学学报》（社会科学版）1999 年第 3 期。

八犬传》的独创性与民族风格。① 李君《两个在梦中跋涉的不幸女人——浅论爱玛和潘金莲的形象》一文将《水浒》中的潘金莲与法国小说《包法利夫人》中的包法利夫人（爱玛）进行了对比，指出了两者的差异与相同。② 王立《精神摧残与肉体毁灭——中西方复仇文学中手段方式及目的比较》一文对比了《水浒传》英雄们的复仇与西方文学中复仇主题的价值取向的不同，认为《水浒》英雄的复仇偏重于肉体毁灭，而西方复仇小说则偏重精神摧残。③ 随着中外文化交流的不断发展，《水浒传》的比较文学研究将会展示更加广阔的前景。

文化学研究。《水浒传》是具有丰富文化内涵的经典文本，是民族文化心理与人类文化精神的厚重积淀，因此仅仅局限于单纯的文本解读和文献考证是很不够的，还必须跨进到广阔的文化史视域。80年代中期以来，对《水浒传》进行文化学阐释日益成为颇富生机的一道景观。文化学理论认为，文化是一种行为的"控制机制"，运用于文学研究，它不仅可以帮助我们探明文本中人物行动的终极取向，还可触及人物的无意识区域，而不仅是社会关系方面的经验性描述。

其实，早在30年代至50年代就有一些老学者开始了这方面研究，后来由于政治原因被中断。80年代以来的《水浒传》文化研究，是以主题研究中"农民起义"说的消解为背景的，难以想象，政治价值至上的语境中会有文化解读的空间。进入新时期，许多学者从传统思想文化的角度对《水浒传》进行审视和解读。

1986年，李庆西用儒家伦理文化观照《水浒传》创作原旨，提出"伦理反省"主题说。他认为《水浒传》是施耐庵等正直知

---

① 李树果：《〈八犬传〉与〈水浒传〉》，《日语学习与研究》1995年第2期。
② 李君：《李君两个在梦中跋涉的不幸女人——浅论爱玛和潘金莲的形象》，《辽宁大学学报》1997年第2期。
③ 王立：《精神摧残与肉体毁灭——中西方复仇文学中手段方式及目的比较》，《沈阳师范学院学报》（社会科学版）1999年第5期。

识分子对困扰于心的儒教纲常进行强烈反思的忧愤之作。① 周克良、汤国梁等也发表了类似观点。1990 年,王晓家在《水浒琐议》一书中进一步论述了《水浒传》与儒、释、道三家的关系,明确指出儒、释、道"三教同源"是对《水浒》的最终形象图解。1991 年,王齐洲在其《四大奇书与中国文化》中从价值取向、道德观念,宗教意识、审美理想等不同角度,探讨了四大奇书与大众文化的密切关系。作者试图为《水浒传》做一个全面而系统的文化定位。1993 年张锦池在《中国四大古典小说论稿》中将"颂扬忠义"作为《水浒》主调,但同时又认为《水浒》反映出一种儒家文化与江湖文化的撞击与融汇,本质上是属于乱世半无产者与游民无产者的意识形态。

80 年代后期,又有人从墨家文化角度研究《水浒传》文化精神。张未民于 1988 年《文艺争鸣》第 4 期发表《侠与中国文化的民间精神》,引经据典、追本溯源,将作为民间文化精神重要方面的墨侠精神纳入中国传统文化"互补"模式,以此来强调侠题材小说在中国小说史与文化史上的突出地位。1995 年宁稼雨发表《〈水浒传〉与中国绿林文化》一文,指出:《水浒》所表现的绿林文化精神,是墨家影响下的侠文化的组成部分。②

冯文楼在《〈水浒传〉:一个文化整合的悲剧》一文中借用西方关于文化"大传统"与文化"小传统"的观念,认为梁山义军从"打家劫舍"到"替天行道"的转变,宋江把"聚义厅"改为"忠义堂"的做法,其实标志着梁山意识形态文化向主流意识形态文化的自觉趋近与融合;梁山义军的最终招安其实是主流意识形态对梁山文化整合的结果。③

从文化哲学的高度透视文学文本,体现了 20 世纪学术研究的

---

① 李庆西:《〈水浒〉主题思维方法辨略——兼说"起义说"与"市民说"》,《文学评论》1986 年第 3 期。
② 宁稼雨:《〈水浒传〉与中国绿林文化》,《文学遗产》1995 年第 2 期。
③ 冯文楼:《〈水浒传〉:一个文化整合的悲剧》,《陕西师范大学学报》(哲社版) 1997 年第 3 期。

"边缘性"、"兼容性"特征,其实也为21世纪的《水浒》研究确立了一个新基点,描绘了一种新走向。

另外,本时期还有人从系统论角度研究《水浒传》[①],从商品经济的角度谈《水浒传》[②],等等。

20世纪的最后二十九年,在改革开放和思想解放的宏阔背景下,《水浒传》研究真正回归学术本身,研究方法的多元化发展推进《水浒传》研究在文献、文本、文化诸方面都取得了重要突破,为21世纪《水浒传》研究的突破与超越提供了新的学术起点。

四 20世纪《水浒传》研究方法之检讨

20世纪《水浒传》研究取得重大成就的同时,还存在一些令人担忧的深层问题。一是传统考据法的低级重复。20年代胡适《水浒传考证》运用"大胆假设,小心求证"方法取得重大突破以来,在《水浒》研究界影响深远,可以说,在整个20世纪,传统的考据方法仍是研究《水浒传》故事本源、作者面貌、成书过程、版本演变、人物原型等的基本的方法。然而,新史料的发现带有很大的偶然性,有时直如大海捞针一样艰难。有些人不惜炮制伪材料,支撑假观点。最典型的莫过于20世纪有关苏北施耐庵文物真伪的争论。有些人只取胡适的"大胆假设",却舍其"小心考证",于是材料加臆测就等于结论,这方面实例不胜枚举。对于旧材料的解读,更是有人为我所用,不惜穿凿附会,发展成为新索隐派;还有的人仅据孤证、内证便草率定论。

二是热衷标新立异,盲目照搬西方理论。80年代中期以后,形形色色的西方研究理论被介绍进来,许多年轻学者以为找到了解析中国古典小说的新的法宝,于是种种奇谈怪论都出来了。的确,有些西方理论确实能为中国古典小说的解读提供新的视角,使我们能够更客观、更清晰地透视中国古代小说,但是,许多文章一味搬

---

① 王同书:《用系统还〈水浒〉作者施耐庵的本来面目》,《杭州师范大学学报》(社会科学版)1986年第2期。

② 学峰、学信:《水浒传和宋代商品经济》,《郑州大学学报》1988年第4期。

用西方新术语，以艰深文饰浅易，往往不能解决任何学术问题。如用心理学原型批评理论分析《水浒传》人物形象，动辄说《水浒传》中人物是历史上某种原型的体现，就太过主观。还有人引入技术科学、管理科学的方法研究《水浒传》，却无视人文科学的本体特点，将《水浒传》研究引入歧途。求新不求深、务虚不求实的现象归根结底是理论的转化与重建问题没有解决。

三是热衷于热点争鸣，缺少对于历史的理性反思。至今尚无专门的反思过去、启示未来的《水浒传》研究方法的论著的问世，因而前贤的经验教训难以作为一种学术资源与智慧得以及时转化，并由此造成低层次的重复研究。

有感于20世纪《水浒传》研究方法之得失，笔者认为，应充分吸纳现代人文科学理论成果，着力于《水浒传》研究方法论的探索和理论建设。有必要首先开展《水浒传》研究方法的反思研究，以便为21世纪的《水浒传》研究提供新的学术支点，然后在此基础上重点寻求《水浒传》研究视野、理论与方法的创新。笔者认为，应该做好以下几个方面的工作：一是彻底摆脱庸俗社会学干扰，进一步回归作品本体研究，由社会学批语转入思辨性艺术本体评析，将传统的文献考证与西方先进理论方法结合起来，考论兼用。二是在文献学研究方面，本事考索、作者求证应该缓行，在没有发现新的强有力的文献材料情况下，应将主要精力转移到《水浒传》的传播与接受等方面的研究之中。另外，考据方法也要适应时代不断变革，计算机手段运用于考证校勘就是有益的尝试，并且前景极为广阔。随着数字技术的发展和互联网的普及，传统考证手段的现代品格也会大大增强。同时，现代化的考证与多维理性思辨的融通，将会极大促进研究水平的跃升。因此，考据方法的更新以及与理性思辨的结合将是未来《水浒传》研究的一个新的路向。三是要正确对待西方理论方法的运用。有些理论方法直接地拿来是不够的，往往需要在借鉴、吸收的基础上，融合中国传统重新创造出适合研究中国古代小说的具有民族风格的新理论方法。四是进一步强化比较文学研究，这里不仅指中外文学比较研究，还包括《水浒传》与历史上其他文体形式的沟通与联结。正如何满子先生所说"明清小说中潜藏着连接各种体裁的古代文学的沟渠,只是以往的研究工作对此还没有给予充分的注意"①。小说是一种综合语言艺术,它统摄涵盖多种文体,诸如诗、词、歌、赋皆有。明清时期的评点式研究又与八股文的影响不无关系,因而可以溯源至明清的科举制度。还要特别注意《水浒传》与其他艺术形式,尤其是说话艺术和戏剧艺术的联系。最后,在文化研究方面,应进一步拓展视野,展开跨文学和跨文化的比较研究,以便从更广阔的背景上对《水浒》所蕴含的艺术智慧与文化精神进行深度发掘和阐释。

回顾《水浒传》百年研究方法的演进史,它的从多元到一元,又从一元走向多元,从附庸于政治到走向独立,自有其不凡的历史意义。21世纪的《水浒传》研究应该在一个更高的基点,更广的维度,更深的层次上实现理论和方法的突破,正如20世纪初学者对古典小说研究的突破首先是观念与方法的突破一样,新世纪的《水浒传》研究也需要观念与方法的突破,只有这样才能使我们的《水浒传》研究向科学化、理论化的方向迈进。

---

① 何满子:《明清小说研究途径随想》,《何满子学术论文集》,福建人民出版社2002年版,第118页。

第二章 《水浒传》作者研究面面观

对于《水浒传》的作者，明代人已经众说纷纭，莫衷一是。综观明清人对于《水浒传》作者的记载，主要有三种：一为罗贯中；二为施耐庵；三为施耐庵、罗贯中合作。大抵不出罗、施二人，但这些说法多是人云亦云，均无直接有力的文献支撑。从各种版本的题署情况看，差异也很大。百回本署"施耐庵集撰，罗贯中纂修"；百十五回本署"东原罗贯中编辑"；百二十回本又为"施耐庵集撰，罗贯中纂修"；七十回本则曰"东都施耐庵撰"。针对上述诸种说法，以下分别述之。

第一节 扑朔迷离的"罗贯中"说

明清时期有许多关于罗贯中著《水浒传》的记载。郎瑛《七修类稿》卷二十三"辩证类"《三国宋江演义》条载"《三国》、《宋江》二书，乃杭人罗本贯中所编。予意旧必有本，故曰'编'"。[1] 周亮工《因树屋书影》卷一："故老传闻，罗氏为《水浒传》一百回，各以妖异语引其首"。[2] 钱曾《也是园书目》卷十"通俗小说类"著录"旧本罗贯中《水浒传》二十卷"[3]。但是，

---

[1] （明）郎瑛：《七修类稿》，文化艺术出版社1998年版，第285页。
[2] （清）周亮工：《因树屋书影》卷一，引自马蹄疾编《水浒资料汇编》，中华书局1980年版，第377页。
[3] （清）钱曾：《虞山钱遵王藏书目录汇编》，上海古籍出版社2005年版，第299页。

上述记载多出传闻，并无实据。

20世纪学者当中，鲁迅赞同此说，其《中国小说史略》第十五篇（下）云："又简本撰人，止题罗贯中，周亮工闻于故老者亦第云罗氏，比郭氏本出，始著耐庵，因疑施乃演为繁本者之托名，当是后起，非古本所有。"① 后来在《中国小说的历史的变迁》中他又说，宋江的故事南宋以来即在社会上广泛传播，"或早有种种简略的书本，也未可知。到后来，罗贯中荟萃诸说或小本'水浒'故事，而取舍之，便成了大部的《水浒传》"。② 郑振铎《水浒传的演化》中也认为，"这部《水浒传》的作者亦即为《三国志》作者罗贯中氏。"③ 但他所引文献不过是郎瑛《七修类稿》卷二十三和王圻《续文献通考·经籍考》的记载，没有提出新的证据。1982年，著名太平天国史研究专家罗尔纲发表《水浒真义考》，提出七十一回本《水浒传》出自罗贯中之手，"他著籍浙江钱塘，名本，字贯中"。并说："罗贯中《水浒传》原本，只到梁山泊英雄大聚义为止，以惊噩梦结局……"④ 罗尔纲所据仍是郎瑛《七修类稿》、王圻《稗史汇编》和田汝成《西湖游览志馀》等书的记载。他并强调说，田汝成是"同县人记同县前人事，且记及其后代，足证确有罗贯中其人其事"。⑤ 但田汝成所谓罗贯中"子孙三代皆哑"云云，讹传成分居多，不足为证，以此为据所做的推论似不可靠。

今人王利器《罗贯中高则诚两位大文学家是同学》一文，根据知不足斋抄本《赵宝峰先生集》卷首《门人祭宝峰先生文》所列赵宝峰门人中有罗本、高柔克名字，便提出上述二人即写作《水浒传》、《琵琶记》的罗贯中、高则诚。并列举文本内证：《水浒》把

---

① 鲁迅：《中国小说史略》，人民文学出版社1973年版，第122页。
② 鲁迅于1924年在西安暑期讲学时的讲稿，见《中国小说史略·附录》，人民文学出版社1973年版，第292页。
③ 郑振铎：《水浒传的演化》，《郑振铎文集》（第5卷），人民文学出版社1988年版，第105页。
④ 罗尔纲：《水浒真义考》，《文史》第15辑，中华书局1982年9月。后收入罗尔纲《水浒传原本和著者研究》一书，江苏古籍出版社1992年版，第1—57页。
⑤ 罗尔纲：《水浒真义考》，《文史》第15辑，中华书局1982年9月。

东平太守陈文昭写成一个难得的好官,因为陈是作者罗贯中的同学。而对于反证:后来黄宗羲、黄百家、全祖望所修《宋元学案》卷九三采录《门人祭宝峰先生文》,却不提及罗、高著《水浒传》、《琵琶记》之事,王氏的解释是,黄宗羲等人歧视小说。① 仅因一篇文章中人名的偶合,就轻易断定罗本即《水浒传》作者罗贯中,其根据是不充分的,因而遭到他人反驳。王晓家通过分析贾仲明《录鬼簿续编》、王圻《续文献通考》等文献的记载,得出结论,赵宝峰的门人罗本不是《水浒传》的作者罗贯中,罗贯中与高则诚也不是同学。论据站不住脚,观点也就难以成立。周维衍《〈水浒传〉的成书年代和作者问题》一文认为,《水浒传》的最后成书者是罗贯中,明代较早著录的文献倾向性强,主次分明,后起的文献才把施耐庵作为主要撰写者。从《水浒传》反映的地理知识看,最后成书者也应是罗贯中。② 显然其结论也是来自对旧有材料的推论。

　　元明曾有文献记载,罗贯中写过剧本《龙虎风云会》,因此有学者将其作为考证《水浒传》作者的一种参照。何心《水浒研究》在对《水浒传》与《龙虎风云会》进行了词语方面的比勘后,发现二者有五处相同:1."九朝八帝班头,四百年天基帝王"。2.常言道:"表壮不如里壮"。3."八十万禁军"。4."甲马营中"。5."白衣秀士"。其结论说:"以上五项,虽然算不得坚强的证据,但也不能说都是偶然巧合。假使《龙虎风云会》确是罗贯中所撰,则《水浒传》也是罗的著作,或曾经他编纂修订过,那似乎更无可疑了。"③ 从两书文本语言进行对勘,寻找共同点,不失为一种考察作者的方法,但他的材料不够充分,与结论之间缺乏必然的联系,因为所举五条证据多是熟语、成语、套话之类,在元明以来通俗文艺作品中使用频率较一般词语为高,很难据此说明两书作者是同一人。更关键的是,《龙虎风云会》的作者是否罗贯中,还存在

---

① 王利器:《罗贯中高则诚两位大文学家是同学》,《社会科学战线》1983年第1期。
② 周维衍:《〈水浒传〉的成书年代和作者问题》,《学术月刊》1984年第7期。
③ 何心:《水浒研究》,上海古籍出版社1985年版,第26、27页。

问题，用何心的话说"当是罗氏原作"，这样前提下所作的比勘、得出的结论就有些靠不住了。

王晓家《〈水浒〉作者罗贯中考辨》①、李伟实《〈水浒传〉成书于元末明初说不能成立——兼论〈水浒传〉的作者为罗贯中非施耐庵》②等文，以及周楞伽、柳存仁等人都坚持认为，罗贯中是《水浒传》的作者。

但是，对于罗贯中著《水浒》说，明代学者即有异议。万历时胡应麟承认《三国》为罗贯中所作，但否认他写过《水浒》，他驳斥郎瑛《水浒》、《三国》并出罗贯中之手的说法："二书浅深工拙，若霄壤之悬，讵有出一手之理？"③胡应麟从文本书写的差异判定二书非一人所著，自有一定道理。今人否定此说者更是不乏其人。宋云彬《谈〈水浒传〉》就对罗贯中著《水浒》说持基本否定态度："我们现在读他的那本《三国志演义》，觉得文笔实在不高明，他似乎写不出《水浒传》那样伟大的作品。"④戴不凡对《水浒传》作者的"罗贯中说"也表示怀疑和否定。他对于明初贾仲明《录鬼簿续编》的记载没有置疑，但对王圻《稗史汇编·院本》中记载罗贯中为"有志图王者"一语生发联想，认为如果罗贯中果真是一位"有志图王"的人，在元末天下大乱、群雄并起的背景下不可能去描写梁山好汉受招安并去征讨方腊这样的故事。他又拿罗贯中另两部作品《三国演义》和《风云会》的思想倾向与《水浒传》相比，认为前两部作品都是歌颂贤人政治的，而《水浒传》则渲染血腥的复仇、残杀，描写宋江招安后率军穷凶极恶地去屠杀另一支造反的农民军队伍。再把《三国演义》、《隋唐演义》、《残唐五代史演义》的文风、语言和《水浒传》一比，更是差异明显。

---

① 王晓家：《〈水浒〉作者罗贯中考辨》，《水浒争鸣》第二辑，长江文艺出版社1983年版。
② 李伟实：《〈水浒传〉成书于元末明初说不能成立——兼论〈水浒传〉的作者为罗贯中非施耐庵》，《诸家汴梁论水浒》，中州古籍出版社1993年版。
③ 胡应麟：《少室山房笔丛》卷四十一《庄岳委谈》，上海书店出版社2001年版，第438页。
④ 宋云彬：《谈〈水浒传〉》，《文艺月报》1953年3月号。

因此，他认为《水浒传》的作者"罗贯中"也可能是被人假冒的①。其建立在文本比勘、分析基础上的结论有一定说服力，但也并非无懈可击，如第一条拿罗贯中"有志图王"与《水浒》受招安讨方腊情节不符，作为罗贯中非《水浒》作者的力证，就不太妥当，因为王圻《稗史汇编》记载是否可靠，值得商榷。

关于罗贯中有无其人的问题几乎没有争议，因为有贾仲明《录鬼簿续编》的记载，一般认为是可信的。而且《三国志通俗演义》的作者为罗贯中早已获得公认。但对罗贯中的名号、籍贯及著《水浒传》的时间均有争议。多种文献记载，罗贯中名本，如高儒《百川书志》、田汝成《西湖游览志馀》等均是如此。但王圻《续文献通考·经籍志·传记类》却称"罗贯著，贯字本中"。清人章学诚曾进行一番考证，但无果。②

对于罗贯中的籍贯，自明代起就存有争议，主要有太原说、东原说、钱塘说（杭州说）。今存最早的嘉靖本《三国志通俗演义》前有庸愚子的《序》，称"东原罗贯中"。一百十五回本《忠义水浒传》、一百二十四回本《忠义水浒传》，都题"东原罗贯中"。另外，《隋唐两朝志传》、《三遂平妖传》都署"东原罗贯中"。1931年8月，赵万里、郑振铎、马廉等影写天一阁旧藏明代蓝格抄本钟嗣成《录鬼簿》二卷和贾仲明《录鬼簿续编》一卷，从《录鬼簿续编》中得知"罗贯中，太原人，号湖海散人，与人寡合。乐府隐语，极为清新，与余为忘年交。遭时多故，各天一方，至正甲辰复会。别来又六十余年，竟不知其所终"。③ 赵景深于1948年所著《水浒简论》也认为，罗为元末明初太原人。今日学界多相信此说。王晓家根据《水浒传》中人物多出山西这一现象，也判定作者

---

① 戴不凡：《疑施耐庵即郭勋》，《小说见闻录》，浙江人民出版社1980年版，第103—105页。

② （清）章学诚《丙辰札记》，引自朱一玄、刘毓忱编《水浒传资料汇编》，百花文艺出版社1981年版，第140页。

③ （明）贾仲明《录鬼簿续编》，中国戏曲研究院编《中国古典戏曲论著集成》第二册，中国戏剧出版社1959年版，第281页。

罗贯中为山西人。①但所举旁证仍是贾仲明《录鬼簿续编》的记载，并无新证。有的学者认为"太原"乃"东原"之误，罗贯中应为东原人，东原为明朝山东东平州地，即今日山东东平。

有很多文献记载罗贯中为钱塘（杭州）人。郎瑛《七修类稿》卷二十三、胡应麟《少室山房笔丛》卷四十一、田汝成《西湖游览志馀》卷二十五皆以为罗贯中为钱塘人。许自昌《樗斋漫录》卷六说"杭人罗贯中"、王圻《续文献通考》卷一百七十七又云"贯字本中，杭州人"。周亮工《因树屋书影》卷一说罗贯中"洪武初越人"。《绣谷春容》又说"钱塘罗贯，南宋时人"。鲁迅引宋人庄季裕《鸡肋编》所载："浙人以鸭儿为大讳。北人但知鸭羹虽甚热，亦无气。后至南方，乃始知鸭若只一雄，则虽合而无卵，须二三始有子，其以为讳者，盖为是耳，不在于无气也。"又根据《水浒传》中因潘金莲偷汉子，郓哥骂武大郎为鸭的情节，断定"《水浒传》确为旧本，其著者则浙人"。②

但又有所谓"太原原籍""钱塘客籍"说。罗尔纲认为："至贾仲明《续录鬼簿》说罗贯中为太原人，这可能是原籍，而后来落籍于钱塘，故郎瑛、田汝成都记他为钱塘人。"③王利器认为："所谓杭人，乃是新著户籍。《续编》以为太原人，太原当作东原，东原是罗贯中原籍，《三国志通俗演义》弘治本蒋大器序称'东原罗贯中'是也。"④徐朔方倡《水浒传》乃集体创作而成，他认为施耐庵、罗贯中仅能称为"编著写定者"，并推测施耐庵很可能是一位书会才人或说话人。他综合《录鬼簿续编》及郎瑛、高儒等人的记载和《水浒传》的题署，认为罗贯中当是太原人而流寓杭州者。并说"从小说本身的文学语言和地理情况看，它的编著写定者只有

---

① 王晓家：《水浒琐议》，山东文艺出版社1990年版，第192—193页。
② 鲁迅：《华盖集续编·马上支日记》，《鲁迅全集》（第3卷），人民文学出版社1981年版，第322—323页。
③ 罗尔纲：《水浒真义考》，《水浒传原本和著者研究》，江苏古籍出版社1992年版，第7页。
④ 王利器：《〈水浒传〉的来源》，《西南师范大学学报》1987年第1期。

原籍北方又曾长期流寓杭州的人才可能是,两个条件缺一不可。在这一点,施耐庵和罗贯中都是适合的"①。因而他的观点并不明确。这种原籍、客籍说,显然有综合前人诸说而成已说的嫌疑。而且,以上说法均无可靠的文献支撑。因此,罗贯中的籍贯问题至今未明。

  对于罗贯中著《水浒传》的时间,明代人或以为是洪武初年。天都外臣(汪道昆)于明万历十七年(1589)所作《〈水浒传〉序》云:"故老传闻,洪武初,越人罗氏,诙诡多智为此书,共一百回。"② 这种观点长期为《水浒》研究界所信服。陈中凡《试论水浒传的著者及其创作时代》③ 一文认为,罗贯中是元末明初时人。其根据的材料主要有:贾仲明《录鬼簿续编》所记贾氏与罗氏为"忘年交"、"至正甲辰复会"等语,也是园藏《古今杂剧》著录《宋太祖龙虎风云会》者,署名"罗贯中",弘治甲寅刻本《三国志通俗演义》题"罗贯中编次",郎瑛《七修类稿》也说"《三国》、《宋江》二书,乃杭州罗本贯中所编"。上述材料只有郎瑛《七修类稿》"辨证类"《三国宋江演义》一条直接提及罗贯中著《水浒》之事:"《三国》、《宋江》二书,乃杭人罗本贯中所编。予意旧必有本,故曰编。《宋江》又曰'钱塘施耐庵的本'。"④ 可见郎瑛并不能肯定罗贯中是《水浒传》作者。周邨《书元人所见罗贯中〈水浒传〉和王实甫〈西厢记〉——关于中国小说、戏曲史的二三事》一文则认为,罗贯中为元代人,或宋元间人,而入元时间且是较短于南宋时的。但是他的论证全部建立在推论基础上,先论证《稗史集传》是"元人记元事",推论出其中的"葛可久"条也是"元人记元事",王圻《稗史汇编》"院本"条中"国初葛可久"也是记的元代之事,而且是元初,再据王圻《稗史汇编》

---

  ① 徐朔方:《从宋江起义到〈水浒〉成书》,《中华文史论丛》1982 年第 4 辑。
  ② (明)天都外臣:《水浒传序》,引自朱一玄、刘毓忱编《水浒传资料汇编》,南开大学出版社 2002 年版,第 167 页。
  ③ 陈中凡:《试论水浒传的著者及其创作时代》,《南京大学学报》1956 年 1 月号。
  ④ (明)郎瑛《七修类稿》卷二十三,文化艺术出版社 1998 年版,第 285 页。

中"葛寄神医工，罗传神稗史"两句，推导出罗贯中不仅是《水浒传》的作者，而且是元代人或宋元间人。① 这种结论经不起推敲。周邨并根据王圻《稗史汇编》和贾仲明《录鬼簿续编》关于罗贯中的不同记载，认为两书所记并非一人。进而提出，《稗史汇编》所记宋元间的罗贯中才是《水浒传》的作者。李修生《〈稗史汇编〉"院本"条非元人记元事》② 一文对周邨之说进行了反驳，指出罗贯中是元末明初人。章培恒在 1980 年《三国志通俗演义》前言中认为，既然贾仲明、罗贯中为忘年交，罗比贾长四十年左右，则罗贯中为元中叶的人，"一般假定生卒为 1300—1400 年，实是一个跟他的实际生卒年也许相差几十年的假定。"③ 而罗尔纲根据《水浒传》成书于《三遂平妖传》之前、《水浒传》中"南京建康"的称呼等证据，论定《水浒传》成书于洪武二十年后至永乐初，即 1387—1407 年。④ 也大致不出明初。

综观现代学界各家所论，虽然歧说纷纭，但所据仍不出明代《录鬼簿续编》、《稗史汇编》、《七修类稿》、《西湖游览志馀》等数种文献，论证方法主要是对旧材料的推论、臆断，由于并未发现足以动摇、推翻贾仲明记载的证据，因此现在比较一致的意见还是认为罗贯中是元末明初的人，其作《水浒传》也应在元末明初这一时期。

第二节　疑云重重的"施耐庵"说

明代时即有人把施耐庵当作《水浒传》的作者，但无人提供有力的文献支撑。郎瑛《七修类稿》既云《水浒》"乃杭人罗贯中所

---

① 周邨：《书元人所见罗贯中〈水浒传〉和王实甫〈西厢记〉——关于中国小说、戏曲史的二三事》，《江海学刊》1962 年第 7 期。
② 李修生：《〈稗史汇编〉"院本"条非元人记元事》，《江海学刊》1963 年第 2 期。
③ 章培恒：《〈三国志通俗演义〉前言》，上海古籍出版社 1980 年版。
④ 罗尔纲：《〈水浒传〉的著者及其成书年代》，《水浒传原本和著者研究》，江苏古籍出版社 1992 年版，第 158—163 页。

编",又说"《宋江》又曰钱塘施耐庵的本"。① 钱希言《戏瑕》卷一记载:"施氏《水浒》盖有所本耳。一云,施氏得宋张叔夜擒贼诏语,因润饰以成篇者也。"② 胡应麟说过"元人武林施某所编《水浒传》"之类的话,但又说"世传施号耐庵,名字竟不可考"。③ 周亮工《书影》卷一说:"《水浒传》相传为洪武初越人罗贯中作,又传为元人施耐庵作"。周对金圣叹作伪的行为十分不满,并质疑"定为施耐庵作,不知何据?"④ 上述诸家载录中所谓"世传"、"相传"、"一云"、"又曰"等语,表明明代人和清初人对于施耐庵著《水浒传》说也是来自传闻。

从明代各种《水浒传》版本题署情况看,有题施、罗合撰者,如高儒《百川书志》所记的《水浒传》署"施耐庵的本,罗贯中编次",天都外臣序本题"施耐庵集撰,罗贯中纂修"。明末崇祯年间,金圣叹宣称得到《水浒传》原本,只有七十回,署"东都施耐庵撰",且作伪施序于前,其骗局早被周亮工等人识破。但由于清代三百年间世上流传的主要是金圣叹的贯华堂本,所以清人一般都把施耐庵作为《水浒传》的作者。

20世纪初,一般谈到《水浒传》时,大抵将施耐庵当作作者。如王钟麒《中国三大小说家论赞》说:"施氏少负异才,自少迄老,未获一伸,其志痛社会之黑暗,而政府之专横也,乃以一己之理想,构成此书。"⑤ 黄人《小说小话》论及《水浒传》,特注曰:"耐庵本书止于三打曾头市,余皆罗贯中所续。今通行本则金彩割裂增减施、罗两书首尾成之。"⑥ 1916年,钱静方在《水浒演义

---

① (明)郎瑛:《七修类稿》,文化艺术出版社1998年版,第285页。
② 马蹄疾编:《水浒资料汇编》,中华书局1980年版,第360页。
③ (明)胡应麟:《少室山房笔丛》卷四十一《庄岳委谈》下,上海书店出版社2001年版,第436、438页。
④ (清)周亮工:《书影》卷一,引自马蹄疾《水浒资料汇编》,中华书局1980年版,第378页。
⑤ 王钟麒:《中国三大小说家论赞》,原载《月月小说》第2卷第2期(1908),引自朱一玄、刘毓忱编《水浒传资料汇编》,南开大学出版社2002年版,第341页。
⑥ 黄人:《小说小话》,原载《小说林》第1卷(1907),引自朱一玄、刘毓忱编《水浒传资料汇编》,南开大学出版社2002年版,第357页。

考》一文中说:"《水浒》实元季施耐庵先生所撰,罗所编者,特《征四寇》之《后水浒》耳。"① 这些说法,显然都是受了金圣叹的影响。1928年上海亚东图书馆的七十回本《水浒传》题施耐庵为作者。上海中西书局1933年版一百二十回《水浒传》及梅寄鹤序均称施耐庵为作者,但其根据令人怀疑。梅寄鹤的《序》称,他"曾经化了五毛钱的代价"买了一本手抄的《梦花馆笔谈》,其中载明"施耐庵尝取梁山泊的故事,著《水浒传》一百二十回",但是他的诡秘说法无法令人相信。中国科学院文学研究所编《中国文学史》(人民文学出版社1962年版)和游国恩等人编《中国文学史》(人民文学出版社1964年版)都称施耐庵为《水浒传》的作者,也都是沿袭清代以来的成说。

关于有无施耐庵其人的问题,学术界向来有两种观点:一种认为,施耐庵史无其人;另一种认为,施耐庵实有其人。明人胡应麟说"世传施号耐庵,名字竟不可考"②。20世纪以来的否定说可以胡适为代表,他在1921年所撰《水浒传考证》中,从分析《水浒传》成书历程角度,推论说:"'施耐庵'大概是'乌有先生'、'亡是公'一流的人,是一个假托的名字。"③ 胡适是确立现代学术范式的重要人物,他的观点对后人影响很大,直至今日仍有人坚信其观点。鲁迅在1923年出版的《中国小说史略》中持类似观点,他说:"疑施乃演为繁本者之托名"。鲁迅是从研究《水浒传》版本演变的过程中得出这一结论的,因而在学界也有很强的说服力。不过鲁迅加上了一个"疑"字,可见其态度是审慎的。戴不凡说:"至于说到施耐庵,在明朝崇祯以前,除了那些《水浒传》小说上署他的名以外,对他没有一条较为确切可靠的记载。"④ 他还重提

---

① 钱静方:《小说丛考》,引自朱一玄、刘毓忱编《水浒传资料汇编》,百花文艺出版社1981年版,第123页。
② (明)胡应麟:《少室山房笔丛》卷四十一《庄岳委谈》下,上海书店出版社2001年版,第438页。
③ 胡适:《水浒传考证》,《中国章回小说考证》,安徽教育出版社1999年版,第35页。
④ 戴不凡:《小说见闻录》,浙江人民出版社1982年版,第105页。

第二章 《水浒传》作者研究面面观

金圣叹作伪的旧账,显然,他是把施耐庵著《水浒传》说的谬传归咎于金圣叹。范宁《〈水浒传〉版本源流考》一文认为,虽然嘉靖时《百川书志》著录《水浒传》为"钱塘施耐庵的本,罗贯中编次",但施耐庵其人并不可考。并引用明惠康野叟《识馀》卷一所说"世传施号耐庵,名字竟不可考"作证。① 清人句曲外史《水浒传序》曾说"耐庵元人",但没有举证。②

还有施耐庵即施惠说。明万历间徐复祚《三家村老委谈》"宋江"条曾有"君美之传《水浒》"之语。程穆衡《水浒传注略》、《宝敦楼传奇汇考标目》、吴梅《顾曲麈谈》、孙楷第《中国通俗小说书目》都认为施耐庵就是施惠。今人多引戏曲家吴梅在《顾曲麈谈》中所说:"《幽闺》为施君美作。君美名惠,即作《水浒传》之耐庵居士也。"③ 鲁迅对"施惠说"持怀疑态度,其《中国小说史略》云:"近吴梅著《顾曲麈谈》,云《幽闺记》为施君美作。君美名惠,即作《水浒传》之耐庵居士也。案惠亦杭州人,然其为耐庵居士,则不知本于何书,故亦未可轻信矣。"④ 赵景深于1948年所撰《〈水浒传〉简论》中也否定施惠说。他说:"至于施耐庵这人,是无可稽考的。吴梅说到《幽闺记》的作者施君美,'按施君美,名惠,字耐庵,《水浒记》亦其手笔云'。虽然施惠也是杭州人,他这话却不知是从什么书上来的,所以最不可信。"⑤ 何心曾质询吴梅此说之根据,吴梅说依据钟嗣成《录鬼簿》。何心查天一阁藏蓝格写本《录鬼簿》及曹寅所刊《录鬼簿》,均无施惠曾经编撰《水浒传》的说法。因此,他认为吴梅的话并不可信。他在无名氏所编抄本《传奇汇考标目》中查到:"施惠,字君美,武林人。"另一抄本则说:"施耐庵,名惠,字君承,杭州人。"后者与

---

① 范宁:《〈水浒传〉版本源流考》,《中华文史论丛》1982年第4期。
② (清)句曲外史:《水浒序》,《绘图增像五才子书》,引自朱一玄、刘毓忱主编《水浒资料汇编》,百花文艺出版社1981年版,第359页。
③ 吴梅:《顾曲麈谈》,中国人民大学出版社2004年版,第22页。
④ 鲁迅:《中国小说史略》,人民文学出版社1973年版,第123页。
⑤ 赵景深:《〈水浒传〉简论》,《中国小说丛考》,齐鲁书社1980年版,第148页。

天一阁藏蓝格写本《录鬼簿》相合。但是天一阁藏本《录鬼簿》只说施君美"唯以填词和曲为事，所著有《古今诗话》，亦成一集"，并未言及作《水浒》之事。①范宁认为，徐复祚《三家村老委谈》误把施耐庵说成是施君美，乾隆时人编纂《宝敦楼传奇汇考目》沿袭徐氏误说，谓施耐庵即施惠，而吴梅竟称《水浒》作者是施惠，但《录鬼簿》上那个施惠并无耐庵其号，也没有说他写过《水浒传》。范宁并对所谓江苏白驹镇的施彦端即施耐庵说表示了怀疑。②

还有施耐庵为郭勋门人说。郭勋曾经刊刻过《水浒传》，有很多文献可以证明，如嘉靖间晁瑮编《宝文堂书目》"子杂"类著录《忠义水浒传》和《水浒传》二目，《水浒传》目下注云："武定版"；万历十七年（1589）刊本《忠义水浒传》卷首的天都外臣序也称"嘉靖时，郭武定重刻其书"云云；《明史·郭英传》也说他"颇涉书史"，沈德符《野获编》卷五"勋戚"类"武定侯进公"条也说他"好文多艺，能计数"，并记载了有关郭勋为了抬高其始祖郭英而编写《英烈传》的事迹，等等。胡适和鲁迅都曾说过施耐庵是托名，后来冯雪峰、戴不凡、张国光均也曾继续探讨。戴不凡以为，在郭勋刻印《水浒传》之前，从来没有人说过《水浒传》的作者是施耐庵，郭勋本刊印之后，大家纷纷说《水浒传》是施耐庵作的。因此，施耐庵很可能是郭勋假托伪造的一个名字，或者极可能就是郭勋门下御用文人的托名。③

张国光《〈水浒〉祖本探考》一文也持这种观点，主要举出三条材料：一是沈德符《野获编》的记载："武定侯郭勋在世宗朝号好文多艺，能计数，今新安所刻《水浒传》善本即其家所传"；二是郭勋向来被认为是惯于借编刊小说来搞政治投机的政客。沈德符《万历野获编》卷五《武定侯进公》载："初，勋以附会张永嘉议大礼，因相倚互为援，骤得上宠，谋进爵上公。乃出奇计，自撰

---

① 何心：《水浒研究》，上海古籍出版社1985年版，第27—28页。
② 范宁：《〈水浒传〉版本源流考》，《中华文史论丛》1982年第4期。
③ 戴不凡：《小说见闻录》，浙江人民出版社1980年版，第117—125页。

第二章 《水浒传》作者研究面面观

'开国通俗纪传',名《英烈传》者,内称其始祖英战功几垺开平、中山,而当时鄱阳之战,友谅中流矢死,本不知何人,乃云郭英所射。令内官之职平话者,日演唱于上前,且谓此相传旧本。上因惜英功大赏薄,有意崇进之。……峻拜太师,后又加翊国公世袭,则伪造纪传与有力焉。"三是沈国元《皇明从信录》卷三十所载:"嘉靖十年间,刑部郎中李瑜议进诚意伯刘基侑祀高庙,位次六王。至是武定侯郭勋欲进其立功之祖郭英于太庙,乃仿《三国志》□□□《(水)浒传》为《国朝英烈记》,言生擒士诚,射死友(谅)□□□□,传说宫禁,动人听闻,已乃疏乞祀英庙……"①上述三条材料中第一条是说郭勋家刻印过《水浒传》,后两条只是说郭勋编造过《国朝英烈传》,但都未明确指出郭勋或其门人编写过《水浒传》。张国光认为,郭勋之所以要编刊《水浒传》主要原因有二:一是与正德至嘉靖多起农民起义先造反后投降的史实有关,二是由于世宗皇帝执迷于道教,而《水浒传》则借宣扬道教以迎合世宗。这种探讨难免隔靴搔痒之嫌。王根林《〈水浒祖本探考〉质疑》②对张氏上述观点进行了反驳。该文认为,郭勋编写《英烈传》出于特定的政治目的,但不能据此推理郭出于相同动机编写《水浒传》。《水浒祖本探考》所列鼓吹招安和宣扬道教"两大主题"也不能证明《水浒传》成书于嘉靖年间。因为《水浒传》描写的招安并不与明代农民起义军的投降招安有对应关系,而是一种普遍的历史现象;《水浒传》中宣扬道教也并非就是影射明代嘉靖皇帝,而是北宋末年徽宗皇帝煽起的崇道风尚的客观反映。对于张文所论《水浒传》成书于嘉靖十一二年,以及作者署名问题,该文一一给予辩驳。张文引据的郭勋本传、《宰辅年表》以推论的郭勋政治得意时期与论题关系不大;张文所说"郭先指使门客仿《三国演义》编撰成长篇小说《水浒传》,而后又在《水浒传》的基础

---

① 张国光:《〈水浒〉祖本探考——兼论施耐庵为郭勋门客之托名》,《江汉论坛》1982年第1期。
② 王根林:《〈水浒祖本探考〉质疑——与张国光先生商榷》,《中华文史论丛》1982年第4辑。

上编成《英烈传》的",不合情理。《皇明从信录》虽说郭勋令门客仿《三国演义》和《水浒传》编写《英烈传》,但根本没有必要先仿《三国演义》编《水浒传》,再仿《水浒传》编《英烈传》。《探考》在假设郭勋于嘉靖十年(1531)仿《三国演义》作《水浒传》的前提下,再加上两三年刊刻时间,定《水浒》成书于嘉靖十一二年,这种建立在错误前提下的结论,当然靠不住。可以说,这些反驳理由足以驳倒张国光之论。李永祜《〈水浒〉成书"嘉靖说"质疑之二》一文也不同意郭勋编写《水浒传》说,并提供多种理据加以辩驳,[①] 此不赘述。

袁世硕《郭勋与〈水浒传〉》一文提出,虽然可以确信郭勋刻印过《水浒传》,但是郭勋不可能是《水浒传》的作者。主要论据是:《水浒传》描写市井生活远比描写朝廷官僚生活深刻、细致、生动,以郭勋的地位、经历及思想而论,是不具备写作《水浒传》的条件的;《水浒传》征辽部分地理位置上的极端混乱也与郭勋二十多年的京营总兵身份不符;《水浒传》六十三回介绍大刀关胜时说他是"义勇武安王"关羽的后代,而关羽的这个称号是北宋徽宗时敕封的,明代嘉靖十年,也正是郭勋擅权之时,又正关羽寿亭侯封号,身为权幸的郭勋不可能不知道关羽的这个新封号。至于《水浒传》是否郭勋门客所作,袁氏认为郭勋也不可能为了某种政治目的授意其门人撰写《水浒传》,但是郭勋府中存有《水浒传》的底本却是无疑的。因此可以这样推想:"郭武定府可能有擅长说《水浒传》故事的说话人,或者还带着书会先生传下来的话本,郭勋觉得生动有趣,可以与《三国志通俗演义》并传,便命其门下清客稍作编辑,校订文字中的错讹,刊印了出来,这就是所谓武定本《水浒传》。"[②] 这种将文本描写与历史、地理背景结合起来的探究方法,比较有力地批驳了所谓郭勋著《水浒传》的说法。

可见,说郭勋曾经刊刻甚至编写过《水浒传》是可以理解的。

---

① 李永祜:《〈水浒〉成书"嘉靖说"质疑之二》,《水浒争鸣》第5辑,武汉大学出版社1987年版。

② 袁世硕:《郭勋与〈水浒传〉》,《柳泉》1984年第4期。

第二章 《水浒传》作者研究面面观

但是说郭勋托名施耐庵作了一部《水浒传》,或者说郭勋授意其门下文人写了一部《水浒传》却是至今没有文献可证明的。

持施耐庵实有其人说的也不乏其人。虽然明代人已经不知施耐庵的有无,金圣叹的作伪也早为时人识破,但是至今仍有人相信施耐庵就是《水浒传》的作者。1953年12月人民文学出版社出版了七十一回本《水浒传》,卷首《关于本书的作者》认为,"金圣叹和以前的人把作者归之于施耐庵,我们认为是对的"[①]。因为《水浒》的作者应该指"编成书以后加工改写、在艺术上成就最大的作家",其根据是鲁迅《中国小说史略》中的推断。鲁迅说:"……又简本撰人,止题罗贯中,周亮工闻于故老者亦第云罗氏,比郭氏本书,始着耐庵,因疑施乃演为繁本者之托名,当是后起,非古本所有。"[②] 其实鲁迅是主张简本早于繁本的,既然他说"简本撰人,止题罗贯中",则见出他是倾向于罗贯中说的。陈中凡《试论〈水浒传〉的著者及其创作时代》[③] 一文认为施耐庵史有其人,其主要根据是,既然已知罗贯中为元末明初时人,胡应麟《少室山房笔丛》四十一又说"元人武林施某所编《水浒传》……其门人罗本亦效之为《三国志演义》",就可以推知施耐庵为元代后期的人。但是其用作论据的胡应麟的记载是否可靠并不能确定。同时,陈氏否认《兴化县续志》所载淮安王道生撰《施耐庵墓志》中的施耐庵。刘世德《施耐庵研究》一书中说:"施耐庵是否确有其人,老实说,这本来是个不成问题的问题。""断言'施耐庵无其人'的仅仅是极个别的学者。随着《水浒传》研究的进展,这种发表于几十年前的意见已很少有人再坚持,也不为人们所普遍接受。"[④]

王利器支持施耐庵作《水浒传》说,其根据是《靖康稗史七

[①] 《关于本书的作者》,见1953年人民文学出版社第二版《水浒》卷首,同年作家出版社出版《水浒》的《关于本书的作者》与此相同。
[②] 鲁迅:《中国小说史略》,东方出版社1996年版,第114—115页。
[③] 陈中凡:《试论〈水浒传〉的著者及其创作时代》,《南京大学学报》1956年1月号。
[④] 刘世德:《施耐庵研究》,江苏古籍出版社1984年版。

种》前有咸淳丁卯（宋度宗咸淳三年）耐庵的序，这个耐庵就是施耐庵。天一阁抄本《录鬼簿》下的施惠小传，载具体作品有《古今诗话》，就是《水浒传》的"的本"。理由是"诗话亦话本之一种，今传世有《大唐三藏取经诗话》，而《水浒传》又有词话之称"[1]。这种推论显然有些牵强。王氏并将《水浒传》与施惠《幽闺记》相比较，发现二者的描写手法有许多相似乃至相同之处，主要表现在对事物描写片段的相似与雷同。但是这一点也不难找到反证，因为古代通俗小说与戏曲作品的描写语言通常是一些可以相互袭用的套语。像通俗小说、戏曲这样的民间文学作品，描写同类的人物、景物往往可以都使用大同小异的套语。因而两部作品局部的偶尔相似、相同不能作为出自同一作者的证据。

第三节　苏北"施耐庵文物史料"真伪争论述要[2]

20世纪初以来有所谓施耐庵的文物、史料在苏北的兴化县陆续被发现，主要有大丰县白驹镇《施氏族谱》、王道生撰《施耐庵墓志》、袁吉人《耐庵小史》等十数项文物史料。

一个世纪以来，围绕这些文物史料的真赝，展开了旷日持久的大争论，成为20世纪《水浒传》研究界的一大学术公案，自20世纪30年代至80年代，曾经进行过九次大规模的调查活动，有多阶层、数百人参与了调查、论证。仅新中国成立后大的调查活动就有三次：一次是1952年在中宣部周扬副部长直接指导下，由丁正华、苏从麟等人自9月16日至9月26日，到兴化县、白驹镇、施家桥等地实地调查。9月29日写成《施耐庵生平调查报告》，于当年第21号《文艺报》发表，并有相关附件八件。同年10月，文化部副部长沈雁冰委派人民出版社社长聂绀弩，以及谢兴尧、钱锋等人组成调查组，再次前往江苏调查，这次调查规模更大，范围更广，涉

---

[1] 王利器：《〈水浒全传〉是怎样纂修的？》，《文学评论》1982年第3期。
[2] 本节内容参阅了邓绍基、史铁良主编《明代文学研究》第四章第一节"《水浒传》研究"，北京出版社2003年版。特此致谢。

及的人员更多，查阅了大量地方文献。调查结束后，聂绀弩向中央一位领导作了口头汇报，其结论是"白驹一带发现的材料大致是不可靠的"，后来又在一次会议上说"苏北连施耐庵的影子都没有"[①]；第三次调查活动发生在1982年4月，江苏省社会科学院邀请京、津、沪、沈、浙、鲁等地专家到大丰、兴化实地考察。同年8月在中国社会科学院文学研究所召开了施耐庵文物史料问题座谈会，许多著名历史学家、文字学家、文物学家、古典文学专家参加了会议。辩论分歧很大，主要分为相反的两种观点：一种观点即所谓"铁证"说，即苏北施彦端即《水浒传》作者"施耐庵"，以卢兴基、刘冬为代表；另一种认为这些材料不足以证明"施彦端"即《水浒传》作者"施耐庵"，以蔡美彪、刘世德为代表，刘世德还指出，《施氏长门谱》的"一世祖彦端公"之下"字耐庵"三字是后加的[②]。直到今天，这场争论仍然未停息。争论过程大致可分两个阶段：

20世纪30年代至60年代为第一阶段。"施耐庵史料"陆续问世，对其真实性问题，学术界形成肯定者与否定者两派。

1928年11月8日，《新闻报》副刊《快活林》载胡瑞亭的《施耐庵世籍考》，称其到江苏兴化白驹镇施家桥调查户口时，于施氏宗祠见其一世祖施耐庵像，通过查阅施氏族谱，又得《耐庵小史》等材料。胡文援引了明淮安袁吉人撰《耐庵小史》、明淮安王道生作《施耐庵墓志》等史料。后来汪伪兴化县长李恭简任"总修"的《兴化县续志》也载有《施耐庵墓志》，但内容与胡氏所录《施耐庵墓志》略有差异。二种《施耐庵墓志》皆称来自施氏族谱。《兴化县续志》中又有《施耐庵传》。1933年，上海中西书局出版澄江梅氏藏本一百二十回《古本水浒》，卷首梅寄鹤所撰的《序》称，他曾得到一手抄笔记《梦花馆笔谈》，无作者姓氏，其中有一则《水浒传》笔记，称施耐庵与刘青田为同门师兄弟，后来

---

① 参阅黄俶成《施耐庵与〈水浒传〉》，上海人民出版社2000年版，第239页。
② 黄俶成：《施耐庵与〈水浒传〉》，上海人民出版社2000年版，第243页。

刘基仕元,耐庵隐居著《水浒传》一百二十回。又引江阴民间传说,施耐庵曾在元宵灯市以拳脚教训调戏妇女的恶棍。这些说法显然不足为据。

1946年,《申报》先后刊出多篇有关施耐庵的文章。鲍雨《施耐庵在"白驹场"》(10月29日)说施耐庵是"河南洛阳人",元末曾在钱塘作过小官,因与当道不合,挂冠归去,闭门著书。1949年3月15日,范烟桥于《新闻报》发表《施耐庵之谜》一文,原文为:

> 最近接到上海周梦庄先生的来信,云所居盐城之伍佑场,距离白驹仅六十五里。幼时每逢五月十三日必往看酬神戏,民二十五(年),趁便访问施祠、施墓,因而其地老学究施逸琴先生,抄得施耐庵所作散曲一套,为赠鲁渊与刘亮者,二人皆文士,参与张士诚幕。末署"耐庵施肇瑞谱于秋灯阁"。

施逸琴还谈到曾见一诗集抄本,内有赠施云清诗,注云:"君作《水浒传》,影射张士诚事。"云清为耐庵之子,曾参士诚幕,因与士诚婿潘光维不和而辞去。

1952年第21号《文艺报》刊出刘冬、黄清江《施耐庵与〈水浒传〉》,介绍了他们新发现的有关施耐庵的材料:神主和墓碑、墓志、《兴化县续志》的记载等。该《兴化县续志》的《文苑》中还有一篇记载,叙述施耐庵事迹。同期《文艺报》还刊出丁正华、苏从麟《施耐庵生平调查报告》,其调查所得材料:《元史》、《明史》、《淮安府志》、《泰州府志》、《扬州府志》等,均无施耐庵的记载。《兴化县志》旧本亦无记载。只有兴化汪伪县长李恭简所修之《兴化县续志》收有《施氏传》及《墓志》各一,但对施氏生平亦语焉不详。施氏族谱系清咸丰四年所修,只存摘录本,所录有《施氏族谱序》、《故处士施公墓志》、《施氏宗祠建立纪述》等文及施氏以下十二世世系考。

1952年12月3日,《晓报》发表了赵景深《关于〈水浒传〉

的作者问题》①，记载了在上海文联召开的《水浒传》作者座谈会上洪瑞钊的发言。洪曾查过《元史·选举志》、《兴化县志》和《淮安县志》。咸丰元年（1851）所刻《兴化县志》、光绪十年（1884）所刻《淮安县志》、元末明初的进士表里都没有施耐庵。何心《水浒研究》对《兴化县续志》所载施耐庵的《墓志》和传记，提出四点怀疑：1. 不合墓志格式。墓志中应叙述的生死年月、祖先名讳、家世履历等，完全没有述及。两篇中都提及《水浒传》，似乎特地要证明《水浒》是施耐庵所著，更为可疑。2. 墓志要刻石纳入圹中，这篇墓志却说："附施氏之谱末。"这就不能称为墓志。王道生连墓志是怎样一种文章都搞不清楚。3.《墓志》和《传记》中都有"明洪武"字样。明朝人写文章，绝不会在洪武年号上加一个"明"字，这两篇文字既非明朝人所写，其中所讲的一切，就不能相信。4.《三国演义》、《隋唐志传》、《三遂平妖传》等书，历来都说是罗贯中所著，并无异议，墓志里却说完全是施耐庵所著，何以数百年来没有第二人说过这话，难道只有王道生一人知道吗？何心认为这两篇文字是后人伪造。他和鲁迅一样，"疑施乃演为繁本者之托名"。②

这一阶段，围绕这些"施耐庵史料"真赝问题的争论并无结论，争论双方互相不能驳倒对方。

70年代至90年代为第二阶段。70年代末以来，江苏兴化又陆续"发现"一些所谓施耐庵史料，围绕这些史料的真伪，争论更加激烈。学界的主流观点是，无法证实苏北的施彦端就是《水浒传》作者施耐庵。

戴不凡《疑施耐庵即郭勋》一文对于《水浒传》作者及施耐庵的问题发表了自己看法。对《水浒传》作者施惠说，戴不凡认为，吴梅没有说出他这个说法的来源，不过是"望姓生义"生出来的。对1933年中西书局一百二十回《古本水浒》前面梅寄鹤作的

---

① 赵景深：《关于〈水浒传〉的作者问题》，收入《中国小说丛考》，齐鲁书社1980年版。
② 何心：《水浒研究》，上海文艺联合出版社1954年版，第29、30、31页。

《序》，戴氏说："这不过是一个民间故事。"对 1952 年《文艺报》登载的有关施耐庵的材料，他的态度与何心近似，并进行了釜底抽薪式批驳，认为"这些全是假的"。戴不凡并提出："在郭勋刻印《水浒传》小说以前，从来没有人说过《水浒传》是施耐庵做的。从郭勋刊本问世以后，大家突然都说《水浒传》小说是施耐庵的作品了。纵观整个《水浒传》故事的发展过程，这有点像半路里杀出个程咬金。因而，我怀疑这个'施耐庵'会不会是郭勋（准确地说，该是郭勋所雇用的文人）的托名？"他又在《〈水浒〉随录》①中对范烟桥《施耐庵之谜》提出五点疑问，认为所谓老学究施逸琴者，也属子虚、乌有先生之类，是"死无对证"的。② 张国光《〈水浒〉祖本探考》一文提出，施耐庵只是《水浒传》原作者的托名，对施耐庵生平的调查、探考都是难有预期结果的。③

刘冬《施耐庵生平探考》一文对 1952 年《文艺报》的两篇材料的三个疑点："明洪武初"之"明"字、耐庵死后三年方生子、元至顺辛未无科举，一一进行解释，并又列举了一些"铁证"，但其辩词带有强烈的主观色彩，其"铁证"也是在猜测和推论基础上所得出的。④ 张惠仁《〈施耐庵墓志〉的真伪问题》一文对何心之文及戴不凡之文提出商榷，对王道生所作《墓志》持肯定态度，⑤而所作辩词皆属推测之语，经不起推敲。

1981 年，在大丰县又发现一部《施氏家簿谱》，系施氏后人释满家于 1918 年手录，载有第十四世孙施封于乾隆四十二年（1777）所作《施氏长门谱序》。欧阳健《国贻堂〈施氏家簿谱〉世系考索》一文称该家谱源流清楚，世系分明，是具有重要价值的史料。⑥ 曹俊杰、朱步楼《〈水浒〉作者施耐庵真伪辨》一文认为，

---

① 该文为《疑施耐庵即郭勋》一文的附录，见戴不凡《小说见闻录》，浙江人民出版社 1982 年版。
② 戴不凡：《小说见闻录》，浙江人民出版社 1982 年版，第 90—135 页。
③ 张国光：《〈水浒〉祖本探考》，《江汉论坛》1982 年第 1 期。
④ 刘冬：《施耐庵生平探考》，《中华文史论丛》1980 年第 4 辑。
⑤ 张惠仁：《〈施耐庵墓志〉的真伪问题》，《群众论丛》1981 年第 3 期。
⑥ 欧阳健：《国贻堂〈施氏家簿谱〉世系考索》，《江海学刊》1982 年第 3 期。

第二章 《水浒传》作者研究面面观

大丰、兴化发现的有关施耐庵的文物史料证明了《施氏家簿谱》的可信，证明了《水浒传》作者施耐庵确有其人，并确实是在白驹场一带生活过的施彦端。[①] 卢兴基《关于施耐庵文物史料的新发现》一文称，新发现的《施氏长门谱》，较之1952年发现的《施氏族谱》更为可靠，增强了它的世系表第一世所载的"始祖彦端公字耐庵"的可信性。我们可以初步判定这位施彦端即《水浒传》作者施耐庵。[②]

何满子先生对兴化所谓施耐庵史料文物的真实性持完全否定态度。他在参加1982年兴化施耐庵新材料的考察以后认为，这些所谓新材料仍不足以证明施彦端即施耐庵。[③] 章培恒先生于1982年4月参加了对兴化、大丰有关施耐庵材料的调查和讨论，他认为所有关于施耐庵的材料"进一步证实了《施耐庵墓志》、《耐庵小史》之为后人伪造"。章先生得到了这样一个事实：1918年施氏十八世孙满家和尚手抄的《施氏家簿谱》中既无《耐庵墓志》又无《耐庵小史》。[④] 他的考证推理环环相扣，逐层深入，很有说服力。黄霖《宋末元初人施耐庵及"施耐庵的本"》一文认为，兴化、大丰的新发现恰恰证明了兴化、大丰在元末明初确无施耐庵其人，有关施耐庵的墓志、传说等都是后世附会出来的。[⑤] 喻蘅、林同《〈靖康稗史〉编者绝非〈水浒〉作者》一文针对黄文观点进行一一反驳，但未能提出任何足以使人信服的材料。[⑥]

刘世德先生《施耐庵文物史料辨析》一文就1952年《文艺报》公布的及1962年以来陆续发现的有关施耐庵的材料，进行一

[①] 曹俊杰、朱步楼：《〈水浒〉作者施耐庵真伪辨》，收入《施耐庵研究》，江苏古籍出版社1984年版。
[②] 卢兴基：《关于施耐庵文物史料的新发现》，《文汇报》1982年11月6日。
[③] 何满子：《从宋元说话家数探索〈水浒〉繁简本渊源及其作者问题》，《中华文史论丛》1982年第4辑。
[④] 章培恒：《〈施耐庵墓志〉辨伪及其他》，《中华文史论丛》1982年第4辑。
[⑤] 黄霖：《宋末元初人施耐庵及"施耐庵的本"》，《复旦学报》1982年第5期。
[⑥] 喻蘅、林同：《〈靖康稗史〉编者绝非〈水浒〉作者》，收入《施耐庵研究》，江苏古籍出版社1984年版。

一考辨、鉴别，指出其可疑与矛盾之处。其总的结论大致是："到目前为止，还没有一项真实可靠的、能排斥任何反证的文物、史料可以证明施彦端即《水浒传》作者施耐庵。"①

袁世硕《〈水浒传〉作者施耐庵问题》一文称，兴化、大丰两县近年所发现的文物，凡属口头传说性的皆不足为据。有参考价值的，一是《处士施廷佐墓志铭》，二是《施让地券》，三是《施氏长门谱》，但还是不能证实《水浒传》作者施耐庵的问题。袁文推测施耐庵可能是一位书会才人或说书艺人。施彦端与钱塘施耐庵在时代上是一致的，在里籍上并无矛盾，所以，将施彦端与施耐庵这两个名联系起来，并非绝对不可以。②

1987年，武汉大学出版社出版的《水浒争鸣》第5辑发表了一组《辨"施耐庵文物"之伪》的文章。其中张袁祥《怎能把传说当信史》评析了刘冬有关施耐庵的几篇文章，认为"刘冬同志不管有一点用处或没有一点用处，精的和粗的，真的和假的，重复的和多余的统统拿出来……企图据此论证施耐庵的生平和家世"。曹晋杰、朱步楼《学术研究必须实事求是，除假求真》一文称，《施耐庵研究》一书中考证王道生《施耐庵墓志》和袁吉人《耐庵小史》的可信性，采用的是"循环论证，证假为真"的手法，即把人们依据所谓王道生《墓志》、袁吉人《小史》加以增删改编的东西，又用来反证《耐庵墓志》、《耐庵小史》的真实可信，有源可寻。童斌、苏丰《近百年来"施耐庵之谜"的疑解五种》一文说，袁吉人"据说不满意胡适'乌有先生'的看法，就据白驹材料写成《耐庵小史》，被收入韩国钧、任继愈主编的《吴王张士诚载记》中"。这便是《耐庵小史》的来历。③

综观"铁证"说，其倡导者多是头脑中先有"兴化施耐庵即《水浒传》作者之施耐庵"的观念，然后再罗致证据来证实这一观

---

① 刘世德：《施耐庵文物史料辨析》，《中国社会科学》1982年第6期。
② 袁世硕：《〈水浒传〉作者施耐庵问题》，《东岳论丛》1983年第3期。
③ 童斌、苏丰：《近百年来"施耐庵之谜"的疑解五种》，《社科信息》1990年第5期。

念，但其所提供的"铁证"根本经不起推敲，甚至大量撷拾兴化当地百姓的有关施耐庵的传说来作为立论的证据，其说服力自然很成问题。总之，正如有的《水浒传》研究史学者所说，根据目前所掌握的材料，欲证明苏北的施彦端就是《水浒传》作者施耐庵，还确实存在很大困难。①

如果说20世纪二三十年代的施耐庵文物热还只是反映出一些人制造新闻、故意炒作，以引起轰动效应的话，50年代以后的持续发热所折射的社会心理和真实动机就更值得玩味了。不得不说与这一时期《水浒传》研究中"农民起义"说的流行，以及此说背后的意识形态因素有着密不可分的关系。同时，随着我国商品经济的快速发展和区域政商学界商品意识的增强，借助文学名家名著效应以推动地方旅游资源开发和经济社会发展，已经成为许多地方施政者的惯用方略，而这已经与文学研究没有多少关联了。

第四节　调和二说的"施、罗合著说"

关于施耐庵、罗贯中二人的关系，并不可考。至于胡应麟所称罗为施之门人，也是别无旁证，用郑振铎先生的话说，不过是"想当然的假设"。② 对于施、罗二人在《水浒传》创作中所做出的具体贡献，明清以来学界歧说纷出，莫衷一是，概而言之，主要有以下几种说辞：

（一）施作罗续说。此说影响甚大。金圣叹批改《水浒传》时声称获得施耐庵古本，正本只有七十回，其《第五才子书施耐庵水浒传序》称："《施耐庵水浒正传》七十卷，又'楔子'一卷，原

---

① 参阅张燕瑾、吕薇芬主编《明代文学研究》，北京出版社2001年版，第189—209页。
② 郑振铎：《水浒传的演化》，《郑振铎文集》（第5卷），人民文学出版社1988年版，第108页。

《序》一篇，亦作一卷，共七十二卷"①，并无招安、讨方腊诸事。其《宋史目批语》又称："何罗贯中不达，犹祖其说，而有《续水浒传》之恶札也！"②邱炜蒉《菽园赘谈·水浒传》称，"元人施耐庵卖弄才情，希名后世，与他人穷愁穷塞，发愤著书者不同"。又云："何物罗贯中，强起干预，妄行续貂？七十回以前，被其窜乱者亦复不少，实《水浒》一大厄也。至毅然以忠义之名褒群盗，更为耐庵所不及料。"③钱静方《小说丛考》"水浒演义考"称，"《水浒》实元季施耐庵先生所撰，罗所编者，特《征四寇》之《后水浒》耳"④。郑振铎先生认为，这种说法"无根可笑"，"罗氏是取了施本改造的，并不是续的"。⑤

50年代以来此说仍有相当大的影响，1953年人民文学出版社出版的七十一回本《水浒》卷首的《关于本书的作者》一文，就以为金圣叹的说法并非全无根据："一，施、罗二人同作《水浒》，早已通传；二，大家都认为施耐庵在前，罗贯中在后；三，《水浒》前后确有工拙不同；四，只题罗贯中的简本《水浒》和《三国演义》，确实比较简单粗糙。"而且鲁迅《中国小说史略》中又说过"未及悟其依托，遂或意为敷衍"的话，就只能得出施作罗续的结论。⑥

（二）施作罗编说。明高儒《百川书志》著录《水浒传》作者为"钱塘施耐庵的本，罗贯中编次"；郭勋刻本题署"施耐庵集撰，罗贯中纂修"。对于"的本"或"底本"学界一般认为即原本、真本之意。所谓"集撰"，今人何满子以为，"就是集合短篇

---

① （清）金圣叹：《第五才子书施耐庵水浒传》卷首，中华书局1975年影印冠华堂刊本。
② 同上。
③ 邱炜蒉：《菽园赘谈》，引自朱一玄、刘毓忱编《水浒传资料汇编》，南开大学出版社2002年版，第360页。
④ 钱静方：《小说丛考》，引自朱一玄、刘毓忱编《水浒传资料汇编》，南开大学出版社2002年版，第111页。
⑤ 郑振铎：《水浒传的演化》，《郑振铎文集》（第5卷），人民文学出版社1988年版，第108页。
⑥ 《关于本书的作者》，见人民文学出版社1953年版《水浒》卷首。

话本的《水浒》故事而撰成长篇小说之谓"①。

（三）罗著施改说。鲁迅《中国小说史略》中说："若百十五回简本，则成就当先于繁本，以其用词造句与繁本每有差违，倘是删存，无烦改作也。又简本撰人，止题罗贯中，周亮工闻于故老者亦第云罗氏。比郭氏本出，始著耐庵。因疑施乃演为繁本者之托名，当是后起，非古本所有。后人见繁本题施作罗编，未及悟其依托，遂或意为敷衍，定耐庵与贯中同籍，为钱塘人（明高儒《百川书志》六），且是其师。"② 1953年12月人民文学出版社出版的《水浒》卷首《关于本书的作者》一文说："施耐庵是就罗贯中的原本或接近原本的某本（百十五回本中的大部分）加工改写的。"对于如何解释许多繁本《水浒传》的题署都是施耐庵在前、罗贯中在后，该文认为，如果真是托名，托名者就唯恐人知其真名，因此就会在题署上耍花样；再者，题署栏之中也有一种规律可循，那就是："那种本子所标榜的，和那种本子关系或时间较近的人，他的名字就在上面或前面。嘉靖时候的人所见的《水浒》，题署为'施耐庵的本'。'的本'二字就是一种标榜。在题署上，施耐庵在前，似乎恰好说明：在时间上，施耐庵在后。"③但只是一种推断，没有提供具体有力的证据。1982年章培恒又提出罗贯中是元代中叶人，施耐庵生活于元末明初，罗长于施数十岁，故可以定罗前施后，罗作施改。④这种说法的主观性不言而喻。

（四）施、罗同是改订者。20世纪50年代，陈中凡先生《试论水浒传的著者及其创作时代》一文曾列举明人关于《水浒传》作者的五种说法：（1）"施耐庵的本，罗贯中编次"。高儒《百川书志》和郎瑛《七修类稿》并主之；（2）"宋人罗贯中编撰"，田汝成《西湖游览志馀》说和王圻《续文献通考》；（3）元人施耐庵

---

① 何满子：《从宋元说话家数探索〈水浒〉繁简本渊源及其作者问题》，《中华文史论丛》1982年第4辑。
② 鲁迅：《中国小说史略》，人民文学出版社1973年版，第122页。
③ 《关于本书的作者》，见1953年人民文学出版社第2版《水浒》卷首。
④ 章培恒：《施彦端是否施耐庵》，《复旦学报》1982年第6期。

编，胡应麟《少室山房笔丛》说；（4）明天都外臣序刻百回本《忠义水浒传》题作"施耐庵集撰，罗贯中纂修"；（5）施耐庵编，罗贯中续，金圣叹说。① 在这五种说法当中，陈氏认为只有第一说较为可信。陈氏对于"施耐庵的本""罗贯中编次"的解释是：施、罗二人虽不是《水浒传》的原作者，但施氏校定它的原本，对于原书必做过一番审订、校正的工作；而罗氏加以"编次"更有加工改造的功绩，两人都可以说是《水浒传》的部分作者了。

黄霖先生认为："施耐庵虽是今知《水浒》作者的始祖，但他只是将当时流传的《水浒》故事简单地编集联缀成一本而已。"② 柳存仁先生以为："旧本简本实题施耐庵撰，而罗贯中氏，其本身固已为一撰写《三国》《隋唐》《残唐五代》等'志传'之人，亦尝润饰施耐庵《水浒》之旧本，而增插田王部亦其贡献，且隐己名于小说之中。"他并怀疑后半部分描写征田虎时的隐士许贯中，即罗贯中"暗嵌描叙作者意境或身世之情节。"③

（五）施作罗改说。1929 年，郑振铎《〈水浒传〉的演化》一文推测，元代中叶施耐庵撰《水浒传》，只在《宣和遗事》基础上有所增饰，元末明初罗贯中撰《水浒传》已与施耐庵之作面貌大异了。④ 王利器《〈水浒全传〉是怎样纂修的？》一文提出，罗贯中综合了梁山泊系统本、太行山系统本和施耐庵"的本"编纂成《水浒全传》。这一过程，大概是二人通力合作的，所以题署为"施耐庵集撰，罗贯中纂修"。⑤

以上诸说迄今争论不休，但是关于罗贯中的材料只有贾仲明《录鬼簿续编》最为可靠，而关于施耐庵的材料则没有一件可足凭信。因此《水浒传》的著作权究竟属于谁，至今仍是悬案。

---

① 陈中凡：《试论水浒传的著者及其创作时代》，《南京大学学报》1956 年 1 月号。
② 黄霖：《宋末元初人施耐庵及"施耐庵的本"》，《复旦学报》1982 年第 5 期。
③ 柳存仁：《罗贯中讲史小说之真伪性》，《香港中文大学中国文化研究所学报》第 8 卷第 1 期（1976 年 12 月）。
④ 郑振铎：《〈水浒传〉的演化》，原载《小说月报》1929 年第 20 卷第 9 号，后收入《郑振铎文集》（第 5 卷），人民文学出版社 1988 年版。
⑤ 王利器：《〈水浒全传〉是怎样纂修的？》，《文学评论》1982 年第 3 期。

第五节　普泛笼统的"集体创作说"

日本松枝茂夫于1949年提出："《水浒传》的著作权与其说让施、罗二人独占，倒不如说应当归之于无数无名的中国群众。"① 国内穆烜也认为"《水浒》是集体创作，这是没有疑问的"，"我们不能把《水浒》当作是由一个作者单独写成的作品看待，不能认为贯穿着全书的思想是一个作者的统一的思想"。② 聂绀弩也认为："《水浒》不是一人写成的，也不是一次写成的，是经过很多人、很长时间、很多次修改才完成的。它的创作过程经历过三个阶段：（一）人民大众口头传说阶段，（二）民间艺人讲述和记录阶段，（三）作家的编辑、加工或改写阶段。"③ 80年代以来，仍有许多学者坚持"集体创作"说。王俊年《〈水浒传〉是一部什么样的作品》认为："《水浒传》的作者，不是一人，而是一群。"④ 陈辽《关于〈水浒传〉评价中的几个问题》一文也认为，"《水浒》是经过口头传说、民间艺人讲述、文人创作，由许多作者集体创作而成的"⑤。欧阳健、萧相恺《〈水浒〉作者代表什么阶级的思想》一文也认为，"从《水浒》的成书过程来考察，它是宋至明初二、三百年间许多人共同创作的成果。它的作者是'一大群'，其中包括许多无名的说话人以及话本（甚至还有杂剧）的作者。而且，正是他们，才是《水浒》的基本作者；倘没有他们，便不可能有《水浒》这样一部巨著"⑥。该文并从语

---

① 原载东京白日书院1949年刊《中国的小说》。
② 穆烜：《关于〈水浒全传〉的后半部》，《光明日报·文学遗产》第24期（1954年10月10日）。
③ 聂绀弩：《〈水浒传〉是怎样写成的》，《中国古典小说论集》，上海古籍出版社1981年版，第9页。
④ 王俊年、裴效维、金宁芬：《〈水浒传〉是一部什么样的作品》，《文学评论》1978年第4期。
⑤ 陈辽：《关于〈水浒传〉评价中的几个问题》，《文学评论》1978年第6期。
⑥ 欧阳健、萧相恺：《〈水浒〉作者代表什么阶级的思想》，《社会科学研究》1980年第4期。

言、情节、结构等几个方面论述了《水浒》的形成应该首先归功于民间的瓦舍艺人。

徐朔方《从宋江起义到〈水浒传〉成书》一文提出,作为口头文学的水浒故事在元代形成,其初次成书当在元末或明初,《水浒传》是世世代代书会才人和民间艺人的创造性劳动的结晶,它没有一般意义上的作者。如同王实甫在《西厢记诸宫调》基础上写出《西厢记》杂剧,施耐庵、罗贯中对于《水浒传》既是记录、整理,又是加工、创作,称之为编著写定者比较恰当。《水浒传》的伟大成就如果有一半可以归功于这一位或两位编著写定者,那么至少有一半应该归功于世代相传的书会才人和民间艺人的集体智慧,归功于以杭州为主的古代城市中广大的说话听众的无形的批评、指导,是他们的爱好、兴趣、鉴赏力和阶级、阶层的利益,影响、左右以至最终决定了书会才人和民间艺人的创作灵感。徐氏并推测"很可能施耐庵本人就是一位书会才人或说话人,从另一个角度来看,作为初次或初期的《水浒传》的编著写定者,他汇合了各家之所长,所以也可以称之为'集撰'"①。何满子《水浒概说》也认为,《水浒传》是集体创作,施、罗都只能是某一时期《水浒传》文本的写定者。他并对"集撰"一词大做文章,认为"集撰"就是以《宣和遗事》中的宋江故事为框架,而将同时小说艺人演述梁山好汉的话本结集串联而成书,其中还包括元人杂剧中的梁山好汉故事。②"集体创作"说尽管存在普泛性、笼统性之缺陷,但就《水浒传》、《三国演义》等许多早期章回小说的成书而言,是有其合理性的。这种结合《水浒传》成书过程探讨其作者的方法,不啻为一种比较切合中国古代小说累积成书规律的研究途径。

统观现有研究成果,《水浒传》著作权究竟属谁,迄无定论。

---

① 徐朔方:《从宋江起义到〈水浒传〉成书》,原载《中华文史论丛》1982年第4期,后收入《小说考信编》一书,上海古籍出版社1997年版。

② 何满子:《水浒概说》"三、作者",《何满子学术论文集》,福建人民出版社2002年版。

这既与我国早期章回小说的成书规律有关联，更要归咎于通俗小说在古代文化结构中地位低贱之处境。结合文献记载及学界的研究，前述五种观点中，相比较而言，罗贯中著《水浒传》说的说服力稍强一些。

第三章 《水浒传》版本研究

在中国古代长篇小说中,《水浒传》版本之纷繁复杂简直无与伦比。由于古代小说、尤其是古代通俗小说属于不登大雅之堂的通俗文学,一直不为主流学术观念所接受,官修目录不予收载,缙绅士夫耻于公开谈论通俗小说,通俗小说的传播主要限于民间社会以及文人士夫的私人空间。通俗小说文化地位的低贱招致社会各色人等的任意改纂,而且,愈是流行的小说愈是被频繁改纂,《水浒传》版本在明清社会的命运堪称这种传播规律的代表。据文献记载,清初之前的《水浒传》版本就有50多种,其众多版本间的关系至今难以彻底厘清。根据明清文人的零星记载,我们可大致勾勒《水浒传》版本在清初之前所经历的命运轨迹以及几个关键节点。

首先,《水浒传》版本最早被著录于明嘉靖间高儒《百川书志》和晁瑮《宝文堂书目》,这两部私人书目中的《水浒传》版本已经出现不同。前者卷六"史部·野史"云:"《忠义水浒传》一百卷,钱塘施耐庵的本,罗贯中编次。宋江三十六人之事,并从副百有八人,当世尚之。"① 后者卷中"子杂类"著录两种版本:一曰《忠义水浒传》,二曰《水浒传》。后者名下注曰"武定版"。② 后来郎瑛《七修类稿》卷二十三也记载此"钱塘施耐庵的本,罗贯中编次"的《水浒传》,但这种本子大约于万历间佚失。

其次,《水浒传》早期版本尚保留浓郁的宋元话本的特征,存

---

① (明)高儒:《百川书志》,上海古籍出版社2005年版,第82页。
② (明)晁瑮:《宝文堂书目》,上海古籍出版社2005年版,第100、108页。

第三章 《水浒传》版本研究

有"请客"、"德胜利市头回"、"致语"、"灯花婆婆"等话本程序性文字。钱希言《戏瑕》卷一：

> 词话每本头上，有请客一段，权做过德胜利市头回。此政是宋朝人借彼形此，无中生有妙处。游情泛韵，脍炙千古，非深于词家者，不足与道也。微独杂说为然。即《水浒传》一部，逐回有之，全学《史记》体。文待诏诸公，暇日喜听人说《宋江》，先讲摊头半日。功父犹及与闻。今坊间刻本，是郭武定删后书矣。郭故跗注大僚，其于词家风马，故奇文悉被划薙，真施氏之罪人也。而世眼迷离，漫云"搜求武定善本"，殊可绝倒。胡元瑞云……然则元瑞犹及见之。征余所闻，罪似不在闽贾。①

天都外臣序刻本前汪廷讷的《叙》也说："故老传闻，洪武初，越人罗氏，诙诡多智，为此书，共一百回，各以妖异语引其首，以为之艳。"足证草创期《水浒传》文本面貌之一斑。

最后，据文献记载及版本内容可知，明代嘉靖至清初，《水浒传》版本经历至少三次比较大的改篡。第一次可知的修改者是武定侯郭勋。沈德符《野获编》卷五《武定侯进公》、袁无涯《忠义水浒全书发凡》，以及钱希言《戏瑕》等资料，都记载了郭勋删改《水浒》之事。沈德符说："武定侯郭勋，在世宗朝号好文多艺，能计数。今新安所刻《水浒传》善本，即其家所传，前有汪太涵《序》，托名天都外臣者。"②沈德符还明确称郭本为"善本"。

第二次是闽建书贾的恶意删改，出现形形色色"剔去血肉、只剩骨架"的简本，可谓《水浒传》版本史上的灾难。万历间胡应麟《少室山房笔丛·庄岳委谈下》中说：

---

① （明）钱希言：《戏瑕》卷一，引自马蹄疾编《水浒资料汇编》，中华书局2004年版，第359—360页。

② （明）沈德符：《万历野获编》，中华书局1959年版，第139页。

> 余二十年前所见《水浒传》本尚极足寻味，十数载来，为闽中坊贾刊落，止录事实，中间游词余韵、神情寄寓处一概删之，遂几不堪覆瓿，复数十年无原本印证，此书将永废矣。余因叹是编初出之日，不知当更何如也。①

第三次是明清之际金圣叹腰斩《水浒》，将一百二十回本《水浒传》腰斩为七十回，谎称得到施耐庵古本，并伪撰施耐庵序一篇冠于书首。直到20世纪二三十年代，其谎言才被彻底揭穿。

20世纪二三十年代，伴随《水浒传》版本的不断被发现，凭借新的研究理论和方法，胡适、鲁迅、郑振铎等人对《水浒传》版本的研究取得了突破性进展。胡适1920年作《〈水浒传〉考证》时，根据的版本只有金圣叹的七十一回本和《征四寇》，1921年写《后考》时有了六种，1930年写《百二十回本〈忠义水浒传〉序》时，已出的《水浒传》版本有六种。鲁迅写《中国小说史略》时，根据的《水浒传》版本有六种，将它们分为两类："知现存之《水浒传》实有两种，其一简略，其一繁缛。"② 他提及简本三个：前署"罗贯中编辑"的一百十五回本《忠义水浒传》、《英雄谱》本之一百十回《忠义水浒传》、一百二十四回之《水浒传》。其所据繁本有三：有天都外臣序的一百回本《忠义水浒传》、题"施耐庵集撰、罗贯中纂修"之百回本《忠义水浒传》、金圣叹删改之七十回本《水浒传》。鲁迅所据版本数量虽少，但他将《水浒传》版本划分为繁本、简本二类，是极有眼光的，为后代《水浒传》版本研究开辟了道路。

---

① （明）胡应麟：《少室山房笔丛·庄岳委谈下》，上海书店出版社2001年版，第437页。
② 鲁迅：《中国小说史略》，人民文学出版社1973年版，第122页。

第一节 《水浒传》的原本

关于《水浒传》原本或祖本，明代文献既无明确记载，晚明文士已争议纷起。清初金圣叹伪造施耐庵古本，欺骗后人达三百年。20世纪初以来，学界依据明代文献记载、海内外新发现的《水浒传》版本，以及运用更加科学的手段，继续探索《水浒传》原本的真相。有如下几种观点：

（一）"罗贯中原本"说。胡适于1920年撰《〈水浒传〉考证》，提出"明朝有三种《水浒传》：第一种是一百回本，第二种是七十回本，第三种又是一百回本"，"第一种百回本是原本"，就是周亮工所说"各以妖异语冠其首"的百回本，本子大概很幼稚。① 后来他在《百二十回本〈忠义水浒传〉序》中又说："大概最早的长篇，颇近于鲁迅先生假定的招安以后直接平方腊的本子，既无辽国，也无王庆、田虎"，"也许就是罗贯中的原本"，大概不足百回。② 郑振铎《水浒传的演化》也认为："元末明初，乃是今本《水浒传》祖本出现的时代，……这部《水浒传》的作者亦即为《三国志》作者罗贯中氏。"③ 但是他所依据的材料仍是郎瑛《七修类稿》和王圻《续文献通考·经籍考》中的记载。

（二）"百十五回简本近于原本"说。鲁迅在《中国小说史略》一书中提出，百十五回《水浒传》"文词蹇拙，体制纷纭，中间诗歌，亦多鄙俗，甚似草创初就，未加润色者，虽非原本，盖近之矣"④。他根据《宣和遗事》推测，《水浒传》原本内容不同于今本。

---

① 胡适：《〈水浒传〉考证》，《中国章回小说考证》，安徽教育出版社1999年版。
② 胡适：《百二十回本〈忠义水浒传〉序》，《中国章回小说考证》，安徽教育出版社1999年版。
③ 郑振铎：《水浒传的演化》，《郑振铎文集》第五卷，人民文学出版社1988年版，第104页。
④ 鲁迅：《中国小说史略》，人民文学出版社1973年版，第117页。

（三）"郭本为祖本"或"最早刊本"说。郑振铎《〈水浒传〉的演化》提出，嘉靖本是一切繁本的祖本。他所说的嘉靖本是指"武定侯郭勋家中传出的"，即郭本。但他的这一观点后来受到学界的质疑。① 严敦易的《〈水浒传〉的演化》认为，就现有资料看，最早的本子是嘉靖间郭勋刊本，他补充说："并不就是说它是《水浒传》最先最原始的本子。"② 70 年代戴不凡《疑施耐庵即郭勋》一文称："在郭勋之前，其实并没有一部什么《水浒传》的全书。"③ 他并认为天都外臣序本就是郭本。虽然天都外臣的序称《水浒传》作者是"越人罗贯中"，而郭本则称原作者是施耐庵，看似矛盾，实际是汪道昆玩弄的花招。但这只能说是一种悬测之辞。戴氏认为，最早说有百回以上古本的是杨定见，他在《出像评点忠义水浒全传发凡》中所说的话矛盾百出。张国光《〈水浒〉祖本探考》一文提出，就《水浒传》最原始本子而论，无早于郭刻百回繁本——《忠义水浒传》者，郭刻本就是《水浒传》最早的刻本，成书不早于嘉靖十一二年。④

范宁《〈水浒传〉版本源流考》一文认为，芥子园翻刻的大涤余人序本是一个完整的翻刻郭勋本，根据是钱希言《戏瑕》卷一《水浒传》下的记载："今坊间刻本，是郭武定删后书矣。郭故跰注大僚，其于词家风马，故奇文悉被铲剃，真施氏之罪人也。"范文认为，《水浒传》没有刻本以前一定经过了许多人的修改，但已经无法考证，不过现知第一个明确的修改者是郭勋。现存号称郭刻本有三种：一是郑振铎藏所谓嘉靖本，但并非郭勋刻本；二是北京图书馆所藏天都外臣序本，但也非郭刻本或翻刻本；三是李玄伯《百回本水浒传》，实际是大涤余人序本和袁无涯百二十回本的混合本，而且李氏所用袁刻本也非原刻本，而是郁郁堂的翻刻本。真

---

① 郑振铎：《〈水浒传〉的演化》，原载《小说月报》1929 年第 20 卷第 9 号，引自《郑振铎文集》第五卷，人民文学出版社 1988 年版。
② 严敦易：《〈水浒传〉的演化》，北京出版社 1957 年版，第 156 页。
③ 戴不凡：《疑施耐庵即郭勋》，《小说见闻录》，浙江人民出版社 1980 年版。
④ 张国光：《〈水浒〉祖本探考》，《江汉论坛》1982 年第 1 期。

正的郭勋刻本是芥子园翻刻的大涤余人序本,但却谬加"李卓吾批评"字样,蒙骗读者。袁无涯刻本是以郭勋删改本为底本的,故基本同于大涤余人序本即郭勋本,而不同于容与堂本。①

(四)"施耐庵的本为原本或祖本"说。郑振铎于1953年所撰《〈水浒全传〉序》中又提出,原本《水浒传》只有九十二回,他说:"施耐庵原本,大致相当于一百回本减去'征辽'故事八回之后的九十二回,或一百二十回本减去'征辽'故事八回和'平田虎、王庆'故事二十回之后的九十二回。原本里面,宋江等受招安以后,只有征方腊一件事,他们悲剧的结局都被安排在这一战役中;他们并不曾去征辽,更不曾去平田虎、王庆。原本这样的情节,是和《宣和遗事》里面水浒故事的节要相符合的。"②穆烜《关于〈水浒全传〉的后半部》③一文赞同郑氏的观点。

可见,根据晚明文献的记载,称郭勋刊本为繁本之祖也许可信,但不能确定郭刻本是最早的刻本,更不可说其是《水浒传》的原本。

90年代竺青、李永祜《〈水浒传〉祖本及"郭武定本"问题新议》一文提出,祖本是"以百回本为主的各种版本的最早本或原本"。第一,这一祖本就是高儒《百川书志》所说"施耐庵的本,罗贯中编次"的《忠义水浒传》,这部《忠义水浒传》至迟在成化前期就已存在,它是明人所记述的最早的版本,而且是迄今所能断定的嘉靖之前的唯一版本。第二,从题署用词看。高儒及郎瑛的《七修类稿》在对施耐庵的记述上,都有"的本"二字。在元代后期刻书业中,"的本"一词被普遍使用,这表明"施耐庵的本"非常可能是从元代流传下来的一个本子,是明代各种版本《水浒传》的祖本。第三,这个版本具有宋元话本的重要特征。明清人批评郭勋删去施"的本"、罗"编次"的《忠义水浒传》各回篇首的"致

---

① 范宁:《〈水浒传〉版本源流考》,《中华文史论丛》1982年第4期。
② 郑振铎:《〈水浒全传〉序》,人民文学出版社1954年《水浒全传》卷首。
③ 穆烜:《关于〈水浒全传〉的后半部》,《光明日报·文学遗产》第24期,1954年10月10日。

语"、"头回"、"灯花婆婆"之类,而在宋元话本中,"致语"等都在卷首,所以"施耐庵的本"的《忠义水浒传》保留了宋元话本的体制特征。这说明它与宋元话本一脉相承,并由后者脱胎而来。这一特征构成了它作为祖本的决定性因素。① 其论述逻辑是对高儒、郎瑛记载的文字生发联想,再借用元代刻书的通性特征来证实《水浒传》祖本的个性特征。因未提供新的文献证据,其仍不能有所突破。

(五)《京本忠义传》为祖本说。1975 年,上海图书馆发现了《京本忠义传》残叶两页,即第十卷第十七页前半页之后三行,后半页之全部,及同卷第三十页相同部分。版心上题"京本忠义传"。经版本专家顾廷龙、沈津鉴定,认定此书"可能是明代正德、嘉靖间书坊刻本"②。这个发现,使《水浒》研究界某些人感到振奋,因为嘉靖以前的《水浒传》版本此前一直未见。李骞《〈京本忠义传〉考释》③一文认为,"《京本忠义传》不但是《水浒传》版本中最早的一个繁本系统的本子,而且是《水浒传》诸种版本中的一个惟一的祖本"。其理由有:(1)以容与堂本为代表的繁本系统来源于《京本忠义传》。(2)容与堂本《水浒传》第八十一回所载回前诗后两句说:"事事集成忠义传,用资谈柄江湖中。"《京本忠义传》肯定是作者编写《水浒传》的原本和最早的祖本。(3)《京本忠义传》在每页之上用一句话概括故事内容,使《水浒传》早期形式和当时话本形式有了内在联系。这不但有力证明《京本忠义传》是《水浒传》的早期版本,也说明它是一切《水浒传》的原始底本。但是,仅凭上述所谓"证据"就断定《京本忠义传》为"一切《水浒传》的原始底本",是难以站住脚的。

---

① 竺青、李永祜:《〈水浒传〉祖本及"郭武定本"问题新议》,《文学遗产》1997 年第 5 期。
② 顾廷龙、沈津:《关于新发现的〈京本忠义传〉残页》,《学习与批判》1975 年第 12 期。
③ 李骞:《〈京本忠义传〉考释》,《明清小说研究》第 1 辑,中国文联出版公司 1985 年版,第 48—70 页。

就第二条证据来说，容与堂本《水浒传》第八十一回所载"事事集成忠义传"等诗句中的"忠义传"，也可能是"忠义水浒传"的简称。这样，所谓《京本忠义传》"肯定是""《水浒传》的原本和最早的祖本"的说法，也就难以成立。黄俶成《施耐庵与〈水浒传〉》一书也持类似观点，认为《京本忠义传》"为现存最早版本，所据之底本纵然不是罗贯中据'施耐庵的本'所编之本，也较接近这个本子"。① 其观点也主要来自大胆的推测。

各家对《水浒传》祖本或原本的争论，主要以《宣和遗事》和明代人的有关记载为依据，并未发现新的实证材料，兼之对前代文献解读见仁见智，所以这一问题的争论仍将持续下去。

第二节　简本系统研究述评

由于繁本种数比较明确，文本艺术水平较高，学界的关注度也一直很高，研究已很充分，许多问题已形成共识性结论，故本书不作赘述。《水浒传》简本情况远比繁本复杂得多，明清时期究竟出版过多少种简本，以及海内外存世数量几何，至今没有定论，因此，拟于本节重点梳理《水浒传》简本系统的研究现状。

《水浒传》简本即"文简事繁"本，是与繁本相对而言的。明清时期一些学者即已注意到《水浒传》版本的繁简问题。明代万历间胡应麟在《少室山房笔丛》卷四十一中说：

> 余二十年前所见《水浒传》本，尚足寻味。十数载来，为闽中坊贾刊落，止录事实，中间游词余韵，神情寄寓处，一概删之，遂几不堪复瓿。复数十年，无原本印证，此书将永废。因叹是编初出之日，不知当更何如也。②

---

① 黄俶成：《施耐庵与〈水浒传〉》，上海人民出版社2000年版，第162页。
② （明）胡应麟：《少室山房笔丛·庄岳委谈下》，上海书店出版社2001年版，第437页。

胡应麟已经记录了当时《水浒传》原有的"游词余韵"因遭到建阳书贾横加删削而出现众多故事虽繁而文辞拙劣的本子的事实。后来周亮工《因树屋书影》卷一也谈及建阳书贾删繁为简的事。这些文字虽属吉光片羽，但却为后人留下无限遐想的空间。

20世纪初，随着现代学术方法的引进和科学规范的确立，《水浒传》版本研究掀开了新的篇章。20年代，鲁迅最早采用繁本、简本的分类研究《水浒传》版本。所谓繁本、简本之分，关键不在情节的多寡，而在于文字的繁简。他在《中国小说史略》中提出，"知现存之《水浒传》实有两种，其一简略，其一繁缛"[1]。后来的《水浒传》版本研究基本上是沿着鲁迅所开辟思路而展开的。纵观20世纪以来的《水浒传》版本研究，存在一个十分突出的倾向，即重繁轻简。长期以来学术界轻视简本，主要由于其文辞粗俗简略，缺乏文采，文学价值不高。"游词余韵，神情寄寓处，一概删之"[2]，"刮去肌肉，榨出了血液，只留下一副枯骨架子"[3]，胡应麟、郑振铎等学者的断语，对学界影响很大。自研究发展阶段看，出现三次高潮，二三十年代，鲁迅、胡适、郑振铎、孙楷第等先驱筚路蓝缕，开启这项研究；50年代，何心、聂绀弩、严敦易、马蹄疾等学者继续拓进；70年代末至90年代迎来《水浒传》版本研究的全盛期，在范宁、刘世德、何满子、马幼垣等一批学者艰苦努力下，取得了丰硕成果。今以《水浒传》简本研究为中心，略加陈述。学界研究主要聚焦于：繁简先后关系、插增"田、王"二传及简本诸版本关系等问题的探讨，所以本节拟就这几个问题的研究状况做一系统回顾与梳理。

一　《水浒传》简本存佚情况

《水浒传》版本的存佚状况牵涉到《水浒传》版本比勘、版本

---

[1] 鲁迅：《中国小说史略》，北新书局1925年版。
[2] （明）胡应麟：《少室山房笔丛·庄岳委谈下》，上海书店出版社2001年版，第437页。
[3] 郑振铎：《水浒全传序》，见人民文学社1954年版《水浒全传》卷首。

演进境况、版本系统划分等相关问题能否顺利进行，在版本研究中处于基础地位，而《水浒传》简本系统版本的存佚境况在《水浒传》简本系统甚至在整个《水浒传》版本研究中也处于同样重要的地位。本部分主要依据马蹄疾先生《水浒书录》①等著录，参照马幼垣、刘世德等学者的相关研究成果，进行适当的修正、补遗，对现今《水浒传》简本系统版本的存佚状况做一简要陈述。

（一）全本

1. 现存最早最完整简本为"评林本"，全称《京本增补校正全像忠义水浒志传评林》，二十五卷，一百零三回②。明万历二十二年（1594）福建建阳余氏双峰堂刊刻。现藏于日本日光轮王寺慈眼堂；日本内阁文库存第八卷至第二十五卷，共计十八卷。此外，欧洲另有几份散存各地的残本③。书分三栏，上栏评释，中栏插图，下栏正文。版框总高二十三点五厘米，上栏一点七厘米，中栏五点三厘米，下栏十三点五厘米，广十二点三厘米。每半页十四行，每行二十一字。书首无目录，书中仅前三十回标回数（至第七卷首回），实则二十九回（第八回直接第十回，实无第九回回目）。回目为两句，不尽对偶。卷首有无名氏的《题水浒传叙》，卷一题："中原贯中罗道本名卿父编集；后学仰止余宗□云登父评校；书林文台余象斗子高父补梓。"各则中每有"仰止先生观到此处有诗"云云的评点。卷末牌记云："万历甲午季秋月书林双峰堂余文台梓。"

2. 嵌图本四种："藜光堂本"，八册，二十五卷，一百十四回，藏于日本东京大学（原东京帝国大学）总图书馆。刊刻于明万历年间。半页十五行，图两旁各三行，行三十四字，图下九行，行二十

---

① 马蹄疾：《水浒书录》，上海古籍出版社1986年版。
② 何心认为应为一百零二回，见《水浒研究》，上海古籍出版社1985年版，第33页。此处据马幼垣《影印评林本缺叶补遗》、《影印评林本缺叶再补》，分别载于《水浒争鸣》第5辑，长江文艺出版社1987年版；《湖北大学学报》（哲学社会科学）1992年第1期。
③ 马幼垣：《影印评林本缺叶补遗》，《水浒争鸣》第5辑，长江文艺出版社1987年版。

七字。四周单边，白口，单鱼尾。扉页题"全像忠义水浒传，藜光堂藏版"。书首有温陵郑大郁《叙》，无日期。首卷题"《新刻全像忠义水浒志传》卷之一，清源姚宗镇国藩父编，武荣郑国扬文甫父全校，书林刘钦恩荣吾父梓行"。目录与首卷之间有《忠义堂辕门图》，刻工为李俊明。

"刘兴我本"，八册，二十五卷，一百十四回，藏于日本东京大学东洋文化研究所。由建阳书坊刊于明崇祯年间。半页十五行，图两旁各二行，行三十五字，图下十一行，行二十七字。四周单边，白口，单鱼尾。书首有清源汪子深序文。首卷题"《新刻全像水浒传》卷之一，钱塘施耐庵编辑，富沙刘兴我梓行"。全书版心上端书《全像水浒传》简名。

"李渔序本"，合订一册（原册数不详），二十五卷，一百十四回，藏于德国柏林国立图书馆。半页十七行，图两旁各三行，行三十七字，图下十一行，行三十字。四周单边，白口，单鱼尾。书首有李渔《〈水浒传〉序》。首卷题"《新刻全像忠义水浒传》一卷，元东原罗贯中编辑，闽书林郑乔林梓行"。以下各卷首页所记书名，除三卷有小异外，均与首卷同。

"慕尼黑本"，仅存卷四页八上至卷五页十四上，共二十一页半，即自第十七回后半至第二十四回前半，藏于德国慕尼黑巴威略国家图书馆。半页十六行，图旁各三行，行三十六字，图下十行，行二十九字。四周单边，白口，无鱼尾。第五卷首页题"《新刻绘像忠义水浒全传》"。① 马幼垣先生认为，此四种嵌图本刊刻时间应早于"志评林本"。②

3. 三十卷本，分为两种：宝翰楼刊本与映雪草堂刊本。"宝翰楼刊本"，全称《宝翰楼刊文杏堂批评忠义水浒全传》三十卷，不分回，残存第一卷至第五卷、第六卷半卷，藏于法国巴黎国家图书馆。卷首有五湖老人《忠义水浒全传序》，插图二十二页。封面题

---

① 马幼垣：《嵌图本〈水浒传〉四种简介》，《汉学研究》1988年第1期。
② 马幼垣：《寻微探隐——从田王降将的下落看〈水浒传〉故事的演变》，《中国语文论丛》1998年第15期。

《忠义水浒全传》，旁署"李卓吾原评"，下署"本衙藏"，下钤长方朱印——"宝翰楼"。各卷均有标目（有一卷六七个标目，有一卷三十个标目）每卷为一个起讫，各卷文字密接刊刻，有应该划分段落处，均以"L"划分。

"映雪草堂刊本"，全称《映雪草堂刊文杏堂批评忠义水浒全传》三十卷，不分回，藏于日本东京帝国大学支那哲文研究所，为明刻清补本，原明刻本已佚。卷首署金阊映雪堂刊，图二十页，面十行，行二十字。刻殊不工，卷首有五湖老人序，序文原写于万历年间，此序为"宝翰楼刊本"序文的删节文。此本刻于明崇祯年间，刊刻地为苏州，以容与堂刊本乙本为底本。两种刊本的插图形式不同，"宝翰楼刊本"每半页两图，"映雪草堂刊本"每半页两图、三图、四图、五图、六图不等。[①]

4. 英雄谱本。主要包括"初刻本"和"二刻本"。"初刻本"，全称《初刻名公批点合刻三国水浒全传英雄谱》，二十卷百十回，藏于日本东京文理科大学，明崇祯间广东熊飞雄飞馆刻。残存两册，一册包括卷十三至卷十五，另一册包括卷十八至卷二十，卷二十为最后一卷。全书采取分集形式，以天干为名。各卷卷首题"精镌合刻三国水浒全传"，各卷卷首题署作者"钱塘施耐庵编辑"。上层《水浒传》与下层《三国志演义》刊刻字体迥异，上层用楷体，下层用明代匠体。正文行侧有批语。版框高二十二公分，广十二公分，《水浒传》部分版框高七点五公分，广十二公分。每半页十五行，行十三字。版心上端题"英雄谱"。内容自宋江受招安始，包括征辽全部、征田虎一部分、征王庆末尾部分以及征方腊全部。

"二刻本"，全称《二刻名公批点合刻三国水浒全传英雄谱》，二十卷百九回，其一藏于日本内阁文库，其二藏于日本京都大学图书馆（原为铃木虎雄旧藏，为清刻本），明崇祯末广东熊飞雄飞馆

---

① 刘世德：《谈〈水浒传〉映雪草堂刊本的概况、序文和标目——〈水浒传版本探索〉之一》(《水浒争鸣》第3辑，长江文艺出版社1984年版)，《谈〈水浒传〉映雪草堂刊本的底本——〈水浒传版本探索〉之一》(《明清小说研究》1985年第2期)。

刻。版式为两栏，上栏三分之一为《水浒传》，栏十七行，行十四字，手写体刻；下栏三分之二为《三国》，栏十四行，行二十二字，仿宋体刻。书衣右行直书"名公批点合刻三国水浒全传"，中间大书"英雄谱"，栏外上端横书"二刻重订五讹"。卷首熊飞《英雄谱弁言》，次杨明烺《叙英雄谱》，次《按晋平阳陈寿史传总歌》，次《三国志目次》，次《水浒传目录》，次（上栏）《水浒传英雄姓氏》（下栏）《三国英雄帝后臣僚姓氏》，次插图和图赞一百页，正面图，背面赞。正文卷首《水浒》部分题"钱塘施耐庵编辑"，《三国》部分题"晋平阳陈寿史传，元东原罗贯中编次，明温陵李载贽批点"。从版本优劣来看，"初刻本"明显优于"二刻本"①。

  5. "出像京本忠义水浒传"。包括两种：南京图书馆藏本与国家图书馆藏本。国家图书馆藏本，是清初金陵聚德堂、文星堂刊本，有金陵聚德堂重刻文星堂刊本行世，全称《聚德堂重印文星堂梓行新刻出像京本忠义水浒传》，十卷百十五回。正文半页十四行，行三十字，卷首题"东原罗贯中编辑，书林文星堂梓行"。南京图书馆藏本，全称《新刻出像京本忠义水浒传》，八卷百十五回。虽云"出像"，却无插图。版框高十九厘米，广十一厘米；正文半页十四行，行三十六字。首转录陈枚《水浒传叙》。两出像本虽为独立之本，关系却颇为密切。南京藏本是一种极度浓缩的刊本连叙和目录在内，仅二百七十五页，是一种相当晚出的本子。②

  6. 汉宋奇书本。包括三种：福文堂刊本、右文堂刊本和近文堂重刊兴贤堂刊本。福文堂刊本全称《福文堂刊绣像汉宋奇书忠义水浒传》，一百十五回，清末江苏福文堂刊，赵景深收藏。封内扉页上端横书"三国水浒合传"，直书"金圣叹先生批点"，大书"绣像汉宋奇书"，下署"省城福文堂藏版"。首袭录熊飞《英雄谱

---

① 参见刘世德《雄飞馆刊本〈英雄谱〉与〈二刻英雄谱〉的区别——〈水浒传版本探索〉之一》，《阴山学刊》（社会科学版）1988年第1期。
② 马幼垣：《南京图书馆所藏〈新刻出像京本忠义水浒传〉考释》、《梁山聚宝记》，均收入《水浒二论》，生活·读书·新知三联书店2007年版。

弁言》，次《读三国志法》及《三国凡例》；再次《英雄谱总目》：上栏《忠义水浒传总目》一百十四回；下栏《古本三国志总目》二十卷一百十五回。再次英雄谱像四十页八十幅，《三国》《水浒》各二十页四十幅。正文书口题"汉宋奇书"，鱼尾标"英雄谱卷之×"。

右文堂刊本全称《右文堂刊绣像汉宋奇书忠义水浒传》，一百十五回，清末右文堂刻版，同文堂发兑。封内扉页上端横书"三国水浒合传"，直书"金圣叹先生批点，同文堂发兑"，中间大书《绣像汉宋奇书》，下署"右文堂藏版"。

近文堂重刊兴贤堂刊本，全称《近文堂重刊兴贤堂绣像汉宋奇书忠义水浒传》，一百十五回，清末近文堂重刊兴贤堂本，上海陆澹安（何心）藏。版框、字体与赵景深藏本同。封内扉页下署"近文堂藏版"，正文卷首分题"东原罗贯中编辑""金陵兴贤堂梓行"。余同赵景深藏本。另外，尚有一种大酉堂刊刻的汉宋奇书本，藏于英国博物院，为清刻本。[①]

7. 巾箱本。二十卷，一百十五回，明刊本。为"汉宋奇书本"之一种，每页分上下两栏，上栏《水浒》，下栏《三国》，《三国》用毛宗岗评本。封面题"汉宋奇书"，中缝题《英雄谱》。前有熊飞弁言。[②] 据神山闰次《水浒传诸本》云："巾箱本，明刻，文约，无序。卷首有《梁山泊图》。"

8. 征四寇本。为一百十五回本的节本，自第六十七回（柴进簪花入禁院，李逵元夜闹东京）始至第一百十五回（宋公明神聚蓼儿洼，徽宗帝梦游梁山泊）止。英国博物馆藏，小型本，黄纸封面书题：中间为"征四寇传"字，右方刻"续水浒"，左为"中胜堂藏版"。卷首有"乾隆壬子岁（1797）腊月，赏心居士书于涤云精舍"序文。征四寇名字仅见于封面题页。此本以"征四寇"面目刊行，是因自金圣叹七十回本出后，百十五回本罕为人所知，所以

---

① 参见柳存仁《伦敦所见中国小说书目提要》，书目文献出版社1982年版，第168—170页。

② 参见何心《水浒研究》，上海古籍出版社1985年版，第34页。

借新的面目以求获得更大的市场空间。① 征四寇本有1923年上海亚东图书馆排印本。

9. 一百二十四回本。包括两种：陈枚序五才子书本和藜照书屋刻本。陈枚序五才子书本，包括大道堂刊本、坊间翻刻大道堂刊本及翻刻大道堂重订本三种。大道堂刊本，全称《大道堂刊陈枚序本绣像五才子前后合刻》，一百二十四回，为清光绪五年（1879）大道堂重刊乾隆元年（1736）刻本，上海赵景深藏。扉页正面右上直书"光绪己卯新镌"，中间直书"水浒全传"，左下直书"大道堂藏版"。扉页背面右上分题"吴门金圣叹鉴定；秣陵蔡元放批评"，左半大书"绣像五才子前后合刻"。首乾隆丙午年冬十月望日古杭陈枚《水浒全传序》（用朱墨写刻）；次回目，回目卷首分题："吴门金人瑞圣叹、温陵李贽真（卓）吾鉴定；东原罗贯中参订。"次图像十页二十幅。亦均用朱墨印梓。坊间翻刻大道堂刊本，全称《坊间翻刻大道堂刊陈枚序本五才子书》，十二卷百二十四回，中国社会科学院文学研究所藏。正文书口题"第五才子"。首乾隆丙辰枚简侯序，次绣像二十幅，次《五才子书目录》。《五才子书目录》端首分题："吴门金人瑞圣叹、温陵李贽卓吾鉴定；东原罗贯中参订。"翻刻大道堂重订本，全称《翻刻大道堂重订水浒全传》，十二卷一百二十四回，首都图书馆藏，与文学研究所藏本略异，无图。扉页直书"金圣叹先生批评重订水浒全传"，栏外横书"内增征四寇"。内容安排与文学研究所藏本同。

藜照书屋刻本，全称《藜照书屋刻水浒全传》，一百二十四回，清光绪间四川成都藜照书屋刻，四川省图书馆藏。另外，尚有一种刊本，藏于英国博物院，小型本。黄纸封面书题：上端横刻"圣叹外书"，四字下一横线。正中刻双行，首行为"绣像第五才子"五字，次行为"子书"二字。两旁俱隔线条，右方刻"施耐庵先生水浒传"，左下端刻"堂藏版"三字，与七十回本、芥子园袖珍本

---

① 参见柳存仁《伦敦所见中国小说书目提要》，书目文献出版社1982年版，第167—168页。

为同一系统。首为"雍正甲寅（1734）上伏日，句曲外史序"。图赞四十页，每半页一人，次为"第五才子书水浒正传"卷之一，另行"圣叹外书"四字，次为三篇序。正文每半页十行，行二十三字。每卷末，在长方形框内刻"第五才子书卷之×终"一行。[①]

（二）残本

1. 《京本忠义传》残页。残存第十卷之第十七页后半页及前半页末三行与三十六页后半页及前半页末三行。由明正德、嘉靖间书坊刊刻，极有可能为福建建阳刊本[②]。上海图书馆顾廷龙、沈津于1975年发现两张旧书封面内页衬纸，内容为"三打祝家庄"残文，残页中缝标明为《京本忠义传》[③]，此当为简称。版框高十九厘米，广十二点五厘米；每半页十三行，每行二十八字。白口单鱼尾，双鱼尾不等。鱼尾下标卷数，下端或鱼尾下标页码，或无鱼尾直标页码。版面分上下两栏，上栏占一字间宽度，为总括每半页内容提要细目，如所存第十卷第十七页前半页作"……饮"，后半页作"石秀见杨林被捉"；第十卷第三十六页前半页作"……家"，后半页作"祝彪与花容战"。可见每半页所标细目均异。下栏为正文。此刊本是一种介于繁本与其他简本之间的具有过渡性质的简本[④]。

2. "插增本"。全书共二十四卷[⑤]，一百一十四回或一百一十五[⑥]回，万历初年（1573—1588）闽刊本。[⑦] 分"插增甲本"与

[①] 参见柳存仁《伦敦所见中国小说书目提要》，书目文献出版社1982年版，第165—166页。

[②] 参见刘世德《论〈京本忠义传〉的时代、性质和地位》，《明清小说研究》1993年第2期。

[③] 顾廷龙、沈津：《关于新发现的〈京本忠义传〉残页》，《学习与批判》1975年第12期。

[④] 参见刘世德《论〈京本忠义传〉的时代、性质和地位》，《明清小说研究》1993年第2期。

[⑤] 马幼垣：《牛津大学所藏明代简本〈水浒〉残叶书后》，《中华文史论丛》1981年第4期。

[⑥] 马幼垣：《两种插增本〈水浒传〉探索——兼论若干相关问题》，收入《水浒二论》，生活·读书·新知三联书店2007年版。

[⑦] 马幼垣：《牛津大学所藏明代简本〈水浒〉残叶书后》，《中华文史论丛》1981年第4期。

"插增乙本"两种。"插增甲本",全称《新刊京本全像插增田虎王庆忠义水浒全传》,包括斯图加特本、哥本哈根本、巴黎本、牛津残页;"插增乙本",全称可借用《新刊全相增淮西王庆出身水浒传》,包括德莱斯顿本、梵蒂冈本。巴黎本,藏于法国巴黎国家图书馆,残存第二十卷、第二十一卷前四页,总计三十三页;内容为王庆始末,仅至宋江起兵征王庆,连克坚城止;版框高二十一厘米,宽十二点八厘米,白口双鱼尾;上图下文,上栏占全页面积四分之一为插图,图高五点二厘米,下栏占全页面积四分之三,是正文,面十三行,行二十三字。牛津残页,藏于英国牛津大学卜德林图书馆,框高二十厘米,宽十二点五厘米,黑口,双鱼尾,上图下文,图高五厘米,连边旁标题,占版面四分之一;正文半页十三行,行二十三字;版心题"全像水浒"(当是简称),并注明此页为卷二十二之页十四;内容为宋江擒王庆后班师回朝事。[①] 斯图加特本,藏于德国斯图加特邦立瓦敦堡图书馆,残存第九卷和第十卷两卷,内容讲自柴进帮助林冲得草料场差事起至秦明被花荣等所掳,偶有缺页,可弥补各本无招安前情节的缺憾,由德国人魏汉茂获知。哥本哈根本,藏于哥本哈根丹麦皇家图书馆,为零册,内容讲招安、征辽、征田虎;版式与前三种极相似。梵蒂冈本,藏于梵蒂冈教廷图书馆,为零册,内容起始处同于巴黎本,至全书结局。哥本哈根本与梵蒂冈本均由著名汉学家龙彼得获知。德莱斯顿本,藏于德国德勒斯顿的邦立萨克森图书馆,为零册;慕尼黑本,藏于德国慕尼黑的邦立巴威略图书馆,为嵌图本零册。德莱斯顿本与梵蒂冈本为同一套书上下连接的幸存部分,共三十九回,完整地包含了征辽、征田虎、征王庆、征方腊几部分。合计"插增甲本"约存四十四回,"插增乙本"三十九回,共有六十八回,虽然不是每一回都完整,但已经超过半数,对于简本《水浒传》研究的资料价值

---

① 马幼垣:《牛津大学所藏明代简本〈水浒〉残叶书后》,《中华文史论丛》1981年第4期。

不言而喻。①"插增乙本"与容与堂本高度近似，在现存各简本中最接近简本初面世时的面貌。"插增乙本"早于"插增甲本"，且在自求发展之余仍摆脱不了前本的影响。②

（三）佚本

《三槐堂刊全像水浒传》，卷回不详。万历二十二年余氏双峰堂刻《京本增补校正全像忠义水浒志传评林·题水浒传叙》端首眉批《水浒辨》云："《水浒》一书，坊间梓者纷纷，偏像者十余幅，全像者只一家。前像版字中差讹，其版像旧惟三槐堂一幅，省诗去词，不便观诵。"据此，在余氏双峰堂刻本之前，福建已有十几种简本行世，三槐堂刊本当在其中。

二 《水浒传》简本研究的主要问题

《水浒》简本是一种与繁本相对应的版本系统，自其出现起，便一直与繁本系统纠结在一起，似乎是一个永远理不清的问题。其中关于《水浒传》繁简先后关系问题，研究者更是众说纷纭、莫衷一是。

（一）《水浒传》繁简先后关系问题

《水浒》繁简关系是《水浒传》版本研究中极为重要而又很难理清的问题。说它重要，是因为它关乎《水浒传》祖本性质、《水浒传》版本演进史、"水浒故事"沿革递嬗的动因等重大问题能否得以合理解答；说它难以理清，是因为《水浒传》繁简两大系统的衍变不是各行其是，而是交叉叠合的，单说由简到繁或由繁到简均无法合理推衍《水浒》版本的演进历程，加之《水浒》版本尚有待进一步发现，要理清《水浒》版本繁简关系是有相当难度的。20世纪初以来，学界对此问题的探讨主要集中于以下几个方面：

1. 形成《水浒传》版本繁简两大系统的原因。这主要包括

---

① 马幼垣：《现存最早的简本〈水浒传〉——插增本的发现及其概况》，《中华文史论丛》1985年第3期。
② 马幼垣：《两种插增本〈水浒传〉探索——兼论若干相关问题》，收入《水浒二论》，生活·读书·新知三联书店2007年版。

《水浒传》自身的特质，不同接受者的审美需求与不同出版商的经营理念，以及小说版本的特性三个方面。

（1）《水浒传》自身的特质。《水浒传》是一种世代积累型小说，并非一人独立完成，其情节结构是"讲史"与"小说"的结合，是在"讲史"的框架下合缀"小说"故事而成，其自身就蕴含着"繁"与"简"不同因素，是一种依徙于讲史体与小说体之间的小说类型。由于"讲史"与"小说"不同的风格特征（"讲史"重"多"、重"全"，描述则粗枝大叶，体现出"简"的因素；"小说"则注重一人一事记述，注重繁复细腻的局部描写）使得《水浒传》呈现出繁简殊异的特征，之后衍变为繁简两大系统便不足为奇了[①]。

（2）不同接受者的审美需求与不同出版商的经营理念。《水浒传》繁本因"游词余韵"，"委曲详尽，血脉贯通"，文学价值较高，历来为文人士大夫所珍视，而《水浒传》简本文辞粗俗、情节简略，为"村学究所损益"之俗本，作为一种普及型的通俗读物为文化程度不高的市民阶层所接受。《水浒传》繁简两种系统不同的阅读群体，反映出平民阶层与文人士大夫阶层不同的审美追求与文化观念[②]。根据接受群体的不同需求，出版商也有了明确不同的分工。以安徽新安为首的刻书中心，包括之后的白下、吴门、虎林等地，因处于江南富庶区，为文人士大夫的集中之地，受地理环境及当时文学思潮的熏染，其出版的重点是文学价值较高的书籍，《水浒》繁本便是由这里刻印的。而以福建建阳为首的刻书中心，因所处地区偏僻，没有江南富足的经济条件，其所销售的对象大多为文化水平不高的城市市民阶层，出版商看到这种《水浒传》简本正好适应了他们的审美需求。[③] 接受群体的不同审美追求及不同地域出版商的经营理念，是导致《水浒传》繁简两大系统产生的又一

---

① 参见何满子《水浒概说》，《何满子学术论文集》，福建人民出版社2002年版，第239—247页。
② 参见郭英德《中国古代通俗小说版本研究刍议》，《文学遗产》2005年第2期。
③ 参见严敦易《水浒传的演变》，作家出版社1957年版，第181—182页。

原因。

（3）小说版本的特性。中国古代小说版本的特殊性是不同人可以任意删改，"小说历来被士大夫认为是无关宏旨的小道，不受重视，任何好事的文人都可以随意增删、润饰乃至大段地改写"。① "尤其是中国古代通俗小说作品，从来就没有关于'著作权'或'版权'的政策法规，也没有约定俗成、行业共遵的出版惯例，'谁都可以任意修改，不仅抄时可以改，就是刻时也可改。'"② 人们阅读小说既不是追求"绝对真理"，也不是获悉"标准答案"，只是为了消遣娱乐而已，对于经典的"求真"、"求一"终极指向便不存在了。③ 这样就造成了版本繁杂的局面，《水浒传》版本繁简两大系统的出现也与此有关。

2. 关于《水浒传》繁简关系，自20世纪20年代鲁迅先生将《水浒传》版本划分为简本与繁本两大系统之后，对于《水浒》繁简先后关系，学术界向来众说纷纭、争论不休，现撮述如下：

（1）由简增繁说。最早持此种说法的是胡适与鲁迅。1921年，胡适在《〈水浒传〉后考》中说："百十回本，百十五回本，百二十四回本，《征四寇》本，这四种本子的田虎、王庆两部分，好像是用原百回本的原文，虽不免有小改动，但改动的地方大概不多。" "大概原本虽然幼稚，有时颇有他的朴素的好处。我们拿百十五回本，《征四寇》本，百二十四回本的末段和郭本的末段比较之后，就不能不认那三种本子为原文而郭本的末段为改本了。"④ 1920—1926年鲁迅在北京大学、北京师范大学等高校讲授中国小说史课程时提出在《水浒传》演变史上，一百十五回简本在先，而繁本在后。"一百十五回《忠义水浒传》……文词蹇拙，体制纷纭，中间

---

① 何满子：《水浒概说》，见《何满子学术论文集》，福建人民出版社2002年版，第243页。
② 郭英德：《中国古代通俗小说版本研究刍议》，《文学遗产》2005年第2期。
③ 参见欧阳健《古代小说的文本与版本》，《内江师范学院学报》（总第86期）2005年第5期。
④ 胡适：《〈水浒传〉后考》，见1921年亚东图书馆再版汪原放标点《水浒》。

诗歌，亦多鄙俗，甚似草创初就，未加润色者，虽非原本，盖近之矣。……若百十五回简本，则成就殆当先于繁本，以其用字造句，与繁本每有差违，倘是删存，无烦改作也。又简本撰人，止题罗贯中，周亮工闻于故老者亦第云罗氏，比郭氏本出，始着耐庵，因疑施乃演为繁本者之托名，当是后起，非古本所有。"① 鲁迅先生是通过对当时所知繁本与简本的文本内容、文字风格，以及作者署名等方面的差异进行了认真比勘，并根据"倘是删存，无烦改作"的推测得出简本先于繁本的结论。

  1928 年，俞平伯在《论〈水浒传〉七十回古本之有无》一文中赞同鲁迅简本演为繁本之说②。1929 年，郑振铎在《水浒传的演化》一文中说："书坊贾人，对于些少的删节是敢于从事的。至于如上文所举的二段，鲁达打死镇关西与武松打虎，一百十五回的坊本，竟与郭本相差两三倍之多，却决不是他们所能动手删改的。且在文字上看，我们也决不信一百十五回的文字是会由郭本删成的。鲁迅先生说：'若百十五回简本，则成就当先于繁本，以其用字造句与繁本每有差违，倘是删存，无烦改作也。'……坊贾们的能事，往往不在于'删'而在于'增'。一部可以销行的书，他们往往要一续再续三续……建阳坊本，本不删削原文，如他们所出版的《三国志演义》等都与原文无二，当然不会独对《水浒》加以刊削的了。""元末明初，有罗贯中，依施氏之作，重为编次。罗氏这部书便是许多今本《水浒传》之所从出。……又其一部或全部的原文，似仍存在各种简本《水浒传》中。"③ 郑先生主要还是依据鲁迅先生"倘是删存，无烦改作"并结合书贾刻书的主观心态得出简本先于繁本的结论，似有一定的道理；但"倘是删存，无烦改作"

---

① 鲁迅：《中国小说史略》，北新书局 1925 年版。
② 俞平伯：《论〈水浒传〉七十回古本之有无》，原载《小说月报》1928 年第 19 卷第 4 号，引自中国社会科学院科研局编选《俞平伯集》，中国社会科学出版社 2008 年版。
③ 郑振铎：《水浒传的演化》，收入《郑振铎文集》（第 5 卷），人民文学出版社 1988 年版，第 130、145 页。

第三章 《水浒传》版本研究

并不太合乎常理，为了更好删节，改作有时也是必要的。

1948年，赵景深《〈水浒传〉简论》也认为繁本出自于简本，他说："最初的《水浒传》招安后即紧接平方腊，文字简陋，文杏堂五湖老人评本或者保存了罗贯中的一些原文"，"到了郭勋府重编《水浒》时便改成繁本。所以这是《水浒》创作光大的时期，这本子在招安后加入了征辽的部分。原因是嘉靖间常有俺答和倭寇来犯，所以添了这一大段，以作警惕和鼓励的意思。"[①] 小说中的征辽故事与明代边患是否存在必然联系，值得怀疑。

1954年，何心在《水浒研究》中说："百十五回简本乃是现存各本中成立最早的本子，因为它最接近原本"。并列举三种证据：（1）许多百十五回的回目与繁本不同，（2）百十五回叙述任何人讲话都用"曰"，（3）百十五回虽是简本，有几处文字反而比繁本为多。但是现在能看到的百十五回本都是明末清初翻刻的《英雄谱》本，经过了删节，其祖本的刊行一定在现存各本之前，但是现在没有发现。[②] 对于何心先生的所依据的三个证据王根林《论〈水浒〉繁本与简本的关系》[③] 便提出了不同的看法，并指出百十五回本为一种晚出本，当在"评林本"之后。

1979年，齐裕焜在《略谈〈水浒传〉的成书过程》一文中也持此观点。[④] 1980年，聂绀弩《论〈水浒〉的简本与繁本》一文堪称讨论由简增繁说的一篇力作。他说："既然最早的长篇小说的完成，有一个文字技术的逐渐精细，故事情节的逐渐合理，思想性、艺术性逐渐提高的过程，那么，简本《水浒》就是繁本的未完

[①] 赵景深：《〈水浒全传〉简论》，《中国小说丛考》，齐鲁书社1980年版，第154页。

[②] 参见何心《水浒研究》，上海古籍出版社1985年9月版，第37—44页。

[③] 王根林：《论〈水浒〉繁本与简本的关系》，《中华文史论丛》（总第14辑）1980年第2辑。

[④] 齐裕焜：《略谈〈水浒传〉的成书过程》，《兰州大学学报》（哲学社会科学）1979年第1期。

成品，繁本是由简本加工改造而来，似乎是显而易见的。"[1] 他列举的主要例证有：一是繁本与简本演化方式不同。简本在繁本出现以前，演进过程是正常的，基本上是由低到高的发展。繁本出现之后，简本不再向前发展，它的发展过程已经完成，被繁本所扬弃。二是工作者的工作态度不同。繁本的刻工都相当精细，而且错误一本比一本少；简本则都粗制滥造，讹错触目皆是，它们只是唯利是图的书商榨取文化水平和购买力都低的读者大众的工具。三是繁简本形式上的差异。简本、繁本的题署不同，简本署名只有一个，要么罗贯中，要么施耐庵，而繁本除了金圣叹本之外都是施、罗并题的。如果简本在先，繁本在后，这种现象就很容易理解，反之则令人费解。[2] 但书贾为了节省笔墨，或者出于其他牟利因素的考虑，上述现象也不能排除这类解释。从"引首"名称的有无看，繁简两本的先后顺序是昭然若揭的。聂绀弩并以鲁迅先生对话本、拟话本的划分办法，把简本称为水浒故事的话本阶段，把繁本比作水浒故事的拟话本阶段。[3] 这后一条根据有些似是而非。他的观点也遭遇后人反驳。欧阳健在评聂绀弩的《水浒五论》时，肯定"《水浒》成书过程中确实存在过由'小本'水浒故事到大部《水浒》，由简略到繁富的进程，这是由《水浒》的创作特点决定的"。但他不同意聂绀弩拿容与堂本与双峰堂本作对比，就得出由简到繁的结论。[4]

1983年，柳存仁《罗贯中讲史小说之真伪性质》也提出"一百十五回本之《水浒》实早于百回本也"。"愚见以为可以作为简本系统代表之一百十五回本为一本身独立，文字简陋俚俗，因而亦

---

[1] 聂绀弩：《论〈水浒〉的简本与繁本》，《中华文史论丛》（总第14辑）1980年第2辑。
[2] 同上。
[3] 参见聂绀弩《论〈水浒〉的简本与繁本》，《中华文史论丛》（总第14辑）1980年第2辑。
[4] 欧阳健：《贡献与疏误》，收入《水浒新议》，重庆出版社1983年版，第384—391页。

为时代较早之一种《水浒》本子。此一简本绝非'略本'。"① 柳存仁先生是将《残唐五代演义传》中一首描写李存孝打虎之勇的古风文字与《水浒传》各本用以描写武松打虎的文辞相比勘，从文辞的异同得出百十五回简本当在各本之先的结论。单以描述同类事件文字之异同，便断定百十五回本先于众繁本，未免有些武断，因为承袭话本而来的章回小说，其描述性文辞存在一种程式化倾向。

1992年，何满子《水浒概说》也倡此说："若问简本在先、还是繁本先出这一聚讼未决的问题，从《水浒传》发展的全过程言，可以断定，最早出现的必是简本。"② 他认为《水浒》原始文本是依据《宣和遗事》在梁山好汉招安后接以征方腊结束，应是一种文事俱简的文本。在《从宋元说话家数探索〈水浒〉繁简本渊源及其作者问题》一文中说："要之，简本出自'讲史'，繁本导源于'小说'，本是两科、两个系统。以《水浒》的故事系统完整的本子来说，简本形成在前，繁本'集撰'于后。"③ 何满子从水浒故事来源于宋元"说话"艺术这一前提出发，提出早期的水浒故事一直依徙在长篇的"讲史"和短篇的"小说"之间。以《水浒》的故事系统完整的本子来说简本形成在前，繁本"集撰"于后。所谓"集撰"，就是集合短篇话本的《水浒》故事而撰成长篇小说之谓。繁本集撰之时，必以先出的简本为情节发展的轮廓所据；繁本既出，简本也就会在繁本的精彩之处加以充实。这种在发展中的相互取资，由简增繁，由繁删简的错综复杂的关系难以理清。

纵观由简增繁说产生以来的各家论述，基本上着眼于文学自身发展所遵循的由低到高、由简到繁不断深化提高的一般性规律。这未免使问题简单化、程序化了，实际上文学自身发展还存在着许多

---

① 柳存仁《罗贯中讲史小说之真伪性质》，收入刘世德编《中国古代小说研究》，上海古籍出版社1983年版，第110—116页。
② 何满子：《水浒概说》，见《何满子学术论文集》，福建人民出版社2002年版，第248页。
③ 何满子：《从宋元说话家数探索〈水浒〉繁简本渊源及其作者问题》，《中华文史论丛》1982年第4辑。

的反复性，《水浒传》版本演进中的由繁删简便是一例。

（2）由繁删简说。由繁删简说由来已久，明代学者汪道昆、胡应麟，清代学者周亮工等均有相关论述。而20世纪以来首先对由简增繁说发难者是胡适先生。1929年胡适改变自己先前在《〈水浒传〉后考》中的观点，他在《百二十回本〈忠义水浒传〉序》一文中说："鲁迅先生所举的理由，颇不能使我心服。他论金圣叹七十回本时，曾说：'然文中有因删去诗词，而语气遂参差者，则所据殆仍是百回本耳。'这可见'倘是删存，无烦改作'之说不能完全成立。再试看我所得的《百二十四回本》，删节更厉害了，但改作之处更多。……这可见删节也往往正有改作的必要，故鲁迅先生'删存无烦改作'之说，不能证明《百十五回本》之近于古本，也不能证明此种简本成于百回繁本之先……"① 胡适所言，不无道理。因为删存与改作，并不互相排斥，完全可以同时进行。他认为百十回本和百二十四回本等简本大概都是胡应麟所说的坊贾删节本。

1932年，孙楷第在《日本东京所见中国小说书目》中也持简本出于繁本观点。他说："以是言之，则文简事繁之《百十回本》，实就百回本删节。友人郑西谛君谓简本如《百十五回本》等，实自罗贯中原文出，非自行今之百回本出，殆亦非笃论。……以此类推，则《水浒传》中吾人认为佳文字及重要文字，在百十五回本中因陋儒之指摘而衔冤划落者，当亦为数不少。"② 他所持的论据为"所以知其为删略而非祖本者，以语不缮完明之"。如卷八宋江吟反诗篇，简本改原文"学吏出身"为"出身虽留得一个虚名"，不知所云。③ 此外，"其最堪注意者，为评者以个人意见所加之许多拟删符号……以崇祯间熊飞刊百十回本校之，则拟删之处，熊本果

---

① 胡适：《百二十回本忠义水浒传序》，《小说月报》1929年第9期。
② 孙楷第：《日本东京所见小说书目》，人民文学出版社1958年版，第108—109页。
③ 参见孙楷第《日本东京所见小说书目》，人民文学出版社1958年版，第101页。

削去不录"。① 这种发现是一种有力的证据。

1953年，郑振铎在为《水浒全传》所作的序中修正了他早年在《水浒传的演化》中所提出的简先繁后说，改为繁先简后，并认为删繁为简的是闽中书贾。他说："大约十七世纪初期（明万历间），当时出版业中心之一的福建建安，就印行了各种本子的《水浒传》，现在所看到的有一百一十回本、一百十五回本、一百二十四回本等，统称为闽本。……书坊抢着刊行小说，又要出奇制胜，吸引读者。所以他们便把一百回本的原文大加删节，又凭空添入'平田虎、王庆'的故事，这就成为所谓'文简事繁'本。"他还说："最没有价值的是那些'文简事繁'的闽本。它们求'文简'的结果，把百回本的原文，刮去了肌肉，榨出了血液，只留下一付枯骨架子，作品便完全被损坏了。"② 他的这种观点，在后来的《水浒传》版本研究界成为一种主流认识。

1957年王古鲁在《"读水浒全传郑序"及"谈水浒传"》中也持此说，"文简事繁之百十回本。源出于'水浒志传评林'本，而'评林'本实在是根据古百回本（容与堂本的底本）删节而成的，确不是出于今行之百回本"。"文简事繁本，既然出于古本百回本（即李评本的底本），'成就当先于繁本之说'，就站不住脚了。"③

80年代之后，由繁删简说在此前诸学者论述的基础上以其更为坚实的论据彻底压倒了由简增繁说。王根林《论〈水浒〉繁本与简本的关系》④ 一文，对何心《水浒研究》中主张由简增繁说的三个论据进行一一辩驳：何心提出百十五回本回目多与繁本不同，且工拙悬殊。王文用"评林本"、百回本与百十五回本的回目进行比勘，分两种情况进行反驳：一种情况，此等回目自"评林本"就与繁本不同，百十五回本与"评林本"大同小异。这是因为"评

---

① 孙楷第：《日本东京所见小说书目》，人民文学出版社1958年版，第107页。
② 见1954年人民文学社出版《水浒全传》卷首。
③ 王古鲁：《"读水浒全传郑序"及"谈水浒传"》，《北京师范大学学报》1957年第2期。
④ 王根林：《论〈水浒〉繁本与简本的关系》，《中华文史论丛》1980年第2辑。

林本"刻者以"拙劣幼稚"之文笔删繁而成。另一种情况，是此等回目仅见于百十五回本，而为"评林本"所无。这缘于"评林本"所无回目，百十五回本在进行补漏时未参见繁本而创造出"拙劣幼稚"的回目来；对于何心所说百十五回本叙述人物讲话时用"曰"而各繁本则用"道"，王文在对"评林本"与天都外臣序本比勘之后发现，并未如何心先生所说的那样绝对。何心说，百十五回本几处文字反比繁本多。王文认为这缘于百十五回本的刊刻者为追逐商业利益、招徕更多读者，在重刻"评林本"时增补了它疏漏的地方所致。这些论述是建立在作者所主张的繁本在前"评林本"在后，而百十五回本更在"评林本"之后观点的基础之上而得出来的。

1982年，范宁《〈水浒传〉版本源流考》一文中也认为简本出于繁本。各个简本都是直接从繁本删节而来的，"评林本"的底本是二十卷本，即二十卷百回本。至于简本之间刻印时间的早晚问题，他认为，以繁本为底本，插入田虎、王庆故事而成的各种简本应该以《水浒志传评林》为最早，因为它保留下许多从繁本到简本的痕迹，其他简本都要靠后。百十五回本和"评林本"字句不同，详略互异，表明两个本子没有前后继承关系[①]。

1982年，《水浒争鸣》第1辑发表了日本学者的两篇论文：一是白木直也的《〈水浒传〉的传日与文简本》[②]，称"在中国从明末至清，对此类书均认为系俗本中之俗本，入民国后仅剩有由《二刻英雄谱》改编之清刊《汉宋奇书》的《水浒传》。……然入民国后关于《水浒传》之研究，竟一跃而认为《汉宋奇书》之《水浒传》，'文辞蹇拙，体制纷纭''草创初就近于原本'云云。其后，中国之水浒研究均带有此类色彩。这在从旧至新几乎所有文简本均有网罗的我国，对把那认为原本的看法实感难以想象。本来文简本始于16世纪后半叶，万历之初，经福建建阳书贾之手而始创，以

[①] 范宁：《〈水浒传〉版本源流考》，《中华文史论丛》1982年第4期。
[②] [日]白木直也：《〈水浒传〉的传日与文简本》，《水浒争鸣》第1辑，长江文艺出版社1982年版。

当时通行之文繁全二十卷一百回本大加删节"。二是大内田三郎的《〈水浒传〉版本考——中心是繁本和简本的关系问题》[①]，作者通过比勘繁本《水浒全传》和简本百十五回本，说明二本在字句和回目方面的不同，认为简本是繁本的节本。

海外学者马幼垣是80年代开始涉足《水浒》版本研究，马先生以他一贯严谨持重的治学态度解决了各简本之间的承袭问题、现存最早简本组织成分问题、《水浒传》各部分的成书先后问题等关乎《水浒》研究的几大难题，为当代《水浒传》版本研究做出了杰出贡献。他对《水浒》简本由繁本删节而来的结论基本成为关于《水浒》繁简先后关系的定论。

1983年，在《呼吁研究简本〈水浒〉意见书》中，他认为："我自己对繁本简本的源始问题和相互关系，没有结论性的看法，主要是觉得目前治《水浒》版本的成绩，尚未能完满解决这些难题。""在结束本文之前，仍需重申我的立场，繁本简本如何因承，我觉得目前没有勉强搬出答案来的必要。"[②] 1985年，在《排座次以后〈水浒传〉的情节和人物安排》中，对于主繁先简后说者以为是铁证的一条材料，即梁山征辽，兄弟不失一名，征田虎、王庆后仍然个个健在，马幼垣认为，此种说法不妥之处甚多，并列举五种理由：

其一，征辽和征方腊是除金圣叹腰斩本外，无论繁简都有的故事，征田虎、王庆则仅见于各种简本和晚出的繁简合并本，因而就存在写作年代不同的可能，不该一并论列；

其二，征辽时梁山好汉无一人阵亡，可说是夸张，但与征田虎、王庆时的死亡者必为降将，性质不同，论述时应有所区别；

其三，征辽故事有可能比田、王故事晚出，因此新出场人物必须与征辽部分相始终；

[①] ［日］大内田三郎：《〈水浒传〉版本考——中心是繁本和简本的关系问题》，《水浒争鸣》第1辑，长江文艺出版社1982年版。

[②] 马幼垣：《呼吁研究简本〈水浒〉意见书》，《水浒争鸣》第3期，长江文艺出版社1984年版。

其四，繁本各部分并非同时成立，简本亦然，故不能因若干部分晚出便可证明整体繁本与简本孰先孰后；

其五，繁本与繁本之间差别不大，但简本之间却相异甚多，很有必要个别处理，因此繁、简系统的先后问题不可进行简单化的断定。孤文寡证只能导致似是而非的结论，况且，评林本以前的简本原有多种，今仅见残本两种（插增本两种），方腊的章回仍尚待发现，未知数太多，径下断语，并无必要。

对于简本招安以后各部分的写作次序，马幼垣认为，征田虎早于王庆和方腊。征辽既完全独立，上下不连贯，其写作时间可以早于田虎，也可以后于王庆。①

1986年，在《从招安部分看〈水浒传〉的成书过程》中，他主张"《水浒》成书以后的修改该是多元、多次，和多方向性的，绝对不可能像大家争论了数十年，不是繁删自简，便是简增自繁，单向发展那样简单"②。1988年，他在《嵌图本〈水浒传〉四种简介》一文中说："争辩简本繁本之孰先孰后，等于说，若按文字之异同，《水浒》版本只有两类，也等于说，《水浒》的演变仅经过一次单方向的改易，实在过度把问题简化了。……简本之间既然文字如此分歧，各本的个别来历和相互关系这种基本问题却几乎不曾有人问津，把研究焦点集中在简删自繁或繁增自简，根本就发错问题。这种方法上的错误使研究者忽略了简繁诸本之间的关系可以是多元性的，循环交替的。"③

在此前诸篇文章论证的基础上，《两种插增本〈水浒传〉探索——兼论若干相关问题》④ 得出了由繁删简说。马先生将插增甲本、插增乙本、评林本与容与堂本进行对勘，通过各本文字删改的

---

① 马幼垣：《排座次以后〈水浒传〉的情节和人物安排》，《明报月刊》1985年第6期。
② 马幼垣：《从招安部分看〈水浒传〉的成书过程》，见《水浒论衡》，生活·读书·新知三联书店2007年版，第160页。
③ 马幼垣：《嵌图本〈水浒传〉四种简介》，《汉学研究》1988年第6期。
④ 参见马幼垣《两种插增本〈水浒传〉探索——兼论若干相关问题》，见《水浒二论》，生活·读书·新知三联书店2007年版。

异同，得出插增甲本、插增乙本及评林本都是删节本，插增乙本近似于容与堂本，为最近似原简本的本子。此后，他在《水浒人物之最》的序言《我的〈水浒〉研究的前因后果》中对《水浒传》版本繁简先后关系问题的争论作了总结："争论七八十年、向无定论的简本、繁本先后和演化主从问题，已因有足够的插增本供分析而达到结论，简本只可能是从繁本删出来的。现存繁本以容与堂本为最古，可靠程度也最高。"① 从现有文献及研究成果看，他的结论是正确的。

1999年，刘世德《论〈京本忠义传〉的时代、性质和地位》② 一文通过对传统上视为繁本的《京本忠义传》的认真考察，认定其仍是简本而非繁本，因此再次论证了简本出于繁本。黄俶成于《施耐庵与〈水浒传〉》一书中将双峰堂本与容与堂本一些内容对勘之后，也认为双峰堂简本是由书商删改容与堂繁本而来的。并说："胡适、鲁迅、郑振铎在二三十年代率先研究《水浒》版本的衍变，并都认为由简衍繁。……如果胡、鲁二位多活几年，看到新发现的众多旧本，也会改变看法。"③

（3）双源并行说。严敦易的《〈水浒传〉的演变》持此说。他从《水浒传》成书过程中所具有的"讲史"与"小说"先天性的矛盾，得出繁本与简本之间可能没有直接的交流，而是一个源流的派衍。"水浒传的'繁'、'简'问题，也许只是原来传本的歧异与不同，他的源流是二重的性质，而不是一种祖本的加工或是删节。""数百年来，'简本'始终保持了它的一个系统，而研究者也还没有明确地指出'简本'从'繁本'删节的规律，并尝试把他们对照归原，这俱可旁证'繁'、'简'或实系出于二元，而很难作简

---

① 马幼垣：《我的〈水浒〉研究的前因后果》，《水浒人物之最》，生活·读书·新知三联书店2006年版。

② 刘世德：《论〈京本忠义传〉的时代、性质和地位》，《明清小说研究》1993年第2期。

③ 黄俶成：《施耐庵与〈水浒传〉》，上海人民出版社2000年版，第173—179页。

出于繁的概括的定论。""原则上他们是两个不同的系统。"①

（4）繁简递嬗说。欧阳健的《〈水浒〉简本繁本递嬗过程新证》持此说。他的观点是在对由简增繁说与由繁删简说修正的基础上提出的。他认为由简增繁与由繁删简两种观点都各有一个方面的真理，又都不免失之偏颇，"只有以辩证的观点把《水浒》不同形态的版本之间的关系看成为一个密切相关而又相互递嬗的发展过程，才能对这一问题作出比较合乎实际的阐述"②。他将这一过程分为从"有田、王而无辽国"之简本发展为"去田、王而加辽国"之繁本、由"有辽国而无田、王"之繁本删节为"有辽国而无田、王"之简本、在"添加改造后的田、王"之繁本产生前后出现了"插增旧本田、王部分"之简本三个阶段。

纵观20世纪以来各家关于《水浒传》版本繁简先后关系的论述，主由简增繁说的学者着力于将《水浒传》的版本演进放在文学自身发展的一般规律上加以论述，而缺乏充分的文献依据，因而不够扎实。持由繁删简说的学者立足于《水浒传》版本衍变的特殊性，并凭借诸多版本文献及细致的文本比勘作为支撑，因而方法比较科学，结论比较可信。而繁简递嬗说，着眼于《水浒传》演进史的复杂过程，也具有一定的合理性。

（二）插增"田、王"二传问题

《水浒传》简本与繁本（除百二十回本与金批七十回本）除了文字上的繁简以外，另一显著的差别就是有否插增"田、王"故事。"田、王"二传的插增关乎《水浒传》演进史、《水浒传》祖本的性质如何阐释的问题，因此也是《水浒传》研究的一个重要论题。20世纪以来，学界对此问题的探讨聚焦于如下几个面向：

1. 插增"田、王"二传的原因。这部分主要包括《水浒传》各部分生成、流变所处的不同时代特征、编写者与接受者求"多"、求"全"的心理及《水浒传》自身的特质三方面。

---

① 严敦易：《〈水浒传〉的演变》，作家出版社1957年版，第180、190、198页。
② 欧阳健：《〈水浒〉简本繁本递嬗过程新证》，《水浒新议》，重庆出版社1983年版，第254页。

（1）《水浒传》各部分生成、流变所处的不同时代特征。鲁迅先生在《中国小说史略》中说："然破辽故事虑亦非始作于明，宋代外敌凭陵，国政弛废，转思草泽，盖亦人情，故或造野语以自慰，复多异说，不能合符，于是后之小说，既以取舍不同而分歧，所取者又以话本非一而违异，田虎王庆在百回本与百十七回本名同而文迥别，殆亦由此而已。"① 鲁迅先生所说的"田、王"二传在百二十回本与百十五回本的差别，是由于"田、王"二传在产生、流变过程中所处的时代环境不同所造成的。

（2）编写者与接受者求"多"、求"全"的心理。欧阳健《水浒新议》中云："招安—立功—封侯，是《宣和遗事》所遗留下来的《水浒》结局的模式，后世所有的《水浒》版本，都没有违背这个模式。在这一模式中，……惟有'立功'一节，却有最大的可塑性。……于是，在求'多'、求'全'的心理支配下，增益附会，扩而大之，就是十分自然的事了。""《水浒》是先增田、王二传，这在《水浒》中也可以找到坚实的内证。"②

（3）《水浒传》自身的文本特质。何满子认为，《水浒》是一种依徙于讲史体与小说体之间的小说类型，它是"讲史"与"小说"的结合，是在"讲史"的框架下合缀"小说"故事而成的。③ 讲史体话本追求的便是故事的完整性，其叙述概略、情节简单，这只是一种故事框架性质小说，为之后编写者插增"田、王"二传提供了便利。

2. "田、王"二传的演进历程。这部分主要包括"田、王"二传的性质及"田、王"故事的原型两个方面。

（1）"田、王"二传的性质问题。关于"田、王"二传的性质问题，主要探讨"田、王"二传为原本所有还是为后人插增的

---

① 鲁迅：《中国小说史略》，上海古籍出版社1998年版，第99页。
② 欧阳健：《〈水浒〉简本繁本递嬗过程新证》，《水浒新议》，重庆出版社1983年版，第257—258页。
③ 参见何满子《水浒概说》，《何满子学术论文集》，福建人民出版社2002年版，第239—247页。

问题。

持"田、王"二传为原本所有者主要是胡适、鲁迅、聂绀弩、何心、欧阳健、洪东流等学者。1921年，胡适在《〈水浒传〉后考》一文中将各本《水浒传》综合起来分为六大部分，征田虎、王庆处于第四部分，通过百回本、百十五回本、百二十回本等本子的对勘，认为"田虎与王庆两寇——是原百回本有的，郭本始删去，至百二十回本又恢复回来；百十回本，百十五回本，百二十四回本也都恢复回来"。"百十回本，百十五回本，百二十四回本，《征四寇》本，这四种本子的田虎、王庆两部分，好像是用原百回本的原文，虽不免有小改动，但改动的地方大概不多。"①大约同时，鲁迅在《中国小说史略》中发表了类似看法，"一百十五回本《忠义水浒传》……已而受招安，破辽，平田虎，王庆，方腊，……文词蹇拙，体制纷纭，中间诗歌，亦多鄙俗，甚似草创初就，未加润色者，虽非原本，盖近之矣"。"又有旧本，似百二十回，中有'四大寇'，盖谓王、田、方及宋江，即柴进见于白屏风上御书者。……然破辽故事虑亦非始作于明，宋代外敌凭陵，国政弛废，转思草泽，盖亦人情，故或造野语以自慰，复多异说，不能合符，于是后之小说，既以取舍不同而分歧，所取者又以话本非一而违异，田虎王庆在百回本与百十七回本（百二十回本与百十五回本）名同而文迥别，殆亦由此而已。"②鲁迅先生不仅指出"田、王"为原本所有，并结合水浒故事生成的历史背景，认为其产生的时间当在北宋末年至南宋这一段时期。

1954年，何心在《水浒研究》中依据柴进入禁院所见"四大寇"之名及高俅落难往淮西投柳世雄两个例证反驳持"田、王"二传为后插增的观点，认为田虎王庆事为原本所有③。

1982年，欧阳健在《〈水浒〉简本繁本递嬗过程新证》一文中，将《水浒传》看成是繁简递嬗的互进过程，并将《水浒》演

---

① 胡适：《〈水浒传〉后考》，见1921年亚东图书馆再版汪原放标点《水浒》。
② 鲁迅：《中国小说史略》，上海古籍出版社1998年版，第96、99页。
③ 何心：《水浒研究》，上海古籍出版社1985年版，第74—78页。

进分为三个阶段,其中第一阶段为"有田、王而无辽国"之简本发展为"去田、王而加辽国"之繁本,从中便可看出"田、王"二传为《水浒》最初的简本所有。同时,他根据《水浒传》所遵从《宣和遗事》中水浒故事"招安—立功—封侯"的模式,结合"讲史"体话本求"多"、求"全"的特质,认为最先融入水浒故事的是"田、王"二传部分。① 而在第三阶段,"添加改造后的田、王"之繁本产生前后出现了"插增旧本田、王部分"之简本,根据宋江征王庆一役中"损将甚多","比征河北大辽不同"的情况表明,"现存简本中的田、王二传,确乎是最初《水浒》简本的残留"。②

2007年,洪东流在《水浒解密》一书中将《水浒传》版本分为"正本"与"旁宗"两大系统,对于旁宗支系的《水浒》简本中"田、王"部分的来源,他认为"'村学究'们的本子中'淮西、河北'二事,也非自创。其所据'底本',乃是罗氏'古本'《宋江演义》,正是有罗氏'古本'承继下来。……关键要害在于,必须得知并确信,罗氏草创'古本'《宋江演义》的确实存在"。③ 这又有些节外生枝了。

持"田、王"二传为后人插增的学者较多,主要有郑振铎、孙楷第、赵景深、王利器、陈新、何满子、徐朔方、马幼垣、李永祜及日本学者大内田三郎。首标此说的学者是郑振铎。1927年,郑振铎《巴黎国家图书馆中之中国小说与戏曲》一文在介绍了《水浒传》"插增本"概况后说,"最初的《水浒传》,当是仅叙一百零八人的出身,梁山泊的鼎盛,以及被收抚后,出征方腊的故事的。……不仅'田虎王庆'的故事是插增的,便是'征辽'的故事也是插增的"。④ 1929年,在《水浒传的演化》一文中,他认为

---

① 欧阳健:《〈水浒〉简本繁本递嬗过程新证》,《水浒新议》,重庆出版社1983年版,第255—266页。
② 同上书,第285—286页。
③ 洪东流:《水浒解密》,学林出版社2007年版,第300页。
④ 郑振铎:《巴黎国家图书馆中之中国小说与戏曲》,《郑振铎文集》(第6卷),人民文学出版社1998年版,第405—406页。

"征辽、征田虎、征王庆的三宗大事,乃无疑的是后来的'插增',而为原本之所无"。他所持的论据仍是主由繁删简说者的那条铁证:征辽、征田虎、征王庆时梁山好汉无一人阵亡而仅征方腊一役就损伤过半。此外,另一证据是:"无论任何的后来的本子,除了七十回的金删本不算,在'全伙受招安'以前的情节,都是相同的,'在张顺夜伏金山寺'以后的情节也都是相同的,只有中间的叙述征辽及田虎、王庆的一大段却是各本不同。"① 在《水浒传的续书》一文中,郑振铎通过指出《水浒后传》作者陈忱为避免异族统治者的疑忌处处表示此书作于明万历以前而不得不割舍征田、王的故事的举动,证明"征田、王的二段故事,为万历时候的'新增',乃是人人都知的事实了"。②

1932年,孙楷第在《日本东京所见中国小说书目》一文中同意郑振铎的观点:"若田虎、王庆故事,则显以有征辽事之《水浒传》为底本而增出者,其出于明人之手,尤无疑义,西谛以为即闽书贾所增,盖为近之。"③ 1948年,赵景深在《〈水浒传〉简论》中认为"大约此后如黎光堂百十五回本、富沙刘兴我本、……都是简本,都有征田虎王庆的事。最有趣的是:田虎王庆的故事是硬插进去的,又不敢更动原来的故事……"④

1955年,王利器在《试论〈水浒〉王庆田虎二传——王田二传与真人真事》一文中认为"所有简本都有王庆、田虎故事,书林美其名曰'插增田虎王庆',或曰'增补',这说明王、田故事是新加的"。又据何动辑《武侯秘演禽书》卷八《占贵贱论》中记载"宋江,宋徽宗时人……后朝廷招顺,征北有功,擒田虎,征方

---

① 郑振铎:《水浒传的演化》,《郑振铎文集》(第5卷),人民文学出版社1998年版,第107—108页。
② 郑振铎:《水浒传的续书》,《郑振铎文集》(第5卷),人民文学出版社1998年版,第148—149页。
③ 孙楷第:《日本东京所见小说书目》,人民文学出版社1958年版,第103页。
④ 赵景深:《〈水浒全传〉简论》,收入《中国小说丛考》,齐鲁书社1980年版,第153页。

腊……征北征西……"① 此书是万历十六年（1588）金陵文林阁刊本，说明第一个插增田虎、王庆本，至少在万历十六年已刊行。

1982年，徐朔方在《从宋江起义到〈水浒传〉成书》一文中，主要通过《水浒传》各部分中田虎、王庆差异最大，好像尚未定型及征辽、平田虎、王庆中梁山众英雄无一人伤亡两个证据阐述他的观点："征方腊的故事在水浒传说的初期就组织进去了，……征辽故事加入较迟，最后才是田虎、王庆的故事。"②

马幼垣研治《水浒传》一向态度谨慎，他说："我治学有一固执之处，对于不可能掌握天下所有重要一二手资料的题目，宁可碰也不碰。《水浒》正属这类题目。"③ 他这种严谨的治学态度在插增"田、王"二传问题的研究中也有体现。1982年，在《影印两种明代小说珍本序》中，他首先反驳了郑振铎对于田虎、王庆两部分出自余象斗之手的看法。④ 1985年，在《排座次以后〈水浒传〉的情节和人物安排》中，他认为"我相信田虎、王庆部分是后加的，意指不论简繁之间的关系如何，这两部分应比简本中招安以前任何故事为晚。田虎、王庆这两部分，也该是写于不同时候，有先后之别"。这主要是从田、王两部分中梁山对降将的不同态度上进行论证的："田虎部分让宋江极度扩充阵容，王庆部分则设法把非梁山人马遣散。这种增减对比情形的解释是，王庆故事的写作年代比田虎要晚。""田虎、王庆部分人物消长的对比，梁山人马与降将功能的对换……都说明田虎、王庆两部分为不同作者所写，而王庆之部后出，只得处处谋求消弭前手制造降将冗多的后遗症，以致其他方面的表现打了折扣。"虽然王庆部分成书晚，却有其特早的一面。对于这一点，作者是从王庆的出身较其他三寇详细、王庆发迹前后

---

① 王利器：《试论〈水浒〉王庆田虎二传——王田二传与真人真事》，《耐雪堂集》，中国社会科学出版社1986年版，第238、239页。
② 徐朔方：《从宋江起义到〈水浒传〉成书》，《中华文史论丛》1982年第4辑。
③ 马幼垣：《现存最早的简本〈水浒传〉——插增本的发现及其概况》，《中华文史论丛》1985年第3期。
④ 参见马幼垣《影印两种明代小说珍本序》，《水浒争鸣》第2辑，长江文艺出版社1983年版。

判若两人及两部分文笔迥异来阐释的。在此基础上进一步推论出："王庆故事前后两截，来源不同，性质迥异，年代自然也有分别，合编成现在这个样子是很晚的事。"① 1998 年，在《寻微探隐——从田王降将的下落看〈水浒传〉故事的演变》一文中，作者首先列出选择田、王两部分的降将作为考察对象的理由：一是读者对真正的田、王故事陌生；二是读者多用百二十回本，"田、王"二传真相隐晦较深；三是梁山队伍中有降将的加入是田、王部分的特色。之后，作者用罗真人指点公孙胜征淮西事之例，证明田、王两部分出自一人之手。其后又通过这两部分对待降将不同的态度及征方腊部分在清理降将残余时手段极其疏漏抵牾，得出"倘人物少的繁本方腊部分出自人物多的简本方腊部分，梁山原班人马和田虎降将的出现就不会如此泾渭分明了"。即简本《水浒传》方腊部分是从繁本删出来的结论。② 此外，在《两种插增本〈水浒传〉探索——兼论若干相关问题》一文中，作者通过田、王两部分同样存在着像简本其他部分一样无视文法、文意删减得不成样子的文句，得出田、王两部分也是删节出来的。③ 通过坚实严谨的研究，2006 年，马先生在《水浒人物之最》的序言《我的〈水浒〉研究的前因后果》中对此问题做了总结："招安以后的故事，不管独见于简本，还是兼见于简繁两系统，都是后出的，且有写得极劣的（如简本中的田虎故事），但简本独有的故事仍有可助理解今本《水浒》出现前的演化过程者。"④

1992 年，何满子《水浒概说》中依据《水浒传》是在"讲史"的框架下连缀"小说"而成的特点，认为《水浒》最初应是

---

① 马幼垣：《排座次以后〈水浒传〉的情节和人物安排》，《明报月刊》1985 年第 6 期。
② 马幼垣：《寻微探隐——从田王降将的下落看〈水浒传〉故事的演变》，《中国语文论丛》1998 年第 15 期。
③ 马幼垣：《两种插增本〈水浒传〉探索——兼论若干相关问题》，见《水浒二论》，生活·读书·新知三联书店 2007 年版，第 176—177 页。
④ 马幼垣：《我的〈水浒〉研究的前因后果》，见《水浒人物之最》，生活·读书·新知三联书店 2006 年版。

一种文事俱简本,其故事情节只包含梁山全伙受招安及平方腊事。又据袁无涯刊本《忠义水浒全书·发凡》中所称"其于寇中去王、田而加辽国"一句,认为招安以后接征田、王段落是《水浒传》演进的第二阶段,时间至早当在元明之际甚至靠后。①

2006年,李永祜在《〈水浒传〉的版本研究与田王二传的作者——与孟繁仁诸先生商榷》一文中,依据简本出自繁本的观点,结合各繁本中"遇林而起,遇山而富,遇水而兴,遇江而止"这样类似的偈语及吴从先《小窗自纪》中也未提"田、王"二寇的例证,得出"田、王"二传非出自罗贯中之手,而是简本作者创造出来的。②

(2)"田、王"故事的原型问题。"田、王"二传插增既然是《水浒传》研究中一个重要问题,那么其中的"田、王"故事的原型问题也是有必要讨论了。首先涉及这一问题的是胡适先生。1920年,胡适在《〈水浒传〉考证》一文中认为"最重要的是《征四寇》叙东京八十万禁军教头王庆遭高俅陷害,迭配淮西,后来造反称王的事。这个王庆明明是《水浒传》今本里的王进"③。他首先看出王进与王庆有近似之处,王进事可能据王庆事而来。1921年,胡适《〈水浒传〉后考》一文通过《征四寇》、百十五回本及今本百二十回本中王庆与王进事迹的比较,得出今本《水浒》移王庆故事往书首,并易王庆为王进,百二十回本中的王庆故事是改写出来的,"大概百二十回本的编纂人也知道'高俅恩报柳世雄'一回的人物事实显然和王进一回的人物事实有重复的嫌疑,故他重造出一种王庆故事,把王庆写成一个坏强盗的样子"。④

1957年,严敦易《水浒传的演变》中主张《水浒传》中的王

---

① 参见何满子《水浒概说》,《何满子学术论文集》,福建人民出版社2002年版,第248—249页。
② 参见李永祜《〈水浒传〉的版本研究与田王二传的作者——与孟繁仁诸先生商榷》,《广西师范学院学报》(哲学社会科学版)2006年第4期。
③ 胡适:《〈水浒传〉考证》,见1920年亚东图书馆初版汪原放标点《水浒》。
④ 参见胡适《〈水浒传〉后考》,见1921年亚东图书馆再版汪原放标点《水浒》。

进事可能与《醉翁谈录》杆棒类的《王温上边》相关。①

马幼垣《真假王庆——兼论〈水浒传〉田虎王庆故事的来历》一文首先介绍了前人关于王庆的相关探讨，在此基础上，从两款四式的王庆故事、王进在《水浒传》书首扮演的角色、一真二假的王庆及田王故事的来历四个方面进行了论述，提出王庆/王进故事可能与南宋初年抗金忠义军有关，他的事迹被吸纳进《水浒》可能只是其中的一部分，而且相当零散。到了万历间坊贾要添加此部分时，便将王进故事分成几部分吸收进来，并为照应到四大寇之名，将王进改为王庆，以使得情节连贯统一。同时田、王二传在情节上的前后相承，说明二传同出于一人之手。② 此外，侯会在《水浒源流新证》③中认为，《三遂平妖传》中的王则就是王庆的原型。

这种对小说人物原型的考证，一方面有利于建立小说叙事与历史叙事之间的文化血缘关系，但不少情况下往往陷于烦琐考证，结果会在小说与历史之间画上了等号。

3. "田、王"二传的意义与价值。对于研究"田、王"二传的意义与价值，可以从其自身价值及其在《水浒传》演进史上的价值两个维度来观察。

（1）"田、王"二传自身的价值。欧阳健在《王庆论》一文中提出王庆形象本身具有反面形象的美学价值。其美学价值在于，《水浒》通过特定典型环境中一系列风波迭起的矛盾冲突的生动描写，真实而深刻地塑造出来的一个具有丰富复杂的多层次多侧面性格的反面人物，是一个"真"而"不美"的矛盾统一体。王庆的"丑"是为了衬托梁山英雄的"美"，这是理解王庆形象美学价值的关键所在。④

（2）"田、王"二传在《水浒传》演进史上的价值。胡适

---

① 参见严敦易《〈水浒传〉的演变》，作家出版社1957年版，第167页。
② 参见马幼垣《真假王庆——兼论〈水浒传〉田虎王庆故事的来历》，《水浒二论》，生活·读书·新知三联书店2007年版，第356—368页。
③ 参见侯会《水浒源流新证》，北京华文出版社2002年版。
④ 参见欧阳健《王庆论》，《水浒新议》，重庆出版社1983年版，第180—192页。

《〈水浒续集两种〉序》中说："此书（《征四寇》）中写王庆和柳世雄和高俅的关系一大段，用这一段来比较今本《水浒》第一回写高俅王进柳世权的关系的一段。这种比较是很有益的，不但可以看出今本《水浒》的技术上的优点，还可以明了《征四寇》在'《水浒》演进史'上的位置。"[1] 他首先注意到王庆与王进事的相似处在研究《水浒传》演进史的意义。此后，赵苕狂在《征四寇考》[2]一文中也对这一问题有所发覆。

1985年，马幼垣在《排座次以后〈水浒传〉的情节和人物安排》一文中认为："梁山一百零八名头目排座次后的故事究竟应是怎样的，除了问题本身的意义外，还关系到《水浒》演易的过程。""排座次以后的情节可划分为五大部分，各有不同的性质和成立的背景。排座次以后原有故事的范围可以延续至梁山受招安。辽国、田虎、王庆、方腊（包括覆灭）各部分出于不同作者及年代，其中成立最晚的可能为王庆之部。"[3] 1998年，在《寻微探隐——从田王降将的下落看〈水浒传〉故事的演变》一文中，又主张"不列它们（田王部分）入研究范围，《水浒》演化的过程就得不到整体的理解"。

通过对上述关于"田、王"二传相关问题的讨论可知，对田、王两部分的研究不仅有助于认识这部分自身的价值所在，而且可以帮助我们理清《水浒传》的成书过程、《水浒传》的版本演进史等问题。

（三）关于《京本忠义传》残页问题

自1975年上海图书馆的顾廷龙、沈津这两位学者发现了两张《水浒传》残页之后，水浒研究界便对它各个方面的问题进行了探讨。其中以刘世德、李永祜两位学者的观点最为独到、论述最为精

---

[1] 胡适：《〈水浒续集两种〉序》，见1923年上海亚东图书馆出版《水浒续集两种》卷首。
[2] 参见赵苕狂《征四寇考》，见1936年世界书局版《续水浒》。
[3] 马幼垣：《排座次以后〈水浒传〉的情节和人物安排》，《明报月刊》1985年第6期。

辟。对《京本忠义传》残页的研究有助于《水浒传》祖本、《水浒传》版本演变史及《水浒传》繁简关系等问题的解决，因而学界从《京本忠义传》残页刊刻年代、《京本忠义传》残页的性质及《京本忠义传》残页的意义与价值三个方面展开了热烈讨论。

1.《京本忠义传》残页刊刻年代，以主明正德、嘉靖说为多。

（1）正德之前说。最早主此说的是李骞和刘冬、欧阳健。1985年，在《〈京本忠义传〉考释》一文中，李骞认为"《京本忠义传》残叶的存在说明作者所写的最早的版本就是繁本"，"早于嘉靖刻水浒残本，它是一切《水浒传》版本的祖本，是作者编写《水浒传》的原始本"。他列举三个证据：容与堂本在文字上对《京本忠义传》进行了加工，对个别词汇如"每"、"将"作了改写；容与堂本第八十一回的回首诗中"事事集成《忠义传》，用资谈柄江湖中"；《京本忠义传》残页分"则"不分"回"。① 刘冬、欧阳健《〈京本忠义传〉评价商兑》一文中认为"《京本忠义传》的成书年代应早于嘉靖本"，这主要是以《京本忠义传》的书名，即《忠义传》应是《水浒传》的本名、人称代词"每"的使用及大量宋元俗字的应用三个证据为论据。②

2000年，黄俶成《施耐庵与水浒》③ 一书认为，《京本忠义传》残页应为现存最早的《水浒传》版本。而黄氏在后来的两篇文章《〈水浒〉版本衍变考论》④、《20世纪〈水浒〉版本的研究》⑤ 中则进一步推论《京本忠义传》虽非祖本，却较接近祖本；《京本忠义传》的成书年代可推至洪武、永乐间。2009年，宁稼雨在《水浒闲谭》中称："《京本忠义传》虽然刊刻于明代正德、嘉

---

① 参见李骞《〈京本忠义传〉考释》，《明清小说研究》1985年第1辑。
② 参见刘冬、欧阳健《〈京本忠义传〉评价商兑》，《贵州文史丛刊》1985年第2期。
③ 参见黄俶成《施耐庵与水浒》，上海人民出版社2000年版，第162页。
④ 参见黄俶成《〈水浒〉版本衍变考论》，《扬州大学学报》（人文社会科学版）2001年第1期。
⑤ 参见黄俶成《20世纪〈水浒〉版本的研究》，《文史知识》2001年第4期。

靖年间，但成书可能在元末明初，是现存百回繁本中最早的本子。"①

（2）正德、嘉靖间说。首先持此说者是《京本忠义传》残页的发现者顾廷龙、沈津两位学者。在《关于新发现的〈京本忠义传〉残页》一文中他们认为"经鉴定，《京本忠义传》可能是明代正德、嘉靖间书坊的刻本，此书各公私藏家书目均未著录，比今天所见其他《水浒》各本更近于原本面貌"。他们所持的论据是此版本无回目，每半页上端有一句话的标题，并引用郑振铎《水浒全传序》中说："全书只分若干节或若干条，每节或每条之前只有内容提纲似的一句话作为标题。"郭本有回目无标题，可证明残页早于郭本。② 宏烨在《上海图书馆善本书一瞥》一文中也持此说："从残页的字体、纸张等风格来看，应为明正德、嘉靖间书坊所刻。"③

1983 年，陈辽在《郭刻本〈水浒〉非水浒祖本——兼谈〈水浒〉版本的演变》一文中通过容与堂本与《京本忠义传》残页的比勘，发现容与堂本在文字上对《京本忠义传》残页进行了改进与增饰，并推导出"刻于正德、嘉靖年间的《京本忠义传》采用的是较早的《水浒》版本，早于郭刻本"的结论。④ 1986 年，马蹄疾《水浒书录》称"《京本忠义传》二十卷，明嘉靖间刻本。……此本残页之出现，不仅是现存繁本中最早的本子，也是现存所有《水浒传》版本中最早的一种刻本。"⑤ 1992 年，何满子在《水浒概说》中引用了顾廷龙、沈津两位学者的观点，认为《京本忠义传》残页应为正德、嘉靖间刻本。⑥

---

① 参见宁稼雨《水浒闲谭》，中国文史出版社 2009 年版，第 272 页。
② 顾廷龙、沈津：《关于新发现的〈京本忠义传〉残页》，《学习与批判》1975 年第 12 期。
③ 宏烨：《上海图书馆善本书一瞥》，《书林》1980 年第 3 期。
④ 参见陈辽《郭刻本〈水浒〉非水浒祖本——兼谈〈水浒〉版本的演变》，《江汉论坛》1983 年第 3 期。
⑤ 马蹄疾：《水浒书录》，上海古籍出版社 1986 年版，第 50 页。
⑥ 参见何满子《水浒概说》，见《何满子学术论文集》，福建人民出版社 2002 年版，第 250 页。

1993年，刘世德《论〈京本忠义传〉的时代、性质和地位》一文认为，正德、嘉靖间刻本的版式一个重要特点是版口为白口，字体是一种僵硬呆滞的方体字，而这些特点《京本忠义传》残页均符合。①

（3）嘉靖之后说。1984年，张国光《评〈忠义传〉残页发现"意义非常重大"论——〈关于《京本忠义传》〉一文之商榷》一文，主要批驳了刘、欧文中所提刊刻于元末明初的观点，并就"每"字的使用、简体字的使用等做了一一反驳。并提出《京本忠义传》残页只可能刊刻于万历坊间，而不可能成书于正德、嘉靖间，更不可能是元末明初的本子。②

2008年，谢卫平《〈水浒〉版本研究在日本——兼谈国内相关情况》一文在介绍日本《水浒传》研究情况时，引录了日本学者白木直也关于《京本忠义传》的看法。白木直也认为此残页属于简本中的一种，应刊刻于万历中后期。他的依据为《京本忠义传》的题署类似于"四知堂刊本"、"藜光堂刊本"，不应为嘉靖前的刻本；一句话作为标题，"藜光堂本"也有，不能成为论据。③

2. 《京本忠义传》残页的版本性质，属于繁本抑或简本。

（1）《京本忠义传》残页为繁本说。首先主张此说的是残页发现者顾廷龙和沈津。1975年，在《关于新发现的〈京本忠义传〉残页》一文中，他们提出《京本忠义传》残页应为二十卷百回繁本。主要依据：一是李开先《词谑》云："……且古来更无有一事而二十册者。"钱曾《也是园书目》也有"旧本罗贯中《水浒传》二十卷"的记载，而残页版心标明为"十卷"，相当于容与堂本第四十七回和五十回，如以五回为一卷，可推知《京本忠义传》应为

---

① 参见刘世德《论京本忠义传的时代、性质和地位》，《明清小说研究》1993年第2期。
② 参见张国光《评〈忠义传〉残页发现"意义非常重大"论——〈关于《京本忠义传》〉一文之商榷》，《武汉师范学院学报》（哲学社会科学版）1984年第1期。
③ 参见谢卫平《〈水浒〉版本研究在日本——兼谈国内相关情况》，《明清小说研究》2008年第2期。

二十卷百回本。二是将容与堂本与《京本忠义传》残页相比勘，发现较容本简略，容本可能在《京本忠义传》残页的基础上进行了加工，说明《京本忠义传》残页为繁本中较早的本子。[①] 宏烨在《上海图书馆善本书一瞥》一文中亦认为"此残页为二十卷一百回本，属于繁本系统"[②]。

1985年，李骞在《〈京本忠义传〉考释》一文中通过容与堂本与《京本忠义传》残页的对勘，从文字数量上证实《京本忠义传》不是属于简本系统，而应属于繁本系统。[③] 同年，刘冬、欧阳健《〈京本忠义传〉评价商兑》一文通过嘉靖本、评林本与《京本忠义传》残页比勘，发现评林本215字、《京本忠义传》447字、嘉靖本521字，《京本忠义传》字数与嘉靖本接近，并且嘉靖本将《京本忠义传》中某些文言话语改为较通俗的口语，这些均说明"《京本忠义传》是地地道道的繁本"。[④] 欧阳健将嘉靖本、容与堂本、《京本忠义传》对勘后说："以《容与堂本》为代表的《水浒》繁本所具备的主要优点，如描写细腻，口语生动，即所谓'游词余韵'、'神情寄寓'等长处，《京本忠义传》也都具备了，因而，是一个地地道道的繁本。"[⑤]

1986年，马蹄疾《水浒书录》认为"此本残页之出现，不仅是现存繁本中最早的本子，也是现存所有《水浒传》版本中最早的一种刻本"[⑥]。1992年，何满子《水浒概说》一文认为"将残页与作为今存繁本的代表容与堂本相应篇页对勘，除了用字较古朴，简体、俗体字较多，证明其写成早得多以外，叙述语言的流畅、对话

[①] 参见顾廷龙、沈津《关于新发现的〈京本忠义传〉残页》，《学习与批判》1975年第12期。
[②] 宏烨：《上海图书馆善本书一瞥》，《书林》1980年第3期。
[③] 参见李骞《〈京本忠义传〉考释》，《明清小说研究》1985年第1辑。
[④] 参见刘冬、欧阳健《〈京本忠义传〉评价商兑》，《贵州文史丛刊》1985年第2期。
[⑤] 欧阳健：《〈水浒〉简本繁本递嬗过程新证》，收入《水浒新议》，重庆出版社1983年版，第262—265页。
[⑥] 马蹄疾：《水浒书录》，上海古籍出版社1986年版，第50页。

的生动、细节描写的委曲尽情,两者都很接近,可做嘉靖本以前一种艺术水平已相当高超的《水浒传》繁本早已存在的铁证"①。

(2)《京本忠义传》残页为简本说。最早主此说的是张国光先生,他在《评〈忠义传〉残页发现"意义非常重大"论——〈关于《京本忠义传》〉一文之商榷》一文中,批驳了顾廷龙、欧阳健等学者的观点,提出《京本忠义传》残页为简本。②

1985年,马幼垣在《现存最早的简本〈水浒传〉——插增本的发现及其概况》一文称:"文革时期上海图书馆发现的《京本忠义传》残叶不单为简本,其年代且很可能较任何一种插增本为早……插增本比任何现存简本为早这说法,目前还未有修正的必要。"③

1993年,刘世德《论〈京本忠义传〉的时代、性质和地位》一文认为,《京本忠义传》是简本而非繁本,并且是一种从繁本向其他简本过渡的早期坊间删节本。首先,通过容与堂本与《京本忠义传》字数的比勘,发现《京本忠义传》残页相应部分的字数少于容与堂本。其次,通过容与堂本、天都外臣本与《京本忠义传》正文部分的比对,发现《京本忠义传》的文字同于简本而异于繁本。最后,从"京本"二字冠名看乃是明代福建刻书业推销的一种手法。从上述三个方面推论出《京本忠义传》残页是一种简本。

2008年,谢卫平《〈水浒〉版本研究在日本——兼谈国内相关情况》一文接受了日本学者白木直也的观点,即《京本忠义传》为简本之一种,刊刻于万历中后期。他提出论据有:以"京本"二字题署不见于任何繁本而与诸简本相类似;评林本、藜光堂本的"三打祝家庄"部分与《京本忠义传》相同,均在第十卷;《京本

---

① 何满子:《水浒概说》,见《何满子学术论文集》,福建人民出版社2002年版,第250页。
② 参见张国光《评〈忠义传〉残页发现"意义非常重大"论——〈关于《京本忠义传》〉一文之商榷》,《武汉师范学院学报》(哲学社会科学版)1984年第1期。
③ 马幼垣:《现存最早的简本〈水浒传〉——插增本的发现及其概况》,《中华文史论丛》1985年第3期。

忠义传》中含有简本系统特有的节缩文字法。①

2009年,李永祜《〈京本忠义传〉的断代断性与版本研究》一文认为《京本忠义传》"刊刻于嘉靖初年福建建阳书坊;它对繁本作了较少的删节,是介于繁、简两大系统之间的过渡性删削本"。他主要是将容与堂本、评林本与《京本忠义传》残页在对话、描写、字数三个方面进行比对而推导出的结论。②

3. 《京本忠义传》残页的意义与价值。由于各家对《京本忠义传》残页看法的严重分歧,导致对其学术价值的评价也高低不同。相对而言,刘世德、李永祜两位学者的观点比较客观、合理。

1975年,顾廷龙、沈津在《关于新发现的〈京本忠义传〉残页》一文中认为"……此书各公私藏家书目均未著录,比今天所见其他《水浒》各本更近于原本面貌"。"特别值得注意的是《京本忠义传》的题名。《水浒传》宣扬投降主义,美化叛徒宋江,主要是通过标榜'忠义',……残页干脆把《水浒》标名为《忠义传》,再清楚不过地点明了《水浒》宣扬投降主义的本意。"③用当时流行的政治斗争话语解读古代文学作品,方法既不可取,结论自然也靠不住。

1983年,刘冬、欧阳健在《关于〈京本忠义传〉》一文中"高度评价上海图书馆发现此一残页的巨大功绩",并认为"在元末明初之际,一部成熟的《水浒传》就已经出现"。④ 其思路并不严谨。陈辽在《郭刻本〈水浒〉非水浒祖本——兼谈〈水浒〉版本的演变》一文中说:"我认为,《京本忠义传》就是这个(罗贯中的本)一百卷本《水浒》的重刻本或翻刻本。由于修改了前七十卷,又增加了后三十卷,'的本'《水浒》的主题变了,原来是歌颂宋江等

---

① 参见谢卫平《〈水浒〉版本研究在日本——兼谈国内相关情况》,《明清小说研究》2008年第2期。

② 李永祜:《〈京本忠义传〉的断代断性与版本研究》,《水浒争鸣》第11辑,长江文艺出版社2009年版。

③ 参见顾廷龙、沈津《关于新发现的〈京本忠义传〉残页》,《学习与批判》1975年第12期。

④ 参见刘冬、欧阳健《关于〈京本忠义传〉》,《文学遗产》1983年第2期。

人的斗争和反抗的,现在变为歌颂宋江等人的'忠义'了。""'施耐庵的本'仍然是繁本。从现存的《水浒》版本看,繁本的出版年月均早于简本。"① 其论述立足于《京本忠义传》残页的研究对《水浒传》版本演进、构思立意的价值,有一定说服力。

1985年,李骞《〈京本忠义传〉考释》一文对《京本忠义传》残页的价值评价更其"理想","《京本忠义传》不但是《水浒》版本中最早的一个繁本系统的本子,而且是《水浒》诸种版本中的一个唯一的祖本","《京本忠义传》残叶的发现结束了《水浒传》版本争论的历史,给水浒版本的研究开创了一个新的历史阶段"②。

而张国光《评〈忠义传〉残页发现"意义非常重大"论——〈关于《京本忠义传》〉一文之商榷》一文对此版本的评价,则与上述诸家相反,"此一版本仅两张残页,且又是简本,而简本最近在国外已有研究者寻访到国内从未著录和闻知的几种本子,故此《忠义传》残页的发现谈不上有'非常重要的意义',更不应夸张说上图这一偶然发现有'巨大功绩'也"。③ 张先生因认定其为简本便断定它无甚价值,也未免失于主观臆断。

对《京本忠义传》残页的研究以刘世德《论〈京本忠义传〉的时代、性质和地位》与李永祜《〈京本忠义传〉的断代断性与版本研究》两文较有分量。1993年,刘世德在《论〈京本忠义传〉的时代、性质和地位》一文中对《京本忠义传》残页在《水浒传》版本演变史上的地位做了界定。(1)《京本忠义传》残页在《水浒传》版本演变史完成了两种过渡:其一,完成了从繁本向简本的过渡。在简本系统中《京本忠义传》是最接近繁本的一种简本,它无论是在字数上还是在对正文的删节程度上都较其他简本而更近于繁本。其二,完成了从白文本向上图下文本的过渡。简本属于通俗书

---

① 陈辽:《郭刻本〈水浒〉非水浒祖本——兼谈〈水浒〉版本的演变》,《江汉论坛》1983年第3期。
② 参见李骞《〈京本忠义传〉考释》,《明清小说研究》1985年第1辑。
③ 参见张国光《评〈忠义传〉残页发现"意义非常重大"论——〈关于《京本忠义传》〉一文之商榷》,《武汉师范学院学报》(哲学社会科学版)1984年第1期。

籍，它们要迎合特定的读者阶层的欣赏需要，《京本忠义传》残页的标目与万历间简本的插图有异曲同工之妙。在《水浒传》版本的演变中，标目本和插图本（繁本）的结合，便导致上图下文本（简本）的产生。（2）《京本忠义传》残页的发现是解决《水浒传》繁简先后关系及嘉靖、万历之前有无《水浒传》刊本这两个问题的线索。《京本忠义传》是简本而非繁本，并且是一种从繁本向其他简本过渡的早期坊间删节本。此本题署以"京本"二字冠名是万历福建建阳书商为招徕读者所惯用的伎俩，此前应有所谓的"京本"即南京刊刻本《忠义水浒传》。此刊本应为正德、嘉靖之间或之前的一种繁本，这从高儒《百川书志》、晁瑮《宝文堂书目》及周亮工《因树屋书影》的相关著录可证。[①] 2009年，李永祜在《〈京本忠义传〉的断代断性与版本研究》一文中对《京本忠义传》残页在《水浒传》的版本演进史上的作用作了全面论述："《京本忠义传》是《水浒传》由繁本向简本转化历程的一个中间环节，它的销路上的局限性，刺激、促进了放手大删大削的简本涌现，这就是它起的历史作用。"[②]《京本忠义传》之所以在《水浒传》版本演进史上湮没无闻是由其自身的缺点及其后诸简本本身的优势决定的。《京本忠义传》既无繁本的"游词余韵、神情寄寓处"，自然为文人学士所不满，又无其后诸简本所具有的为市民阶层审美需求而设置一幅幅精美生动的插图，它的历史使命也就完成了，自然没有存在的必要了。

统观对《京本忠义传》残页有关问题的争论，可以发现，到目前，对于此二残页的时代不能确定，简本繁本没有共识，对其价值的争论多属揣测想象之言，更不乏肆意夸大之词，因而，对这一问题诸多方面的争论仍将持续，但难有定论。看来除非有更多与《京本忠义传》直接相关的文献发现，否则围绕它的一切争论不会有

[①] 参见刘世德《论京本忠义传的时代、性质和地位》，《明清小说研究》1993年第2期。

[②] 参见李永祜《〈京本忠义传〉的断代断性与版本研究》，《水浒争鸣》第11辑，长江文艺出版社2009年版。

定论。

三 《水浒传》简本系统诸版本研究概况

《水浒传》"'繁本'的研究尚很不足,'简本'的研究更为不足"[①]。造成简本研究尤其薄弱的一个主要原因是简本许多版本分散于世界各地公私藏家,而又极为繁杂紊乱,很难进行汇总比勘,研究工作殊为艰难。受到版本资料的限制,各地研究者各有侧重,但重点还是集中于"插增本"、"评林本"等几种主要版本上。马幼垣、刘世德便是这方面的佼佼者。马幼垣曾赴欧洲调查遗落在欧洲各国的《水浒传》版本,并大有斩获。他目睹了许多以前学界未知的《水浒传》简本,并进行全面深入的探究,涉及文献补遗、简本演进史、简本系统划分等一些重大问题。刘世德则集中于对"评林本"、"刘兴我本"、"英雄谱本"等现存几个版本的甄别考究,其中最突出者是对"映雪草堂本"的概况、性质、底本等问题的探讨。

(一)《水浒传》简本系统版本繁杂及研究匮乏的原因

1. 《水浒传》简本系统版本繁杂的原因。前文关于形成《水浒》版本纷纭原因的研究情况,已涉及简本,此不赘述。

2. 《水浒传》简本系统研究匮乏的原因:(1)简本自身原因与研究方法不当。《水浒传》简本是"村学究所损益"之俗本,是"刮去肌肉,榨出了血液,只留下一副枯骨架子"的删节本,不具备繁本"游词余韵"、"委曲详尽,血脉贯通"的优点,被文人学士所摒弃,在学术界也一向未受到重视。马幼垣学生曾论及简本研究应持的正确态度:"我以为在把简本《水浒》贬为枝叶,评得一文不值以前,总该平心静气,先好好地把简本的各种本子逐一详细分析,也给各种繁本以同样的看待,再用不先存彼此的观念和等量齐观的态度,去推断繁简各本的价值和各本之间的关系,然后始尝

---

① 马成生:《水浒通论》,浙江古籍出版社1994年版,第92—93页。

试作全盘性的论断,这才是正确公允的研究程序。"[1]

(2) 材料分散整理困难与国内研究资料的贫乏。《水浒传》重要的本子分散于世界各地,中国、日本、欧洲几可平分秋色,每一区域中又散存多处,在《水浒传》研究中,能够掌握半数重要本子的并无几人。国内在简本方面整套公开影印的善本仅"评林本"一种,仅限印一千套,流出海外的寥寥无几,研究者见过此书的不多。其他简本像"英雄谱本"、"汉宋奇书本"等在民初极为易得的清刊本,现在也凤毛麟角了。[2]

(二)《水浒传》简本系统诸版本研究概况

20世纪以来《水浒传》简本系统研究以80年代为界可分为前后两个不同阶段。80年代以前基本上还处于一般性介绍阶段,涉及《水浒传》简本系统版本介绍的相关学者主要有郑振铎、孙楷第、刘修业、柳存仁与马蹄疾等[3],其中又以马蹄疾先生的介绍较为系统、全面;80年代以后,《水浒传》简本系统研究跨入了新的阶段,而以马幼垣、刘世德两位学者的研究具有代表性,可以说体现了当前《水浒传》简本系统研究的最高水准。

1. 插增本。首先对《水浒传》插增本有所留意的是郑振铎。自1927年在《巴黎国家图书馆中之中国小说与戏曲》一文中对插增本的基本情况进行介绍之后,在1929年的《水浒传的演化》一文中,郑振铎认为"这部《插增田虎王庆忠义水浒传》,其版式与余氏双峰堂所刊的《三国志传》完全相同,上格为图,下格为文字,纸张也是相同的,可证其为同一的刊本。《三国志传》题着'书坊、仰止余象乌批评,书林、文台余象斗绣梓'。……余氏刻

---

[1] 马幼垣:《呼吁研究简本〈水浒〉意见书》,《水浒争鸣》第3辑,长江文艺出版社1984年版。
[2] 同上。
[3] 参见郑振铎《巴黎国家图书馆中之中国小说与戏曲》,收入《郑振铎文集》(第6卷),人民文学出版社1998年版;孙楷第《中国通俗小说书目》,人民文学出版社1982年版;刘修业《古典小说戏曲丛考》,作家出版社1958年版;柳存仁《伦敦所见中国小说书目提要》,书目文献出版社1982年版;马蹄疾编《水浒书录》,上海古籍出版社1986年版。

117

书的时代是万历之间（《三国志传》刊于万历壬辰，《诗林正宗》刊于万历庚子），这部《插增田虎王庆忠义水浒传》想亦出于这个时候"①。郑先生用余象斗所刊刻的《三国志传》、《四游记》等书与《插增田虎王庆忠义水浒传》作比勘，认为插增本《水浒》亦出于余象斗之手。由于其他学者无缘目睹"插增本"及郑振铎在学界的声望，他的介绍性文字在其后几十年间极具影响力。

进入80年代，《水浒传》简本系统研究的沉寂局面才逐渐被打破，而聂绀弩、马幼垣等学者功不可没。1980年，聂绀弩《论〈水浒〉的简本与繁本》一文将"牛津残页"、"英雄谱本"、"插增本"、"评林本"等诸简本相互对勘，通过它们正文文字的繁简差异，得出《双峰堂评林本》之类由"刘兴我本"之类加工而来，"插增本"又由"双峰堂本"加工而来的由低级经中级到高级的依次演进的结论。② 从中可以看出，他是将"插增本"看作为"评林本"的高一级演进阶段，这恐怕与事实稍有不符，单单从"评林本"、"插增本"的署名"增补校正"与"插增"字样便可推知"评林本"应刊刻于"插增本"之后。

真正打开《水浒传》简本系统研究新局面的要数马幼垣先生。1981年，马幼垣《牛津大学所藏明代简本〈水浒〉残叶书后》一文在指出聂绀弩《论〈水浒〉的简本与繁本》疏误之处的基础上对"牛津残叶"的相关问题进行了深入研究。主要涉及以下几个方面：（1）"牛津残叶"的历史研究概况。第一次公布其存在的是荷兰汉学家兑文达，之后有法国汉学泰斗戴密微的介绍，而在日本则有学者白木直也的报道。第一次向国人介绍此文献的是聂绀弩的《论〈水浒〉的简本与繁本》一文。"牛津残叶"，藏于英国牛津大学卜德林图书馆，是作者通过牛津大学教授杜德桥之助而得。（2）对"牛津残叶"版本方面的研究。首先，作者针对聂文中通过"插增本"与"评林本"在正文文字方面的比勘，得出"插增

---

① 郑振铎：《水浒传的演化》，《郑振铎文集》（第5卷），人民文学出版社1998年版，第132页。

② 参见聂绀弩《论〈水浒〉的简本与繁本》，《中华文史论丛》1980年第2辑。

本"在文字上繁于"评林本","插增本"出于"评林本"的结论。指出郑振铎认为"插增本"出于余象斗之手的疏误，并援引五例加以辩驳："评林本"、"插增本"的署名"增补校正"与"插增"不同；"评林本"移置前本回首诗及书前"题水浒传叙"的上栏"今双峰堂余子改正增评"的提示；"评林本"所缺回目、回首诗及所移置的回首诗就见于"插增本"；余呈之事的处理不同；"评林本"的刊刻年代，据戴密微所证应为万历二十二年（1594）。据以上五例，作者推出"评林本"晚出于"插增本"，"插增本"与《评林本》同出余象斗之手纯属臆断。其次，"插增本"、"评林本"及"牛津残叶"的关系及"插增本"的总卷数。作者根据"插增本"、"评林本"及"牛津残叶"三者在版式上大同小异的特点推出"插增本"共有二十四卷，"牛津残叶"亦同。（3）"牛津残叶"的抵欧经过及其刊刻年代。对于"牛津残叶"的抵欧经过，兑文达有详细的报道：荷兰人于1595—1597年远航东印度群岛时得自爪哇的中国商人。后来，一位英国人访问荷兰莱顿，莱顿大学历史系教授兼图书馆馆长的墨路腊将"牛津残叶"送与他。从"牛津残叶"的抵欧历程可知此残叶并非一页，另有其他部分可能存于欧洲。另外亦可知，"牛津残叶"当是万历初年的刻本，"插增本"亦当刻于此时。[①] 1982年，在《影印两种明代小说珍本序》一文中，作者主要介绍了斯图加特本版藏概况及其独特的价值。斯图加特本，藏于西德斯图加特邦立瓦敦堡图书馆，残存第九卷和第十卷两卷，内容讲自柴进帮助林冲得草料场差事起，至秦明被花荣等所掳，偶有缺页，可弥补各本无招安前情节的缺憾，由德国人魏汉茂获知。斯图加特本是现存各插增本中唯一保存梁山英雄排座次之前的部分，其自身价值当在其他残本之上。[②]

1985年，马幼垣《现存最早的简本水浒传——插增本的发现

---

① 参见马幼垣《牛津大学所藏明代简本〈水浒〉残叶书后》，《中华文史论丛》1981年第4期。

② 参见马幼垣《影印两种明代小说珍本序》，《水浒争鸣》第2辑，长江文艺出版社1983年版。

及其概况》一文探讨以下三个方面的问题：（1）"插增本"的研究现状。最早有关"插增本"的记述是古恒为法国国立图书馆中的东亚藏品所做的编目中提及的。第一个见到此书的小说专家是郑振铎，他在1927年所作的《巴黎国家图书馆中之中国小说与戏曲》一文中对"插增本"版本情况有较详尽的介绍。此外，海外研究"插增本"的学者尚有戴密微和白木直也。同时，作者纠正了郑振铎《巴黎国家图书馆中之中国小说与戏曲》一文记述"插增本"残存第二十卷和第二十一卷半卷的疏误，认为仅存一卷又四页，即三十三页。（2）"插增本"版本方面的研究。作者根据内容的先后次序，将"插增本"分为甲本与乙本两大系列。斯图加特本、哥本哈根本、巴黎本、牛津残页为插增甲本，德莱斯顿本、梵蒂冈本为插增乙本。之后，作者主要从两种插增本的版式方面的异同进行了比勘，纠正了前人记述的一些谬误。（3）"插增本"的抵欧经过。莱顿大学荷兰语文研究所得邵博先生在此方面有所探究。据其考证，1603年，荷兰探险家兼海军上将韩斯璖截击了葡萄牙大型商船"凯达琳娜"号，其中第二批货物中包含许多中文书籍，"插增本"当在其列。插增甲本现存各部分极为零散，而每一部分却相当完整，这说明各部分的拆分是有意为之的。17世纪的欧洲，购买这类中国书籍只不过是为了好奇和炫耀的目的，而不管是否是全本。书商明白这一点，所以将书拆散出售。[1] 之后，马幼垣在《两种插增本〈水浒传〉探索——兼论若干相关问题》一文中，作者对这两种插增本的相关情况进行了系统分析和梳理。他主要是从两种插增本简名的界定，插增甲本、插增乙本与评林本三者之间的关系，插增甲本、插增乙本与评林本三者的性质及插增本的总回数四个方面进行论述：（1）两种插增本简名的界定。插增甲本、插增乙本简名的界定只是按发现先后，无演变先后的含义。（2）插增甲本、插增乙本与评林本三者之间的关系：插增甲本、插增乙本与

---

[1] 马幼垣：《现存最早的简本〈水浒传〉——插增本的发现及其概况》，《中华文史论丛》1985年第3期。

评林本同出一源；却又互有优劣，最好的解释是各自发展；最接近原始简本的是插增本。作者是以简本删自繁本的理论为依据的，通过容与堂本与插增甲本、插增乙本文字上的对勘，证明插增乙本是现存各简本中最接近简本原初面貌的本子。（3）插增甲本、插增乙本与评林本三者的性质。作者通过三者所含有的漏字以致文不成句及删去主词或受词的人称习惯的普遍现象，证明这三个本子，正如万历至清初刊行的其他简本一样，错字漏字星罗棋布以致造成阅读障碍，是一种胡乱删节的劣质品。（4）插增本的总回数。作者从刘兴我本在分回标目上与插增本有着极大的相似性，通过刘兴我本与插增本在回目异同上的比勘，根据第九回的不同分法，将插增本分为一百十四回或一百十五回两种情况。①

1985年，李国才《论巴黎所藏〈新刊京本全像插增田虎王庆忠义水浒传〉》一文通过"插增本"与"评林本"的比勘论证"插增本"在简本系统中的地位与作用。作者经过将"插增本"与"评林本"在卷数多少、文字的繁简优劣、版面行款的异同及插图的数量多寡、刻工粗精几个方面进行比对后，得出"尽管"插增本"和"评林本"之间存在着许多相类似的地方，可是它们并非有直接的关系；"插增本"是早于"评林本"的。"又依据"评林本""题水浒传叙"上栏的"水浒辨"的记载，证明在"评林本"刊行之前尚有诸多种《水浒传》简本而"插增本"只是其中一种插增"田、王"故事的简本。而要查证这些《水浒传》简本的原貌，"插增本"起着承上启下的作用。②

2. 评林本。最先对评林本进行关注与探讨的是孙楷第。1932年，在《日本东京所见中国小说书目》一书中，孙先生提出："此双峰堂本《水浒志传评林》，或即象斗所刊，或其后人刊之，固不可知。……友人郑西谛君于巴黎国家图书馆所见《新刻京本全像插

---

① 参见马幼垣《两种插增本〈水浒传〉探索——兼论若干相关问题》，见《水浒二论》，生活·读书·新知三联书店2007年版，第114—188页。
② 参见李国才《论巴黎所藏〈新刊京本全像插增田虎王庆忠义水浒传〉》，《水浒争鸣》第4辑，长江文艺出版社1985年版。

增田虎王庆忠义水浒全传》，亦余氏刻本，……则与西谛所见非一本。……观其命名，于增补之外，加'校正''评林'字样，似增补事已属过去，所矜者为校正与集评。意西谛所见为原本，而此为重刊本，即从西谛所见本出者。……虽非一本，正不妨以一本视之。"① 孙先生未将评林本与插增本作比勘，却以"意"测之，径下结论，是比较主观的。

1987年至1992年，马幼垣发表了两篇关于1956年北京文学古籍刊行社影印的评林本的补遗文章《影印评林本缺叶补遗》、《影印评林本缺叶再补》。在《补遗》一文中，作者首先说明因王古鲁先生不慎失落了一张照片，造成了影印本相应地缺失了两个半页即卷九页十一下和页十二上的情况。而缺失的这两个半页关乎着评林本的总回数问题，因而有补全的必要。作者通过日本学者大内田三郎，用内阁文库藏本的相应部分补上了所缺的卷九十二页上。② 而在《影印评林本缺叶再补》一文中，马幼垣说明虽通过内阁文库藏本补全了所缺的卷九十二页上，但十一页下这个半页没有补全，评林本的回数问题仍无法解决，因为卷九的十一页下才是问题的关键。在1985年，马幼垣依靠早稻田大学的福井文雅教授的帮助，得到了日光轮王寺柴田昌源大僧正的许可，用慈眼堂藏本的相应部分补全了所缺的卷九十一页下。在补遗工作完成之后，马幼垣通过对评林本的回目划分情况进行系统地分析与梳理，推导出评林本应为二十五卷一百零三回的结论。③ 之后，在《评林本〈水浒传〉如何处理引头诗的问题》一文中作者通过对余象斗处理评林本引头诗的特殊方式，探究了如此处理的原因与余氏的刊刻心态、评林本的底本及评林本与其他简本的关系等重要问题：余象斗对引头诗的处理毫无计划；刘兴我本的文字虽与评林本相近而评林本却不是它的

---

① 孙楷第：《日本东京所见小说书目》，人民文学出版社1958年版，第98—99页。
② 参见马幼垣《影印评林本缺叶补遗》，《水浒争鸣》第5辑，长江文艺出版社1987年版。
③ 参见马幼垣《影印评林本缺叶再补》，《湖北大学学报》（哲学社会科学）1992年第1期。

底本，由于刘兴我本非直接承继评林本而来，遇到评林本删减得无法读通的地方可通过刘兴我本看出原意；评林本的底本是一种与插增乙本相当近似的简本而不是繁本。同时，马幼垣指出"田、王"部分的引头诗并非出自余象斗之手，早期的插增本已是如此，直至余氏编刊时通过合并、弃用等手段使该部分的引头诗数量大为减少。① 在《从评林本〈水浒传〉加插的诗句式评语看余象斗的文抄公本色》及《寻微探隐——从田王降将的下落看〈水浒传〉故事的演变》两篇文章中，马幼垣阐述了评林本是偷窃货，其刊刻年代不仅在插增本之后而且亦在四种嵌图本之后的观点。此外，在《简本〈水浒传〉第九回的问题》一文中，针对评林本第八回"柴进门招天下客，林冲棒打洪教头"之后直接第十回"朱贵水亭施号箭，林冲雪夜上梁山"这一疏漏问题，马幼垣认为不应由余象斗负责。刘兴我本、黎光堂本及二刻《英雄谱本》，均大致同于评林本的分布情况。②

1984年，日本学者大内田三郎《〈水浒传〉的语言——关于〈水浒志传评林〉本的用语研究》一文，主要是从语言学的角度，通过将评林本与百十五回本在用语方面的差别来探讨通俗小说的口语化问题。作者着重从实词与虚词两个方面用同义词改换的方法来阐述上述观点。

1993年，刘世德《谈〈水浒传〉双峰堂刊本的引头诗问题》一文主要探讨了评林本移置引头诗、引头诗异文及评林本的底本三个方面的问题：评林本移置引头诗有极大的随意性，而其主要理由是为了缩减篇幅，节省工料；引头诗异文最为突出的是全书的引头词，从"闲阅水浒全传，论天罡地杀威名"的诗句中，推出评林本不仅写于《水浒传》成书之后，而且写于插增田、王二传之后，这表明评林本出现于繁本产生和流传之后。而引头诗异文产生的原因

---

① 参见马幼垣《评林本〈水浒传〉如何处理引头诗的问题》，《水浒二论》，生活·读书·新知三联书店2007年版，第189—209页。
② 参见马幼垣《简本〈水浒传〉第九回的问题》，见《水浒二论》，生活·读书·新知三联书店2007年版，第427—429页。

是由于后人的改动,改动者的文化水平不高,无法细心体察原作的用意;评林本的底本应为天都外臣序本。①

3. 嵌图本四种。作为《水浒传》简本上图下文常见版式的一种变式,《水浒传》的嵌图本主要包括藜光堂本、刘兴我本、李渔序本及慕尼黑本四种,这种划分形式主要依据马幼垣《嵌图本〈水浒传〉四种简介》一文中对此种版式的界定:"这些本子虽然仍是半叶一图,但图并不占尽上层横面的全部位置,因图的两旁各有两三行和版框高度一样的文字,图下当然全是文字,而标题排在图的上面。这样一来,图的四周全是文字,如嵌其中,因此杜撰'嵌图本'这名词来形容这些本子。"② 在文中,马先生着重从这四种本子的插图与附带的标题两个方面来探究各本之间的关系。首先,依据这四种本间标题的异同将其分为两组,藜光堂本与刘兴我本为一组,慕尼黑本与李渔序本为一组,两组的插图截然不同。在此之后,通过刘兴我本两条错误的标题断定刘兴我本早于藜光堂本,而后对李渔序本因页数减少而删去几张插图与藜光堂本因增加页数而添加几张插图这两种情况进行分析比勘,认为李渔序本应晚于藜光堂本。在此基础上,作者归纳道:"这四本后于评林本的简本,自成系列,分为两组,刘兴我本或者早过藜光堂本,而慕尼黑本在李渔序本之前的可能还要高些,两组之间的先后则不易下断语。"③ 后来在《寻微探隐——从田王降将的下落看〈水浒传〉故事的演变》一文中,马幼垣纠正了上述的论断,申明:"我以前误判以为插增本之后就是评林本。实情并非如此,评林本原来是偷窃货式,其前身是我称之为嵌图本的本子。"④

1982年,官桂铨《〈水浒传〉的藜光堂本与刘兴我本及其它》

---

① 参见刘世德《谈〈水浒传〉双峰堂刊本的引头诗问题》,《文献》1993年第3期。
② 马幼垣:《嵌图本〈水浒传〉四种简介》,《汉学研究》1988年第1期。
③ 参见马幼垣《嵌图本〈水浒传〉四种简介》,《汉学研究》1988年第1期。
④ 马幼垣:《寻微探隐——从田王降将的下落看〈水浒传〉故事的演变》,《中国语文论丛》1998年第15期。

一文着重探讨了藜光堂本与刘兴我本的关系、藜光堂本与刘兴我本的刊刻地与编刊者两方面的问题。根据前人研究，推知藜光堂本也是刘荣吾刻的。同时，对于"富沙"的地理位置说法不一的问题，作者进一步引用了傅惜华《明代传奇全目》中的相关论述，从"富沙"、"潭阳"等建阳古今地名的演变论证了"富沙"即是福建建阳。①1985年，范宁《东京所见两部〈水浒传〉》一文对其在日本东京所见的两个版本《鼎镌全像水浒忠义志传》、《李卓吾评点忠义水浒传》作了简要介绍。其中对于《鼎镌全像水浒忠义志传》，作者认为这个本子即柳存仁在《伦敦所见中国小说书目提要》提到的日本薄井恭一《明清插图本图录解说》中所记载的富沙刘兴我刊本。此外作者依据书中第七十四回前有"软弱安身之本"六言诗一首，评林本无而容与堂本有的情形得出这个本子直接从繁本删削而来，只是参考了评林本而已。②1986年，刘世德《谈〈水浒传〉刘兴我刊本——〈水浒传〉版本探索之一》一文着重对刘兴我本的刊刻年代、刘兴我本的性质及与其他简本的关系两个方面进行探讨：（1）依据刘兴我本卷首序文末尾题署"戊辰长至日，清源汪子深书于巢云山房"，认为"戊辰"应是崇祯元年（1628），刘兴我本也应刊刻于崇祯年间。（2）通过将百回本、刘兴我本、评林本、英雄谱本等诸种本子回目的异同及删节情况进行比勘，认为刘兴我本是从百回本删节而来的简本，它与英雄谱本最接近而与雄飞馆刊本关系最远。③

4. 三十卷本。《水浒传》三十卷本，分为两种，即宝翰楼刊本与映雪草堂刊本。"宝翰楼刊本"，全称《宝翰楼刊文杏堂批评忠义水浒全传》，藏于法国巴黎国家图书馆。"映雪草堂刊本"，全称《映雪草堂刊文杏堂批评忠义水浒全传》，藏于日本东京帝国大学支那哲文研究所，为明刻清补本，原明刻本已佚。1984年，刘世

---

① 参见官桂铨《水浒传的藜光堂本与刘兴我本及其它》，《文献》1982年第1期。
② 参见范宁《东京所见两部〈水浒传〉》，《明清小说研究》1985年第1期。
③ 刘世德：《谈〈水浒传〉刘兴我刊本——〈水浒传〉版本探索之一》，《中华文史论丛》1986年第4辑。

德《谈〈水浒传〉映雪草堂刊本的概况、序文和标目——〈水浒传〉版本探索之一》一文着重探讨了映雪草堂本的概况、映雪草堂本序文与宝翰楼刊本的异同及映雪草堂本的标目特点等问题。(1)映雪草堂本突出一个"全"字。这可从其标目和各卷的书口及各卷的卷首均印有"水浒传全本"、插图书口印有"水浒传全像"的现象中得知。映雪草堂本的刊刻地应为苏州。映雪草堂本上冠以"金阊"二字,而金阊为苏州的别称。映雪草堂本的插图根据标目绘制,表现的是动态的故事情节;映雪草堂本刊刻于崇祯年间,主要依据的是映雪草堂本扉页和各卷卷首题署只标有"施耐庵"一人,这是崇祯年间特别是贯华堂刊本刊刻后盛行的一种风尚。(2)通过将映雪草堂本序文与宝翰楼刊本序文进行对勘,发现宝翰楼刊本的序文为原文而映雪草堂本的序文是删节文,并且序文将施耐庵、罗贯中并举,说明写于万历年间,比映雪草堂刊本要早。而从序文以"全本"与"赝本"、"繁本"对举,说明映雪草堂刊本是一种简本。(3)映雪草堂本的标目问题。作者将映雪草堂本的标目与容与堂本、袁无涯本及其他简本比勘,发现卷一至卷二十一及卷二十二、卷二十九、卷三十近于袁无涯本而卷二十三至卷二十八近于评林本。并且,卷二十三至卷二十八的标目有相对的独立性,为后人所加。出现这种现象的原因是出于以"全本"为号召的广告术的驱使。[①] 1985年,刘世德《谈〈水浒传〉映雪草堂刊本的底本》一文,重点探讨映雪草堂刊本的底本是繁本中的哪一种的问题。(1)认为贯华堂本不是映雪草堂刊本的底本,因为映雪草堂本虽有"金圣叹评"的字样,但贯华堂本的许多独异的地方而映雪草堂本无。(2)袁无涯刊本也不是映雪草堂本的底本。(3)映雪草堂本的底本属于百回繁本中的容与堂。容与堂本的错字,映雪草堂本沿误而天都外臣序本不误;天都外臣序本的错字,容与堂本与映雪草堂本均不误。文句上映雪草堂本异于天都外臣序本,

---

[①] 刘世德:《谈〈水浒传〉映雪草堂刊本的概况、序文和标目——〈水浒传〉版本探索之一》,《水浒争鸣》第3辑,长江文艺出版社1984年版。

第三章 《水浒传》版本研究

同于容与堂本与袁无涯本之处；文句上映雪草堂本同于容与堂本，异于天都外臣序本、袁无涯本之处，而这些地方天都外臣序本、袁无涯本各自相异；文句上映雪草堂本同于容与堂本，异于天都外臣序本、袁无涯本之处，而这些地方天都外臣序本、袁无涯本相同。其次，容与堂本分为甲本、乙本两种，映雪草堂本的底本是乙本而不是甲本。[①] 同年，刘世德《〈水浒传〉映雪草堂刊本——简本和删节本——〈水浒传〉版本探索之一》一文着重从映雪草堂本的正文方面探讨其性质问题。（1）从字数上看，映雪草堂本是简本的一种。（2）从与繁本的对照看，映雪草堂本乃是一种删节本。（3）映雪草堂本是来源于繁本的删节本的原因：由于删改个别字句，造成意思模糊、语气断隔，甚至产生不知所云的感觉；由于删去人名，致使下文显得突兀；由于删改原文，造成错误的拼凑，致使失去原意、情节失当；由于删改文字，出现了移花接木、张冠李戴的错误；由于删改而出现一些文句不通的现象。[②]

1984年，大内田三郎《〈水浒传〉版本考——关于〈文杏堂批评水浒传三十卷〉》一文着重探讨文杏堂三十卷本的成书过程、成书年代及底本等问题。（1）从语言方面看，通过《水浒全传》与三十卷本的比勘，可看出三十卷本的很多语言包含在繁本《水浒全传》中，证明了三十卷本和百十五回本一样是一种删节本。（2）通过百十五回本与三十卷本在语言上异同的对勘，从两种语言上的极大差异，证明两者的成书过程是完全不同的。同时，依据三十卷本有"金圣叹评水浒全传"这样的题署，说明三十卷本刊刻于贯华堂本之后的崇祯年间。（3）从"移置阎婆事"与"田、王"二传两方面在三十卷本、百回本及百二十回本的异同上的展示，表明三十卷本是承袭一百二十回本而来，其刊刻年代当在百二十回本

[①] 刘世德：《谈〈水浒传〉映雪草堂本刊本的底本——〈水浒传〉版本探索之一》，《明清小说研究》1985年第2期。

[②] 刘世德：《〈水浒传〉映雪草堂刊本——简本和删节本——〈水浒传〉版本探索之一》，《水浒争鸣》第4辑，长江文艺出版社1985年版。

之后。① 1985 年，陈树崙《映雪草堂本〈水浒全传〉简介》一文主要从映雪草堂本与宝翰楼本的区别、映雪草堂本的回目特点与映雪草堂本的性质三方面对映雪草堂本的相关情况作了探讨。（1）宝翰楼刊本与映雪草堂本不是一个本子。（2）映雪草堂本的回目特点：单言标目较多，而每两则常常对偶，与其他本子的偶句回目一致，这表明这种单言标目是析偶句回目而来。（3）评林本、映雪草堂本与袁无涯本"田、王"部分三种本子没有直接的承继关系；映雪草堂本的评点非出自一人之手；映雪草堂本是一个拼凑的本子。②

5. 其他简本。主要包括南图出像本、雄飞馆刊本、征四寇本、汉宋奇书本四种本子。

（1）南图出像本。主要是马幼垣先生研究此种本子。在《南京图书馆所藏〈新刻出像京本忠义水浒传〉考释》一文中作者着重探讨了南图出像本的性质及其跟北图出像本的关系。首先，通过回目与引头诗的比较，证明南图出像本是一个浓缩本。在对两种插增本与南图出像本回目的比勘后，发现插增甲本、插增乙本及南图出像本三者述事是统一的，这表明自两种插增本始，简本《水浒传》在情节和章回划分上已达到相当的共识。在对比评林本与南图出像本的引头诗后，发现南图出像本的引头诗全被删去，回中的插词保留的比例也不高，这说明南图出像本是一个浓缩本。通过对南图出像本中余呈之事的处理，归纳出这个本子所讲的余呈事是胡扯模式的缩小版，它和评林本无直接的承继关系，文字的极度浓缩也表明它是一本相当晚出的本子。对于南图出像本跟北图出像本的关系，作者通过两种出像本在处理回目时均有因编写者不甚认真以致出像回目与正文不统一的现象及仅见于两种出像本而未见其他本子

---

① ［日］大内田三郎：《〈水浒传〉版本考——关于〈文杏堂批评水浒传三十卷本〉》，《水浒争鸣》第 3 辑，长江文艺出版社 1984 年版。
② 参见陈树崙《映雪草堂本〈水浒全传〉简介》，《水浒争鸣》第 4 辑，长江文艺出版社 1985 年版。

第三章 《水浒传》版本研究

的特例现象，表明两种出像本之间关系密切。①

（2）雄飞馆刊本。刘世德先生在《雄飞馆刊本〈英雄谱〉与〈二刻英雄谱〉的区别》一文中，重点探讨了《英雄谱》初刻本与二刻本的异同及二刻本删节诗篇的原因。通过对初刻本与二刻本在内容、分集形式、字体、批语及回目这几个方面的对勘，作者发现初刻本与二刻本是相同的。初刻本与二刻本的不同之处主要体现在文字的改动及诗句的删略上。关于二刻本删节诗篇的原因，作者通过对二刻本删节诗篇的情况及初刻本与二刻本的页数的比对，归纳出二刻本为了节省纸张，才删去许多插入的诗词。②

（3）征四寇本。对征四寇本有所留意的学者有胡适、赵苕狂及柳存仁。1920年，胡适在《〈水浒传〉考证》中主张"这部《征四寇》确是一部古书，……《征四寇》这部书乃是原百回本的下半部"③。而在1923年《〈水浒续集两种〉序》一文中，胡适认为"这部水浒续集是合两种书做成的。一部是摘取百十五回本《水浒传》的第六十六回以后，是为《征四寇》。……《征四寇》一书，外间止有石印的劣本。这部书确是百十五回本的后半部；我们现在既知道百十五回本里不但保存了百回本里征辽和征方腊的两大部分，并且还保存了最古本里征田虎和征王庆的两大部分，那么，这部《征四寇》确也有保存流通的价值"④。1936年，赵苕狂《征四寇考》⑤一文同意胡适在《〈水浒续集两种〉序》一文中的观点。

1957年，柳存仁《伦敦所见中国小说书目提要》一书中，首先纠正了胡适在《〈水浒续集两种〉序》一文中的疏误之处。胡适认为《征四寇》是从第六十六回起截取百十五回本而成的，但柳存

---

① 参见马幼垣《南京图书馆所藏〈新刻出像京本忠义水浒传〉考释》，见《水浒二论》，生活·读书·新知三联书店2007年版，第221—237页。
② 参见刘世德《雄飞馆刊本〈英雄谱〉与〈二刻英雄谱〉的区别》，《阴山学刊》（社会科学版）1988年第1期。
③ 胡适：《〈水浒传〉考证》，见1920年亚东图书馆初版汪原放标点《水浒》。
④ 胡适：《〈水浒续集两种〉序》，见上海亚东图书馆1923年出版《水浒续集两种》卷首。
⑤ 赵苕狂：《征四寇考》，见1936年世界书局版《续水浒》。

仁通过细勘伦敦博物馆藏本，认为应是从第六十七回起截取的。同时柳存仁也不同意胡适称百十五回本为英雄谱本，因为英雄谱本有两种，百十回本、百十五回本。柳存仁还分析了《征四寇》刊刻的原因，是由于金批本的风行而使百十五回本少为人所知，所以《征四寇》便以续书的新面目问世。①

（4）汉宋奇书本。对汉宋奇书本有所论述的主要是日本学者大内田三郎。在《〈水浒传〉的语言——关于简本（百十五回）的文章》一文中，作者着重探讨了简本的编辑者在以繁本为底本出版简本时如何删节繁本文章这个问题，认为简本文章之所以变得简短，是依靠对繁本文章句子成分及句子的省略而实现的。作者主要从四个方面来进行探讨：连谓式复杂谓语被省略；省略定语，只保留定语中心词；几百字范围内的长篇被省略；短句也随处被省。②

（三）《水浒传》简本系统的价值与地位

《水浒》诸简本的价值主要体现在它保持《水浒传》的一些原貌及在《水浒传》演变史上的作用，《水浒传》诸简本在《水浒传》研究中的地位也由此而定。

1923年，胡适在《〈水浒续集两种〉序》一文中已涉及《水浒》简本的史料价值、自身的文学价值及在水浒演进史上的地位等问题。首先，胡适认为《征四寇》具有史料方面的价值："《征四寇》一书，外间止有石印的劣本。这部书确是百十五回本的后半部；我们现在既知道百十五回本里不但保存了百回本里征辽和征方腊的两大部分，并且还保存了最古本里征田虎和征王庆的两大部分，那么，这部《征四寇》确也有保存流通的价值。"其次，胡适阐述了《征四寇》自身所具有的文学价值，主要例举了鲁智深圆寂与宋徽宗在李师师家酒醉后梦游梁山泊两段文字，说明《征四寇》带有较强的文学意味。最后，他论述了《征四寇》在《水浒传》演进史上的地位。他

---

① 参见柳存仁《伦敦所见中国小说书目提要》，书目文献出版社1982年版，第167—168页。
② 参见大内田三郎《〈水浒传〉的语言——关于简本（百十五回）的文章》，《荆州师专学报》1986年第1期。

第三章 《水浒传》版本研究

特别强调："此书中写王庆和柳世雄和高俅的关系一大段，用这一段来比较今本《水浒》第一回写高俅王进柳世权的关系的一段，这种比较是很有益的，不但可以看出今本《水浒》技术上的优点，还可以明了《征四寇》在'《水浒》演进史'上的位置。"① 1932年，孙楷第在《日本东京所见中国小说书目》一书中阐释了评林本在《水浒传》演进史上的作用："此本增多田、王故事，于旧本原有文字删略殊多，实为书肆妄作因陋就简之俗本。……然其价值不在于书之善否，而在水浒故事演化中历史上之地位。"②

1982年，白木直也在《〈水浒传〉的传日与文简本》中着重从江户时代通俗小说重图的风尚来阐述《水浒传》简本在日本江户时代的影响力与作用不容低估。作者认为"文简本虽然在内容精彩方面不及繁本，却仍能在我国有其存在价值"。这主要缘于江户时代通俗小说重图的风尚，作者还援引了曲亭马琴在编译《水浒传》时提到李卓吾本无像赞，文外另有画，画每一页绘三四回的事例。③

1985年，李国才在《论巴黎所藏〈新刊京本全像插增田虎王庆忠义水浒传〉》一文中阐述了《水浒传》繁本与简本在《水浒传》研究中各自的价值与意义。他申明"在这部名著本身的思想性和艺术性的发展方面，无疑繁本的作用更大些，而在保留著作的原始面貌和使这部著作能广泛流传，则简本起了更大的作用"④。郭英德也有类似之论⑤。1992年，左东岭在《中国小说艺术演进的一条线索——从明代〈水浒传〉的版本演变谈起》一文中着重论述了《水浒传》简本系统在小说观念的近代化上的作用。作者认为正是缘于闽中书贾所持的"故事"至关紧要的理念，在对诗词细节大

---

① 参见胡适《〈水浒续集两种〉序》，见上海亚东图书馆1923年出版《水浒续集两种》卷首。
② 参见孙楷第《日本东京所见小说书目》，人民文学出版社1958年版，第105页。
③ 参见[日]白木直也《〈水浒传〉的传日与文简本》，《水浒争鸣》第1辑，长江文艺出版社1982年版。
④ 李国才：《论巴黎所藏〈新刊京本全像插增田虎王庆忠义水浒传〉》，《水浒争鸣》第4辑，长江文艺出版社1985年版。
⑤ 参见郭英德《中国古代通俗小说版本研究刍议》，《文学遗产》2005年第2期。

胆删节的过程中有意无意地突破了原本《水浒传》不可更易的禁锢，从而开始了该作品重新修改补充的历程。而这种风气也波及繁本系统中，从简本流行至金批本出版，时间不过数十年，小说观念却已经从重诗词到重故事再到重人物的几番重大转折。①

2003年，侯会在《〈水浒〉简本与张叔夜》一文中着重分析了《水浒传》简本在《水浒传》成书过程中素材取舍上的作用与价值。从《水浒传》中征剿方腊的"张招讨"究竟应为何人展开论述，根据其与刘光世并提，推断出这位"张招讨"应是张俊。进而依据张俊虽身为"中兴四将"之首，但其有加害岳飞的史实而名声不佳，所以后世诸繁本只将其概称为"张招讨"。然而简本的编写者却发现了这一疏漏，在他们编刊时将这位有名无实的"张招讨"改换为明代中叶镇压浙闽矿工、农民大起义的功臣张叔夜。从对"张招讨"这个人物的演变考释中，作者认为："今天的研究者则可借此进一步了解《水浒传》的成书情况：《水浒传》的素材来源，并不仅限于宋代的农民起义，还应包括元明两代的农民战争及民族战争史料；这一选材原则，甚至被简本创作所继承，'张仲德'的名字在简本中出现，即为此提供了一个小小的证据。"② 该文思路虽可给人以启迪，但其结论却有不够严谨之处。

四 《水浒》简本研究之反思

20世纪以来的《水浒传》简本研究走过了一条由一般性的简略介绍到较深入、全面的考证研究的历程，尤其20世纪80年代以来，在马幼垣、刘世德等学者筚路蓝缕、艰苦努力下，已经收获了一些成果，取得了一些不刊之论。但是，《水浒传》简本系统这块处女地还有很大的待开垦空间。为使未来的《水浒传》简本研究取得更大的突破和超越，笔者认为应该努力寻求学术观念和研究方法的突破与创新，做好以下几方面工作：

---

① 参见左东岭《中国小说艺术演进的一条线索——从明代〈水浒传〉的版本演变谈起》，《郑州大学学报》（哲学社会科学版）1992年第2期。
② 参见侯会《〈水浒〉简本与张叔夜》，《文艺研究》2003年第3期。

第三章 《水浒传》版本研究

第一，彻底转变重繁轻简的学术观念，确立繁简版本等量齐观的思想。《水浒传》繁本有"游词余韵"，血肉丰满，文学成就高，因而受到历代精英文士的青睐，在现代学术界也是如此。但就《水浒传》接受史整体系统而言，简本系统的传播范围、社会影响并不逊于繁本系统，甚至远超后者。从出版史与通俗小说互动关系而论，简本以更加通俗的形式、更加低廉的价格，迎合了广大基层读者的需求，刺激其文化消费的欲望，从而推动民间刻书业的发展。刻书业的壮大反过来又推进包括通俗小说在内的大众文化的繁荣。可以这样说，从传播学角度讲，简本系统与繁本系统在《水浒传》传播史上的历史作用是相辅相成、互相推动的。当今学界应当树立两种系统等量齐观的意识，不可厚此薄彼。

就小说研究而言，文简事繁的简本系统体现出强烈的重视故事性、可读性、通俗性的倾向，顺应了明代中叶后社会性质变异、大众阅读兴趣变迁的潮流，客观上推动了社会小说观念的转变，并促进了通俗小说传播范围扩大及小说创作的兴盛。因此，对简本历史价值的充分肯定是未来简本研究取得实质突破的前提。

第二，增加科技投入，扩大《水浒传》版本调查的范围。以前制约《水浒传》版本研究的主要障碍之一是研究者物质条件的塞涩。众所周知，社会科学工作者科研资金大多十分贫乏，动辄捉襟见肘。由于《水浒传》众多版本散存于欧美、日本诸国，许多研究者无法走出国门实地调查这些版本文献，不能获取全面的存世版本资料，研究工作就无法开展下去，该领研究就会停滞不前，更不用说有所突破了。因此，随着我国综合国力的增强，希望能有专门的国家社科基金或省部社科基金支持这项研究，当然，学者也可争取横向资金支持。

第三，立足现有版本资料，展开细致深入的文本研究。如马幼垣先生所讲，在不预设结论的原则下，多做不怕烦琐的专题版本实验应是今后探讨《水浒传》演化问题的正确方向。[①]《水浒传》简

[①] 马幼垣：《寻微探隐——从田王降将的下落看〈水浒传〉故事的演变》，《中国语文论丛》1998年第15期。

本系统研究尤需枯燥烦琐的版本比勘工作。从专题版块研究再逐步扩至整个简本系统，乃至整体《水浒传》版本系统，这应是比较切实可行的理路。

第四，充分利用现代科技手段，提高《水浒传》版本研究的质量和水平。计算机技术在《水浒传》简本研究中的应用前景就很广阔。《水浒传》版本的数字化和计算机自动化比对为《水浒传》版本研究提供了一种更加快捷、方便也更客观准确的途径。由于《水浒传》诸简本多采用上图下文的形式，利用计算机图文比对的功能，可以为《水浒传》简本演化研究提供新的突破。这方面，首都师范大学的周文业先生已经做了一些有益探索，并取得了一些进展。[1]

第五，在无新的版本材料可供研究的背景下，现阶段可将研究重心放在《水浒传》简本系统的传播与接受史的领域。[2] 这方面学界已有论述，此不赘述。

第三节　"两种《水浒》说"与"两截《水浒》说"论争述评

按照张国光先生的自述，他在20世纪50年代初即已提出"两种《水浒》，两个宋江"的观点[3]。所谓"两种《水浒》"，意思是金批本以前的《水浒传》，无论是简本、繁本，统称为"旧本"《水浒传》，它们都写了宋江投降后镇压方腊起义军直到"服毒自缢，同死而不辞"的过程，都是"投降主义黑线占主导地位"的本子，这种本子应正名为《忠义水浒传》。另一种就是七十回本，即金圣叹批改本，是"武装斗争到底的红线"占主导地位的本子。

---

[1] 参见周文业《〈水浒传〉版本数字化及应用》，《水浒争鸣》第11辑，长江文艺出版社2009年版。

[2] 参见刘天振《20世纪〈水浒传〉研究方法的回顾与检讨》，《菏泽学院学报》2006年第3期。

[3] 张国光：《〈水浒〉与金圣叹研究·前言》，中州书画社1981年版。

前者可称为"旧本",后者应简称金本。所谓"两个宋江",是指旧本中的宋江被描写成一个典型的"投降派",而金本中的宋江则被改造成一个"打着红旗的造反英雄"①。张国光甚至将《水浒传》"双两说"移植为红学"双两说"②,可见他对此说的珍视。这种观点在水浒研究界博得了一些人的赞同,如汤国梁《简议"两种〈水浒〉,两个〈宋江〉"》一文中就称赞张国光"力排众议"的学术勇气,和这一"鲜明观点"的"独树一帜"③,黄俶成《世纪之争:施耐庵与中国长篇小说发源问题》也给予了类似的评价④。

"两截《水浒》"说的来历是这样的:著名史学家罗尔纲于1982年《文史》第十五辑发表《水浒真义考》、1984年10月号《学术月刊》发表《从罗贯中〈三遂平妖传〉看〈水浒传〉著者和原本问题》等论文,他反对传统所认为的百回本《水浒》是祖本的观点,提出《水浒传》原本只有七十回,是"有志图王"的罗贯中于明洪武末年撰著的,全书以梁山泊大聚义后惊恶梦结束,是一部热烈歌颂农民起义、反抗官府到底的小说。百回本《忠义水浒传》后二十九回半是明朝宣德、正统以后的人续加的,其目的是借所写宋江、卢俊义招安后征辽国、平方腊立了大功反被徽宗鸩死的故事,来发泄他对明太祖朱元璋诛杀功臣的不平。因为写了宋江受招安、征辽、平腊等故事,所以是奴才传。现存百回本《忠义水浒传》前七十回半,与后二十九回半,表现出两种显著不同的主题思想,分明是两个立场不同、时代不同、处境不同、怀着不同目的的人各自写成的。他将罗贯中早期作品《三遂平妖传》二十回古本与

---

① 张国光:《两种〈水浒〉,两个宋江——论必须完整地理解毛主席和鲁迅对〈水浒〉、宋江的评价,兼谈金圣叹批改〈水浒〉的贡献》,《武汉师范学院学报》1979年第1期。

② 张国光:《对红学界弄虚作假的不良学风和文风的论析》,《湖北大学学报》(哲学社会科学版)1994年第6期。

③ 汤国梁:《简议"两种〈水浒〉,两个〈宋江〉"》,《济宁师专学报》1995年第4期。

④ 黄俶成:《世纪之争:施耐庵与中国长篇小说发源问题》,《扬州大学学报》(人文社科版)1997年第1期。

《忠义水浒传》对勘，否定了金圣叹所说《水浒传》的作者为施耐庵，七十一回后为罗贯中狗尾续貂的说法。这些观点在当时海内外学界引起相当大的反响，许多报刊作为水浒研究的"新成果"进行介绍。张国光则先后发表《罗尔纲先生〈水浒真义考〉一文之商榷》①、《"两截〈水浒〉"之说，岂能成立？》②等文章对于罗氏观点给予全面的否定，并将罗尔纲的观点概括为"两截《水浒》说"："罗文的观点概括起来可以称之为'两截《水浒》说'，这不过是金圣叹杜撰的《水浒》古本止七十回，而其后关于受招安的一系列文字，乃系'手闲面厚之徒'的'狗尾续貂'之说的重申。"据后来罗文起、史式、李万寿等人的文章介绍③，"两截《水浒》"说确非罗尔纲本人所提出，而是张国光从罗氏文章中"概括"出来的。

此后，一方面是罗尔纲继续他的《水浒传》原本与著者等问题的研究，另一方面是张国光持续撰文否定罗尔纲的观点，不过罗尔纲对张国光的批驳从未予以正面回应。

罗尔纲后来又陆续撰成《金圣叹〈贯华堂水浒传〉的问题》、《关于用罗贯中〈三遂平妖传〉对勘〈水浒传〉作者和原本的问题》、《从〈忠义水浒全传〉与〈忠义水浒传〉对勘看出续加者对罗贯中〈水浒传〉原本的盗加和删削及盗改》、《〈水浒传〉的著者及成书年代》、《续加者是怎样盗改和盗加罗贯中〈水浒传〉原本的》等6篇考证文章，汇编成《水浒传原本和著者研究》一书，于1992年6月由江苏古籍出版社出版。由于他认为罗贯中原本遭到后人的盗改和盗加，他又着手从事考订、恢复原本的工作，1989年考订工作完成，1989年10月《水浒传原本》由贵州人民出版社

---

① 张国光：《罗尔纲先生〈水浒真义考〉一文之商榷》，《武汉师院学报》1984年第4期。
② 张国光：《两截〈水浒〉之说岂能成立》，《湖北大学学报》1985年第3期。
③ 参见罗文起《评张国光"两种〈水浒〉说"与"两截〈水浒〉说"》（《中国社会科学院研究生院学报》2001年第3期）、李万寿《读"两种〈水浒〉说"与"两截〈水浒〉说"》（《古籍整理出版情况简报》2000年第11期）、史式《评〈"两种〈水浒〉说"与"两截〈水浒〉说"究竟谁是谁非？〉》（《广西师范大学学报》2001年第3期）。

出版。1991年《人民日报》、《光明日报》、《古籍整理出版情况简报》等报刊对这一出版消息进行了报道,多有肯定、颂扬之词。张国光则发表《〈原本水浒传〉实系以伪乱真之作》①一文,对《原本水浒传》提出严厉批评,斥其为"以伪乱真之作"。随后,武汉《书刊导报》等报刊也报道、转载了张氏的批驳意见。但也并非如张氏后来文章中所说当时"武汉、上海、北京报刊相继揭《水浒传原本》之伪"②。

统观80年代和90年代,罗尔纲从未承认过"两截《水浒》说",也从未回应过张国光的批驳,因此也可以说这20年当中学界实际并不存在"两种《水浒》说"与"两截《水浒》说"的论争。

这里必须指出的是,张国光虽然提出"两种《水浒》,两个宋江"之说,但其前提是主张《水浒传》的祖本为嘉靖郭勋刻本《忠义水浒传》,即"写了宋江投降后镇压方腊起义军直到'服毒自缢,同死而不辞'"过程的百回本,其后的各种繁本、简本,乃至金本都是《水浒传》版本史上一个阶段的产物,实际上还是只有一种《水浒传》;而罗尔纲认定有七十回《水浒传》古本存在,百回本《忠义水浒传》的后二十九回半是后人续加的,并非罗贯中原本。实际罗氏是主张有"两种《水浒》"存在的。这也许才是两人观点的真正不同处。

张、罗二人持论形同水火,其根源在于是否承认有七十回《水浒传》古本、金圣叹是否"腰斩"过《水浒》。对这个问题的不同回答就决定了二人完全不同的观点体系面貌,包括对整部小说主题思想、人物形象等问题的评价。张国光坚持认为,世间并无七十回古本,金圣叹"腰斩"《水浒》的问题早在20世纪20年代末已经由胡适、郑振铎等人论定、结案。《水浒传》研究界皆知,1920年7月胡适在《水浒传考证》中曾经相信金圣叹确有古本《水浒》,

---

① 张国光:《〈原本水浒传〉实系以伪乱真之作》,《武汉晚报》1991年3月27日。
② 张国光:《"两种〈水浒〉说"与"两截〈水浒〉说",究竟谁是谁非?》,《零陵师范高等专科学校学报》2000年第2期。

而鲁迅、李玄伯、俞平伯则表示反对，1929年6月胡适在《百二十回本忠义水浒传序》里承认"最大的错误是我假定明朝中叶有一部七十回本的《水浒传》"。1929年7月郑振铎《水浒传的演化》一文论断，金圣叹"托古改制"、"强造了一部七十回本的《水浒传》出来"、"生生的将一百回水浒腰斩了"。可以说，郑振铎的这个结论成为30年代以后《水浒》古本问题上的最主流观点。

但是对于郑氏的结论并非没有质疑、反对声音。罗尔纲当时就对郑振铎的论断产生过怀疑，他认为没有发现《水浒传》七十回本有三种可能：一是《水浒传》原本只有传抄本而根本没有刻印过；二是印本不存在了；三是尚未发现，因此尚须进行探索。① 1934年罗氏在《大公报》发表长篇论文《水浒传与天地会》，表达了他对《水浒传》倾向性的看法。50年代末60年代初，有多人撰文重提《水浒》古本问题。1962年周邨发表《书元人所见罗贯中〈水浒传〉和王实甫〈西厢记〉》② 一文，他从明人王圻《稗史汇编》所记"今读罗《水浒传》，从空中放出许多罡煞，又从梦里收拾一场怪诞，其与王实甫始以蒲东遘会，终以草桥扬灵，是二梦语，殆同机局。总之，惟虚故活耳"一段话出发，论定"从梦里收拾一场怪诞"就是指的"梁山泊英雄惊恶梦"，并据此提出原本《水浒传》只有七十回，金圣叹并未腰斩过《水浒传》。80年代罗尔纲"七十回《水浒》原本"之说影响很大，并有多人撰文赞同。90年代王珏《〈水浒传〉版本之谜》③ 一文又提出金圣叹之前确实有一种七十回本《水浒传》，但却不同于金圣叹批改本。1998年周岭发表《金圣叹腰斩〈水浒传〉说质疑》④，对于金圣叹"腰斩"《水浒》这一公案再次提出质疑。他否定了支撑这一观点的三个主要证据：1. 人们一向引以证明金圣叹"腰斩"的最早资料周亮工《因树屋

---

① 罗尔纲：《〈水浒传原本和著者研究〉自序》，江苏古籍出版社1992年版。
② 周邨：《书元人所见罗贯中〈水浒传〉和王实甫〈西厢记〉》，《江海学刊》1962年第7期。
③ 王珏：《〈水浒传〉版本之谜》，《固原师专学报》1996年第4期。
④ 周岭：《金圣叹腰斩〈水浒传〉说质疑》，《文学评论》1998年第1期。

书影》里的记载,并不可信;2. 近人往往以金批七十回本文字与袁无涯刻百二十回本的前七十一回大致相同,因而断定前者系"腰斩"后者而来,其实这种推论站不住脚;3. 对于金圣叹"伪为施序"的问题,周岭认为不足以证明金氏一定有"腰斩"行为。并详细论证了在金圣叹之前就已经存在这样的底本,不过这种底本不是所谓"古本",而是嘉靖时人据郭勋百回本腰斩而成的。此文在学界激起一定反响,当时的《文艺报》、《中华读书报》、《新华文摘》曾竞相转载。但更引起了一些《水浒》研究者的激烈批评。同年5月28日张国光于《长江日报·文化报》发表《金圣叹腰斩〈水浒〉的公案不能翻》的答记者问,驳斥周岭所论。王齐洲发表《金圣叹腰斩〈水浒传〉无可怀疑》[①]一文,列举古今大量证据推翻周岭观点。2001年张国光又发表《鲁迅等定谳的金圣叹"腰斩"〈水浒〉一案不能翻》[②]一文,副标题是《兼批周岭袭据罗尔纲抄自周邨的误说之谬》,对于周岭文章的观点进行了全面批驳。他从《水浒传》版本演变史角度展开论述,指出金圣叹本人就是所谓"金圣叹未曾腰斩《水浒》说"的首创者。并举证胡适、鲁迅、郑振铎等人的研究,得出结论:"金圣叹腰斩《水浒》说,是由鲁迅创立,又经俞平伯、胡适、郑振铎先生验证后,才得以被学界认定的",张氏因此认定,从20世纪30年代以来"没有任何学者怀疑'腰斩'说的正确性,这就是历史的结论"。这种说法也未免显得有些武断。

这里有必要谈谈对上文所引王圻《稗史汇编·院本》中一段话的不同理解。这条材料是罗尔纲等人坚持存在七十回《水浒》古本的一条重要根据,也是引发在这一问题上聚讼纷纭的根源之一。对于王圻"从梦里收拾一场怪诞"一句,主流观点一直认为是指百回本的结尾"宋徽宗梦游梁山泊"。但也有不少学者,如丁力、金兆梓、周邨等在五六十年代先后撰文,提出王圻所说的梦就是七十回

[①] 王齐洲:《金圣叹腰斩〈水浒传〉无可怀疑》,《江汉论坛》1998年第8期。
[②] 张国光:《鲁迅等定谳的金圣叹"腰斩"〈水浒〉一案不能翻》,《湖北大学学报》(哲学社会科学版)2001年第1期。

本的"梁山泊英雄惊恶梦"。罗尔纲在《水浒传原本》前言中批评说:"50年代后期,有人引用了王圻记载,就立刻有人说王圻说的梦,安知不是百回本第一百回'徽宗梦游梁山泊'的梦,并无人对这一条推翻郑振铎论断至关重要的记载进行讨论","罗贯中剪裁史事,及惊梦结束全书,使读者读后,兴起无限的向往,所以说'惟虚故活'"。对王圻"从梦里收拾一场怪诞"一句的不同理解导致对《水浒传》原本、作者、主题等多种问题的争论。持传统观点者极力辩驳,坚持认为王圻所说的梦是指"宋徽宗梦游梁山泊"。张国光《"两截〈水浒〉"之说岂能成立?》[1]从六个方面证据反驳了罗尔纲所谓王圻"从梦里收拾一场怪诞"是指"卢俊义惊噩梦"的说法,其中之一是,金本惊恶梦并未见于金本以前的任何本子的《水浒传》。但由于双方对王圻记载都向着有利于自己观点的一面理解,又都不能提供其他旁证,论证方法又多是悬拟、推测,因此至今无法产生定论。

  时值新旧世纪之交,"两种《水浒》"说与"两截《水浒》"说的争论骤然激烈起来,不过争论的双方不是张国光和罗尔纲,而是张国光与罗尔纲的捍卫者罗文起、李万寿、史式等人,因为这时候罗尔纲已经去世。实际这场争论的许多问题已经完全偏离了学术讨论的正常轨道,而变成了双方之间的互相攻讦和漫骂。

  首先发难者是张国光。2000年5月张国光于《零陵师范高等专科学校学报》发表题为《"两种〈水浒〉说"与"两截〈水浒〉说",究竟谁是谁非?》的文章,副标题是"回顾我和罗尔纲先生之间历20年之久的一场论争",他在文中强调,希望在世纪末对他和罗尔纲之间的这场论争进行总结,借此"澄清是非",辩明自己是"两种《水浒》、两个宋江"说(即所谓"双两说")的首倡者,而罗尔纲的"两截《水浒》说"则是对自己"双两说"的重复和抄袭。此文一出,随即招来多种痛批之声。李万寿的《读"两

---

[1] 张国光:《"两截〈水浒〉"之说岂能成立?——评罗尔纲先生论〈水浒〉抄〈平妖传〉之误》,《湖北大学学报》(哲学社会科学版)1985年第3期。

种〈水浒〉说"与"两截〈水浒〉说"》①、史式的《评〈"两种《水浒》说"与"两截《水浒》说"究竟谁是谁非?〉》②等文章皆否认张氏文中所说的他与罗尔纲之间历时20年的论争。李万寿的文章说:"据我所知,这十余年间,张先生的确写过不少文章,对罗尔纲先生的《水浒真义考》发表了一些不同看法,但罗尔纲先生却置之不理,从未发表过一篇文章与张先生论争过。张先生所说的十余年论争实际上并不存在。"

张国光指责罗尔纲抄袭、剽窃了他的"双两说"。罗文起多次撰文予以批驳③,她通过对罗尔纲赞扬七十回本《水浒》的语句与张氏的"双两说"进行比较,得出结论:"在两人共约数十万字的著作中,除'歌颂农民起义'这几个字以外,还真的没有发现什么一样的语句",原因是两人赞扬七十回本的语句是各行其辙,从不同的轨道来的。一个是为金圣叹翻案而作的评论,一个是考证原著的主题思想和书中诗词作出的结论。因此可以看出"张氏在信口雌黄"。罗文起并指出,在张氏倡明的《水浒》"双两"说问世的数十年之前,罗尔纲发表的《水浒传与天地会》一文中就强调了两种水浒、两个宋江的观点。张国光是盗窃了罗尔纲的观点。史式则指出张国光所津津乐道的所谓"双两说",不过是拾了老一辈学者冯雪峰、宋云彬、金兆梓等人所说的话拼凑起来的。严格地说,"双两说"不是什么研究成果,只是一种文字游戏。李万寿、罗文起、史式的文章皆征引了张国光于1983年写给罗尔纲先生的两封信,并指出从张氏的信中分明可以看出,当年他是承认"两截《水浒》"与"两种《水浒》""是很不同的",是"又一新观点"。可

---

① 李万寿:《读"两种〈水浒〉说"与"两截〈水浒〉说"》,《古籍整理出版情况简报》2000年第11期。
② 史式:《评〈"两种《水浒》说"与"两截《水浒》说"究竟谁是谁非?〉——兼论在学术争鸣中绝不可说假话或无中生有》,《广西师范大学学报》(哲学社会科学版)2001年第3期。
③ 见罗文起《驳张国光〈关于水浒的论争〉》(《社会科学管理与批评》2000年第1期)、《评张国光"两种〈水浒〉说"与"两截〈水浒〉说"》(《中国社会科学院研究生院学报》2001年第3期)。

是罗尔纲先生辞世后,张氏居然说罗先生把他的"双两说"的核心奥秘改头换面地移植到《水浒真义考》中来,可见其人品如何云云。

另一个争论的问题是罗尔纲考证《水浒传》的原因与经过。张国光在1991年发表的《〈原本水浒传〉实系以伪乱真之作》[①]一文中说"罗氏实际用来研究《水浒传》的时间,不到6个月",后来又在《"两种〈水浒〉说"与"两截〈水浒〉说"究竟谁是谁非?》一文中说,罗尔纲是在1980年读过他所著的《金圣叹与七十回本〈水浒〉问题》一书后,才对《水浒》发生兴趣、开始研究的。李万寿、罗文起、史式的辩驳文章则皆指张氏所违背事实。李万寿《读〈两种"水浒"说与两截"水浒"说〉》、史式《评〈"两种《水浒》说"与"两截《水浒》说"究竟谁是谁非?〉》、罗文起《评张国光"两种〈水浒〉说"与"两截〈水浒〉说"》都回顾了罗尔纲从事《水浒传》研究的历程,大意如下:20年代末罗尔纲就读中国公学中国文学系时,就对《水浒》研究产生了兴趣。1929年他对其师胡适、郑振铎等人否定《水浒传》有七十回本之说表示怀疑。郑振铎根据已发现的《水浒传》版本没有一种是七十回的,就认定金圣叹腰斩百回《忠义水浒传》,强造了一部七十回本的《水浒传》。而罗尔纲认为,没有发现《水浒传》七十回本有三种可能(如前所述,此处从略)。1934年罗氏在《大公报》发表万余字的论文《水浒传与天地会》,表达了他对《水浒传》倾向性的看法。该文随即被左翼刊物《太白》转载,解放后被收入一些《水浒传》研究资料汇编中。30年代中期,罗尔纲认为赛珍珠把七十回本《水浒传》书名翻译为"皆兄弟也"不对,但却受到"顾名思义"这句老话的启示,认为探索《水浒传》的宗旨可以从书名入手。1944年他从《诗经·大雅·绵》中读到:"古公亶父,来朝走马,率西水浒,至于岐下。"又查对了有关资料,初步认定作者取"水浒"作书名是为了表明梁山泊与宋朝皇帝对立、建立新

---

① 张国光:《〈原本水浒传〉实系以伪乱真之作》,《武汉晚报》1991年3月27日。

政权的主题思想。全书七十回，百回本《忠义水浒传》的后二十九回是明朝宣德、正统以后的人所加的。以后相当长时间内，由于罗尔纲忙于其他业务，无法写作长篇考证文章。1975年全国评《水浒》、批宋江时，罗氏曾不以为然，但由于种种原因，未能撰文反驳（罗氏于1964年曾因李秀成问题受到批判）。据罗文起所见，罗尔纲于1975年曾收集很多批判《水浒传》的剪报，并查到了他于1977年拟订的写作纪要，1978年、1979年他又拟订了更加详细的提纲，此时他的文章的主导思想、基本结论已经见诸文字，当《文史》杂志编辑来组稿时，他才得以把自己过去探索《水浒传》的经过和撰写《水浒传》原本是七十回还是百回，是反抗封建统治到底、宣传农民起义的名著，还是只反贪官、不反皇帝的奴才传这个专题提了出来，得到编辑部的支持和鼓励，于1981年3月写成《水浒真义考》一文，发表于《文史》1982年第15辑。80年代至90年代初，他先后撰写《水浒传》考证的文章7篇，编成《水浒传原本和著者研究》一书，于1992年6月在江苏古籍出版社出版。他所考订的《水浒传原本》于1989年由贵州人民出版社出版。

　　史式的文章回忆道，1942年他曾在桂林访问过罗尔纲先生，了解到罗先生从事太平天国史和《水浒传》研究的一些情况，指出罗氏于1934年就发表《水浒传与天地会》，受到海内外学界重视，从此他既是太平天国史专家，也是《水浒传》研究专家，在当时的桂林很多人知道这一情况，而且至今还有证人在世。

　　张国光在《"两种〈水浒〉说"与"两截〈水浒〉说"，究竟谁是谁非》中指责罗尔纲："论文也好，专书也好，不仅逻辑混乱，引据不实，而且颠倒是非，常常袭用他人的观点、论据而不注出处。有高尚的史德、史识和史才者竟如是乎！"并进而责问："中国史学会衮衮诸公对于此类的学风问题能视而不见么？"史式的反驳文章则称张文为"大批判书"，是对罗尔纲先生以及整个史学界的漫骂。并指出张国光没有任何资格指责罗尔纲先生的"史德、史识与史才"，因为张国光不仅没有举出任何证据，他本人的文章就在史学知识方面闹了不少笑话。并通过自己与罗尔纲亲身交往的经历,证明罗尔纲人格高尚、学力深厚。

张国光文章中还说"在80年代后期,罗氏几乎已成为《水浒》研究领域之新权威",因此他才不得不出来撰文批驳。史式则指责张氏说法完全是一种学霸作风,甚至是恶霸作风。在他这个"老权威"的地盘上,唯恐有新的权威出现。如此等等,不一而足。但是却没有解决任何学术问题。

近两年来,没有看到双方的论争文章。那么让我们来对这场论争进行反思,对其中暴露的问题进行评述。首先,张、罗二人观点看似水火不容,实际却有惊人的相似之处。张国光"双两说"认为,《忠义水浒传》是"投降主义黑线占主导"的反面教材,而金本《水浒》则是"武装斗争到底的红线占主导"的教科书。金本《水浒》中的宋江是杰出的农民起义领袖,而《忠义水浒传》中的宋江则是"叛徒、特务、战犯三合一的奇丑"[①],是典型的"投降派";再看罗尔纲的观点表述:"(水浒传)原本为七十回,至'梁山泊英雄惊恶梦'止,便是反抗封建统治宣扬农民起义的名著。如果原本为一百回,有受招安、征辽、平方腊,那便是奴才传。"[②]两人思维逻辑的出发点实际完全一致,那就是:凡是歌颂农民起义的、凡是宣扬造反到底的就是好的,就是值得肯定、颂扬的。反之就是坏的,就是应该彻底否定、批判的。由此我们会自然想到那种"造反有理"、"投降有罪"的思维逻辑,那种认为造反光荣,投降可耻,敢作敢为,革命到底,才是真正革命英雄的二元对立思维逻辑,是如何被从政治生活领域引入学术研究领域。

在明清封建时代,《水浒传》被官方作为"海盗"之书长期遭受查禁;晚清时期它突然被作为"平等级、均财产"的"社会主义小说",被捧上了天;20世纪70年代的"文革"时期它又被作为"宣扬投降主义的反面教材"被彻底批臭。可以说《水浒传》在政治的拨弄下备极荣衰。但无论是极荣时还是极衰时,这种《水

---

① 张国光:《两种〈水浒〉,两个宋江》,《武汉师范学院学报》1979年第1期。
② 罗尔纲:《〈水浒传原本和著者研究〉自序》,江苏古籍出版社1992年版。

浒传》研究都是迷失自我,与学术绝缘。70年代末以来,学术主体精神的日渐张扬为《水浒传》的阐释带来了空前自由的空间,思维方式、研究方法日益走向多元化,《水浒》研究中许多重要问题取得了突破性进展。但是,僵化的二元对立思维模式在学术研究中的影响并不会随着政治运动的结束而很快消除,即使到了21世纪,它仍然控制着某些学者的头脑。

新旧世纪之交的这场"两种《水浒》说"和"两截《水浒》说"的论争蜕变成了人身攻击,其中暴露出来的一些学风问题尤应引起人们深思:像断章取义,为我所用;打击别人,抬高自己;甚至捏造事实、无中生有,以构陷对方等,是长期以来政治斗争渗透学术研究的后续反映,学术界曾经为此付出过惨重的代价。

学术争鸣,贵在自由,任何一种学说都无法拒绝新说的挑战。且不论张国光的《水浒》"双两说"是否是"研究成果",据王丽娜《中国古典小说戏曲名著在国外》一书著录,早在1967年日本学者宫崎市定《两个宋江》一文中即提出两个宋江的观点(载《东方学》34,1967年6月号)。后来他又撰写《两个宋江——〈水浒传〉人物(二)》(载《中央公论》(历史与人物)1972年3月号)一文,探讨了《水浒》中投降与反投降的问题。[①]作为学术研究的主体,首先要胸怀广阔,容得下不同见解。只有这样,才能创造新说迭出、百家争鸣的局面,才能推动学术的不断发展。

[①] 王丽娜:《中国古典小说戏曲名著在国外》,学林出版社1988年版,第91、93页。

第四章 《水浒传》本事研究

《水浒传》故事的来源主要有以下几种：正史、野史及文人笔记的记载，宋元民间传说，宋元说话及话本，元代的水浒戏等。明清以来，围绕《水浒传》本事的历史原貌、上述各项在《水浒传》成书过程中的作用等问题，展开了全面而深入的探讨，破解了许多历史谜团，对于弄清楚这部小说巨著的成书过程以及揭示中国早期章回小说的成书规律，做出了积极的贡献。

第一节 《水浒传》人物原型考证

关于《水浒传》一百零八人历史上有无其人的问题。在史实层面上，宋江一伙只有三十六人。

南宋画家龚圣与所作《宋江三十六人赞并序》所记三十六人姓名及绰号为：

> 呼保义宋江、智多星吴学究、玉麒麟卢俊义、大刀关胜、活阎罗阮小七、尺八腿刘唐、没羽箭张清、浪子燕青、病尉迟孙立、浪里白跳张顺、船火儿张横、短命二郎阮小二、花和尚鲁智深、行者武松、铁鞭呼延绰、混江龙李俊、九文龙史进、小李广花荣、霹雳火秦明、黑旋风李逵、小旋风柴进、插翅虎雷横、神行太保戴宗、急先锋索超、立地太岁阮小五、青面兽杨志、赛关索杨雄、一直撞董平、两头蛇解珍、美髯公朱仝、没遮拦穆横、拼命三郎石秀、双尾蝎解宝、铁天王晁盖、金枪

第四章 《水浒传》本事研究

班徐宁、扑天雕李应。①

20世纪20年代以来，宋江等三十六人是否史有其人的问题一直受到《水浒》研究者的重视，继胡适、鲁迅等人之后，许多学者进行过深入的探讨，并取得了一些被广泛认可的成果。20世纪30年代谢兴尧《水浒传人物考》（《逸经》第一期）曾考证过王进、董平、关胜、张顺、卢俊义等人的来历，但赵景深以为，这些历史人物与小说中的人物不过姓名偶同而已，不能画等号，更不能随意猜想。1939年余嘉锡撰《宋江三十六人考实》②，所考共十四人：宋江、杨志、李俊、史进、张顺、关胜、李逵、董平、王雄（一作杨雄）、孙立、张青（一作张清）、燕青、呼延绰（一作呼延灼）、张横。附"一丈青"（扈三娘绰号），又附扈成一人，所考实际十六人。引证史料相当广博，主要涉及《三朝北盟汇编》、《大宋宣和遗事》、《建炎中兴记》、《中兴小记》、《宋史》。从所引材料来看，好像《水浒传》中好汉至少是天罡中人，多为历史实有。不过将这些历史人物事迹与《水浒传》中相应人物行迹对比就会发现，除了宋江于史有载、杨志为"招安巨寇"与《水浒传》中杨志可能有一些牵连之外，其他历史人物的身份性格均与《水浒传》所写的人物风马牛不相及。赵景深对余氏结论多予否认，以为"过于穿凿，会失去文艺的本身价值"③。

1980年何心撰《〈水浒传〉人物与历史人物》④，共考证与《水浒传》人物名字相同的历史人物十七人：李逵、董平、张青、孙立、杨雄、张横、张顺、彭玘、李忠、宋万、李云、一丈青、王进、扈成、李成、王伦、赵哲。征引了大量文献，但所考历史人物

---

① （宋）周密：《癸辛杂识续集》，引自朱一玄、刘毓忱编《水浒传资料汇编》，百花文艺出版社1981年版，第21—24页。
② 余嘉锡：《宋江三十六人考实》，《辅仁学志》第八卷第二期，1939年12月。
③ 赵景深：《〈水浒传〉简论》，《中国小说丛考》，齐鲁书社1980年版，第143页。
④ 何心：《水浒研究》，上海古籍出版社1985年版，第147—167页。

多是与《水浒传》人物名字偶同,身份、事迹多不相符。如《宋史》和《三朝北盟汇编》中均记载,南宋初年密州有一李逵,却是一个杀死同僚、投降金人又反复无常的小人,与《水浒传》中忠勇爽直的李逵判然两人。再如,《水浒传》第十二回描写北京大名府梁中书部下有一个都监,名唤李天王李成。而《三朝北盟汇编》等文献多处记载,南宋初年有个著名流寇名叫李成,也自称"李天王",他屡降屡叛官军,最终投奔刘豫,当了汉奸。而何心竟说:"这李成虽然没有做过大名府都监,但是也称'李天王'。显然就是《水浒传》中所说的那个李成了。"① 仅以姓名、绰号相同就断定二者是同一人,显然太过武断。

现在学界比较公认的观点是,宋江三十六人中只有宋江一人可以确认历史上实有其人,其余虽有数人也有一定的历史事实,但绝大多数是小说家的艺术创造。

综观各家对《水浒传》人物的考证,所考历史人物绝大多数与《水浒传》人物无涉,只是姓名偶同而已;也许有的一鳞半爪与《水浒传》人物相关,但也多属巧合。多数考论强作比附,甚至纯系捕风捉影。即使可以证明历史上实有其人的宋江,也与小说中的宋江相去天壤。但是这些考证工作还是有意义的,它们从另一种角度证明,文学人物并不等同于历史人物,文学研究不可胶柱鼓瑟,不能等同于历史研究,不能以先入为主的观念为指导去进行考证;不可穿凿附会,强作解辞,非要找出历史人物与小说人物的对应关系不可。否则就是在重步昔日索隐派的后尘,把学术研究引入主观臆测之途,丧失其最起码的科学性。同时还启示我们,文学创作可以以历史事实为基础进行艺术虚构,赋予历史人物和事件以艺术生命。

第二节 宋江形象研究

对于宋江形象的真实性问题,主要有如下两种观点:一种观点

---

① 何心:《水浒研究》,上海古籍出版社1985年版,第147—167页。

认为，宋江在历史上确有其人。宋代王偁《东都事略》卷十一《徽宗纪》云："宣和三年二月，方腊陷楚州。淮南盗宋江陷淮阳军，又犯京东、河北，入楚海州。夏四月庚寅，童贯以其将辛兴宗与方腊战于青溪，擒之。五月丙申，宋江就擒。"宋人方勺《泊宅编》记载了"宋江扰京东"之事。宋人李焘《续宋编年资治通鉴》卷十八也记载宋宣和三年（1121）二月张叔夜招降宋江之事。元代脱脱等撰《宋史》也有类似记载。宋人范圭《折可存墓志铭》也记载了宋武功大夫折可存擒方腊俘宋江的事迹[①]。宋人汪应辰《文定集》卷二三《显谟阁学士王公墓志铭》（即《王师心墓志铭》）也提及"河北剧贼宋江"。宋人张守《毗陵集》卷一三《左中奉大夫充秘阁修撰蒋公墓志铭》（即《蒋圆墓志铭》）也述及"宋江啸聚亡命，剽掠山东一路"之事。

宋江的结局各家说法不一。《宋史·徽宗纪》、《宋史·张叔夜传》、《续宋编年资治通鉴》等文献均说宋江是被招降的。对于宋江投降的原因，《张叔夜传》说是由于张叔夜设下埋伏，引诱宋江等人出战，"擒其副贼，江乃降"。投降以后的情形，《宣和遗事》说："宋江和那三十六人，归顺宋朝，各受武功大夫诰敕，分注诸路巡检使去也，因此三路之寇悉得平定。后遣宋江收方腊有功，封节度使。"尽管这里只提到一寇，但这是后来"征四寇"故事的滥觞。洪迈《夷坚乙志》则记载："宣和七年户部侍郎蔡居厚罢，知青州，以病不赴，归金陵，疽发于背，卒。未几，其所亲王生亡而后醒，见蔡受冥谴，嘱生归告其妻云：'今只是理会郓州事。'夫人痛哭曰：'侍郎去年帅郓时，有梁山泊贼五百人受降，既而悉诛之。吾屡谏，不听也。'"不过宋元以来文献多有记载梁山泊为"盗薮"的。20世纪20年代鲁迅在《中国小说史略》中曾认为，洪迈所记梁山泊贼就是宋江一伙："《乙志》成于乾道二年（1166），去宣和六年不过四十余年，耳目甚近。冥谴固小说家言，

[①] （宋）范圭：《折可存墓志铭》，1939年陕西省府谷县出土，《北京大学学报》1978年第2期转录。

杀降则不容虚造。山泊健儿终局，盖如是而已。"① 后人对于《夷坚乙志》所记蔡居厚所杀梁山泊贼是否宋江一伙多有怀疑。王利器引用清俞樾《茶香室续钞》卷十六的怀疑之词，又据宋李心传《建炎以来系年要录》卷七所载宋江旧党史斌据兴州僭号称帝之事，得出结论："蔡居厚所悉诛的梁山泊贼五百人，乃是另一支农民革命队伍，并非是以宋江为首的一百单八人了。"② 华山《〈水浒传〉和〈宋史〉》一文也认为，蔡居厚所杀的这伙人一定是另外一伙人，而绝非宋江。理由有二：第一，宋江在梁山泊落草，本小说家言，不足凭信；第二，根据张政烺《宋江考》一文所考，宋江投降后再叛，为折可存所获，是在宣和四年（1122），而《夷坚乙志》所言则在宣和六年（1124），若说被杀者正是宋江，势必承认宋江第二次反叛，但这种可能性是很小的。华山文章还对宋江一伙投降后几种可能的结局进行了推测："他们一定被分别处置，决不会像原来一样，让他们聚集在一起。宋江等几个领导人物，可能被杀；一部分人可能从此做了宋代的官（如关胜、李逵等或者就是）；还有一部分人或者坚持反抗（如史进——史斌）。"③ 这种推断的前提是建立在张文观点正确的基础上，如果张文的关于宋江再叛的结论是错误的，那么华山文章的推理也就不攻自破。

鲁迅《中国小说史略》及《中国小说的历史的变迁》都认为"宋江是实有其人的，为盗亦是实事"。余嘉锡《宋江三十六人考实》④、王利器《〈水浒〉的真人真事》⑤ 二文均认为宋江历史上实有其人。李鲁歌《历史上到底有没有宋江》一文认为，历史上确有宋江其人，并据王偁《东都事略》卷十一《徽宗纪》、范圭《折可存墓志铭》、李焘《续宋编年资治通鉴》等文献所载，得出结论：

---

① 鲁迅：《中国小说史略》，人民文学出版社1973年版，第115页。
② 王利器：《谈施耐庵是怎样创造梁山泊的》，《光明日报·文学遗产》第16期，1954年8月15日。
③ 华山：《〈水浒传〉和〈宋史〉》，《文史哲》1955年第10号。
④ 余嘉锡：《宋江三十六人考实》，《辅仁学志》第8卷第2期，1939年12月。
⑤ 王利器：《〈水浒〉的真人真事》，《水浒争鸣》第1辑，长江文艺出版社1982年版。

宣和三年四月庚寅（二十六日，1121年5月14日）折可存等人擒方腊，五月丙申（二十三日，1121年6月9日）"继获"宋江，八月丙申（二十四日，1121年9月27日）方腊被斩于汴京；宋江复反，宣和六年（1124）宋江等500人降于蔡居厚，被杀[①]。很显然，李氏的结论是根据彼此孤立、相互矛盾的材料推论出来的。如王偁《东都事略》卷十一《徽宗纪》所记宋江被擒的时间是在"五月丙申"，而李氏则认为"'丙申'（三日）当是'丙辰'之误，'申'、'辰'二字音近而讹"，不知何据；再者，王偁《东都事略》载明宋江被擒时间是"五月丙申"，而《宋史·徽宗纪》、《皇宋十朝纲要》等文献又说宋江于宣和三年二月被张叔夜招降，时间及宋江结局都是矛盾的，而李鲁歌却认为"江降后约于同年四月至五月初复反"，也主要是推测。

另一种观点认为"宋江史无其人"。《文史杂志》1993年第5期发表王珏《从家传墓志之"诙"说到宋江之谜》一文，认为历史上根本就没有宋江其人。不久之后四川人民出版社出版的王珏、李殿元所著《水浒中的悬案》、《水浒大观》两书又重复这一观点。王珏认为，人们常常引以为据的三篇墓志铭都是从《宋史·张叔夜传》以及《宋会要辑稿》中抄来的，又据清代赵翼《廿二史札记》所指宋人墓志之诬，得出结论，折可存等人的墓志铭是不可信的。李鲁歌则认为，《宋史》是元脱脱等人所撰，修成于元至正五年（1345），比三篇墓志铭时间晚了许多，而《宋会要辑稿》则是清人徐松辑撰，因此，根本不存在三篇墓志铭抄袭《宋史》和《宋会要辑稿》的问题，所以王说是站不住脚的。[②] 否定历史上实有宋江的论者因不能提供可靠证据，故而其说缺乏影响力。

对于宋江与梁山泊的关系，宋元两代的正史、野史均无记载。只有元代陈泰《所安遗集补遗·江南曲序》提及宋江与梁山泊的关系："至治癸亥秋九月十六日，过梁山，泊舟，遥见一峰嵽嵲雄跨，

[①] 李鲁歌：《历史上到底有没有宋江》，《西北大学学报》（哲学社会科学版）1998年第3期。

[②] 同上。

问之篙师，曰：'此安山也，昔宋江（议）事处。绝湖为池，阔九十里，皆蕖荷菱茨，相传以为宋妻所植。'宋之为人，勇悍狂侠。其党如宋者三十六人。至今山下分赃台，置石座三十六所。俗所谓'来时三十六，归时十八双'，意者其自誓之辞也。"① 不过只是"相传"而已。清人袁枚云："俗传宋江三十六人据梁山泊，此误也。按《徽宗本纪》、侯蒙、张叔夜两传纪江事者，并无据梁山泊之说。"②

还有一种观点认为，《水浒传》中的宋江形象是"朝真野假"。由张国光提出，他认为宋江形象与明代两个农民领袖的事迹有关。一是《明史·仇钺传》所载正德朝农民领袖赵鐩，他本是读书人出身，却不得已参加了农民起义并成了领袖人物，他也是只反贪官不反皇帝，不滥杀人；另一个是与赵鐩同时的刘六，他也同今本《水浒》中的宋江一样，在造反事业蓬勃发展的时刻却主动接受了朝廷的招安。而且当时还有一个因招安刘六有功却被同僚害死的马中锡。③ 本来用偶然相同的历史人物作为宋江形象的现实模特儿，就有问题，而且两个农民领袖都是明正德时人，这就必须有一个前提，即《水浒传》成书于正德之前，但这一点学界并不认同。

关于《水浒传》为何选择宋江作梁山寨主，而让晁盖早死。从宋元之际的《大宋宣和遗事》（以下简称《宣和遗事》）所述故事来看，晁盖劫取生辰纲上梁山为王在先。但龚圣与《宋江三十六人赞》却不仅以宋江之名作为题目，更将宋江排在三十六好汉的第一位，而把晁盖排在第三十四位，亦即倒数第三位；《宣和遗事》宋江所得天书中更把晁盖排在最末一位，三十六人中虽没有宋江名字，但天书上题四句诗："破国因山木，刀兵用水工。一朝充将领，

---

① （元）陈泰：《所安遗集补遗》，引自朱一玄、刘毓忱编《水浒传资料汇编》，南开大学出版社 2002 年版，第 49 页。

② （清）袁枚：《随园诗话》卷十八《辨讹类下·梁山泊之讹》，转引自朱一玄、刘毓忱编《水浒传资料汇编》，百花文艺出版社 1981 年版，第 99 页。

③ 张国光：《〈水浒〉祖本探考——兼论施耐庵为郭勋门客托名》，《江汉论坛》1982 年第 1 期。

第四章 《水浒传》本事研究

海内耸威风。"分明是说让宋江做这三十六人的首领。而且天书末后还有一行字写道："天书付天罡院三十六员猛将，使'呼保义'宋江为帅，广行忠义，殄灭奸邪。"再者，元代水浒戏，如高文秀《黑旋风双献功》、李文蔚《同乐院燕青博鱼》、康进之《梁山泊黑旋风负荆》、李致远《大妇小妻还牢末》、无名氏《鲁智深喜赏黄花峪》等，以及今见各本《水浒传》都让晁盖早死，将寨主的位子留给宋江。对于这个问题，早在宋元时期的论者已有透辟论述。他们认为，宋江是忠义的化身，只反贪官不反皇帝，代表了封建正统思想。龚圣与《宋江三十六人赞并序》说：

> 余尝以江之所为，虽不得自齿，然其识性超卓，有过人者。立号既不僭侈，名称俨然，犹循轨辙，虽托之记载可也。古称柳盗跖为盗贼之圣，以其守一至于极处，能出类而拔萃。若江者，其殆庶几乎。虽然，彼跖与江，与之盗名而不辞，躬履盗迹而无讳者也。岂若世之乱臣贼子，畏影而自走，所为近在一身，而其祸未尝不流四海？呜呼，与其逢圣公之徒，孰若跖与江也？[①]

龚圣与特别赞赏宋江"立号既不僭侈"的做法，即没有"图王"的野心，并把宋江与春秋时的柳盗跖相提并论，赞扬他们都是有道之盗。他还赠予宋江这样的赞词："呼保义宋江：不假称王，而呼保义。岂若狂卓，专犯忌讳？"再把宋江与乱臣贼子董卓对比，以凸显其忠义之德。后来的宋江故事乃至于《水浒传》的编纂者便是沿着这种道德取向来塑造宋江形象的。从另一角度来看，晁盖有"托胆称王"之心，直接要同封建皇帝对抗，并最终取而代之，因而封建正统意识浓厚的作者、编纂者，以及评论者皆不喜欢晁盖，安排他早死，使其让位给"呼保义"宋江。龚圣与《宋江三十六

[①] （宋）周密：《癸辛杂识续集》，见朱一玄、刘毓忱编《水浒传资料汇编》，百花文艺出版社1981年版，第21页。

人赞》给予晁盖的赞语是："毗沙天人，证紫金躯。顽铁铸汝，亦出洪炉。"前两句虽属褒扬，后两句将晁盖喻为"顽铁"，则有贬抑之意。一百二十回本第七十一回那篇"单道梁山泊的好处"文字说得更加明白："在晁盖恐托胆称王，归天及早，惟宋江肯呼群保义，把寨为头。休言啸聚山林，早愿瞻依廊庙。"

早期史实、话本阶段及元代剧曲中的宋江性格与后来《水浒传》中的描写大相径庭，对于宋江性格的这种转变，学界也进行了深入探讨。《宋史》的《徽宗纪》、《侯蒙传》都记载宋江以三十六人横行齐、魏，官军数万无敢抗的事实，证明宋江是一个骁勇善战、所向无敌的悍匪渠首。《大宋宣和遗事》虽然写了宋江招安、平方腊、封节度使的结局，但也写了他主动投奔梁山"杀了阎婆惜，裹中显姓名。要捉凶身者，梁山泊上寻"的狂侠叛逆思想。陈泰撰写于1323年的《江南曲序》也称其为人"勇悍狂侠"。但在元代的水浒戏中，就出现了"忠义堂高搠杏黄旗一面，上写着'替天行道宋公明'"①和"我一向闻得宋江一伙，只杀滥官污吏，并不杀孝子节妇，以此天下驰名，都叫他作呼保义宋公明"②的情节，宋江思想已经有了相当的"忠"的成分。但此时宋江并未脱去"风高敢放连天火，月黑提刀去杀人"③，"旗帜无非人血染，灯油尽是脑浆熬。鸦嗛人肉扎煞尾，狗啃骷髅抖搜毛"④的"贼性"。但到了《水浒传》中"忠"和"义"已经完善地结合在一起，成为指导其行动的内在逻辑。《忠义水浒传》的名字不知始于何时，高儒《百川书志》已经著录"忠义水浒传一百卷，钱塘施耐庵的本，罗贯中编次"；李卓吾《忠义水浒传序》也大力标榜"忠义"；

---

① （元）康进之：《梁山泊李逵负荆》，傅惜华等编《水浒戏曲集》，上海古籍出版社1985年版，第33页。
② （元）无名氏：《争报恩三虎下山》，傅惜华等编《水浒戏曲集》，上海古籍出版社1985年版，第64页。
③ （元）高文秀：《黑旋风双献功》，傅惜华等编《水浒戏曲集》，上海古籍出版社1985年版，第2页。
④ （元）康进之：《梁山泊李逵负荆》，傅惜华等编《水浒戏曲集》，上海古籍出版社1985年版，第37页。

第四章 《水浒传》本事研究

宋江被冠以"忠义"之名,虽然不始于施、罗二人,但却很可能完成于二人之手。

鲁迅曾评价陈泰《江南曲序》所载宋江故事,认为这些故事"仅见于此,而谓江勇悍狂侠,亦与今所传性格绝殊,知《水浒》故事,宋元来异说多矣"。[1] 张政烺《宋江考》一文认为,《水浒传》里把宋江描写成一个猥琐而又虚伪的人,缺乏英雄气概,念念不忘招安,随时准备投降。而历史上的宋江则横行一时,性格勇悍狂侠,才能也必定过人。《水浒传》的编著者之所以要把宋江描写成一个十分矛盾的人,主要有两个原因:一是宋元时代的说话人和书会才人的服务对象,既有下层百姓,也有上层统治者,他们的故事必须照顾到不同阶层的不同欣赏需要。这种从接受者审美心理角度探讨小说艺术形象的做法是有说服力的。二是受到北宋亡后北方忠义军寨故事的影响。1127年春天北宋亡于金人之兵马,徽钦二帝"北狩",朝廷南迁。但是北方沦陷区人民却不愿做异族的奴隶,他们在今河北、山东、山西等地自发结成忠义军抗击金兵。《宋史》卷三六《宗泽传》、卷三六四《韩世忠传》及《三朝北盟汇编》卷一四三、熊克《中兴小纪》卷十二等文献都有记载。由于民族仇恨压倒了一切,因而来自不同社会阶层的人们能够站在同一条战线上,他们不仅不怨恨宋朝皇帝,反而日夜盼望宋朝的使臣和诏书,他们还继续奉"朝廷正朔","所以戴宋者其心甚坚"。《三朝北盟汇编》卷九十:"马扩奔走至西山和尚洞山寨。时两河义兵各据寨栅,屯聚自保。众请推马为首,马谕众曰:'尔山寨兵皆忠义豪杰,今欲见推,非先正上下之分不可。上下之分既正,然后可以施号令,严法律。不然,淆乱无序,安能成事?'众曰'惟公所命'。马即前立,率众具香案南向拜,曰:'此遥望阙廷禀君命而立事,且假国之威灵以图克复。'拜毕,马南面,众皆拜之,曰'自此以往,一号一令有敢违者正军法。'"张文还分析了忠义

---

[1] 鲁迅:《马上支日记》,《鲁迅全集》(第3卷),人民文学出版社1981年版,第23页。

军众人及宋朝当政者皆认同招安的心理背景。这些复杂的心理诉求使当时社会上大部分人都能够接受忠义军招安归顺皇帝的思想。因此,《水浒传》中宋江的投降性格和"忠义"思想是从忠义军偷来的。这一说法不无道理,后来也有多人赞同。但是机械地论定二者存在对应关系,则又缺乏根据。1954年李希凡发表题为《略谈〈水浒〉评价问题——读张政烺先生的〈宋江考〉》①的争鸣文章,他用历史唯物论和阶级斗争理论,反驳张正烺关于《水浒传》是"从宋到明五百年间许多文人继续不断的创造的一部小说"的说法,提出《水浒传》是"人民为了表达自己丰富多样的生活而创造的。至于统治者所豢养的说话人,那只不过证明了历史上的又一次文化掠夺而已"。其实张文论述《水浒传》成书过程,涉及官私文献记载、民间艺人以及宫廷说话人、专门编写话本的书会才人,还有参与创作的文人等多种史料,材料扎实,结论审慎。而李文所引关于施耐庵参与元末农民起义、创作《水浒传》的材料既存争议,难以为据,而且又说施耐庵"亲自参加了元末农民起义",则与其"人民群众"创造《水浒》的说法也自相矛盾。就研究方法而言,张政烺采用历史考据法,以弄清楚宋江形象的来源、演变,以及宋江故事的历史面貌与小说戏曲作品中的艺术形象的异同,在此基础上探讨造成这些异同的原因。而李希凡则套用社会学概念、理论,靠推理得出结论。当然,考据与阐释只是研究方法的不同,而没有优劣对错之分。值得指出的是,科学研究中,革命热情、意气用事并不能代替细密考证、理性分析。

张政烺认为,宋江性格演化发生显著的蜕变是在元代。龚开《宋江三十六人赞序》,说宋江是"与之盗名而不辞,躬履盗迹而无讳",还是起义英雄的本色,而龚开对他的要求仅是"义勇不相戾",到了元曲《争报恩三虎下山》里便已经出现了"忠义堂"。元代汉人受异族统治者的压迫和忠义军时代有相似一般人怀着反抗

---

① 李希凡:《略谈〈水浒〉评价问题——读张政烺先生的〈宋江考〉》,《文史哲》1954年第4期。

第四章 《水浒传》本事研究

的心情，对于草莽英雄遂有"忠义"的要求，因此宋江的性格便变了质。①

宋江是否从征方腊。关于这个问题，史籍有两种记载：杨仲良《续资治通鉴长编纪事本末》卷一百四十一、《三朝北盟汇编》卷二百十二《林泉野记》、《十朝纲要》卷十八，皆载有宋江从童贯征讨方腊事；但是《宋史》卷四百六十八《童贯传》、《宋会要》第一百七十六册、《续宋编年资治通鉴》卷十八以及《泊宅编》、《青溪寇轨》诸书，记录方腊事，均未提及宋江。成书于南宋末或者元初的《大宋宣和遗事》已经有了宋江受招安、讨方腊、封节度使的情节。这可能与南宋时期不断有人起来造反、旋又受降有关。

清俞樾《小浮梅闲话》："固问宋江、方腊事。余曰：'宋江事见《叔夜传》，方腊事见《童贯传》。'……又《韩世忠传》：'方腊反，世忠以偏将从王渊讨之。……度险数里，捣其穴，格杀数十人，擒腊以出。辛兴宗领兵截洞口，掠其俘为己功。'是擒方腊者韩世忠也。……唯《侯蒙传》：'宋江寇京东，蒙上书，言宋江以三十六人横行齐魏，官军数万无敢抗者，其才必过人……'是赦宋江以讨方腊，侯蒙有此议，而实未之行。小说家即本此附会耳。"②焦循对宋江征方腊事也持怀疑态度，他在《剧说》卷五中说："《张叔夜传》言宋江降，而不言降后之事。《侯蒙传》亦载其疏招宋江平方腊语，而不详其允否。则当时用蒙议，命张叔夜降之，使隶辛兴宗平方腊于清溪，未可知也。"③ 他是从史实出发而表示怀疑的。

20世纪以来，论者多联系历史背景、社会心理论述宋江讨方腊故事的由来。鲁迅说："其中招安之说，乃是宋末到元初的思想，因为当时社会扰乱，官兵压制平民，民之和平者忍受之，不和平者

---

① 张政烺：《宋江考》，《历史教学》1953年1月号。
② （清）俞樾：《小浮梅闲话》，引自朱一玄、刘毓忱编《水浒传资料汇编》，南开大学出版社2002年版，第99—101页。
③ （清）焦循：《剧说》卷五，引自朱一玄、刘毓忱编《水浒传资料汇编》，南开大学出版社2002年版，第95—98页。

157

便分离而为盗。盗一面与官兵抗,官兵不胜,一面则掳掠人民,民间自然亦时受其骚扰;但一到外寇进来,官兵又不能抵抗的时候,人民因为仇视外族,便想用较胜于官兵的盗来抵抗他,所以盗又为当时所称道了。至于宋江服毒的一层,乃明初人加入的,明太祖统一天下之后,疑忌功臣,横行杀戮,善终的很不多,人民为对于被害之功臣表同情起见,就加上宋江服毒成神之事去。——这也就是事实上缺陷者,小说使它团圆的老例。"① 鲁迅从《水浒》产生的民间心理这一背景出发,指出是民间艺人的创造,而非历史上真有宋江招安等事实。余嘉锡《宋江三十六人考实》一文认为:"江降后实曾隶属童贯参与征方腊之役。特以偏裨隶人麾下,史纪之不详耳。"只是宋江被授节度使的结局有些言过其实。主要证据是元代陆友仁的《题宋江三十六人画赞诗》:

忆昔熙宁全盛日,百年曾未识干戈。
江南丞相变法度,不恤人言新进多。
蔡家卞出门下,首乱中原倾大厦。
睦州盗起蘖连城,谁挽长江洗兵马。
京东宋江三十六,白日横行大河北。
官军追捕不敢前,悬赏招之使擒贼。
后来报国收战功,捷书夜奏甘泉宫。
楚龚如古在画赞,不敢区区逢圣公。
我尝舟过梁山泺,春水方生何渺漠。
或云此是碣石村,至今闻之犹猇魄。

此诗见于《元诗选》"三庚集"。陆友字友仁,自号砚北生,柯九思、虞集荐于元文宗,未及用而卒,所著《杞菊轩稿》已佚。余嘉锡认为,之所以有人否认宋江征方腊事,是由于金本《水浒》

---

① 鲁迅:《中国小说的历史的变迁》,《中国小说史略·附录》,人民文学出版社1973年版,第292—293页。

的影响所致。金圣叹腰斩《水浒传》仅取前七十一回，托为施耐庵古本，而谓七十一回之后为罗贯中"狗尾续貂"之作，根本没有宋江招安、征方腊诸事，又因为此本三百年来流行最广，因此有许多人相信金氏所说。以致毕沅、俞樾等人都否认宋江征方腊之事。[①]但是用金圣叹七十回本的影响远不足以证明征方腊事实的存在。

1939 年山西府谷县出土《宋故武功大夫河东第二将折公墓志铭》，此碑现保存于西安碑林。碑文中有这样一段记载："宣和初元，王师伐夏，公有斩获绩，升阁门宣赞舍人。方腊之叛，用第四将从军，诸人藉才，互以推公，公遂兼率三将兵。奋然先登，士皆用命。腊贼就擒，迁武节大夫。班师过国门，奉御笔：'捕草寇宋江'。不逾月，继获，迁武功大夫。"[②] 该墓志铭清楚记载了折可存先平定方腊、后剿宋江的顺序，与《续资治通鉴长编》记载和《水浒传》描写的顺序正好相反。由于编《续资治通鉴》的李焘是南宋人，著《宋史》的脱脱是元朝人，折可存是讨方腊的当事人，这个记载的真实性是很高的。尽管这只是一件孤证，但是一件仅有的实证。

1953 年张政烺撰《宋江考》，文中认为历史上根本不存在宋江征方腊之事。他指责以下四种文献：徐梦莘《三朝北盟汇编》卷五十二所引《中兴姓氏奸邪录》、卷二一二引《林泉野记》，及杨仲良《续资治通鉴长编纪事本末》卷一四一、李埴《十朝纲要》卷十八等关于宋江征方腊的记载皆不可信。宋江征方腊故事完全是后人根据《宋史·侯蒙传》中侯蒙上书所说"不若赦江使讨方腊以自赎"一段话敷衍而来。因为根据官私文献的记载，目前无法确定宋江起义的时间早于方腊。这个故事被小说家写入《水浒传》的轨迹是这样的：先有侯蒙上书"赦江使讨方腊以自赎"的建议；南宋以来的说话艺人、编写话本的书会才人喜欢搜集朝野"先代奇

---

① 余嘉锡：《宋江三十六人考实》，《余嘉锡论学杂著》，中华书局 1963 年版，第 354—355 页。

② （宋）范圭：《宋故武功大夫河东第二将折公墓志铭》，引自朱一玄、刘毓忱编《水浒传资料汇编》，百花文艺出版社 1981 年版，第 25 页。

迹"、"闾里新闻",就把侯蒙"赦江使讨方腊以自赎"的话与两浙流行的方腊故事"捏合"在一起;宋江平方腊的故事逐渐渗透到私家著述,如《中兴姓名录》、《林泉野记》等;然后影响到编年体史书,如《续资治通鉴长编》、《十朝纲要》等;后来又被吸纳进了《水浒传》故事系统。张氏推测宋江征方腊的故事在南宋初年就已经有了。① 从民间说话与史书两个系统的相互影响探讨征方腊故事的来龙去脉,有一定说服力,但尚缺乏文献实证。

50年代对征方腊的研究,除了对宋江是否征方腊史实的讨论,还有很多文章论述《水浒》作者对待方腊的态度问题。刘中《谈〈水浒〉的几个问题》② 一文认为,作者对方腊是以否定的态度来描述的,"暴露了作者没有能完全本质地正确地描写农民革命"。张骞的争鸣文章《读〈谈《水浒》的几个问题〉》③ 提出相反观点:"尽管由于历史条件阶级条件的限制,作者主观上对农民革命的认识不可能十分清楚,然而实际上却通过具体形象概括了农民革命的面貌,反映了农民革命的某些本质方面"。这些批评不重史料和文本,主要从革命理论出发,结合当时政治形势,进行过分阐释,实际无助于解决学术问题。

"评水浒"运动期间,甚至有人借历史上的方腊起义大做文章。《红旗》1975年第12期杂志刊载史文《略论方腊》一文,其中有一段话:"至今在皖南地区的休宁、歙县一带,还流传着有关方腊起义的一些歌谣:'粮食登场官府抢','石塔露水腊为王',反映了方腊在粮食登场,石塔露出水面的时节,领导起义。"但是很快被戴不凡先生揭穿其虚假。戴先生说:"在我这个祖籍徽州的严州人看来,如此'反映'真是大吃一惊!后一句谚语,我们严州人也说;不过,它是单独的,和上一句并不相连(民间有无前一句谚

---

① 张政烺:《宋江考》,《历史教学》1953年1月号。
② 刘中:《谈〈水浒〉的几个问题》,《光明日报·文学遗产》第44期,1955年3月6日。
③ 张骞:《读〈谈《水浒》的几个问题〉》,《光明日报·文学遗产》第53期,1955年5月8日。

语，我不知道），它是骂人'短命鬼'、不长久的意思。"戴先生详细解释了新安江沿岸的方言中"石塔露水腊为王"的真实意义，并说："这句谚语以前虽亦被用作为咒骂土豪、劣绅、把头之类好运不长，但它是从反对方腊的反动立场上产生的。"① 由此可见"评《水浒》，批宋江"运动实质之一斑。

80年代以后，关于宋江是否征讨方腊的问题仍有争论，赞成与否定者均有。70年代末80年代初，学界对《折可存墓志铭》进行了认真考证，证实其记录基本是可靠的，宋江失败是在宣和三年夏，迟于方腊之亡。因此，学界主流态度是相信《折可存墓志铭》的记载，相信宋江并未参与征方腊。但是持肯定态度者也大有人在。王晓家根据前人记载宋江从征方腊的材料多于否定者这一现象，推断宋江受降后跟随童贯讨方腊是事实。② 很显然，这种少数服从多数的研究方法难以得出正确结论。王齐洲《历史上的宋江起义不是农民起义》③认为宋江招安后从时间上看完全有可能赶上征讨方腊的战斗；从情势上看，宋江必须去镇压方腊。还指出，《折可存墓志铭》不能成为宋江参与征讨方腊的否证。元朝中叶以后，各地起义风起云涌，如浙东的方国珍起义，但起义不久，又受元朝招安。这种背景可能影响了《水浒传》作者对宋江结局的处理。所谓"从时间上看"、"从情势上看"云云，皆属推测之词。

第三节　林冲、鲁智深、武松、李逵形象研究

一　林冲形象研究

豹子头林冲在《水浒传》出场时是东京八十万禁军教头，而且有一个幸福的家庭。因为高衙内调戏其妻子，而与高俅结下仇怨，被高俅以"误入白虎节堂"奸计诬陷下狱，被发配沧州。为使高衙

---

① 戴不凡：《疑施耐庵即郭勋》附《〈水浒〉随录》，《小说见闻录》浙江人民出版社1980年版，第131—132页。
② 王晓家：《水浒琐议》，山东文艺出版社1990年版，第271页。
③ 王齐洲：《历史上的宋江起义不是农民起义》，《荆州师专学报》1991年第6期。

内达到霸占林妻之目的，高俅又收买了两个押解公人，命其在野猪林将林冲杀死，幸亏鲁智深及时搭救，并一路护送至沧州，才免于一死。高俅并未罢休，又派遣爪牙陆谦、富安追杀至沧州，买通管营和差拨，企图以火烧草料场之罪名致林冲于死地。林冲躲过了火灾，而且手刃陆谦等人。后经柴进举荐上梁山入伙。他又火并王伦，拥晁盖为梁山寨主，为梁山事业发展壮大开拓了道路。在梁山事业发展过程中，他曾经斩于直，捉龚旺，生擒扈三娘，大战关胜和呼延灼，功勋卓著。晁盖战死后，他又拥立宋江。当宋江提出招安主张时，他是率先站出来强烈反对的头领之一。但是被逼上梁山的林冲，在百回本、百二十回本中却最终跟随宋江招安，归顺了与其有血海深仇的朝廷及高俅之流，是很不可思议的。林冲的结局十分悲惨，在参加完平定方腊战役班师回朝受赏时，他却因"染患风病瘫了"，只好留在六和寺中，后半载而亡。

对林冲形象来源的争论。林冲这一人物不见于龚圣与《宋江三十六人赞》，最早出现于《大宋宣和遗事》，为朱勔派往太湖运送花石纲的十二制使之一，他为了解救杨志，杀了防送军人，与其他十一人同往太行山落草为寇。在宋江九天玄女所得天书中，林冲是三十六将之一，排在第十三位，唤作"豹子头林冲"。但在《大宋宣和遗事》中林冲形象是十分模糊的。

关于林冲"豹子头"绰号的来历，清人程穆衡《水浒传注略》中认为，本指豹群首领，取凶猛之极之意，以引申林冲为东京禁军教头及日后为梁山头领之事。他说："豹群行，必有为之头者，如鹿之有麈，如羊之有羖。"① 显然这种解释有望文生义之嫌。

自20世纪20年代以来，学界普遍认为，林冲这一人物完全是一个创造出来的形象。分歧只在于，是来自于《水浒传》以外的故事，还是从《水浒传》小说本身而来。胡适于1920年撰《水浒传考证》一文指出，林冲在《宣和遗事》里是押送"花石纲"的十

---

① （清）程穆衡：《水浒传注略》，引自朱一玄、刘毓忱编《水浒资料汇编》，百花文艺出版社1981年版，第440页。

二制使之一，但龚圣与《宋江三十六人赞》未及林冲，元曲里也不提他，"大概元朝的水浒故事不见得把他当作重要人物"①。1939年余嘉锡先生撰《宋江三十六人考实》，不及林冲。孙楷第先生1964年发表《水浒传人物考》，皆不及林冲。

50年代何心《水浒研究》一书指出：林冲虽然在《水浒传》中是一个重要人物，但在元明杂剧中却是一个若有若无、无足轻重的人物，他的名字只在《梁山七虎闹铜台》剧中一见，直到第五折众英雄事毕回山时才提到他，毕竟他是否梁山七虎也不清楚。元明杂剧中并无一种敷衍林冲故事的，何心据此推测林冲的故事即使不是施、罗杜撰，也可能是宋元时另有话本或杂剧敷衍他的故事，只是早已失传。他并认为，《水浒传》作者写林冲是以《三国演义》中张飞为原型，如第七回写林冲相貌："那官人生的豹头环眼、燕颌虎须，八尺长短身材，三十四五年纪。"简直就是张飞的状貌。他所用的兵器丈八蛇矛，也与张飞一样。并举例《水浒传》第四十八回描写林冲出场："丈八蛇矛紧挺，霜花骏马频嘶。满山都唤作'小张飞'，豹子头林冲便是"，更可以作证。但《水浒传》并未把林冲写成张飞一样的性格，何心认为，书中因为刚写一个粗豪爽直的鲁智深，若再接连写一个性格雷同的林冲则言语举动，不易分辨，这表明了作者笔下灵活，善于变化。② 这也只能是推测之词，因为至今尚不能肯定鲁智深和林冲二形象进入水浒故事系统孰先孰后。这种观点尽管值得商榷，但是这种比较研究法还是颇能开拓研究思路的。

50年代，聂绀弩对这一问题进行了深入探讨，他说，林冲形象是晚起的。除了《宣和遗事》中有林冲名字之外，南宋罗烨《醉翁谈录》、龚圣与《宋江三十六人赞》，以及明人郎瑛《七修类稿》中皆无林冲其人。元曲中除了《闹铜台》有林冲一个名字外，也没有林冲的剧目剧情。而且直到明末，民间传说中还很少或简直

---

① 胡适：《水浒传考证》，《中国章回小说考证》，安徽教育出版社1999年版，第37页。

② 何心：《水浒研究》，上海古籍出版社1985年版，第171—172页。

没有林冲的故事，或其故事很不被重视。由此得出结论，林冲、鲁达、武松、石秀等人故事的部分，"都是《水浒》的编者或改作者的创作"①。聂绀弩认为，林冲故事主要是由《水浒传》中其他人物与故事改造而来的。林冲是八十万禁军教头，上司是高俅，是从本书王进、王庆的故事改来的；林冲写休书一节也是来自王庆故事。第一百〇二回王庆发配起解时，他的岳父来送他，要他写一张休书给他的女儿，林冲和洪教头比棒，又是从王庆故事来的；高衙内是从元曲中来的，高衙内抢林冲娘子是从本书和元曲中来的；林冲买刀是从本书杨志卖刀取来反写的；董超、薛霸谋害林冲，是从本书卢俊义的故事来的……"别的故事都不象林冲故事有这么多的地方和其他故事雷同，那雷同处，多数是林冲故事更近情理，所以可以断定是林冲故事采取其他故事的筋节来加以改造，而不是其它故事采取林冲故事的。"②侯会《〈水浒〉源流新证》中也有类似论述。③

因此，学界基本的结论是，林冲这一形象没有历史事实根据，完全是一个虚构的艺术形象。这种探讨很有意义，不仅揭示了《水浒传》成书中自觉的虚构手法的运用，也探讨了这部世代累积型小说在最后成书阶段所做的艺术努力，对其他同类小说的研究也有启迪作用。

二 鲁智深形象研究

鲁达是《水浒传》中塑造得最为成功的艺术形象之一。对于鲁智深形象原型的研究，目前学界比较一致的观点是，鲁智深的僧人身份在前，剃度前的经历是成书阶段作者后加的。

鲁智深是《水浒传》中唯一有两个绰号的英雄。《水浒传》之前的水浒故事中只有僧人身份的鲁智深，只是到了成书时期或接近

---

① 聂绀弩：《〈水浒〉是怎样写成的》，《中国古典小说论集》，上海古籍出版社1981年版，第33页。
② 同上书，第34页。
③ 侯会：《〈水浒〉源流新证》，华文出版社2002年版，第218页。

第四章 《水浒传》本事研究

成书时期，才被加进了俗人的经历，才有了鲁达之名。

南宋画家龚圣与的《宋江三十六人赞》只是提及"花和尚鲁智深"，赞词为："有飞飞儿出家尤好。与尔同袍，佛也被恼"。[①]可见这时的鲁还只有僧人身份。南宋罗烨《醉翁谈录》"小说开辟"所载话本名目有《花和尚》一目，与《武行者》同属于"捍棒之序头"，而另外一本《石头孙立》属于"公案"，《青面兽》则属于"朴刀局段"。[②]同是水浒故事，上述四者为何分属三类，学界至今没有定论。但可知，宋代话本中的鲁智深仍是僧人身份。

元初刊本《大宋宣和遗事》所载宋江所得天书中有"花和尚鲁智深"，后又有"那时有僧人鲁智深反叛，亦来投奔宋江"一句，[③]只有十六字，并未提及鲁智深其他经历。明万历间人吴从先《读水浒传》也只是言及"智深之禅"，未及其他。[④]元代及明初水浒戏中也不见鲁达之名。元代康进之《梁山泊黑旋风负荆》杂剧第三折［商调·么篇］有"谁不知你是镇关西鲁智深，离五台山才落草，便在黑影中摸索也应着"的唱词，[⑤]又有"镇关西"的称呼。但也没有言及智深的俗名。明初朱有燉《豹子和尚自还俗》杂剧中鲁智深自报家门称"贫僧姓鲁，俗名智深。"[⑥]虽称俗名，但并非鲁达。

明代无名氏《梁山泊五虎大劫牢》杂剧第三折有武松与鲁智深的两首定场诗，武松道："性恶粗疏敢自当，梁山寨上现高强。幼年勇跃能敌对，双拳打虎景阳冈。"将未作行者前的打虎事迹标榜

---

① （宋）周密：《癸辛杂识续集》卷上，引自朱一玄、刘毓忱编《水浒传资料汇编》，南开大学出版社2002年版，第19—23页。
② （宋）罗烨：《醉翁谈录》，上海古典文学出版社1957年版，第3—4页。
③ （元）无名氏：《大宋宣和遗事》，引自朱一玄、刘毓忱编《水浒传资料汇编》，南开大学出版社2002年版，第36—47页。
④ （明）吴从先：《小窗自纪》卷三，引自朱一玄、刘毓忱编《水浒传资料汇编》，南开大学出版社2002年版，第193—195页。
⑤ （元）康进之：《梁山泊黑旋风负荆》第三折，（明）臧懋循《元曲选》，浙江古籍出版社1998年版，第688页。
⑥ （明）朱有燉：《豹子和尚自还俗》，傅惜华编《水浒戏曲集》第一集，上海古籍出版社1985年版。

一番，而鲁智深则说："敢敌官军胆气粗，经文佛法半星无。袈裟影里真男子，削发丛中大丈夫。"① 却对出家前的所作所为只字不提。可见戏曲系统中的鲁智深形象的演变发展有相对自足的稳定性，至少明初时尚未吸纳今本《水浒传》小说中的鲁智深更加丰富的人生经历。

直到明代嘉靖年间李开先的《宝剑记》传奇，剧中鲁智深才说出出家前经历："念我是经略府提辖官鲁达，今已弃职在相国寺为僧"。② 而这时的定本《水浒传》小说已经在社会上广泛传播，而且李开先在其《一笑散·时调》中已对《水浒传》发表过肯定性评价："崔后渠、熊南沙……谓《水浒传》委曲详尽，血脉贯通，《史记》以下便是此书。"③

因此当今学界有人认为鲁达的军官身份及其拳打镇关西等事迹，都是成书阶段才被不知名的作者补写进去的。④ 侯会《水浒源流管窥》一文认为，鲁提辖拳打镇关西的情节原型可能出自五代时周太祖郭威的事迹。郭威少时醉酒杀屠夫的故事颇与鲁达拳打镇关西的情节相类。⑤

至于鲁智深莽和尚的形象特点，有人以为来自杨家将故事系统的杨五郎五台山为僧的事迹。杨五郎延德也是一位武艺高强的五台山和尚，其生平经历、性情身份与鲁智深多有相同之处。同时，南宋罗烨《醉翁谈录》所载南宋"说话"既有《花和尚》、《武行者》等水浒故事系列的名目，同时也有《五郎为僧》、《杨令公》等脍炙人口的杨家将系列故事。《水浒传》中的杨志就自称是"三

---

① （明）无名氏：《梁山泊五虎大劫牢》第三折，傅惜华编《水浒戏曲集》第一集，上海古籍出版社1985年版。

② （明）李开先：《宝剑记》，傅惜华编《水浒戏曲集》第二集，上海古籍出版社1985年版。

③ （明）李开先：《一笑散》，引自朱一玄、刘毓忱编《水浒传资料汇编》，南开大学出版社2002年版，第167页。

④ 侯会：《鲁智深形象源流考》，《首都师范大学学报》（社会科学版）1996年第2期。

⑤ 侯会：《水浒源流管窥》，《文学遗产》1985年第4期。

代将门之后,五侯杨令公之孙"。由此可见,水浒故事的编创者,无论是书会才人、说书艺人,还是《水浒传》一书的作者,同时熟悉杨家将故事的可能性完全存在。两种故事相互借用题材的情况也一定不足为奇。①

侯会还认为,鲁智深的莽和尚形象还与金人董解元《西厢记诸宫调》中的法聪和尚、元人王实甫《西厢记杂剧》中的惠明和尚有渊源关系。而且三者的演变过程几乎经历了相同的历史时期。另外,宋元话本《简贴和尚》等作品中的恶僧形象也对鲁智深形象的塑造提供过艺术营养。但是这些莽和尚、恶僧形象的性格内涵无一能与鲁智深相提并论。这些探讨都有一定道理。

侯会在1987年所撰的《再论吴读本水浒传》中指出,鲁智深为五台山长老包庇优容的情节,来自南宋洪迈《夷坚志》支乙卷第六的《永悟侍者》一则。《夷坚丁志》卷十四有《武唐公》一则,记武唐公身为僧官,却"夜半出扣酒家求沽"的事迹,与《水浒传》中鲁智深在五台山出寺寻沽、对卖酒汉子大打出手的做法如出一辙。《夷坚丙志》卷六的《范子珉》,记载处州道士范子珉嗜酒落魄,一日至婺州赤松观,见观中人无不狎侮。且每每携牛肉就道室煮食,醉饱即卧,又遗粪满地,房内人莫敢与之相较。也与《水浒》中鲁智深带狗肉入禅房、逼迫同室僧破禅戒、醉饱之后即横罗僧床齁齁大睡的情节十分相仿。此外,《夷坚志》支癸卷第八《赵十七总干》记述了一个非僧人却依僧而居的奇人,他膂力过人百倍,一次乘船远行,途中遭舟人觊觎,他就对舟人"奋拳痛殴数十,攀大竹一根,执缚于杪,而纵竹使起,去地已数尺……"这些描写,也与鲁智深倒拔垂杨柳有同样的魄力。②侯会出版于2002年的《〈水浒〉源流新证》③一书又于第五章专辟两节进一步探讨、丰富了上述观点。

---

① 侯会:《鲁智深形象源流考》,《首都师范大学学报》(社会科学版)1996年第2期。
② 侯会:《再论吴读本水浒传》,《文学遗产》1987年第4期。
③ 侯会:《〈水浒〉源流新证》,华文出版社2002年版。

关于《水浒传》与《夷坚志》之间的关系，鲁迅《马上支日记》及孙楷第《沧州后集·水浒传人物考》附一《〈夷坚志〉与〈水浒传〉》都有论述。总之，僧、俗两种身份的鲁智深来自不同的文献系统，鲁达、鲁智深并非同源。世俗军官鲁达极有可能来自《新五代史·周本纪》中的郭威事迹；僧人鲁智深则广泛吸纳了多种文献资源，从戏曲、市人话本，到《夷坚志》之类的文人笔记，都曾给予鲁智深形象多方面的艺术滋养，这也从一个侧面验证了《醉翁谈录》中所说，说话人"《夷坚志》无所不览，《琇莹集》所载皆通"的真实性。

马明达《试论鲁智深形象的形成》一文认为，鲁智深的故事与五台山、相国寺两个地点密切关联，宋代这两个佛教名山名寺的人与事对鲁智深形象的形成必有影响。[①] 但是仅从这两座名寺于宋元时期皆有尚武传统这一点立论就断定鲁智深形象与其有必然关联，说服力还不够强。同时，该文指出，鲁智深是《水浒传》中塑造得最为成功的人物形象之一，他的身上"时时流露着一种鲁莽与机智浑然相合的潇洒感和幽默感"[②]。

这些探询都有一定的意义，但是由于《水浒传》成书历史的特殊性，其中的故事与人物形象的来源应该是多元的，而不可能拘泥于一部书、一个故事。这是古今中外文学形象创造的一条重要规律。对鲁智深形象来源的探讨视野是比较广阔的，从口头文学、曲艺及戏曲表演，更涉及文人笔记，由此个案，可以透视我国古代文学名著中成功艺术形象创造的一般规律。

三 武松形象研究

《水浒传》中武松是作者着力刻画的重要人物。武松在《忠义水浒传》中首次出场是在第二十二回，因在家乡清河县醉酒伤人，逃到柴进庄上避难，遭逢宋江，结为兄弟。其主要事迹有：景阳冈

[①] 马明达：《试论鲁智深形象的形成》，《湖北大学学报》（哲学社会科学版）2000年第2期。

[②] 同上。

打虎，长街遇兄，灵前杀嫂，狮子楼斗杀西门庆，十字坡结义张青，快活林醉打蒋门神，血溅鸳鸯楼，夜走蜈蚣岭等。第五十八回"三山聚义打青州"时武松又出场，遭遇鲁智深、杨志、宋江等，随即同上梁山，共聚大义。第七十一回英雄排座次以后，宋江在菊花会上作《满江红》词，让乐和唱之，当唱到"望天王降诏，早招安"时，武松第一个跳起来叫道："今日也要招安，明日也要招安，冷了弟兄们的心！"但他为了顾及与宋江的"情义"最终还是跟随宋江招安。在平方腊战争中，武松作为正将，立了大功；在攻打睦州时被敌方砍去左臂，成了残疾。平定方腊之后武松不愿随宋江进京朝觐受奖，在杭州六和寺出家，在寂寞中死去，年寿八十。

学界普遍认为，武松是一个完全虚构的人物。南宋罗烨《醉翁谈录·小说开辟》中有"武行者"之目，列入"杆棒"类，但内容不详。龚开《宋江三十六人赞》有行者武松赞语："汝优婆塞，五戒在身；酒色财气，更要杀人"，可见是一个酒色之徒，大异于《水浒传》中的好汉形象。无名氏《宣和遗事》中宋江所得天书上三十六人中有"行者武松"名字，但事迹不详。因此，可以断定，直到元代，武松还不是一个光彩人物。元代水浒戏中，高文秀的《双献功武松大报仇》写武松杀嫂为兄报仇故事，是一个道德教育剧。对于武松形象的演变，王晓家认为，可能因为历史上有宋江三十六人的记载，《宋江三十六人赞》又有武松简单事迹，后人就把武松故事纳入了水浒故事系统之中。在这个人物演变过程中最重要的变化是其人格逐步被净化、被概念化，即强化儒家文化意识。[①]其实这也是《水浒传》人物演变的一条普遍规律。

四 李逵形象研究

学界一般认为，李逵也是一个纯粹的艺术形象，与宋江等人的情况有别。南宋龚圣与《宋江三十六人画赞》中有李逵赞语："黑旋风李逵：风有大小，不辨雌雄。山谷之中，遇尔亦凶。"只是就

---

① 王晓家：《水浒琐议》，山东文艺出版社1990年版，第250—253页。

绰号而言，并无事迹。元初《宣和遗事》有李逵，姓名绰号出现于宋江所得天书之中，事迹只有一句："宋江为此，只得带领朱仝、雷横、并李逵等九人，直奔梁山泺上，寻那哥哥晁盖"，其他不详。现存宋元"说话"名目中，李逵事迹如此而已。很显然，这不过是南宋"说话"中李逵故事的冰山一角。

元杂剧中的"水浒戏"是李逵形象发展的重要阶段，其性格的丰富性是《水浒传》小说中的卤莽英雄所无法比肩的。现所知34种水浒杂剧中，名目与李逵相关的有高文秀的8种，康进之的2种，杨显之和红字李二各1种，李致远《大妇小妻还牢末》，无名氏《鲁智深喜赏黄花峪》中也有少量李逵戏。在这些剧作中有的突出李逵疾恶如仇、憨直正义的性格，如《黑旋风负荆》中大骂宋江、鲁智深，要砍倒杏黄旗，杀掉宋江，为民报仇；《双献功》中李逵杀死了偷情的白衙内、郭念儿；《黄花峪》中他又惩罚恶人蔡疙瘩。但另一些剧本又侧重表现李逵聪明伶俐、机智多谋的性格，《黄花峪》中他更换了衣服，打扮成货郎儿模样营救李幼奴。

水浒戏中的李逵形象最常见的性格是：滑稽多谐，充满喜剧色彩，还是个风流儒雅、思绪翩翩的才子。《双献功》中他妙语如珠，出口成章，还会唱"三月春光景物别，好着我难弃舍"；《黑旋风负荆》中有追逐桃花时"好黑指头"的自嘲，也有对花和尚"小脚儿这般走不动"的挖苦。李玄伯《读水浒记》云："因为他的传说、作者、产地的不同，所以内容常异，杂剧内人物的性格也因此取材不同而不一致。"[①]

李逵不仅在元剧中是一个最引人注目的角色，在明清戏曲中也是一个十分活跃的舞台形象。王玉章曾经比较了元剧与明清剧中李逵形象的异同："元人的《双献功》、《李逵负荆》两剧，把剧情描写得曲折一些，而不把李逵的品性形象加以夸张，便显现出李逵的品性不甚粗卤，明清剧相反，却把李逵的品性形象大加夸张，于是

[①] 王玉章：《杂剧传奇中的李逵》，《水浒研究论文集》，作家出版社1957年版，第364页。

显出他的粗卤形象来了。"① 并说元剧中的李逵适合用正末来扮演，明清剧中的李逵只得用净扮演。

鲁迅以为，《水浒传》中李逵为母报仇连杀四虎的故事原型来自宋洪迈《夷坚甲志》卷十四《舒民杀四虎》一条。故事大意为：绍兴二十五年，舒州有一村妇被虎衔去，其夫携刀独探虎穴，先杀穴中两只虎崽，续杀牝牡两只老虎。鲁迅据此认为，《水浒传》叙李逵沂岭杀四虎事与舒州民杀虎"情状极相类，疑即本此等传说作之"。② 言之有理。

华山1955年发表的《〈水浒传〉与〈宋史〉》一文，引《宋史》卷二十五《高宗记》："建炎三年闰八月，知济南府宫仪及金人数战于密州，兵溃，仪及刘洪道俱奔淮南；守将李逵以密州降金。"③ 据此怀疑这个李逵是否三十六人中的黑旋风李逵。但是很显然这个降将李逵不是《水浒传》和元杂剧中的黑旋风。1980年何心撰《〈水浒传〉人物与历史人物》，又引用《三朝北盟汇编》、《建炎以来系年要录》等文献，这些文献所记密州李逵是一个多次投降金人，反复无常的小人，与《水浒》中黑旋风迥然不同。何先生不得不承认"大概只是姓名偶然相同罢了"。④ 孙楷第提出，百回本《水浒传》第五十三回叙述罗真人捉弄李逵，将其置于一块手帕上吹入云端，然后落在蓟州府厅屋上，被府尹当作妖人痛打并押入大牢。这一情节本于《夷坚支丁》卷九《陈靖宝》条。这则故事讲述的是，绍兴甲子岁，河南邳、郑间妖民陈靖宝以左道惑众，金人官府立赏格捕之甚峻。下邳樵夫蔡五劳瘁饥困，欲捉得陈靖宝以获赏赐。一日忽逢一白衣人，说能够帮其实现这一愿望，便使蔡五坐一苇席上，然后腾空入云，飞去八百里坠于益都府庭下，被府

---

① 王玉章：《杂剧传奇中的李逵》，《光明日报·学术》1951年7月21日。
② 鲁迅：《马上支日记》，《鲁迅全集》（第3卷），人民文学出版社1981年版，第322页。
③ 华山：《〈水浒传〉与〈宋史〉》，《文史哲》1955年第10号。
④ 何心：《〈水浒传〉人物与历史人物》，《水浒研究》，上海古籍出版社1985年版，第149页。

帅当作巨妖拿下，几乎痛打致死。[①]

孙氏还认为，百回本《水浒传》第四十三回叙述李逵下山接老母上山时，至沂州境遇歹人李鬼，先是为其所骗，将其放走，后又恰好投宿李鬼家。李鬼归来后得知此事，与妻子商议毒杀李逵，不料为李逵窃听，李逵即杀李鬼而焚其家。这个故事出自《夷坚支乙》卷四《朱四客》条。该条故事讲的是，婺民朱四客携一仆往襄阳探亲，路逢强盗，朱四客智取强盗，将其推下悬崖。不料暮投旅邸正是强盗之家。强盗归来后自其妻子口中得知仇人宿于家里，便密谋杀死朱四客和仆人。朱与其仆窃听后割墙而逃，当强盗夫妇秉火追赶时，朱与其仆又返回强盗家，将其房屋全部烧毁。强盗回来救火，朱与其仆终于逃脱。[②] 这些考证对于弄清楚李逵本事来源，形象塑造过程，均有重要意义。但也不可胶柱鼓瑟，将文献记载的类似故事与小说中的艺术描写画上等号。

第四节　杨志、关胜、燕青等人物原型研究

1. **杨志**。早在南宋罗烨《醉翁谈录》所记"说话"名目中即有"朴刀类"《青面兽》，可见杨志故事来源甚早，其故事演进有相当的独立性。今本《水浒传》第十二回至第十七回是杨志的专传，也分明显示，杨志故事是以非常成熟、定型的形态进入《水浒传》故事系统的，以至于在最后的成书阶段加工者已对其无能为力。

1939年，余嘉锡《宋江三十六人考实》一文援引《三朝北盟会编》卷六、《宋会要》第一百七十五册，均载宣和四年，杨志从种师道伐辽，将选锋军之事。按语云："此伐辽之师也。两书人名小异，其言杨志将选锋军则同。余尝考之，即梁山泺三十六人之青面兽也。"其所依据，多属推断，如云此伐辽之役中，宋将多童贯

[①] 孙楷第：《水浒传人物考》附录《〈水浒传〉与〈夷坚志〉》，《沧州后集》中华书局1985年版，第23—26页。

[②] 同上。

征方腊时旧将，因而此杨志必是梁山泊中青面兽。又引《三朝北盟会编》卷四十七所引张汇《金虏节要》，云杨志与金兵交战，败于盂县。又据《三朝北盟会编》卷四十七所引《靖康小雅》载有"招安巨寇"杨志从种师中援太原，首先溃退，陷师中于死。此后不知所终。① 余先生考证与推论的基点有二：一是历史上的宋江等同于《水浒传》中的宋江，二是宋江招安后确实率军征讨方腊。但这两点均已被学界所否定。但余先生观点为后世许多学者所信服。

何心《水浒研究》一书中认为，梁山泊英雄受招安以后有下落的，只有杨志、关胜二人。其所援引材料不出余嘉锡先生所引的徐梦莘《三朝北盟汇编》卷六、卷四十七引张汇《金虏节要》，以及《三朝北盟汇编》卷四十七引《靖康小雅》所载"……金人先屯兵县中……翌日，贼遣重兵迎战。招安巨寇杨志为选锋，首不战，由间道径归"②。何心说："这杨志是'招安巨寇'，那无疑的就是梁山英雄青面兽杨志了。"③ 他并列举无名氏《宋公明排九宫八卦阵》杂剧，谓宋江征辽时曾以杨志为先锋，与《三朝北盟汇编》所记符合。鲁歌也赞同这种观点④。宋江招安、征辽、讨方腊均系小说家的虚构，早已为学界所公认，因此这个结论是难以令人信服。再说，北宋时起义队伍并非仅有宋江一支，因此并不能排除《靖康小雅》中"招安巨寇"杨志是另一支受招安起义军中的一个姓名相同者的可能。

2. **关胜**。学者提出，《宋史》卷四百七十五《刘豫传》和《金史》卷七十七中的关胜即是《水浒传》中的大刀关胜。《宋史·刘豫传》载：

---

① 余嘉锡：《宋江三十六人考实》，《余嘉锡论学杂著》，中华书局1963年版，第325—416页。
② 引自朱一玄、刘毓忱编《水浒传资料汇编》，百花文艺出版社1981年版，第3—4页。
③ 何心：《水浒研究》，上海古籍出版社1985年版，第144—145页。
④ 鲁歌：《"宋江三十六人"漫谈——〈水浒〉研究札记》，《延安大学学报》（社会科学版）1998年第3期。

金人南侵，豫弃官避乱仪真，豫善中书侍郎张悫，建炎二年正月，用悫荐除知济南府。时盗起山东，豫不愿行，请易东南一郡。执政恶之，不许，豫怼而去。是冬，金人攻济南，豫遣子麟出战，敌纵兵围之数重。郡倅张柬益兵来援，金人乃解去。因遣人啖豫以利。豫惩前怼，遂畜反谋，杀其将关胜，率百姓降金。百姓不从。豫缒城纳款。①

《金史·刘豫传》也记载：

挞懒攻济南，有关胜者，济南骁将也，屡出城拒战，豫遂杀关胜出降。②

清人焦循《剧说》卷五引《金史·刘豫传》的记载，评曰："关胜即大刀关胜耶？则已为守将，非以功进秩欤？而为豫所杀，则忠义以卫国家者，信矣。"③他是宁愿相信《刘豫传》中对关胜的记载的。

尚熔《聚星札记》之"淮南盗"载："淮南盗宋江等三十六人，横行河朔，为张叔夜击败而降，后皆无表见；惟关胜为刘豫杀于济南。"④他虽然没有说明文献出处，但也是相信关胜为历史上实有。

林纾《铁笛亭笔记》中则对此表示怀疑，且讥笑了小说家的"无识盗袭"：

---

① （元）脱脱等撰：《宋史》"列传·叛臣上"，中华书局2000年版，第6442页。
② （元）脱脱等撰：《金史》"列传第十五"，中华书局2000年版，第2912—2913页。
③ （清）焦循：《剧说》，引自朱一玄、刘毓忱编《水浒传资料汇编》，南开大学出版社2002年版，第97页。
④ （清）尚熔：《聚星札记》，引自朱一玄、刘毓忱编《水浒传资料汇编》，百花文艺出版社1981年版，第376页。

第四章 《水浒传》本事研究

《宋史》载："刘豫降金，杀其骁将关胜，胜不从逆故也。"按《水浒》有关胜。《癸辛杂志》龚圣与作《关胜赞》云："大刀关胜，岂云长孙？云长义勇，汝其后昆？"以其时考之，宋江作乱，正在宋末。然则刘豫所杀之关胜，即《水浒》之关胜耶？世之图关胜者，赤面大刀，其状似壮缪。于是凡关胜者，匪不赤脸，匪不大刀。而《施公案》之关太出矣！太号小西，盖自命为山西人，似即壮缪之后，小说家无识盗袭，可笑。①

何心也相信《刘豫传》中的关胜即《水浒传》中大刀关胜："这关胜可能就是梁山英雄大刀关胜。他跟随宋江受招安后，做了济南守将，因为抗战而被汉奸杀害，死得是很光荣的。"鲁歌《"宋江三十六人漫谈"——〈水浒传〉研究札记》②一文也赞同这种说法。其实两个关胜虽然名字相同，却并无其他信息可以证明这个因抵抗金兵、拒不投降，而遭到叛臣刘豫杀害的济南守将关胜，就是《水浒传》中的大刀关胜。

3. 张横。《中兴小纪》卷十九、《建炎以来系年要录》卷九十三、宇文懋昭《大金国志》卷十一均曾记录，太原义士张横聚众抗金，于宪州大败金兵的事迹。因此，有学者以为，上述史籍记载的太行山抗金英雄张横即是龚开《宋江三十六人赞》中的船火儿张横。王利器《〈水浒〉的真人真事》一文引《建炎以来系年要录》卷九十三所载："绍兴五年（1135）九月，自靖康之末，两河人民不从金者，皆于太行山保聚。太原义士张横者，有众两千，来往岚、宪之间。是秋，败金人于宪州，擒其守将。"并对照《宋江三十六人赞》中张横的赞语："太行好汉，三十有六。无此火儿，其

---

① 林纾：《小说杂考》，引自朱一玄、刘毓忱编《水浒传资料汇编》，百花文艺出版社1981年版，第119页。
② 鲁歌：《"宋江三十六人"漫谈——〈水浒〉研究札记》，《延安大学学报》（社会科学版）1998年第3期。

数不足。"得出结论，两者所指为同一张横。① 鲁歌也赞同此说②。但是《水浒传》中张横行止、活动区域、性格表现均与太行抗金英雄毫不相及，二人仅是姓名偶同而已。本来《水浒传》故事系统曾吸收太行山忠义军故事，其自后者借用一个人名，亦属正常。

王利器还根据《三朝北盟汇编》卷二一七引《韩忠武王中兴佐命定国元勋之碑》所记："建御营，以王（韩世忠）为佐军统制，诏平济州山口贼解宝、王大力、李显等，所向剿除，升定国军承宣使。"认为，"此被韩世忠剿除的济州山口'贼'解宝，当是绰号'双尾蛇'的解宝，他在老家登州受土豪压迫，才逼到济州山口去作'贼'耳。"不得不说，这种在"革命理论"指导下、动辄用历史人物来比附文学人物的方法，是不能得出可信结论的。

4. **史进**。《宋史》卷二十四《高宗纪》，卷三百七十七《卢法原传》，卷三百四十四"儒林"《邵伯温传》，李心传《建炎以来系年要录》卷七、卷十一、卷十八，《三朝北盟会编》卷一百十六等书均记录，建炎初年，关中史斌造反，据兴州称帝，后被官军剿杀。《建炎以来系年要录》卷七更明确记载："建炎元年（1127）秋七月，贼史斌据兴州，僭号称帝。斌本宋江之党，至是作乱，守臣向子宠望风逃去……斌遂自武兴谋入蜀。"卷十一又载同年十二月兴州失守。卷十八又载"建炎二年十一月，泾原兵马都监兼知怀德军吴玠袭叛贼史斌，斩之"。余嘉锡《宋江三十六人考实》"九纹龙史进"在引用上述史料后按曰："是将宋江三十六人，史不言其谁某，《要录》于史斌独明著为'宋江之党'，是其当在三十六人之内，固已无疑。特《宣和遗事》诸书并无史斌其人，但有九纹龙史进耳。进与斌以北音读之，颇相近似。《水浒传》言进为华阴县人，而《宋史》亦称斌为'关中贼'，姓氏地域并合。然则史斌者，其即九纹龙欤。史又称斌为'叛将'，盖与宋江同降，后亦尝授官为将校。三十六人，类不知其所终，独斌降后复起，尝号称

---

① 王利器：《〈水浒〉的真人真事》，《水浒争鸣》（第一辑）1982年。
② 鲁歌：《"宋江三十六人"漫谈——〈水浒〉研究札记》，《延安大学学报》（社会科学版）1998年第3期。

帝,而见戮于吴玠,最为彰明较著。史传皆称史斌,自当以史斌标目。今仍题为史进者,在使览者易晓,非敢竟定斌为进也。"① 余先生的推论还是存在明显纰漏的,首先,即使两人"姓氏地域合",也不能作为两者为一人的力证;其次,史书、《宣和遗事》均无史斌,但有史进。而且,《水浒传》所写宋江一伙招安以后故事全属虚构,梁山好汉下落不明,研究者不可凭空杜撰史进"降后复起,尝号称帝"的情节。如果说余嘉锡先生既称"固已无疑",又云"非敢竟定斌为进也",还有些慎重的话,后来的许多研究者则径直将关中贼史斌认定为《水浒传》中的九纹龙史进了。鲁歌认为,上述史籍中的"这位'宋江之党'史斌,很可能就是那个九纹龙史进,后改名为斌。史进自号'九纹龙'。'龙'者,帝之谓也,故敢于'僭号称帝'"。② 这只能属于大胆的推测。

5. 燕青。燕青是《水浒传》中的一个重要人物。《水浒传》六十一回燕青出场时是这样描写的:"这人是北京土居人氏,自小父母双亡,卢员外家中养的他大,为见他一身雪练也似白肉,卢俊义叫一个高手匠人,与他刺了这一身遍体花绣,却似玉亭柱上铺着软翠。若赛锦体,由你是谁都输与他。不则一身好花绣,那人更兼吹的、弹的、唱的、舞的,拆白道字,顶真续麻,无有不能,无有不会。亦是说的诸路乡谈,省的诸行百艺的市语。更且一身本事,无人比的。拿着一张川弩,只用三枝短箭,郊外落生,并不放空,箭到物落。晚间入城,少杀也有百十个虫蚁。若赛锦标社,那里利物管取都是他的。亦且此人百伶百俐,道头知尾。本身姓燕,排行第一,官名单讳个青字。北京城里人口顺,都叫他做浪子燕青。"③ 吴用智赚玉麒麟,燕青第一个看破玄机。讨方腊归来进京途中,燕

---

① 余嘉锡:《宋江三十六人考实》,《余嘉锡论学杂著》,中华书局1963年版,第325—416页。
② 鲁歌:《"宋江三十六人"漫谈——〈水浒〉研究札记》,《延安大学学报》(社会科学版)1998年第3期。
③ (明)施耐庵、罗贯中著:《(容与堂本)水浒传》,上海古籍出版社1988年版,第904—905页。

青看破红尘要急流勇退,并劝慰主子:"今既大事已毕,欲同主人纳还原受官诰,私去隐迹埋名,寻个僻静去处,以终天年。未知主人意下若何?"①卢俊义不听燕青所劝,后来果然不得善终。燕青月夜遇道君,成功讨得了赦书;而且陪宋江贪缘李师师打通招安关节时能够经受住绝色佳人的诱惑,好干大事,"因此上单显燕青心如铁石,端的是好男子"。可见作者对他喜欢之甚。

胡适《水浒传考证》一文认为,《水浒传》中的燕青形象有苟且、杂凑的痕迹。他说:"燕青在宋元的水浒故事里本是一个很重的人物,施耐庵在前六十回竟把他忘了,故不能不勉强把他捉来送给卢俊义做一个家人!"②聂绀弩《论宋江三十六人名单的形成》一文更进一步指出,《水浒传》小说中的燕青与原始资料中的燕青面貌迥异。他引证了《征四寇》第三回一首咏燕青的古风:"中有一人名燕青,花绣遍身光闪烁。凤凰踏碎玉玲珑,孔雀斜穿花错落。一团俊俏真堪美,万种风流谁可学?锦绣社内夺英雄,东岳庙中相赛博……"认为"这才是燕青的本来面目",而《水浒》把他派做卢俊义的仆人,"有些驴头不对马嘴",《宣和遗事》和元曲对燕青的叙述也都"未捉住原来的燕青的精神"。③杨柳《燕青是怎样的一个人》④否定聂氏观点,认为普通《水浒》版本包括《征四寇》中的燕青基本上都是相同的。关键是在对那首"单道燕青好处"一诗中"凤凰踏碎玉玲珑,孔雀斜穿花错落"两句的理解上存在差异。聂氏认为这两句诗毫无着落,并说:"照诗意看,似乎他与'花'、'玉'(女性)有关,而'花''玉'被他'踏碎','花'被他'斜穿'得'错落'了的。"可见燕青是一个浪子。这种解释显然非常牵强。杨柳认为,这两句诗意思是形容燕青身上的

---

① (明)施耐庵、罗贯中著:《(容与堂本)水浒传》,上海古籍出版社1988年版,第1456—1457页。
② 胡适:《水浒传考证》,《中国章回小说考证》,安徽教育出版社1999年版,第41—42页。
③ 聂绀弩:《论宋江三十六人名单的形成》,《光明日报·文学遗产》1954年4月26日。
④ 杨柳:《燕青是怎样的一个人》,《文学遗产》1954年第11期。

花绣形状的，说他身上刺着"凤凰"、"孔雀"等花绣。这种解释应是符合文本描写的实际的。杨柳认为，燕青这个人是历史上实有其人的，但却缺乏有力证据。

曲家源《〈水浒〉一百单八将绰号考释》①引龚圣与《画赞》中说燕青"太行春色，有一丈青"，即认为暗示他有"浪迹"行为。并认为宋人著述中的"浪子"都是浪迹勾栏瓦舍的品行轻薄之人，《水浒传》却把燕青描写成一个多才多艺、心灵口巧而又行为正派的人，是与"浪子"绰号不一致的。

在这个问题上，上述各家存在的一个共同误区是把小说与历史画等号。

第五节 关于《水浒传》中"梁山泊"之由来的争论

《水浒传》把梁山泊作为宋江聚义的根据地，与史籍记载的宋江起义活动区域明显不符。因而明清以来，不断有学者对这一问题进行考证、探讨，主要聚焦于两点：一是历史上的梁山泊与《水浒传》中的梁山泊有无关联，二是《水浒传》中的梁山泊是如何建构起来的。先看第一点，清代及20世纪上半叶学者考证颇详。宋人洪迈《夷坚乙志》卷六《蔡侍郎》曾载蔡居厚因杀五百梁山降贼获冥谴之事，清俞樾《茶香室续钞》卷十六据《宋史·张叔夜传》对《夷坚乙志》的记载进行了驳斥。清人平步青《霞外捃屑》卷九《梁山泊》认为，"《宋史》所载宋江事，乃在江淮，不在山东。《水浒》所载州县，皆施耐庵弄笔，凭空结撰。按之《宋史》地志率多不合，且有无其地者。阅者不可以为实事，而求其地与其人，以责耐庵之不学也。……至于《荡寇志》之拓张侈大其事，则亦一时游戏之笔，未曾考之舆志及地之有无，与耐庵同，尤不得信

---

① 曲家源：《〈水浒〉一百单八将绰号考释》，《松辽学刊》1984年第1—2期。

以为实也"①。

20世纪20年代，鲁迅《中国小说史略》中复引《夷坚乙志》所载蔡居厚杀梁山泊降贼之事，认为"杀降则不容虚造，山泊健儿终局，盖如是而已"。②他大概相信了此梁山泊降贼即宋江一伙。50年代，许多学者对此问题继续探讨，有学者依据历史上有关梁山泊历来为"盗薮"的记载，断言这一带"从王安石变法到宋江投降，这其间梁山泊的人民运动足有五十年的历史，到宋江等三十六人兴起时，他们的力量足以夺得政权"③。张政烺《宋江考》④一文否认宋江等人曾在梁山泊扎寨。他认为，宋江起事在河南省北部，后来才到山东省西部和江苏省北部，所以宋人记载里也说"宋江起河朔，转掠十郡"，"河北剧贼宋江"，"京东贼宋江"，"山东盗宋江"，"淮南盗宋江"。北宋首都在现在的开封，"在首都附近三五百里内还决不可能允许有大股的起义军长期盘踞着，所以宋江当时只是以很少的人数，采用流动的方式来向封建统治者进攻"。王利器《谈施耐庵是怎样创造梁山泊的》一文引用大量宋元以来的文献证明，《水浒》中的梁山泊非历史上真实的梁山泊，而是施耐庵创造出来的一个"农民革命根据地的理想蓝图"。⑤"农民革命根据地"之称虽值得商榷，但他指出梁山泊是作家集合许多材料虚构出来的，这种认识是符合艺术规律的。王利器引用清俞樾《茶香室续钞》卷十六的怀疑之词，又据宋李心传《建炎以来系年要录》卷七所载宋江旧党史斌据兴州僭号称帝事，得出结论，认为"蔡居厚所悉诛的梁山泊贼五百人，乃是另外一支农民革命队伍，并非是以宋江为首的一百单八人"。华山《〈水浒传〉和〈宋史〉》进一步认为，"宋江等没有在梁山泊结寨，那是没有疑问的"。并列举四

---

① （清）平步青：《霞外捃屑》卷九《梁山泊》，据清光绪间刻《香雪崦丛书》本。
② 鲁迅：《中国小说史略》，人民文学出版社1973年版，第115页。
③ 杨绍萱：《论水浒传与水浒戏——自历史上梁山泊人民运动说起》，见《水浒研究论文集》，作家出版社1957年版，第342页。
④ 张政烺：《宋江考》，《历史教学》1953年1月号。
⑤ 王利器：《谈施耐庵是怎样创造梁山泊的》，《光明日报·文学遗产》1954年第16期。

个方面的原因：第一，《宋史》中关于宋江的记载有三处，但没有一处提到梁山泊；第二，《张叔夜传》说"宋江起河朔，转略十郡"，可知起义的最早地点在黄河以北，而梁山泊却在黄河以南；第三，宋江等人主要采用"流寇式"的流动战术；第四，宋江一伙人数虽然不一定只有三十六人，但决不会超过数百，以这样少的人，也决不能守住方圆八百里的梁山泊。最早提到宋江等与梁山泊关系的是《宣和遗事》，但却说梁山泊的位置在太行山。因此暴露出《宣和遗事》的作者和后来《水浒传》的作者是把宋江故事与南宋忠义军故事扭结在一起了。① 何心否定《夷坚乙志》的记载，认为该书"好谈因果，冥谴之说，当然是胡言乱语"，他并列举了此书所述与《宋史》记载的多出不合。② 既然这个故事靠不住，当然宋江与梁山泊的关联也难以置信。因此，对于这一问题，学界已有定论，就是历史上的梁山泊与《水浒传》中的梁山泊并无关联。

对于第二点，20世纪50年代学界的探讨最为热烈，这也许跟新中国成立之初，学者对共产党建国历程的怀旧心理有关。王利器《谈施耐庵是怎样创造梁山泊的》一文认为，《水浒全传》是糅合梁山泊系统本和太行山系统本而成的。南宋周密《癸辛杂识续集》所记《宋江三十六人画赞》，五处提到"太行"，却没有梁山。王利器根据明李贤《天下一统志》卷二十八、明程百二《方舆纪胜》卷五均记载太行山畔有"碗子城"，以为这就是《水浒传》中的"宛子城"；又《宣和遗事》元集写李进义等十二人同往太行山落草，龚圣与《宋江三十六人赞》所赞的卢俊义、燕青、张横、戴宗、穆横等都是太行好汉，《水浒传》写智取生辰纲时的黄泥岗也在太行山，元人杨景贤《刘行首》杂剧也说宛子城属于太行山，可见施耐庵在创造梁山泊时把太行山的宛子城当作了梁山泊的一部分是很自然的。太行山系统本是描写以史进为首的造反故事的，史进即《建炎以来系年要录》中记载的史斌，在《宣和遗事》和《宋

---

① 华山：《〈水浒传〉和〈宋史〉》，《文史哲》1955年第10号。
② 何心：《水浒研究》，上海古籍出版社1985年版，第143—144页。

江三十六人赞》中均为史进。史进故事在民间流传甚广，也是当时说话艺术的重要名目，而《水浒传》开篇即讲史进故事，可见以史进为主角的话本当是《水浒》众多底本中的一个。但是纂修者在将这部分内容纳入全书时，粗心大意，缺乏整体构思，导致顾此失彼，漏洞百出。如第68回叙写宋江要去攻打东平府时，史进自叙他旧在东平府时与李睡兰往来情熟，表明史进在东平府的一切活动就被删略了；杨志在梁山泊初会林冲，就说"洒家是三代将门之后，五侯杨令公之孙，姓杨名志，流落在此关西"，分明是在梁山泊，却说是在此关西；《宋江三十六人赞》赞卢俊义、燕青、戴宗、穆横等人都提到了太行山，赞张横更说什么"太行好汉，三十有六"；当时太行山抗金义军根据地碗子城被移置到梁山泊，改为宛子城；当年杨家将抗辽的古战场金沙滩也被搬到了梁山泊；《宣和遗事》中有李进义、孙立、杨志"同往太行山落草去也"，又有晁盖八人劫取生辰纲之后"不免邀杨志等十二人，共有二十结为兄弟，前往太行山、梁山泊去落草为寇"。凡此种种足可证明水浒故事在成书的过程中一定吸纳了太行山系统的本子。① 张政烺《宋江考》一文认为，宋江三十六人的姓名不可能都流传下来，龚开《赞》，《宣和遗事》，七十一回《水浒传》，《诚斋乐府》中《豹子和尚自还俗》，《七修类稿》卷二十五等文献所载，大同小异，而不甚可信，宋江之党姓名可以确知者仅一史斌。并认为，张横和燕青二人可能是太行山忠义军首领张横和梁青。② 80年代，王利器又撰文认为，《水浒全传》所根据的底本有三种：一是以梁山泊故事为主的本子；二是以太行山故事为主的本子；三是以述及方腊故事的施耐庵"底本"。③

50年代以来，水浒故事与宋代华北地区抗金武装的关系是学界讨论的一个重点。张政烺认为，宋元时期的宋江三十六人故事不

---

① 王利器：《谈施耐庵是怎样创造梁山泊的》，《光明日报·文学遗产》1954年第16期。
② 张政烺：《宋江考》，《历史教学》1953年1月号。
③ 王利器：《〈水浒传〉的来源》，《西南师范大学学报》1987年第1期。

太可信，但是有一些忠义军的首领倒很可能被拉入梁山泊故事系统之中。①《水浒传》中宋江在晁盖死后当上梁山寨主，马上把"聚义厅"改为"忠义堂"（第六十回），"堂上要立一面牌额，大书'忠义堂'三字"（第七十一回），梁山寨的军粮车上也写着"水浒寨忠义粮"（第七十回）。张政烺认为，作书人的这些花样，无疑的都是仿照着忠义军寨来的。王利器《谈施耐庵是怎样创造梁山泊的》一文根据《宋史》的《韩世忠传》、《岳飞传》等文献记载，可知太行山与忠义军有密切关系，因此施耐庵又把忠义军的许多人物和故事素材搬上了梁山泊。②后来孙述宇又有进一步论述，其《〈忠义水浒传〉序》从宋金矛盾——民族斗争的角度讨论小说中的有关描写。北宋末年，金兵入侵华北，敌占区民众与宋军溃兵结合，从事保乡社的自卫活动，宋廷以"忠义"来称呼他们。岳飞与忠义军合作，规模很大，结果被高宗处死。这段历史以及这个悲剧，便是宋江与弟兄们许多故事的背景。《水浒传》的产生，是由于宋金战争与宋人的民族情绪。③

严敦易《水浒传的演变》一书从三个方面证据进行论述：（一）宋时抗金义军多有"忠义"名号，主要根据地是太行山，而《水浒传》叫《忠义水浒传》，梁山上有忠义堂，又常常提到太行山；（二）宋时的盗寇和忠义军多有绰号，与梁山泊同；（三）与宋金战事有关的几个名字都曾在故事中出现，如张叔夜、关胜、王伦等。严敦易看到书中说公孙胜和樊瑞都是"全真先生"，认为这就反映出全真派的活动了，据此推断书中有法术的段落是元代人写的，因为元代是全真派的鼎盛期。④但却无视书中此类的描写只是孤立的现象，并不具有普遍性。

---

① 张政烺：《宋江考》，《历史教学》1953年1月号。
② 王利器：《谈施耐庵是怎样创造梁山泊的》，《光明日报·文学遗产》1954年第16期。
③ 孙述宇：《〈忠义水浒传〉序》，《水浒争鸣》第3辑，长江文艺出版社1984年版。
④ 严敦易：《水浒传的演变》，作家出版社1957年版，第124—126页。

华山《〈水浒传〉和〈宋史〉》一文认为，《水浒传》的成书不仅与南宋初忠义军的事迹有关，并且也可能把宋江以前的起义军领袖搬上了梁山泊。他说，晁盖上梁山之前，水泊中已经有王伦一伙占据，这个王伦可能是影射庆历中王伦一伙的起义军领袖。所引用的文献有：《宋史·仁宗本纪》，《欧阳修文集》卷九《论沂州军贼王伦事宜札子》、《再论王伦事宜札子》和卷一百《论京西贼事宜札子》，以及蔡绦《铁围山丛谈》等。据这些资料可知，北宋仁宗年间，沂州有一王伦曾聚众起义，并横行沂州、密州、海州、泗州、楚州等地，后于淮南被官军捕杀。华山认为，"王伦起义前于宋江，活动地区大略相同，起义经过两者亦极相似。这便是《水浒》作者所以把王伦送上梁山泊的可能理由。"[①] 1980年何心先生作《〈水浒传〉人物与历史人物》[②]，也持相同观点。好在上述两篇文章均未将历史上的王伦与《水浒传》中那个白衣秀士王伦画等号，都认为《水浒传》只是吸收了历史上其人的姓名及聚众起义的一些事迹而已。应该说这种认识是比较符合小说人物创作实际的。王利器《谈施耐庵是怎样创造梁山泊的》一文又据宋方勺《泊宅编》卷五所载"宣和二年十月，睦州青溪县碣村居人方腊托左道以惑众"，则知施耐庵创造的梁山泊边的石碣村是从方腊故事中搬来的；元剧中多处写到蓼儿洼，《宋史·张叔夜传》叙述宋江在楚海州被张叔夜招降，因此怀疑蓼儿洼、鸭嘴滩都是洪泽湖区的地名，因此，根据上述材料可以断定，施耐庵把洪泽湖区的蓼儿洼、鸭嘴滩又搬到了梁山泊。因此"这样一个梁山泊，是通过施耐庵的加工，而把他典型化了"。这种认识无疑是符合艺术创作规律的。至于说历史上的宋江一伙本来是以流寇方式横行南北的，施耐庵却要给他们创造一个根据地，在梁山泊安营扎寨，王利器认为其原因是作者总结了流寇作战的教训，才"来创造一个很理想的，水陆条件具备的梁山泊"。这种推测虽有一定道理，但已超出文学研究的范

---

① 华山：《〈水浒传〉和〈宋史〉》，《文史哲》1955年第10号。
② 何心：《〈水浒传〉人物与历史人物》，《水浒研究》，上海古籍出版社1985年版，第147—167页。

畴了。

七八十年代孙述宇在其多篇论文中又提出，《水浒传》是强盗讲给强盗听的故事。他基本赞同严敦易等人的观点，并进一步认为，《水浒》不但讲的是法外强徒，而且好像是一些强徒在讲故事[①]。从内证方面来说，小说中弥漫着一种亡命精神和心态，譬如他们内心的不安，害怕女人，见了好汉就结义，行凶的手段十分残忍，克敌之后往往把财物劫掠一空，等等。他并比较了水浒故事与英国罗宾汉绿林故事的不同。这是从社会文化心理角度而言的，在成书研究方面有所深化。他认为，《水浒传》中最能透露传讲者身份的是曾头市的故事，这是一个反金的故事。严敦易已经注意到曾头市与梁山泊的往还书札，很有国书公文的口气，内有"各守边界"、"遣使讲和"、"国以信而治天下"诸语。曾头市与梁山泊的冲突，实际是影射宋金两国的斗争。一方面，"征辽"故事与曾头市故事，在作者笔下，前者直白，后者隐晦，因为"征辽"故事在南宋讲述时，辽国已经灭亡，而曾头市故事在金国流行时则不能公开讲说。而且晁盖之死与宋钦宗被金人射死有关。晁盖在梁山被尊为"天王"，就是皇帝的意思，他是被曾头市的史文恭用箭射死的，而根据南宋人撰写的《南渡录》记载，钦宗皇帝是被金主完颜亮叫一个紫衣人用箭射死的。因此，曾头市故事与"征辽"故事意义并不一样。另一方面，从水浒故事发展逻辑来看，晁盖之死有许多不可理解之处。他身为梁山寨主，却死得比一百零八个兄弟都要早。《水浒》的作者之所以要选择晁盖做梁山的先主，可能是故意要一个"先主"来影射钦宗皇帝。这种推理自然得出曾头市故事成立于南宋的结论，但是，他的看似合理的推理实有不少主观的成分。

这些文章多采用历史考据方法，从历史文献入手考证宋江故事的本来面目及作品创作意图。其意义在于，弄清楚宋江故事的史实

[①] 孙述宇：《水浒传背后的亡命汉》，静宜文理学院中国古代小说研究中心编《中国古典小说研究专集一》，联经出版事业公司1979年版。

面貌，我们可以将历史上的宋江故事与《水浒传》小说中的故事面貌进行比较，从中发现，在从史实到文学的衍变发展过程中，小说家做了哪些艺术加工，其间融入了时代的，以及创作主体的什么样的思想意识。但这些考证也存在弊端，即往往把历史人物和历史事件与文学作品中的情节、人物画等号，偏离文学研究的轨道。

第六节 《水浒传》人物绰号研究

绰号作为人的正式名称的一种补充，它对人的性格、身份、行为特征的揭示往往比正名更凝练、更形象、更准确。而且其意义并不止于人物本身符号性的标识，它还是特定历史时期社会心理、文化精神的一种折射。因此，从某种角度上说，人物绰号是烛照中国传统文化的一个独特视角。

《水浒传》人物绰号的魅力历来为人们所关注和赞赏，以至于成为后世艺术及社会生活中竞相模仿的对象。《水浒》中人物绰号具有了戏曲脸谱的功效，不仅传神地揭示人物自身的精神面貌，而且传达出创造主体的道德与审美评价。由于早期水浒故事主要接受了民间意识的滋养，其人物绰号也可以看作宋元时期民间社会文化心理的一种独特切面，是另一种"浮世绘"。

据宋代史籍、宋人笔记的记载，宋代风俗大凡武人、义军首领、绿林豪客，以及江湖艺人等多有绰号，以示自己本领神奇，独树一帜。清人赵翼《陔馀丛考》卷三十八的考证也表明，两宋人喜欢"互相品目"而多诨名。《水浒传》故事发生的背景在北宋，其中一百零八位好汉皆有绰号，是我国古代小说中绰号最多的一部，正是当时民风世俗的如实反映。而且，五百多年来梁山好汉的形象在中国社会深入人心，其绰号的独特魅力不能不说是一个重要的因素，因此《水浒》英雄的绰号也自然成为《水浒》研究界热衷讨论的一个话题。但是，自《水浒》故事流传以来的五百多年间，随着时代的变迁，人们对这一问题的认识角度、认识内涵存在很大的差异。明清时代的《水浒传》爱好者已经对书中英雄绰号进行过一些考证和研究，如袁无涯刻本《一百单八人优劣》、清代程穆衡《水浒传注略》等曾经做过一些前期工作。但真正学术意义上的研究是20世纪初以来的事情，因此本节重点对20世纪以来，学界对《水浒》英雄绰号研究的历史做一简要回顾，[①]并试图借助这一小小侧面探讨时代思潮与学术研究之间的互动关系。

宋江等三十六人的绰号最早见于南宋人的记述。南宋遗民龚圣与《宋江三十六人赞》已经载明宋江等三十六人的绰号。《宣和遗事》一般被认为是元代的作品[②]，所载宋江得到的天书中也有三十六人的绰号，但其所传三十六人绰号、姓名，乃至排列顺序均与龚《宋江三十六人赞》不尽相同。《宣和遗事》中三十六人姓名，较之龚《宋江三十六人赞》，除去吴加亮原作吴用、李进义原作卢俊义、阮进原作阮小二、李海原作李俊、王雄原作杨雄、李横原作张横而外，又少了宋江、解珍、解宝三人，以宋江为帅，不在三十六人之列，增加了公孙胜、张岑、林冲、杜千四人。而且张横绰号龚《宋江三十六人赞》中作"船火儿"，《宣和遗事》中则为"一丈青"。

《水浒传》一方面综合采用了《宋江三十六人赞并序》和《大宋宣和遗事》的人物姓名、绰号，另一方面又根据小说创作需要进行了适当改造，而且更加倾向于继承《宋江三十六人赞》的人物绰号及姓名。

学界讨论的主要问题有：

一 《水浒》人物绰号的由来

《水浒传》英雄绰号的出处、来源，是截至目前研究者最为关

[①] 由于1975年、1976年"评《水浒》，批宋江"政治闹剧中的《水浒》研究论著，几乎全是满纸呓语，故不在本书回顾之列。
[②] 鲁迅：《中国小说史略》第十三篇"宋元之拟话本"、汪仲贤《〈宣和遗事〉考证》（见郑振铎编《中国文学研究》，商务印书馆1927年版），及陈中凡《试论〈水浒传〉的著者及其创作时代》（载《南京大学学报》1956年1月号）等都认为《宣和遗事》是元代的作品。

注的一个方面。80年代以前对《水浒》人物绰号的探讨多是集中于此,直到21世纪的今天仍然有人乐此不疲。鲁迅于1935年所撰《五论"文人相轻"——明术》中即论及《水浒》人物绰号取材的特点:"梁山泊上一百另八条好汉都有诨名,也是这一类(指品题),不过着眼多在形体,如'花和尚鲁智深'和'青面兽杨志',或者才能,如'浪里白跳张顺'和'鼓上蚤时迁'等,并不能提挈这个人的全般。"① 只是指出人物绰号与形体或才能的关系,并指出其不足:"并不能提挈这个人的全般",但他并未展开论述。

50年代初,《水浒传》作为描写"农民起义"的作品是新中国公开出版的第一部古代小说,并很快在全国出现了读《水浒》、评《水浒》的热潮,《水浒传》中许多问题被拿出研究、讨论,一百单八将的绰号问题就是争论的焦点之一。何心于1954年出版《水浒研究》② 一书,其中《三十六人传说的参差》一章详细辨析了《宣和遗事》、《癸辛杂识》、《水浒传》中宋江等三十六人姓名、诨号的参差,发现三书中人物绰号共有十一处不同,并指出《癸辛杂识》与《水浒传》比较接近,《宣和遗事》则相差很多。其《诨号的研究》一章共探讨人物绰号九个,重点考证了"呼保义"、"病关索"、"旱地忽律"几个绰号的来源。王利器于同年所撰《〈水浒〉英雄的绰号》③ 是一篇早期比较全面探讨《水浒》人物绰号的论文,共考证《水浒》人物绰号六十个,他从绰号与人物关系这个角度,把《水浒传》英雄绰号的来源分为四类:

(一)从形体来起的绰号:豹子头、花和尚、青面兽、赤发鬼、九纹龙、病关索、火眼狻猊、锦豹子、一丈青、玉幡竿、花项虎、险道神、金毛犬、锦毛虎十四个绰号;(二)从性情来起的绰号:霹雳火、浪子、铁面孔目、毛头星、独火星、一枝花六个绰号;(三)从才能来起的绰号:大刀、小李广、金枪手、神行太保、插

---

① 鲁迅:《五论"文人相轻"——明术》,《鲁迅全集》(第6卷),人民文学出版社1981年版,第383页。
② 何心:《水浒研究》,上海文艺联合出版社1954年版。
③ 王利器:《〈水浒〉英雄的绰号》,《新建设》1954年4、5月号。

翅虎、立地太岁、船火儿、活阎罗、两头蛇、双尾蝎、丑郡马、百胜将、圣水将军、神算子、丧门神、飞天大圣、通臂猿、跳涧虎、白花蛇、铁叫子、云里金刚、病大虫、旱地忽律、笑面虎、石将军、小尉迟、菜园子、母夜叉、活闪婆、白日鼠、鼓上蚤三十一个绰号；（四）从军器来起的绰号：黑旋风、小旋风、没羽箭、混江龙、轰天雷、铁扇子六个绰号。

当然，上述分类并不十分合理，譬如第三、第四类中的某些绰号是可以互换的，第三类中的"大刀"、"小李广"、"金枪手"与第四类中的"没羽箭"、"轰天雷"合为一类未尝不可。尤其是将"黑旋风"列入"从军器来起的绰号"最不可解。王先生引《三朝北盟汇编》卷六十六所载，金人攻宋时所用军器有"旋风炮"，其势威猛无比，便认为李逵"黑旋风"绰号来自于军器"旋风炮"。但是，查宋龚圣与《宋江三十六人赞》中李逵的赞语为："风有大小，不辨雌雄。山谷之中，遇尔亦凶。"明张岱《水浒牌四十八人赞》赞黑旋风李逵："面如铁，性如火。"可以说上述两者都抓住了李逵的性格、肤色与自然界旋风性情的相通之处，因此不必深解。后来，朱奕、王尔龄《〈水浒〉人物绰号材源考论》一文就认为："《水浒》抓住'黑旋风'这一现成诨名，把李逵描绘成如同一股黑色旋风般的风风火火的人物，而黑还是李逵的肤色特点。黑旋风就是他的脾气、性格的综合体现。"① 应该说这样的认识是符合《水浒传》文本实际的。

曲家源《〈水浒〉一百单八将绰号考释》一文是考证《水浒》人物绰号最为全面的论文之一，文中对一百单八位好汉的绰号都有考述。他首先概括了《水浒》英雄绰号命名方法的一般规律：或者根据历史人物传说，或者取材于鬼神迷信传说，或者采当时世俗传说，经过创作者匠心独具的选择和改头换面的加工，使绰号与人物浑然一体。他并将一百零八人的绰号按照所显示的内容和取材的角

---

① 朱奕、王尔龄：《〈水浒〉人物绰号材源考论》，《天津师大学报》1997年第2期。

度分为八类：（一）绰号的内容归纳了人物的某种品性、志向或遭际，下列宋江、卢俊义、秦明等十七人的绰号；（二）绰号显示出人物高超的本领、武艺或技艺，下列吴用、公孙胜、戴宗等十四人的绰号；（三）用使用的武器作为人物的绰号，下列关胜、呼延灼、董平等八人的绰号；（四）用身体相貌的特点起绰号，下列林冲、朱仝、鲁智深等二十一人的绰号；（五）取职业行当作为绰号，下列武松、张横、金大坚等五人；（六）用古代著名武人的名字作绰号，以显示自己的本领与古人相似甚或超出古人，下列花荣、杨雄、孙立等六人；（七）用凶猛的野兽、有毒的蛇虫做绰号，表示自己本领高强，令人畏惧，下列李应、雷横、李俊等二十二人；（八）用凶险的星辰、传说中的神怪做绰号，表示本人是令人惧怕的凶神恶煞，下列阮小二、阮小五、阮小七等十五人。[①]

其中争议最大的是宋江绰号"呼保义"的来历及意义。南宋遗民龚圣与在《宋江三十六人赞》中称宋江"不假称王，而呼保义。岂若狂卓，专犯忌讳。"《宣和遗事》也作"呼保义宋江"，但都未作解释。元杂剧多种剧本称宋江"顺天呼保义"。一百二十回本《水浒传》第十八回宋江出场时有《临江仙》一首：

> 起自花村刀笔吏，英灵上应天星。疏财仗义更多能。事亲行孝敬，待士有声名。　济弱扶倾心慷慨，高名水月双清。及时甘雨四方称，山东呼保义，豪杰宋公明。[②]

对于及时雨这一绰号，书中解释为"把他比作天上的及时雨一般，能救万物"。但对于呼保义，作者却没有解释。在第七十一回"单道梁山泊的好处"中，这样说道："……在晁盖恐托胆称王，归天及早；惟宋江肯呼群保义，把寨为头。休言啸聚山林，早已瞻依廊庙。"但学界一般认为"呼群保义"之说十分牵强，不合原

[①] 曲家源：《〈水浒〉一百单八将绰号考释》，《松辽学刊》1984年第1—2期。
[②] （明）施耐庵、罗贯中：《水浒全传》，四川人民出版社2002年版，第122页。

第四章 《水浒传》本事研究

意。正如晁盖是"铁天王"或"托塔天王"被莫名其妙地说成是"托胆称王"一样。①

清人程穆衡《水浒传注略》中以为:"武正八品曰保义校尉,从八品曰保义副尉。言吏员未授职,已呼之为保义也。及宋时相呼曰保义,似亦通称,如员外之类。"②后人多不以为然;近人余嘉锡先生《宋江三十六人考实》创"自呼保义"之说,他说:

> 考《宋史》卷一百六十九《职官志》:"政和二年(1112)易武阶官以新名,以旧官右班殿值为保义郎。"宋江以此为号,盖言其武勇可为使臣云尔。(宋制自内殿承制至三班借职皆为使臣)呼者自呼之简词,殆亦当时俗语。曰"呼保义"者,明其非真保义也。③

王利器于1954年发表《〈水浒〉英雄的绰号》一文,赞同余嘉锡先生的观点。认为"呼保义"即是自呼为保义的意思:"宋江要招安,此心无他,只待金鸡报赦的消息,有机会为国出力而已;所以他自呼为'保义'。……他看到了接受招安是一条为国出力的途径,而保义郎又是朝廷起码要给的官阶,所以才以此自呼,作为斗争的目的。这是《水浒》作者历史地给宋江安排的一条斗争道路。"这种说法很快遭到反驳。丁一《读〈《水浒》英雄的绰号〉》一文就指出,宋江"中心愿平房"的愿望主要表现在《水浒》七十回以后,而七十回之前宋江江州题反诗,有"他时若遂凌云志,敢笑黄巢不丈夫"之句,因此把"呼保义"解释为宋江希求受招安、被封保义郎,是不能自圆其说的。并责王文"只从概念出发脱

---

① 李拓之:《呼保义考——纪念水浒故事流传八百三十年》,《光明日报》1953年3月27日。
② (清)程穆衡:《水浒传注略》,引自朱一玄 刘毓忱编《水浒传资料汇编》,南开大学出版社2002年版,第394页。
③ 余嘉锡:《宋江三十六人考实》,《余嘉锡论学杂著》,中华书局1977年版,第361页。

离了实际"，① 应该说是中的之言。曲家源《〈水浒〉一百单八将绰号考释》一文也不认可王利器的解释。曲氏认为，宋江虽然在郓城县当押司，但他仍自视为江湖人物，所以他自取的绰号也应具有世俗的特点。"呼保义"仅仅是借用了"保义"这个现成的词汇，而赋予它"保守江湖义气"的含义。② 李拓之《呼保义考》一文根据《宋史》卷一百六十八《职官志》对于"保义"官的认定，和宋人庄季裕《鸡肋编》中记载的徽宗逊位以后微服外出买鱼时曾被人呼为"保义"的故事，提出："'呼保义'就是'有眼不识真天子'的意思"，"当时流行此语，成为人民要求真天子出现的一种愿望"。③ 这种解释也难以令人满意。

朱奕、王尔龄发表于1997年的《〈水浒〉人物绰号材源考论》一文则认为，"呼保义"一号，并非"自呼"，而是"人呼"，不必作艰深理解，"所谓'呼保义'者，人呼保义也，人们呼这位郓城小吏为'保义'，无非表示尊崇，尊崇他仗义疏财，结交江湖朋友"。④ 并说，《水浒传》作者并不如王利器先生所断言由于不知道呼保义绰号意思，才另外制造了一个"及时雨"的诨名，恰恰相反，他用一个易于明白的新名词，来解释历来罕有阐述、至今说法歧异的旧号，这就是宋江一人独有两个绰号的原因。邓骏捷发表于1999年的《论〈水浒传〉中的性格类绰号》一文也肯定"'呼保义'就是宋江性格的某层象征意义"。⑤

80年代以后学界对于"呼保义"的理解愈益切合《水浒传》文本实际。可见，对于宋江绰号"呼保义"的认识是经历了一个由背离文本到回归文本的过程的。其中原因容后再详。

----

① 丁一：《读〈水浒英雄的绰号〉》，《新建设》1955年第6期。
② 曲家源：《〈水浒〉一百单八将绰号考释》，《松辽学刊》1984年第1—2期。
③ 李拓之：《呼保义考——纪念水浒故事流传八百三十年》，《光明日报》1953年3月27日。
④ 朱奕、王尔龄：《〈水浒〉人物绰号材源考论》，《天津师大学报》1997年第2期。
⑤ 邓骏捷：《论〈水浒传〉中的性格类绰号》，《许昌师专学报》（社会科学版）1999年第2期。

第四章 《水浒传》本事研究

卢俊义绰号"玉麒麟"的来源及意蕴也是一个争议颇大的问题。卢俊义被宋江赚上梁山，且坐了山寨第二把交椅。对于这样一个从概念出发创造出来的人物，自清代以来就不断受到质疑与指责。主要原因是今本《水浒传》中的卢俊义与原始材料中的卢俊义相去千里。在龚开《宋江三十六人赞》中卢俊义被排在第三位，赞词为："白玉麒麟，见之可爱，风尘大行，皮毛终坏。"[①]《宣和遗事》中卢俊义不知为何被易名为李进义，在《宣和遗事》"元集"中李进义是一个为首反叛的军官，他是被朱勔派往太湖押运花石纲的十二制使之一，名字仅次于杨志，排在第二位。十二人结义为兄弟，誓有灾厄，互相救援。后来杨志杀人被迭配卫州军城，李进义率领其他十人杀死防送军人，同往太行山落草为寇去了。

《宣和遗事》亨集出现宋江三十六人姓名，没有宋江，第一名是"智多星"吴加亮，第二名就是"玉麒麟"李进义。《宣和遗事》元集中又写了晁盖、吴加亮等八人劫取了北京留守梁师宝送给蔡太师的十万贯财宝，不是寻常小可公事，不免邀约杨志等十二人，共二十人同往太行山梁山泊落草为寇。可见在《宣和遗事》中，一直到宋江上山，卢俊义都是一个处于第二，或者第三位的重要人物，这也难怪后来《水浒传》的作者无论怎么不合情理，也要硬给卢俊义安排山寨第二把交椅了。这也可能是对卢俊义"玉麒麟"绰号产生歧见的一个重要历史原因。

明张岱《琅嬛文集》卷五《水浒牌四十八人赞》赞玉麒麟卢俊义："不敢轻诺，平分水泊。"只是指出卢俊义坐上梁山寨第二把交椅的事实，未作评论。

王利器《〈水浒〉英雄的绰号》一文，引宋蜀僧祖秀《宣和石谱》载有"玉麒麟"，祖秀《华阳宫记》记寿山艮岳的石头有"独踞洲中者曰玉麒麟"的说法。根据这些材料，王先生认为，"玉麒麟"本是杨志、李进义（《水浒》中卢俊义）等人押送的"花石

---

① （宋）周密《癸辛杂识续集》卷上，引自朱一玄、刘毓忱编《水浒传资料汇编》，南开大学出版社2002年版，第20页。

纲"中的一个大石头，李进义以"玉麒麟"为绰号是为了反对"花石纲"，"正是这一次被压迫阶级向压迫阶级作斗争的根本标识"。这种阐释虽竭力证明"玉麒麟"绰号所蕴含的革命性，但却脱离了文本故事的实际，有"过分阐释"之嫌。王利器先生《〈水浒〉英雄的绰号》一文贯穿始终的一个思想是：绰号"是和他这一个人的全部政治意义分不开的"，因此在对《水浒》中任何人物绰号的研究中都是观念先行的。丁一《读〈水浒英雄的绰号〉》[1]一文对于王氏所谓"呼保义是一面民族斗争旗帜"、"玉麒麟是一面阶级斗争旗帜"的说法，表示质疑，指出其不能自圆其说，"只从概念出发脱离了实际"。对于王氏文中表达的"绰号意识着一个历史人物的全部政治意义"的观点，丁一的文章也进行了驳斥，他列举了王文中大量自相矛盾之处，指出："王先生对绰号所下的这些结论，令读者感到完全是被绰号所迷乱，脱离了实际内容的"，可谓切中要害。丁一的文章还谈了对考据研究法的看法："考据不是没有用的，但如果流于烦碎而脱离实际，牵强附会，那就不免只得到主观的、武断的、错误的结论了。"不过王先生是一个虚怀若谷的学者，他在读到丁一的反驳文章后，又写了一封致歉信附在丁文的后面一同发表，信中说："由于我当时太强调了北宋末年的民族矛盾，认为当时的斗争，必须把民族利益放在阶级利益之上，从而想硬把这两个主题孤立地对立起来，于是硬派呼保义是代表民族意识的，玉麒麟是代表阶级斗争的。"并承认自己的看法是"机械的"。

由此可以看出，50年代前期的学术讨论虽有某些偏差，但是尊重文本被作为一条基本的原则还能受到研究者的遵守。而且这一时期学术争论的气氛应该说还是比较民主的。

曲家源《〈水浒〉一百单八将绰号考释》[2]一文在否定王氏说法的基础上，指出：麒麟本是我国古代传说中的一种吉祥动物，卢

---

[1] 丁一：《读〈水浒英雄的绰号〉》，《新建设》1955年第6期。
[2] 曲家源：《〈水浒〉一百单八将绰号考释》，《松辽学刊》1984年第1—2期。

俊义以此为绰号，含有高贵、吉祥之意，龚圣与赞语"白玉麒麟，见之可爱"即是此意。应该说比较符合故事实际。

朱奕、王尔龄的文章依据《尔雅》所释"麟者，含仁怀义，行步中规，折还中规，游必择土，翔必后处"诸多理想化特征，指出就连卢俊义这样一个如玉麒麟一样中规中矩的人也不能见容于当世，作者是要借这个绰号表达"对于宋王朝的讽刺"[①]。这种解释未必尽合原意，但也可备一说。

另外，争议较大的人物绰号还有"黑旋风"、"一丈青"、"铁扇子"、"鼓上蚤"、"花和尚"、"浪里白条"、"金毛犬"、"病关索"等，恕不一一陈述。

上述各家对于《水浒》人物绰号来源、取材所做的考证虽然结论往往参差，但对进一步理解《水浒》人物性格、作品的思想蕴含，乃至作品产生的世风世俗都有不同程度的贡献。但是这类考证文章所体现的共同弊端也很明显，那就是：总是试图证明历史上偶然与《水浒传》相同的人物事件，与其有着必然的联系；而且有时观念先行，动辄以现代意识和标准对古代文学现象作出解释、判断，有时得出的结论与文本实际南辕北辙。

《水浒传》小说中人物的绰号有相当部分经过了无数民间艺人和文人的改造，与本来意义已经大相径庭，即使考诸各阶段故事和笔记、史乘等文献也难以窥其端倪、知其所以，所以一些耗时费神的爬罗剔抉也可以休矣。

二 《水浒》人物绰号与人物性格的关系

明清时期已有不少研究者注意到，给各位英雄取绰号是《水浒传》作者塑造人物形象的一个重要手段，但论述比较笼统。20世纪初以来研究者对这个问题的探究走过了一条由表及里、逐步加深的过程。不仅指出这些绰号总是提示人物的相貌、才艺等特征，以

[①] 朱奕、王尔龄：《〈水浒〉人物绰号材源考论》，《天津师大学报》1997年第2期。

水浒研究史脞论

与人物独特的个性相联系，还有人深入文本肌理进一步探讨《水浒》人物绰号的美学意义。

鲁迅于1935年所撰《五论"文人相轻"——明术》① 一文中曾简要论述过《水浒》英雄绰号的特点：

> 梁山泊上一百另八条好汉都有诨名，也是这一类（指品题），不过着眼多在形体，如"花和尚鲁智深"和"青面兽杨志"，或者才能，如"浪里白跳张顺"和"鼓上蚤时迁"等，并不能提挈这个人的全般。

既肯定其美学意义，又指出其不够尽善尽美，即"不能提挈这个人的全般"。

王利器先生在《〈水浒〉英雄的绰号》一文中说："作为提挈一个人全般的绰号，从阶级立场去看，是包括一个历史人物的全部政治意义的。由是可见，《水浒》英雄全部都有绰号，是有它的历史意义和社会基础作为依据条件的。这些绰号之被以后的农民革命英雄不断地采用与模拟，并不是偶然的。"他说"黑旋风"、"小旋风"两个绰号"势必与他们反侵略的斗争是分不开的"。"九纹龙"意思是"统治阶级的死对头"。宋江之弟宋清绰号"铁扇子"，意思是庇护宋江从事公而忘家的革命运动的。这些说法都难以使人信服。

杨世洪《试论〈水浒〉人物绰号的美学意义》一文也认为，绰号是作品人物性格典型化的艺术手段之一，《水浒传》用一个外在的绰号较为精练准确地概括出特定时代，某一阶层典型人物的内在本质特征，它使人物以绰号而传尽精神，读者在刹那间就能对其性格特征了然于心。② 曲家源进一步认为，恰当贴切的绰号与人物的相貌性格紧密地结合在一起，有时能够比姓名更代表一个人。《水浒传》"有

---

① 鲁迅：《五论"文人相轻"——明术》，《鲁迅全集》（第6卷），人民文学出版社1981年版，第383页。
② 杨世洪：《试论〈水浒〉人物绰号的美学意义》，《华中师院学报》1982年第4期。

的绰号生动形象，颇能突出性格、概括人物，加深读者的印象"。并以宋江为例，"黑宋江"、"孝义黑三郎"、"及时雨"三个绰号把宋江相貌的黑矮，思想性格的孝、义和大度豪放、乐于救人疾苦等特点都凸显出来，为以后性格的发展奠下了基础。"黑旋风"不仅使人知道是指李逵其人，更让人想到这是一个勇敢、莽撞、憨直、做事不顾后果的人，加强了李逵形象的典型性。①

邓骏捷《论〈水浒传〉中的性格类绰号》一文专门探讨《水浒》人物绰号与人物性格的关系。文中认为，108位梁山好汉的绰号中只有15位好汉的绰号属于"性格类绰号"，他们是：呼保义宋江、霹雳火秦明、急先锋索超、黑旋风李逵、没遮拦穆弘、拼命三郎石秀、浪子燕青、铁面孔目裴宣、毛头星孔明、独火星孔亮、小遮拦穆春、小霸王周通、出林龙邹渊、笑面虎朱富、母大虫顾大嫂。②他把绰号与性格的关系分为三类：第一类是人物行为未有充分印证出绰号所代表的性格特征，如出林龙邹渊、独火星孔亮、铁面孔目裴宣等都属此类；第二类是人物只有一次机会得以充分展示绰号所蕴含的性格特征，母大虫顾大嫂、拼命三郎石秀都是如此；第三类是人物行为和绰号所蕴含的性格特征紧密地结合起来，在艺术上取得很高的成就，而达到这种高度的只有宋江和李逵。譬如，宋江的三个绰号："呼保义"、"孝义黑三郎"、"及时雨"都是其性格的某种象征意义。

也有人认为，应该客观评价《水浒》人物绰号与人物性格的关系，不能过分夸大其价值。鲁迅先生曾经说过，梁山好汉的绰号多是着眼在形体或者才能，"并不能提挈这人的全般"。即只能代表人物某一方面的特点，甚至不是主要特点。曲家源认为，《水浒传》中人物境况不同，绰号的价值也有很大差别，其中大多数人物的绰号都比较简单，并没有这么深厚的含义。如郝思文的绰号是"井木犴"，来源是"当初他母亲梦井木犴投胎，因而有孕，后生

---

① 曲家源：《〈水浒〉一百单八将绰号考释》，《松辽学刊》1984年第1—2期。
② 邓骏捷：《论〈水浒传〉中的性格类绰号》，《许昌师专学报》（社会科学版）1999年第2期。

此人"。可以说这个怪诞的绰号与这个人物之间没有任何联系。再如解珍、解宝的绰号分别是"两头蛇"、"双尾蝎",二人却并未做过杀人放火之事,后来被恶霸毛太公诬陷关进了大牢,包节级喝问他们:"你两个便是甚么两头蛇、双尾蝎,是你么?"他们回答:"虽然别人叫小人们这等混名,实不曾陷害良善。"绰号竟与本人实际相反。① 邓骏捷认为,《水浒传》中拥有性格类绰号的梁山好汉大都性格模糊,未有发挥绰号所概括的性格特征,并把这种失败归因于"《水浒传》在增删成书的过程中,许多人物的性格行为都有所改动,这势必影响到对绰号的照应"②。

杨世洪《试论〈水浒〉人物绰号的美学意义》③ 一文还从中华民族审美心理、审美旨趣角度,探讨了《水浒》人物绰号所体现的美学意义。文中指出,作为古代人民审美活动的"凝练"、"积淀",《水浒》人物绰号折射出了汉民族审美的"心理结构"。如史进的绰号"九纹龙"反映了汉民族远古以来的对龙的崇拜心理,"用龙的图案文身也便成为一种进取图强的标志"。再如卢俊义的绰号"玉麒麟",麒麟在中国古代传说中是一种神物"仁兽",汉代萧何曾造麒麟阁,专门悬挂功臣之像。《水浒传》用"玉麒麟"称呼宋江的股肱,符合读者心理,也表达了人们对卢俊义的尊重。杨世洪还分析了《水浒》英雄绰号的形式美,指出"人物绰号的对仗谐音,务求工整新奇,在现实主义题材上,镶嵌了浪漫主义的形式美"。二十八回之前,《水浒》人物所取的绰号是漫不经心的,但五十四回以后,人物绰号往往是成双成对的,其中约有十五对名号是在虎、龙之前加上形容词修饰而成。该文有些认识虽然值得商榷,但其从民族审美心理视角审视《水浒》人物绰号的美学意义,跳出了传统考证和直观感悟式研究的窠臼,是一种有益的尝试。

---

① 曲家源:《〈水浒〉一百单八将绰号考释》,《松辽学刊》1984 年第 1—2 期。
② 邓骏捷:《论〈水浒传〉中的性格类绰号》,《许昌师专学报》(社会科学版) 1999 年第 2 期。
③ 杨世洪:《试论〈水浒〉人物绰号的美学意义》,《华中师院学报》1982 年第 4 期。

三 《水浒》人物绰号的影响

对于《水浒》英雄绰号的寓意,不同时代的人往往各取所需,做出一些违背文本实际的解释。鲁迅曾说:"中国老例,凡要排斥异己的时候,常给对手起一个诨名,——或谓之'绰号'。"(《华盖集·补白二》)王利器根据这句话,并结合鲁迅《叶紫作〈丰收〉序》中所说明末是一个有"水浒气"的社会,得出结论:"这时,不管是有正义感的知识分子,抑或是造反的强盗,不管是自称抑或是被称以《水浒》英雄的绰号,这都标识着他们斗争的方向及其全部政治意义。"[①] 王利器《水浒与农民革命》一文认为,"《水浒》一方面反映阶级斗争,一方面反映民族意识,因而《水浒》是一个有政治性的斗争武器。它从晚明以来,一直标识着农民革命的榜样,照耀着反抗侵略的道路","它影响农民革命几乎整整地占了17、18、19三个世纪之久"。并特别列举了明清时期农民起义受到《水浒》英雄绰号影响的例子:明王世贞《明朝通纪会纂》卷五有"一丈青"。清吴伟业《绥寇纪略》卷一有"混江龙"。清计六奇《明季北略》卷十四有"黑旋风"、卷十九有"矮虎"、卷二十三有"一枝花"王千子,《豆棚闲话》第十一则《党都司死枭生首》有"没遮拦"阎洪、"活阎罗"马守应、"金钱豹"柳天成。清缙云氏《京津拳匪纪略》卷五《拳匪蔓延》篇载有"所供神不一,坛坛不同,如姜太公……九天玄女、托塔天王"。[②] 50 年代初期,《水浒》人物绰号研究之所以出现脱离文本、过度阐释的现象,主要是受到唯物论、阶级论,以及《水浒传》研究中"农民起义"说的影响。在 50 年代的《水浒》研究界,"农民起义说"的批评方法自称是运用了历史唯物主义和阶级斗争的观点。如1955 年宋云彬撰写的《节本〈水浒〉前言》[③]就如此评价作者的

[①] 王利器:《〈水浒〉英雄的绰号》,《新建设》1954 年 4 月、5 月号。
[②] 王利器:《水浒与农民革命》,《光明日报》1953 年 5 月 27 日、28 日。
[③] 宋云彬:《节本〈水浒〉前言》,见北京宝文堂书店 1955 年版节本《水浒》卷首。

局限:"《水浒》作者的历史观显然还是旧的历史观,因为受时代条件的限制,作者还不可能有历史唯物主义的观点,也就不可能从阶级斗争的社会观点去看农民起义。"又说:"作者同情农民阶级和肯定农民起义,站在农民和正义的一面,却是很显然的。"

由于《水浒传》叙事艺术既是民族的,也是世界的,因此当《水浒传》被翻译成其他语种时,作为最具民族特性的人物绰号就成为一个最棘手的问题。有的研究者也涉及这个问题。徐学平《浅谈沙译〈水浒传〉中英雄绰号的英译》[1]一文,以美国学者沙博理(Sidney Shapiro)翻译的百回全译本《水浒传》(Outlaws of the Marsh)[2]为例,从跨文化交际的角度探讨了《水浒传》英雄绰号的翻译问题,指出沙译《水浒》人物绰号存在误译、不恰当转换中西文化信息等缺陷,提出《水浒》英雄绰号的翻译,要着力突出民族文化特色,要准确理解、足额转换原文信息内容。这种在翻译中对民族特色的强调与坚守,有利于扩大《水浒传》在全世界的传播和影响。

美国学者浦安迪认为,宋江的绰号"呼保义"、"及时雨"、"孝义黑三郎"都含有反讽意味。"往浅里说,这些诨名反映了关于宋江的历史资料及其事迹传说之繁杂,但从文人小说媒介的角度分析来,它们又为作者施展其反讽机智提供了肥沃的土壤",譬如"孝义"之称,随着情节的发展就逐渐出现反讽意味,它隐隐约约地反复暗示梁山好汉的不守王法,时时伴随着对父母的忘义败风,也就是所谓的"不忠不孝"。"及时雨"的诨名也有反讽意义,从字面上解,"及时雨者,慷慨好施、周济四方之谓也,但同时也暗有'泪'的隐义。如果把宋江与刘备相比较,我们会发现,二人都经常流泪。其实,在小说的大部分情节中,宋江在谋略和武功两方

---

[1] 徐学平:《浅谈沙译〈水浒传〉中英雄绰号的英译》,《湛江师范学院学报》2001年第5期。

[2] [美]沙博理(Sidney Shapiro):《水浒传》(Outlaws of the Marsh),北京外文出版社1980年版。

第四章 《水浒传》本事研究

面都称不上'及时',真正'及时'的倒是他的泪下如雨的本领"。① 这是从异域文化角度观照《水浒》人物绰号的寓意,也可以为我们某种启发。

纵观一个世纪的《水浒》人物绰号研究,成绩显著,但存在的问题也不容忽视,主要有:(一)重复研究,所用材料辗转传抄。其实对于《水浒》人物绰号的来源,许多文章不必面面俱到,应在前人研究的基础上寻求突破,不必非要凑足一百单八人不可,更不应该沉溺于炒冷饭。(二)脱离文本实际,迎合政治形势需要,用意识形态话语解读文本,用观念先行的概念化、简单化方法来研究《水浒》,得出一些完全与文本实际背离的结论。

《水浒传》人物绰号有待继续研究的问题,笔者以为应该主要有以下几个方面:(一)《水浒》人物绰号艺术形成的传统美学基础,它所焕发出的民族审美特性,以及对于后代文学的影响。(二)以《水浒传》这部小说作为宋元民俗的活化石,反过来研究宋元社会的民风世俗,以进一步揭示《水浒传》成书的社会历史背景和审美取向基础,从而探索文学与民俗、与大众审美取向的互动关系。(三)应该继续深化对《水浒》人物绰号影响的研究。《水浒》人物绰号精彩各异,魅力独具,于《水浒》传播史上是一道亮丽的风景,对后世政治、军事、各种艺术及社会生活影响之巨远非任何一部小说可比。如《明史》卷三百九《李自成传》记载,崇祯时陕西兵变、民变蜂起,许多义军头目袭用《水浒》人物绰号以张大声势。明季政治场域出现过《东林点将录》。近代文学界曾有《光宣诗坛点将录》、《南社点将录》、《光宣词坛点将录》,民国南京新闻界有所谓"三十六将",等等。

自20世纪初以来,《水浒》人物绰号的研究伴随社会形态、社会思潮的变化,而呈现起伏变迁之状,尤其是对人物绰号寓意的诠释,常常遭受政治理性的干预。就研究方法而言,则走过了一个由立足文本考证出处,到偏离文本过分阐释,再到回归文本的过程。

---

① [美]浦安迪:《中国叙事学》,北京大学出版社1996年版,第147页。

第五章 《水浒传》思想意旨研究

第一节 明清时期《水浒传》主旨二元对立争论

《水浒传》成书以来，对其主题的看法可谓众说纷纭、莫衷一是。这种现象一方面是由其自身思想倾向的复杂性所造成，另一方面也与不同时代，尤其特定历史时期的意识形态有密切关系。纵观明清两朝，除了晚清特殊历史时期之外，对于《水浒传》主题的认识评价可以概括为两种完全对立的观点："诲盗"说和"忠义"说。

嘉靖间田汝成（约1503—?）首标《水浒传》"诲盗"说。其《西湖游览志馀》卷二十五云："钱塘罗贯中本者，南宋时人，编撰小说数十种，而《水浒传》叙宋江等事，奸盗脱骗机械甚详。然变诈百端，坏人心术，其子孙三代皆哑，天道好还之报如此。"[①]田汝成之后的陈继儒《晚香堂小品》卷二十三《答吴学道》说："今《通鉴》多束高阁，故士子全无忠孝之根；《水浒》乱行肆中，故衣冠窃有猖狂之念。"[②] 这种观点与当时主流价值观一致。据《明清内阁大库史料》记载，明崇祯十五年（1642）六月曾颁布圣旨"着地方官设法清察本内，严禁《浒传》，勒石清地，俱如议敕行……一面大张榜示，凡坊间家藏《浒传》并原板，尽令速行烧

[①]（明）田汝成：《西湖游览志馀》，上海古籍出版社1998年版，第379页。
[②]（明）陈继儒：《晚香堂小品》卷二十三，引自朱一玄、刘毓忱编《水浒传资料汇编》，南开大学出版社2002年版，第199页。

毁，不许隐匿"①。可以说，有明一代至清末之前，田汝成的"诲盗"说是对《水浒》主题的主流评价。这种观点只关注《水浒》的社会影响、政治利害，而并未顾及其艺术价值。

李开先（1501—1568）是嘉靖八年（1529）进士，其《词谑·一笑散》在充分肯定《水浒传》艺术成就的同时，表达了对"诲盗"说的不屑。他说："崔后渠、熊南沙、唐荆川、王遵岩、陈后冈谓《水浒传》委曲详尽，血脉贯通，《史记》而下，便是此书。且古来更未有一事而二十册者。倘以奸盗诈伪病之，不知序事之法、学史之妙者也。"② 著名学者王圻是嘉靖四十四年（1565）进士，他在《稗史汇编》卷一百三十"文史门·杂书类·院本"中盛赞了《水浒传》"惟虚故活"的艺术成就，明确否定田汝成的"导人以贼"说，并极力褒扬《水浒传》的叙事艺术：

……今读罗《水浒传》，从空中放出许多罡煞，又从梦里收拾一场怪诞；其与王实甫《西厢记》始以蒲东邂会，终以草桥扬灵，是二梦语，殆同机局。总之，惟虚故活耳。第入调笑，辄紧处着慢，多多愈善；才征筹绝处逢生，种种易穷，岂直不堪犄角中原，较是更输扶余一着。而志西湖者，遂曰罗后三世患哑，谓其导人以贼云。噫！无人非贼，惟贼有人；吾儒中顾安得有是贼子哉！此《水浒》之所为作也。③

明沈德符《野获编》卷五《武定侯进公》云："今新安所刻《水浒传》善本，即其家所传，前有汪太函序，托名天都外臣者。"可知天都外臣就是汪太函，汪太函即汪道昆（1525—1593），字伯

---

① 《明清内阁大库史料》，引自朱一玄、刘毓忱编《水浒传资料汇编》，百花文艺出版社1981年版，第513页。
② （明）李开先：《一笑散》，引自朱一玄、刘毓忱编《水浒传资料汇编》，南开大学出版社2002年版，第167页。
③ （明）王圻：《稗史汇编》，《四库全书存目丛书》（子部第141册），齐鲁书社1995年版，第403—404页。

玉,号南溟,又号太函,休宁人,有《太函集》、《太函遗集》等传世。天都外臣的《水浒传序》作于万历己丑(1589)年,是目前所知最早的《水浒传序》。在这篇序中他对《水浒传》的思想、人物及艺术成就给予了全面肯定评价。他高度评价梁山好汉的忠义美德:

> 既蒿目君侧之奸,拊膺以愤,而又审华夷之分,不肯右娃辽而左娃金,如郦琼、王性之逆……虽掠金帛,而不虏子女。唯剪婪墨,而不戕善良。诵义负气,百人一心。有侠客之风,无暴客之恶。是亦有足嘉者。
>
> 或曰:子叙此书,近于诲盗矣。余曰:息庵居士叙《艳异编》,岂为诲淫乎?《庄子·盗跖》,愤俗之情;仲尼删《诗》,偏存《郑》、《卫》。有世思者,固以正训,亦以权教。如国医然,但能起疾,即乌喙亦可,无须参苓也。①

他们既忠君爱国,有民族气节,而又"诵义负气","有侠客之风",根本不同于一般打家劫舍的强盗。汪氏还针对有人说《水浒》是"诲盗"之作进行辩驳,自己为《水浒》作序,做宣传,不仅不是"诲盗",而是另一种形式的劝世。这在当时是需要极大的政治胆量和艺术勇气的。

李贽是杰出的思想家,他对《水浒传》创作宗旨的认识代表了明人对《水浒》思想价值评价的最高水平。其《忠义水浒传序》开篇即说:"《水浒传》者,发愤之所作也。盖自宋室不兢,冠屦倒施,大贤处下,不肖处上。驯致夷狄处上,中原处下。一时君相,犹然处堂燕雀,纳币称臣,甘心屈膝于犬羊已矣。施、罗二公,身在元,心在宋;虽生元日,实愤宋事。……敢问泄愤者谁乎?则前日啸聚水浒之强人也,欲不谓之忠义不可也。是故施、罗

---

① (明)天都外臣:《水浒传序》,引自朱一玄、刘毓忱编《水浒传资料汇编》,南开大学出版社2002年版,第168、169页。

二公传《水浒》，而复以忠义名其传焉。夫忠义何以归于水浒也？其故可知也。夫水浒之众，何以一一皆忠义也？所以致之者可知也。"又说"则谓水浒之众，皆大力大贤有忠有义之人可也，然未有忠义如宋公明者也。今观一百单八人者，同功同过，同死同生，其忠义之心，犹之乎宋公明也。独宋公明者，身居水浒之中，心在朝廷之上；一意招安，专图报国；卒至于犯大难，成大功，服毒自缢，同死而不辞，则忠义之烈也！"① 李卓吾视宋江等一百单八人"皆大力大贤有忠有义之人"，并赞扬宋江为"忠义之烈"，是与正统价值观的公然对抗，是对"甘心屈膝于犬羊"的满朝君相的辛辣嘲讽。"发愤著书"虽是中国古代创作动机说的一个重要传统，但主要是用于经、史、诗文等正统文体，用于小说创作则是李卓吾的独创。而且，前人的"发愤著书"多是出自个人生活的怀才不遇，穷困潦倒，李卓吾所说的"发愤"著小说则是指作家愤激于国事的衰微，民族的危机，因而境界更高，意义更广。

袁无涯也认为，"《水浒》而忠义也，忠义而《水浒》也"②。明大涤余人也说："《水浒》惟以招安为心而名始传，其人忠义也；施、罗惟以人情为辞而书始传，其言忠义也。"③

"反忠义"说的代表是明清之际的金圣叹。他在《第五才子书施耐庵水浒传》"序二"中说："施耐庵传宋江，而题其书曰《水浒》，恶之至、迸之至、不与同中国也。而后世不知何等好乱之徒，乃谬加以'忠义'之目。"④并说："故夫以忠义予水浒者，斯人必有忒其君父之心，不可以不察也。"在"序三"中他又说"《水浒》所叙，叙一百八人，其人不出绿林，其事不出劫杀，失教丧心，诚

---

① （明）李贽：《忠义水浒传序》，引自朱一玄、刘毓忱编《水浒传资料汇编》，南开大学出版社2002年版，第171—172页。
② （明）杨定见：《〈忠义水浒全书〉小引》，原载万历四十二年袁无涯刊本《新镌李氏藏本忠义水浒全书》卷首。
③ （明）大涤余人：《刻〈忠义水浒传〉缘起》，原载明末新安黄诚之刻本《忠义水浒传》卷首。
④ （清）金圣叹：《第五才子书施耐庵水浒传·序二》，引自朱一玄、刘毓忱编《水浒传资料汇编》，南开大学出版社2002年版，第211—212页。

不可训"①。

　　清代人对于《水浒传》主题的评论有三个方面值得注意：（一）延续明代人"诲盗"与"忠义"之争；（二）围绕俞万春《荡寇志》为中心对《水浒传》的"反忠义"大批判；（三）晚清时期服务于反清排满政治斗争而对《水浒传》主题的借题发挥式评论。

　　在清代，纵观晚清之前对于《水浒》主题的评论，主流观点仍是承袭明人的"诲盗"说。王应奎《柳南随笔》卷三载，金人瑞"多不轨于正，好评解稗官词曲，手眼独出。初批《水浒传》行世，昆山归玄恭庄见之曰：'此倡乱之书也。'"②黄标铸《庭书平说》卷四《阴骘门》、徐谦《桂宫梯》卷四引《劝诫类钞》、阮葵生《茶余客话》卷十八、雷琳等《渔矶漫钞》卷七、韩棨《不可录》（《祸淫案》）、梁恭臣《劝戒录》（第四集卷二）等，皆骂《水浒传》作者"子孙三世皆哑"。闲斋老人的《儒林外史序》、申涵光的《荆园小语》也有类似论调，显然都是重弹田汝成的旧调。

　　与上述观点相近的还有"止盗"说，即视《水浒》为劝诫世道的"反面教材"。王仕云，又名王望如，号桐庵老人，他对《水浒》主题的认识很有代表性。其评论《水浒》的观点主要见于顺治十四年（1657）醉耕堂刊《第五才子书》卷首《第五才子水浒序》和《水浒传总论》。他既认为"《水浒》百八人，非忠义皆可为忠义"，但其立足点是《水浒传》"亦有关世道之书，与宣淫导欲诸稗史迥异"。又说："《水浒》可不传，而圣叹评其文，望如评其人，非教天下以偷也，教天下以止偷之法也。"③观鉴我斋《儿女英雄传序》对《水浒传》创作动机作如是解释："施耐庵见元臣

---

① （清）金圣叹：《第五才子书施耐庵水浒传·序三》，引自朱一玄、刘毓忱编《水浒传资料汇编》，南开大学出版社2002年版，第212—215页。
② （清）王应奎：《柳南随笔》卷三，引自朱一玄、刘毓忱编《水浒传资料汇编》，南开大学出版社2002年版，第319页。
③ （清）王望如：《第五才子水浒序》，清顺治十四年（1657）醉耕堂刊《第五才子书》卷首。

第五章 《水浒传》思想意旨研究

之失臣道，予盗贼以愧朝臣，意在教忠，本平治以立言也"。① 这种"劝诫止盗"说颇有铸鼎照奸之意。还有人将《水浒传》与史著视为同类，认为作者意主劝诫。刘子壮直称《水浒》为《宋元春秋》，他说："《水浒》，传也，曷以谓《宋元春秋》？曰：志宋之将为元也。自古国家崇贿赂而不修廉节者，必有民患。又曰：施、罗二公，身居人国，而托之往代，不忍直言讨童、蔡四贼，而托之河北、江南，盖亦犹《春秋》之义云尔。"② 这种评论也是借《水浒传》以发泄对清朝专制腐朽政权的不满。

清代对《水浒传》主旨持正面肯定态度者也殊不乏人。乾隆间赏心居士在其所作《续水浒征四寇全传序》中指出：

……《水浒》一书，见其榜曰"第五才子"，则与《三国志》诸书同列，而非野史稗官所可同日语也。……夫以群焉蚁聚之众，一旦而驰驱报国，灭寇安民，则虽其始行不端，而能翻然悔悟，改弦易辙，以善其终，斯其志固可嘉，而其功诚不可泯。③

此说也有蹈袭明人"忠义"说之痕迹。还有的论者表面肯定《水浒》的文章技巧，实际委婉表达对其思想内容的肯定和赞赏。这是清代前期严酷的文字狱政策所造成的。清初著名戏剧家李渔在其《闲情偶寄》卷一《词曲部》、卷三《宾白部》屡次表达对《水浒》艺术水平、文学价值的赞许，如卷一《词曲部·词采第二·忌填塞》论道："能于浅处见才，方是文章高手。施耐庵之《水浒》，王实甫之《西厢》，世人尽作戏文、小说看，金圣叹特标其名曰

---

① （清）观鉴我斋：《儿女英雄传序》，引自朱一玄、刘毓忱编《水浒传资料汇编》，南开大学出版社2002年版，第332页。
② （清）刘子壮：《宋元春秋序》，引自朱一玄、刘毓忱编《水浒传资料汇编》百花文艺出版社1981年版，第371页。
③ （清）赏心居士：《续水浒征四寇全传序》，引自朱一玄、刘毓忱编《水浒传资料汇编》，百花文艺出版社1981年版，第354—355页。

《五才子书》、《六才子书》者,其意何居?盖愤天下之小视其道,不知为古今来绝大文章,故作此等惊人语以标其目。"① 所谓"古今来绝大文章"并非仅就文章技巧而言,而是包含对于《水浒》思想内容的肯定。再如句曲外史的《水浒传序》:"……其他忠臣孝子之怨慕,童妇之贞淫,虫鱼鸟兽之声色,各肖其状而绘其神,有史公当日之思未及属,笔未及濡,而褚少孙之荼弱所不能补者,谓非纪言纪事之大观欤!"② 这种赞叹来自对《水浒》叙事艺术的由衷喜爱,在当时是难能可贵的。

但也有一些人对《水浒》的主题有不同理解。如弁山樵子的《红楼梦发微》认为,《水浒传》之类的小说不过是"茶余酒后之消闲品","小说之有评论,亦文人学士之舞文弄墨,故作狡狯伎俩耳,良无价值可言"。③ 这种看法显然有些偏激。

围绕俞万春《荡寇志》而展开的"反忠义"论。俞万春(1794—1849)耗费二十年时间撰成《荡寇志》一书,其《结水浒传》坦陈写作目的:

> 这一部书名唤作《荡寇志》,看官你道这书为何而作,缘施耐庵先生《水浒传》并不以宋江为忠义,众位只须看他一路笔意,无一字不描写宋江的奸恶,其所以称他忠义者,正为口里忠义,心里强盗,愈形出大奸大恶也。圣叹先生批得明明白白:"忠于何在,义于何在?"总而言之,既是忠义,必不做强盗;既是强盗,必不算忠义。乃有罗贯中者,忽撰出一部《后水浒》来,竟说得宋江是真忠真义,从此天下后世做强盗的,无不看了宋江的样:心里强盗,口里忠义。杀人放火也叫忠义,打家劫舍也叫忠义,戕官拒捕、攻城陷邑也叫忠义。看官

---

① (清)李渔:《闲情偶寄》,上海古籍出版社2000年版,第39页。
② (清)句曲外史:《水浒传序》,引自朱一玄、刘毓忱编《水浒传资料汇编》,南开大学出版社2002年版,第312—313页。
③ (清)弁山樵子:《红楼梦发微》,引自朱一玄、刘毓忱编《水浒传资料汇编》,南开大学出版社2002年版,第333—334页。

第五章 《水浒传》思想意旨研究

你想，这唤作什么说话！真是邪说淫辞，坏人心术，贻害无穷。此等书，若容他存留人间，成何事体。①

俞万春不同于清代其他人反对《水浒》"诲盗"的做法，不是一味恶毒咒骂，而是运用艺术手法，借祝永清、陈丽卿等"助国家殄灭妖氛"的实际行动，以毒攻毒来肃清《水浒传》在社会上的影响。古月老人的《荡寇志续序》概括得最为精当：俞万春"著《荡寇志》一书，由七十一回起，直接《水浒》，又名之曰《结水浒传》，以著《水浒》中之一百单八英雄，到结束处，无一能逃斧钺，俾世之敢于跳梁，藉《水浒》为词者，知忠义之不可伪托，而盗贼之终不可为。其有功于世道人心，为不小也"②。另外，陈奂《荡寇志序》、徐珮珂《荡寇志序》、东篱山人《重刻荡寇志序》、钱湘《续刻荡寇志序》、半月老人《荡寇志序》、镜水湖边老叟《荡寇志跋》等，都有类似之论。他们从不同角度论述了《荡寇志》有功于"世道人心"，代表官方强调了要澄清被施、罗二人混淆了的忠义与贼盗之辨。

应该指出的是，这些封建卫道士讨伐《水浒传》、赞扬《荡寇志》虽然是众口一词，但他们对于《水浒传》的"忠义"主题却有两种不同的理解。一种是肯定施耐庵的前七十一回，而攻击所谓罗贯中的《后水浒》为"狗尾续貂"之作。如上引俞万春《荡寇志》引言。俞龙光《荡寇志识语》称"耐庵之笔深而曲，不善读者辄误解，而复坏于罗贯中之续貂，诚恐盗言孔甘，乱是用彰矣。"③ 古月老人之《荡寇志序》也这样认为；而另一种如前引半月老人之《荡寇志续序》，则并施耐庵、罗贯中一起否定。其实，他们对于《水浒传》旨意的理解都受到了金圣叹批评《水浒传》

---

① （清）俞万春：《荡寇志》，人民文学出版社1985年版，第1页。
② （清）半月老人：《荡寇志续序》，（清）俞万春《荡寇志》附录，人民文学出版社1985年版，第1039—1040页。
③ （清）俞龙光：《荡寇志识语》，（清）俞万春《荡寇志》附录，人民文学出版社1985年版，第1044页。

的误导。

　　晚清时期资产阶级民主革命家借《水浒传》抒发政治理想。梁启超《论小说与群治之关系》首倡"故今日欲改良政治，必自小说界革命始，欲新民，必自新小说始"①。狄平子《论文学上小说之位置》更提出"小说者，实文学之最上乘"的口号。并无限生发议论："吾以为今日之文界，得百司马子长、班孟坚，不如得一施耐庵、金圣叹，得百李白、杜少陵，不如得一汤临川、孔云亭。"②燕南尚生于《新评水浒传序》中提出，《水浒传》提倡"平权、自由"，并申明"《水浒传》者，祖国之第一小说也；施耐庵者，世界小说家之鼻祖也"③。这种借题发挥式的评论，其实都属吴沃尧所说"动辄索引古人之理想，以阑入今日之理想"④的做法。这些观点虽然称不上学术研究，但对封建社会长期歧视小说的观念是一种彻底的颠覆，为后人正确评价小说的文化价值和地位奠定了思想基础。但是这种动辄将学术问题政治化的做法也为后来《水浒传》研究的政治化开了先河。

　　当时还有人从挽救国家危机的愿望出发探讨《水浒传》中的军队建设，并张扬《水浒》的尚武精神。燕南尚生《水浒传新或问》中论及《水浒》中的官军每战必败，都是因为"募兵之兵制不善"，并指出梁山泊每战必胜是因为其兵制的优越，将士们能把队伍的安危胜败系于己身。并说《水浒传》中无一人不爱使枪棒，是因为"作者知立国之道，在于强兵，欲强兵非有尚武精神不可。故言人人爱使枪棒，以提倡军国民主义"⑤。

---

　　① 梁启超：《论小说与群治之关系》，引自朱一玄、刘毓忱编《水浒传资料汇编》，南开大学出版社2002年版，第336—337页。
　　② 狄平子：《论文学上小说之位置》，引自朱一玄、刘毓忱编《水浒传资料汇编》，百花文艺出版社1981年版，第387页。
　　③ 燕南尚生：《新评水浒传序》，引自朱一玄、刘毓忱编《水浒传资料汇编》，百花文艺出版社1981年版，第391页。
　　④ 吴沃尧：《说小说》，原载《月月小说》第一卷（1906），引自朱一玄、刘毓忱编《水浒传资料汇编》，百花文艺出版社1981年版，第423页。
　　⑤ 燕南尚生：《水浒传新或问》，原载《新评水浒传》卷首，清光绪三十四年（1908）保定直隶官书局排印本。

上述对《水浒传》的解读带有极强的政治功利色彩，有时甚至牵强附会，但是这些论述对以后开拓《水浒》研究视野，开展《水浒》的文化研究有一定的启示意义。

第二节　民国时期的"反政府说"及其他

20世纪20年代以降，在西学东渐的时代背景下，传统学术观念开始向现代化、科学化方向转变，古代文学研究逐渐形成新的学术范式，《水浒传》研究也开始展现崭新的视野。首先是胡适、鲁迅等一班现代学者筚路蓝缕，开辟了《水浒传》研究的全新境界。

从"五四"运动到40年代末的三十年中，《水浒传》研究主要集中于有关作者、版本、本事等文献的考证工作。胡适考证《水浒传》的成书时，也言及他对其思想内涵的看法："南宋政治腐败，奸臣暴政使百姓怨恨，北方在异族统治之下受的痛苦更深，故南北民间都养成一种痛恨恶政治恶官吏的心理，由这种心理上生出崇拜草泽英雄的心理。""水浒的故事乃是四百年来老百姓与文人发挥一肚皮宿怨的地方。宋元人借这故事发挥他们的宿怨，故把一座强盗山寨变成替天行道的机关。明初人借他发挥宿怨，故写宋江等平四寇立大功之后反被政府陷害谋死。明朝中叶的人——所谓施耐庵——借他发挥他的一肚皮宿怨，故削去招安以后的事，做成一部纯粹反抗政府的书。"[①]他又特别强调，金圣叹删去招安以后事，证实格外反抗政府。"崇拜草泽英雄"、"发挥宿怨"等说，对明清人的认识有继承有发展，而明确提出"反抗政府"之说则带有鲜明的时代色彩。

鲁迅对《水浒》的评价除了《中国小说史略》第十五篇《元明传来之讲史》之外，还散见于其他著作有几十处，他在1924年所作《中国小说的历史的变迁》的讲演中曾把《水浒传》与《三侠五义》进行对比：

---

① 胡适：《〈水浒传〉考证》，《中国章回小说考证》，安徽教育出版社1999年版，第43页。

其中（《三侠五义》）所叙的侠客，大半粗豪，很像《水浒》中底人物，故其事实虽然来自《龙图公案》，而源流则仍出于《水浒》。不过《水浒》中人物在反抗政府；而这一类书中底人物，则帮助政府，这是作者思想的大不同处，大概也因为社会背景不同之故吧。[1]

"反抗政府"之说与胡适所论相同，但注重"底层人物"与"政府"的对立，已经带有阶级论的端倪。在《南腔北调集·谈金圣叹》中又说："宋江据有山寨，虽打家劫舍，而劫富济贫。"[2] 鲁迅的这些看法对于日后"农民起义"说的形成有一定影响。

这里必须指出的是鲁迅在《三闲集·流氓的变迁》中所说的一段话：

"侠"字渐消，强盗起了，但也是侠之流，他们的旗帜是"替天行道"。他们所反对的是奸臣，不是天子，他们所打劫的是平民，不是将相。李逵劫法场时，抡起板斧来排头砍去，而所砍的是看客。一部《水浒》，说得很分明：因为不反对天子，所以大军一到，便受招安，替国家打别的强盗——不"替天行道"的强盗去了。终于是奴才。[3]

鲁迅这一段话是有感而发的，主要是针对当时政界、文坛上的一些没有立场的政客和文人而发的议论，他在此引用《水浒》中宋江立场的前后变迁只是作为一种论述的手段。但是这段话在"文革"当中却被别有用心的政客当作攻击政敌的工具，却是鲁迅万万没有想到的。

另外，对于《水浒传》中的"招安"问题，鲁迅在《中国小

---

[1] 鲁迅：《中国小说史略·附录》，人民文学出版社1973年版，第309页。
[2] 鲁迅：《鲁迅全集》（第5卷），人民文学出版社1973年版，第131—133页。
[3] 鲁迅：《鲁迅全集》（第4卷），人民文学出版社1973年版，第159—162页。

第五章 《水浒传》思想意旨研究

说的历史的变迁》中认为:"招安之说,乃是宋末到元初的思想,因为当时社会扰乱,官兵压制平民,民之和平者忍受之,不和平者便分离而为盗。盗一面与官兵抗,官兵不胜,一面则掳掠人民,民间自然亦时受其骚扰;但一到外寇进来,官兵又不能抵抗的时候,人民因为仇视外族,便想用较胜于官兵的盗来抵抗他,所以盗又为当时所称道了。"[①] 对于"征辽"问题,鲁迅也发表了很深刻的见解。他在《中国小说史略》中认为"破辽故事虑亦非始作于明,宋代外敌凭陵,国政弛废,转思草泽,盖亦人情,故或造野语以自慰"[②]。结合历史背景和人民心理来分析《水浒》情节和思想倾向的演变,其研究方法是科学的,论述是有说服力的。1933年梅寄鹤在《一百二十回古本水浒传序》中指出,《水浒》"实是一部鼓吹平民革命的文学小说。施耐庵做这部书,他的寓意深而且远,他完全拿恶政府恶社会来做背景,写出许多贪官、污吏、劣绅、土豪,如狼如虎的欺压善良,鱼肉人民,弄得人家破人亡,逼得人走投无路,结果只得落草做强盗,大家聚义起来反抗政府"[③]。显然与胡适之论同调。

20世纪20年代开始,已经有人用阶级观点分析《水浒传》。谢无量认为《水浒传》是反抗元朝的书,"宋元兴,中国被外强侵入","那时平民社会,自然应当起一种觉悟,并有一种反动,所以平民革命的趋向,在元朝时代,是无论如何,不能避免的"。又说:"《水浒传》大半是鼓吹他那种'好汉'主义,他们所遭遇的事情,直是不得不落草,及后来就有'逼上梁山'的口头语。可见一个人或一阶级受压迫太甚,自然有反动,自然要革命的。……到宋江、卢俊义等先后上山,组织渐备为止,这种武力革命的结社,已经完成。"[④] 谢文前段话涉及民族压迫问题,后段话涉及阶级压

[①] 鲁迅:《中国小说史略·附录》,人民文学出版社1973年版,第292页。
[②] 鲁迅:《中国小说史略》,人民文学出版社1973年版,第122页。
[③] 梅寄鹤:《一百二十回古本水浒传序》,1933年上海中西书局版澄江梅氏藏本一百二十回《古本水浒》卷首。
[④] 谢无量:《罗贯中与马致远》,商务印书馆1920年版,第43、45页。

迫问题，他从"革命"、"阶级"的角度分析《水浒传》的思想内容，在那时确能一新人的耳目，无疑比"反抗政府"说进了一步。亚东图书馆1924年第三版《水浒》卷首有陈独秀所作《〈水浒〉新叙》，他引用《水浒传》中白胜所唱歌谣"赤日炎炎似火烧，田中禾黍半枯焦。农夫心内如汤煮，公子王孙把扇摇"，论述道："这四句诗就是施耐庵作《水浒》的本旨，《水浒》的理想不过尔尔，并没有别的深远意义。"陈独秀摘出《水浒传》中的一首诗歌断章取义，强作解辞，这种解读方法对后世影响很大，50年代开始论《水浒传》思想者，不少就采用这种方法。潘力山《水浒传之研究》不同意谢、陈意见，他认为他们想把《水浒传》"社会主义化"，"平民革命化"，主观色彩太浓。① 郭箴一《中国小说史》认为，《水浒传》"全书完全为贪官污吏与不良政治的反响，所以处处表现出一种强毅的反抗精神。……这是真正的平民文学，这是一部平民对于贵族政治表示反抗精神的伟大的杰作，而且在当时也只有这样一部杰作"。② 这种论调已经突出了阶级对立和平民的反抗，显示出浓郁的主观色彩。刘大杰《中国文学发展史》称，《水浒传》"全是代表民众向一切政府官吏富豪恶棍压迫平民的恶势力的反抗"。并称《水浒传》"是一部中国未曾有过的无产阶级革命小说"，"他们不懂社会主义共产主义的理论，也不懂得要建立无产阶级政权，但是他们确实是社会主义者、共产主义者，也确实在梁山水泊建立了无产阶级的政权"。③ 这种时髦之论已经开启了50年代"农民起义"说之先声。

总之，民国时期对《水浒》主题的研究，由于较少受到政治力量的干预，研究者思想相对比较自由，因而呈现出生机勃勃的多元发展态势，也为中华人民共和国成立以后的《水浒传》研究奠定了较为扎实的基础。但是，毋庸讳言的是，一些激进的学者带着明显的政治功利目的，断章取义，任意阐释《水浒》的主题，也为20

---

① 郑振铎主编：《中国文学研究》，商务印书馆1927年版。
② 郭箴一：《中国小说史》，商务印书馆1939年版，第284页。
③ 刘大杰：《中国文学发展史》下卷，中华书局1949年版，第379页。

世纪50年代至70年代的《水浒》研究带来了十分消极的影响。

第三节 《水浒传》"农民起义"说之反思

20世纪50年代以来，对《水浒传》主题的最主流的认识就是"农民起义说"。在50年代，《水浒传》地位远高于《红楼梦》等其他三部古典小说名著，而被认为是"中国古典现实主义最伟大的杰作"[1]。这种观点是借用政治权威来强行灌输的，1952年人民文学出版社校订出版了《水浒传》，当年10月27日《人民日报》为此发表的短评指出，这"是具有历史意义与世界意义的事情"。小说中梁山好汉的行为被定性为"农民革命"，《水浒传》成了"英雄的史诗"[2]。并将出身贫苦的李逵推崇为农民革命英雄的"杰出代表"，"旧时代劳动人民中具有坚定革命性和强烈反抗精神的典型形象"。

50年代之前所有的《水浒》研究者，包括20年代的胡适、鲁迅、郑振铎等人都没有明确指出过《水浒》与农民起义存在必然联系。"农民起义"说产生于50年代初，这与新中国成立之初的特殊历史背景有着密不可分的关系。从意识形态领域来看，马克思主义唯物史观在50年代的统治地位是无可置疑的，根据这一理论，封建社会的主要矛盾是地主阶级和农民阶级的矛盾，《水浒》所反映的社会现实和斗争也是地主阶级与农民阶级矛盾斗争的体现。这似乎是顺理成章的。

王利器于1953年发表《〈水浒〉与农民革命》[3]一文，贯穿始终的观点就是："《水浒》反映了阶级斗争和民族意识"，"它影响农民革命几乎整整地占了十七、十八、十九三个世纪之久"。他所列举"反映阶级斗争"的例子，一是第十六回白胜在黄泥冈唱的歌："赤日炎炎烈火烧，野田禾稻半枯焦。农夫心内如汤煮，公子

---

[1] 李希凡：《略谈"水浒"评价问题》，《文史哲》1954年第4期。
[2] 路工：《"水浒"——英雄的史诗》，《光明日报》1953年2月1日。
[3] 王利器：《〈水浒〉与农民革命》，《光明日报》1953年5月2日、28日。

王孙把扇摇。"二是第十六回中所引昔吴七郡王的八句诗:"玉瓶四下朱阑绕,簇簇游鱼戏萍藻,簟铺八尺白虾须,头枕一枚红玛瑙,六龙惧热不敢行,海水煎沸蓬莱岛。公子犹嫌扇力微,行人正在红尘道。"然后发挥道:

> 乘凉老爷的汗去了,打扇婢子的汗流了,这真正是劳动人民的"出汗文学"。施、罗把这种矛盾,尖锐地、有现实意义地提炼概括出来,这种表现的手法,比之杜甫的"朱门酒肉臭,路有冻死骨"的诗句,是毫无愧色的,因此加重了作品的真实感。然而,《水浒》的要求、希望,并不局限于此;它要指出解决这种矛盾的具体方法,那就是本书第七回结尾二句:"农夫背上添心号,渔父舟中插认旗。"

这样断章取义,又无限发挥的研究方法,是难以得出令人信服的结论的。张友鸾《谈"替天行道"及其它》①一文把《水浒传》当作"鼓舞农民革命的重要文件"来介绍给广大读者,在张氏笔下,《水浒传》无异于政治文件、军事文件。他说《水浒传》是我国古典文学遗产中"一部具有强烈的人民性的作品","其中最主要的,是说明了如何组织起来"。他明明知道"《水浒传》一百单八将的出身,有吏役,有军官,有土豪,偏偏很少是农民",但还是硬要把《水浒传》说成是"反映农民起义这一伟大事业的伟大作品"。这根本就不是文学研究,而是赤裸裸的阶级斗争讲座。由此可以看出,这一时期所谓的文学研究不过是阶级斗争学说的翻版而已。

《水浒传》"农民起义"说能够成为一种权威甚至独尊的观点,与冯雪峰发表于《文艺报》1954年第3、5、6、9、11号上的《回答关于〈水浒〉的几个问题》系列文章有极大关系。其主要观点是:《水浒传》的主题是歌颂农民起义,宋江是杰出的农民起义领

---

① 张友鸾:《谈"替天行道"及其它》,《文学书刊介绍》1954年第3期。

袖，宋江接受招安是历史真实的反映，等等。这种权威观点还被写进了高校的文学史教材，作为一种意识形态灌输给年轻学子，如1962年中国社会科学院文学研究所编《中国文学史》、1963年游国恩等主编《中国文学史》都秉承这种观点。1998年出版的郭预衡主编的《中国古代文学史》[①]，以及21世纪初出版的多种古代小说史，仍然承袭这种观点。

就批评方法而言，"农民起义说"自称是运用了历史唯物主义的观点、阶级斗争的观点。如1955年宋云彬撰写的《节本〈水浒〉前言》，就指责《水浒》作者立场、观点的局限："《水浒》作者的历史观显然还是旧的历史观，因为受时代条件的限制，作者还不可能有历史唯物主义的观点，也就不可能从阶级斗争的社会观点去看农民起义。"[②] 杨绍萱《水浒传与水浒戏》一文也说："《水浒传》这部小说被称为历史上的杰作，为广大人民所喜闻乐道，主要的便是由于它写阶级斗争写得很火炽。"[③]

1952年至1975年我国出版了多种版本的《水浒传》，七十一回本、百回本、百二十回本，甚至一些节本也重新整理出版，这从一个侧面反映出这部旧小说在新时期又焕发出新的强大生命力。但在这短短的历史一瞬间，人们对《水浒》主题的认识评价却充满了戏剧性。我们仅从这些版本前面的"出版说明"文字即可窥其一斑。

人民文学出版社于1952年8月出版了七十一回本《水浒传》第一版，又于1953年12月出版了第二版。两种版本都批判"金圣叹是从地主阶级反对农民起义的立场来删改《水浒》的"。

1961年中华书局出版百二十回本《水浒全传》，卷首有李希凡

[①] 郭预衡主编的《中国古代文学史》（四）第四章第二节《〈水浒传〉的思想内容》下设三个小标题：一、揭示了农民起义的原因；二、描述了农民起义的过程；三、写出了农民起义的结局。（上海古籍出版社1998年版，第108—114页）

[②] 宋云彬：《节本〈水浒〉前言》，北京宝文堂书店1955年版节本《水浒》卷首。

[③] 杨绍萱：《水浒传与水浒戏》，《水浒研究论文集》，作家出版社1957年版，第349—352页。

先生所作《谈谈〈水浒全传〉的思想、情节和人物》[①]一文，文中称《水浒全传》是"一本描写封建时代伟大农民起义的小说"。文章大段引用毛泽东《中国革命和中国共产党》中关于中国历史上农民起义的论述，得出结论："《水浒》所描写的这支声势强大的千军万马的起义军，完全符合这样的历史真实，也正是由于这样的历史，才产生了这样的小说。"并说，构成《水浒》故事情节核心的是封建社会的尖锐矛盾——反抗的人民和封建统治者进行战争的矛盾，它的中心内容是表现梁山起义军的生成、发展和失败的整个过程。

1965年人民文学出版社出版了七十回评注本《水浒》，样稿卷首有一封信，并特别注明这封信是写于"一至六回评注稿"前面的，当时出版社为何发表得如此迫不及待，其中一定另有隐衷。信中有这样的句子："《水浒》是我国古典小说中民主性比较多的作品，同时它也有不少封建性的糟粕。"并批判了金圣叹"把一部歌颂农民正义斗争的《水浒》，曲解成咒骂农民起义的小说。还有近代一些资产阶级学者，通过研究这部小说，也宣传了各种资产阶级思想。"因此申明这个评注本"评"的原则是：（一）以批判为继承的前提，只有经过彻底批判，才能谈到正确继承；（二）越是精华越要批判，因为在过去历史上认为是民主性精华的，如果不经过马克思主义的分析批判，在今天也可能对社会主义起危害的作用；（三）突出政治，以政治思想方面的批判为主，同时适当地照顾到艺术上的分析。从上述"批评三原则"，我们可以清楚地看到《水浒》批评正在沦为思想领域里政治斗争的工具，同时它的"适当地照顾到艺术上的分析"的圆场话，仿佛明确告诉人们，《水浒传》的艺术分析是多余之物。

根据陈新先生回忆，1975年出版《水浒传》是直接在毛泽东、姚文元的指示下的结果，为此出版局专门组织几家出版社开了多次

---

① 李希凡：《谈谈〈水浒全传〉的思想、情节和人物》，见1961年中华书局出版的《水浒全传》卷首。

第五章 《水浒传》思想意旨研究

会议，根据传达的指示精神，决定百回本、七十一回本由人民文学出版社出，百二十回本由上海人民出版社出版。当时是作为一项政治任务来做的，没有人敢写前言，只得请当时御用写作班子"梁效"来写，但又必须用编辑部的名义发表，这些事至今也让人闹不明白。后来报上说"宋江架空晁盖"，这句话才点了评论《水浒传》的题。①

上海人民出版社 1975 年 9 月新一版百二十回本《水浒全传》卷首的《〈水浒全传〉重印说明》②则是彻底否定《水浒全传》的思想价值，斥其为"宣扬投降主义的反面教材"，整篇文字都是赤裸裸的阶级斗争话语。

1975 年 11 月江苏人民出版社出版的《水浒全传》卷首的《前言》③充斥着下列观点："《水浒全传》是一部不可多得的反面教材"；引用毛主席关于《水浒》"好就好在投降"的谈话；"毛主席的指示，深刻地揭露了《水浒》宣扬投降主义路线的本质，指出了宋江搞修正主义、投降主义的真面目"。"《水浒》是宣扬投降主义路线，为投降派树碑立传的。作者精心塑造了一个投降派的典型形象——宋江。"

文章最后论述了"评《水浒》，批宋江"运动的政治意义：

"历史的经验值得注意。"我们必须遵循毛主席的指示，开展对《水浒》的评论，从这部反面教材中吸取教训，总结历史经验，学会在复杂的斗争中识别正确路线和错误路线，知道什么是投降派。这不但对于古典文学的研究，对于整个文艺评论和文艺工作，而且对于中国共产党人和中国人民，在现在和将来贯彻执行毛主席的无产阶级革命路线，坚持马克思主义，反对修正主义，坚持社会主义道路，反对资本主义道路，加强革命团结，巩固无产阶级专政，都有重大的深刻的意义。让我们

---

① 陈新：《近五十年来〈水浒传〉出版情况琐忆》，《文教资料》1997 年第 3 期。
② 《〈水浒全传〉重印说明》，见上海人民出版社 1975 年版《水浒全传》卷首。
③ 《〈水浒全传〉前言》，见江苏人民出版社 1975 年版《水浒全传》卷首。

219

把上层建筑领域的无产阶级战胜资产阶级、马克思主义战胜修正主义的斗争进行到底!

可以说,上述这段话已使那场轰轰烈烈的"评《水浒》、批宋江"运动的政治目的昭然若揭了。

人民文学出版社 1975 年 9 月出版的《水浒全传》的《前言》①,更堪称是一篇弥漫着浓烈火药味的阶级斗争宣言。开头就是黑体字印刷的毛主席语录:

伟大领袖毛主席指出:"《水浒》这部书,好就好在投降。做反面教材,使人民都知道投降派。"

这些话让今人听起来真如呓语一般。文章把宋江贬入十八层地狱,说他是"投降派的典型",而把晁盖吹捧到天上,说"晁盖的'聚义'就是在梁山建立农民革命的武装割据政权,与北宋王朝势不两立"。这种解释的政治动机不言自明。

早在 50 年代初"农民起义"说刚刚提出时,就有人提出不同意见,认为"《水浒》所描写的梁山泊并不是跟朝廷对立的,宋江和许多英雄人物都不是农民阶级中人,书中又差不多没有写到农民群众的斗争,宋江很动摇,有受招安的想头,不像个农民起义的领袖,而且作者又把梁山泊写成一座'强盗山'了,因此就怀疑梁山泊英雄们的行动可以不可以说成是农民起义"②。这种怀疑无疑是有根据的,但是相对于"农民起义"说来这种声音毕竟太微弱了;1973 年尹瑜《〈水浒〉是描写农民起义的小说吗?》③一文也曾对"农民起义"说提出质疑,但孤掌难鸣。

值得今人反思的是,"农民起义"说有一种一元化的统摄力,

---

① 《〈水浒全传〉前言》,见人民文学出版社 1975 年版《水浒全传》卷首。
② 宋云彬:《节本〈水浒〉前言》,见北京宝文堂书店 1955 年出版节本《水浒》卷首。
③ 尹瑜:《〈水浒〉是描写农民起义的小说吗?》,《图书评论》1973 年第 9—10 期。

第五章 《水浒传》思想意旨研究

在相当长的历史时间内,谁如果对此观点提出质疑或反对,往往意味着是对官方意识形态的挑战。由此导致研究者思维模式的僵化。"农民起义"说对于《水浒》研究的影响决不仅仅限于对主题的研究,而是涉及人物评价、结构分析,以及对其中许多具体问题的理性阐释。"农民起义"说还影响到《水浒传》版本的正常流传。1952年人民文学出版社出版七十一回本《水浒传》,所依据的底本虽然是金圣叹批改本,却删去了金圣叹的那些"荒诞和反动的批语,而且那些被他改坏了的地方,也依照百二十回本,改回原来的样子",并且删去了金圣叹增添的卢俊义的"噩梦"。因此,金圣叹批七十一回本《水浒传》不能得到出版,而在"农民起义"说思想指导下炮制出来的七十一回本《水浒传》却流传下去了。

"农民起义"说还严重制约了对于《水浒传》人物形象的客观评价,因为在这一观念支配下,评价书中人物的标准是一元化的,那就是看其对待农民起义的态度如何,要么是农民革命英雄、农民革命领袖,要么是反动派、封建统治阶级的走狗,从而摒弃了对于丰富复杂的人物形象的理解。

新中国成立之初"农民起义"说的提出还与新中国政权性质、革命历程,以及当时特殊的政治背景有关。新中国的理论、文化工作者在阅读《水浒传》时会有一种天然的亲切感,这也许能从一个侧面解释为何《水浒传》是新中国成立之初出版的第一部古代小说。其次,也跟新政权对于包括古代文学在内的传统文化价值的认识过程有关。根据陈新同志《近五十年来〈水浒传〉出版情况琐忆》[1]的回忆,在新中国成立初的文化学术界,中国古籍属于禁区。1950年前后,中国古籍在国营书店中是没有位置的,他当时从业的上海三联书店门市部不经销一本古书,新华书店也是如此。他在中国图书发行公司时见到一个内部通报,说某分公司原商务的经理因阅读《三国演义》受到批判,作为思想昏庸的证据。《水浒传》是人民文学出版社出版的第一本古代小说,在当时是把《水浒

---

[1] 陈新:《近五十年来〈水浒传〉出版情况琐忆》,《文教资料》1997年第3期。

传》看作歌颂农民起义的"革命作品",思想性最高,所以安排首先出版。在当时影响巨大,甚至使北京东安市场的旧书店里的古书因此涨价,原因是人们从中获悉"共产党也一样要古代作品"。这与后来的"继承古代文化遗产"、"弘扬民族文化"的认识是不可同日而语的。这表明我们对于传统文化价值的认识是有一个过程的。

50 年代的文化、学术界还存着对于文学本体认知上的幼稚病。譬如,当时曾出现多种时髦说法都让今人忍俊不禁,张真《谈谈读〈水浒〉的态度》中认为,"读《水浒》最大的好处,就是它使我们对于古代的一次农民革命,发生感情的联系"①。李蔚对此反驳说:"古典文学作品倒像是形象化了的、具体化了的教科书和百科全书。"② 张真《答李蔚同志的意见》中又辩驳道:"文学艺术,它是阶级斗争的工具。"③ 贾文昭《对于向古典文学作品学习的几点意见》一文则认为,"应该把向古典文学作品吸取思想教育当作主要的目的"。④ 对文学研究的最起码的问题都不能解决,那么其在自身发展中会随时失去自我,为其他力量所利用也就不足为奇了。

60 年代末,人民文学出版社、人民出版社,以及中华书局等国家出版社的人员都被下放到湖北咸宁的"五七干校"去改造。由于当时的文化界除了"样板戏"以外,人民实在没有可以接触的精神食粮,因此 70 年代初,中央召开了出版工作会议,决定了一些可以出版的古代作品书目,其中有《水浒传》、《红楼梦》、《三国演义》、《西游记》四种小说,合称"四部古代小说"。但到了 1974 年年底毛泽东在一次中央政治局扩大会议上说:《水浒传》只反贪官,不反皇帝。全国上下对于《水浒传》的态度马上一百八十度大转弯,北京师范学院教师廖仲安因为为北京出版社写了一本介

---

① 张真:《谈谈读〈水浒〉的态度》,《文艺学习》1954 年第 5 期。
② 李蔚:《对〈谈谈读《水浒》的态度〉一文的意见》,《文艺学习》1955 年第 1 期。
③ 张真:《答李蔚同志的意见》,《文艺学习》1955 年第 2 期。
④ 贾文昭:《对于向古典文学作品学习的几点意见》,《文艺学习》1955 年第 3 期。

第五章 《水浒传》思想意旨研究

绍《水浒传》的小册子中存在"思想问题"而受到审查；人民文学出版社重印的五十万册《水浒传》无法发行，出版社四下活动，还组织纺织工人开座谈会，向工人阶级求教。后来据北京大学的卢荻说，毛主席"对《水浒传》研究中长期没有贯彻鲁迅的评论精神，对金圣叹的腰斩《水浒传》和大量发行这一腰斩本即七十一回本，十分不满"[①]。我们今天回顾那段荒唐的《水浒》研究史，只是为了避免那样的历史不再重演。

对于《水浒传》批评在历史上所受政治意识左右的命运，也许海外学者看得更为清楚，评价更加客观。马幼垣指出：

> 在近代某些时期，《水浒》曾被认为是一部煽动叛乱的书，是盗匪的教科书，因此不时地被官方所禁止……的确，明朝末年的许多武装反抗者，常常仿效《水浒》中好汉们的绰号。当今的右翼政治家和他们的知识分子拥护者，在1949年的失败之后，则认为在中国共产党的掌权与小说中描写的宋江一伙的行为之间有极其相似的地方。这可以说明为什么70年代中期以前台湾学术界和公众缺乏研究和阅读这部小说的兴趣。而也就在70年代中期，在中国大陆，小说也被投上了阴影。
>
> 当然，在1949年后的中国，把小说看成是对农民革命的颂扬，认为宋江是革命领导人物中的模范。这一定论持续了近30年，直到1975年秋，江青打着毛泽东的旗帜，突然在全国发动了一场激烈的批《水浒》、批宋江的运动。此时，小说的唯一价值被说成是一个反面教材，它告诉那些背叛革命事业的人这样做的悲剧性结果。他们把历史、小说和当今的政治混合在了一起。1978年，新的领导人重新掌权之后才恢复了小说和宋江的名誉。[②]

[①] 陈新：《近五十年来〈水浒传〉出版情况琐忆》，《文教资料》1997年第3期。
[②] 马幼垣：《浅谈〈水浒〉》，王守元、黄清源主编《海外学者评中国古典文学》，济南出版社1991年版。

"文革"结束后，随着学术界思想禁区的不断被打破，"农民起义说"开始受到质疑和挑战。70年代末学界即对"农民起义说"开始发难，从而拉开《水浒传》主题多元化研究的序幕。1978年《文学评论》第4期发表王俊年等人的论文《〈水浒传〉是一部什么样的作品》，对《水浒》思想价值重作评估，在肯定《水浒》"是一部具有民主性精华的优秀作品"的同时，指出《水浒》作者的思想是"大多数中间状态的农民的思想"，启发人们思考《水浒》的主题，除了歌颂"农民起义"之外，还可以有更宽泛的理解。《文学评论》同年第6期刊载了陈辽的争鸣文章《关于〈水浒〉评价中的几个问题——兼与王俊年等同志商榷》，陈辽不同意王俊年等人关于《水浒》作者是"大多数中间状态的农民的思想"的观点，他通过分析施耐庵、罗贯中的生平与思想，认为《水浒》作者和加工者的思想"是地主阶级中典型的进步知识分子的思想，其中既有先进面，又有反动面"。这种仍带有阶级论色彩的观点，实际已经开始打破传统的两极思维模式。

第四节 90年代以来的《水浒传》多元主题论

90年代《水浒传》主题研究最突出特点是多元化。除以上提到的各种说法外，关于《水浒传》主题的说法尚有："人民起义"说①。该说认为"《水浒》着重描写的不是农民的起义，而是各阶层被压迫群众共同发起和领导的武装斗争。用'人民起义'来概括这场武装斗争的性质，要比'农民起义'更准确，更符合作品的客观实际"。

双重主题说。罗尔纲《水浒真义考》② 将《水浒传》前七十一回当作原本，认为"是一部热烈歌颂农民起义、反抗官府到底的小说"；百回本后二十九回为后人所续加，主要是发泄对朱元璋诛杀

---

① 喻朝纲：《〈水浒〉究竟是一部什么样的书》，《水浒争鸣》第3辑，长江文艺出版社1984年版。

② 罗尔纲：《水浒真义考》，载《文史》第15辑，中华书局1982年版。

功臣的不平。

李庆西《〈水浒〉主题思维方法辨略》[①] 提倡伦理反省说。此说认为，《水浒传》"所提供的氛围与心境应当看作历史的积淀，是对世代相袭的伦理政治的深刻反思"。

王晓家又提出"讽谏"说。他认为《水浒传》是一部讽谏之作，即劝说封建统治阶级实行"仁政"，采取与民生息政策，励精图治，以防盗贼蜂起，主上蒙尘。[②] 并用儒家"天道"、"阴阳"思想来套《水浒传》的艺术描写，立论难免有偏至之嫌。

在对《水浒》主题的研究中，有的学者还把触角伸到历史文化的深处，洞幽观微。孙达人《〈水浒〉散论——中国农民性格蜕变之一瞥》一文认为，梁山聚义的主题不仅是"替天行道"和"忠义双全"的统一，而且是作者以深邃历史眼光对历史循环论的一种反思批判。如《水浒传》第二回出现的诗句"只为衣冠无义侠，遂令草泽见奇雄"，第四十二回诗句"昏朝气运将颠覆，四海英雄起微族"，都是大有寓意处。作者借此慨叹我国上层统治者中产生义侠的时代一去不复返了，代之而起的将是草莽英雄取代衣冠义侠的时代。因为在我国历史上确实曾有一个上层统治者中产生义侠的时代，这样漫长的历史过程中几乎每一次王朝更替都是在上层的豪杰或豪侠带领下实现的，从战国至宋朝实例不胜枚举，尤以陈寅恪先生所阐述的隋末唐初的历史剧变最有代表性。但是，作者创作《水浒》的时代这种历史现象已经不复存在了，所以他借梁山好汉的聚义壮举深致感慨。[③]

多元融合论，试图解决多元主题的矛盾。欧阳健《论〈水浒〉主题研究的多元融合》一文提出，主题研究应该"彻底抛弃那种'非此即彼'的思维方法，而代之以'亦此亦彼'的思维方法，这

---

① 李庆西：《〈水浒〉主题思维方法辨略》，《文学评论》1986年第3期。
② 王晓家：《〈水浒传〉是讽谏之作》，《水浒琐议》，山东文艺出版社1990年版，第370页。
③ 孙达人：《〈水浒〉散论——中国农民性格蜕变之一瞥》，《陕西师大学报》（哲学社会科学版）1994年12月号。

就是多元融合的思维方法"。① 刘冬《〈水浒新议〉序》一文也赞同这种观点。② 齐裕焜《明代小说史》也认为："《水浒传》的思想内容是农民阶级、市民阶层和封建社会进步知识分子思想的多层次融合。"③ 多元融合的理论考虑了作家的主观意图与作品的客观实际的不一致，比较切合《水浒传》这种世代累积型小说思想内涵的实际。

对于"农民起义"说的争论仍在继续，1993年王齐洲《论中国古典小说的阶级意识——从〈水浒传〉取材谈起》一文通过对《水浒传》中的关胜、呼延灼、张横、张顺、李逵等人物形象的历史原型的分析，并借用一些西方理论，论证了《水浒传》作者并未将地主阶级与农民阶级的矛盾作为社会主要矛盾来描写，而是以统治阶级与被统治阶级即官与民的矛盾作为社会主要矛盾，而从指导思想和题材来源上否定了《水浒传》的"农民起义说"。④ 程文迪《〈水浒〉：一个解构的文本》认为，"在形形色色的对《水浒》的批评中，隐含着一个共有的前提，它似乎是一个无须论证的公理，以至大多数人没有任何犹豫就将其作为一系列推论的出发点，这就是：《水浒》表明了某种明确的政治态度和道德立场。并且这种态度和立场简单到只有两个选项，它或是弘扬忠义或是鼓动反抗。"的确，我们首先要破除的就是这种"革命"还是"反革命"的二元对立思维，否则对于《水浒传》主题的研究将永远难以跳出人为的意识形态泥沼。⑤

程文迪还将"文革"时期的艺术思维与《水浒》文本实际进行对比，指出"（文革）时期的作品以'阶级论'的一系列词语为中心，建立起森严的道德体系，其语言和逻辑是完美的：典型人物

---

① 欧阳健：《论〈水浒〉主题研究的多元融合》，《古小说研究论》，巴蜀书社1997年版。
② 刘冬：《〈水浒新议〉序》，《水浒新议》卷首，重庆出版社1983年版。
③ 齐裕焜：《明代小说史》，浙江古籍出版社1997年版，第110页。
④ 王齐洲：《论中国古典小说的阶级意识——从〈水浒传〉取材谈起》，《天津社会科学》1993年第2期。
⑤ 程文迪：《〈水浒〉：一个解构的文本》，《重庆三峡学院学报》2000年第5期。

第五章 《水浒传》思想意旨研究

在典型环境中表现出典型性格。而《水浒》则属于另一类作品,它的结构如此松散,在书中的很多章节中,结构、中心和逻辑变得支离破碎,词语变得模糊和游移。可以说它是一个解构的文本,数百年来无数的读者在兴趣盎然地不断重写着它",各种思想自由游动于其中。这使人们永远喜欢它。这也启示人们要以开放的视野、多元的思维来对待这部伟大的作品。

鲁德才认为,从侠义小说角度看,无论是侠德和准则,也无论是类似血缘家庭关系的结拜形式,类亲属结构,含有政治性质的秘密结社,侠们的走向等,《水浒传》都最充分表现了那个时代侠的形态和水准。水浒好汉们,或如鲁智深扶危济困,反抗强暴;或如武松、林冲勇于复仇,雪恨洗冤;或如宋江为友犯禁,舍弃功名利禄。他们见良善受欺就奋起锄奸惩恶;怜贫弱受难,就慷慨相助,一掷千金。为铲除不平,勇于自我牺牲,不图回报。显然各类英雄侠士,为了实现侠义侠节精神上的自我超越,不可动摇地实践着,把古代的侠义推向巅峰,人物形象辉映着理想主义色彩。……以义为纽带,由以武犯禁的独行侠,组合成仿亲属结构的军事组织,其行侠的宗旨也由君子独行其德的私义升华到替天行道的公义,在这一点上《水浒传》的侠客超越了他们的前辈。然而,侠一旦接受了招安,迈出社会离轨者群体活动的江湖世界,侠义之义为对朝廷的忠心制衡,就不再是前期那种顶天立地的英雄汉,而成为朝廷消灭其他集团的工具,这就走上了一条悲剧道路。[1]

也有学者主张,取消《水浒传》主题研究。何满子在《"主题"问题献疑》一文中,从辨析"主题"一词的含义入手,指出"主题"本是一个外来词,原意是"题目",可以引申为"题材"或题材的性质。

> 把"主题"的内涵膨胀为文学作品的中心思想,亦即可以

---

[1] 鲁德才:《历史中的侠与小说中的侠——论古代文化观念中武侠性格的变迁》,《南开学报》(哲学社会科学版) 2001 年第 1 期。

用简括的逻辑语言表述出来的，作家体现在所描绘的生活中的艺术认识，是三十年代苏联文学教程才有的。可以说这是将艺术作品中丰富的生活内容加以简单化、干瘪化的表述方法。它的根源是"拉普"的辩证唯物主义创作方法的遗毒。这种"主题"所表达出来的语言，大抵是社会学、政治经济学的语言。这种排斥用艺术的固有规律来解释艺术，却用社会学方法抽象地蒸馏出"主题"来的做法，几十年来，甚至贯彻到了中小学的语文课教学之中，桎梏了不止一代人的文学鉴赏的眼界和对艺术生活的复杂关系的辨识能力。这种"主题"说又和政治标准第一实即政治标准唯一的文学创作和文学评论方法相表里，是现已臭名昭著的"主题先行论"的温床。用这种从作品中寻求抽象主题的方法，可以把千万个不同的作家铸造成相同的思想面目。不幸它已成了人们头脑中的习惯势力，成了人们研究作品时固有的思想模式。①

所以他认为围绕"主题"问题的争论不过是原地绕圈，没有任何实际意义。他借鉴刘知渐关于《三国演义》主题研究中提出的"暂时不必给它规定什么主题，免得把自己束缚起来"②的主张，进一步提出"根本放弃对抽象、干瘪的'主题'的寻求，乃至抛弃这个于艺术分析有害的'主题'说，岂不更好？""若要问《水浒传》的主题，想要规定出一个既包括历史的又包括美学的，绝非一两句简短的逻辑语言所能了事。但如果按照主题（theme）的本来字义，即'题目'来定，则大致可以规定为：'《水浒传》是一部以梁山好汉的兴灭为主线的中国宋代社会形象的风俗史。'"③ 这

---

① 何满子：《"主题"文体献疑·古小说研究肆言之三》，《光明日报·文学遗产》1984年11月27日。
② 刘知渐：《〈三国演义〉是"为市井细民写心"的历史小说》，载《光明日报·文学遗产》第641期。
③ 何满子：《水浒传概说》，《何满子学术论文集》，福建人民出版社2002年版，第280页。

种观点在学术思想开禁不久的 80 年代初是十分大胆的，表现了学人对政治挂帅、主题先行的思维模式的厌弃，特别是对社会学批评方法、政治干预学术的强烈反感，对于打破文学研究的思想禁忌有积极意义。

  回顾《水浒传》主题五百年来的研究史，最大的教训是唯我所用的实用主义，尤其是政治功利思想指导下对于《水浒传》主题的曲解，甚至完全为了服从某种政治任务而对《水浒传》进行断章取义式的随意阐释。同时，公式化、简单化的价值评判，以及主观臆测的研究方法都阻碍了对《水浒》主题的正确理解。实践证明，只有彻底摆脱特定意识形态的约束，舍弃特定功利的诱惑，真正立足于文本实际和作者的思想、创作实际，通过多元视角透视文本，不断在科学研究基础上得出的结论才能逐步接近《水浒传》思想内容的实际。

第六章 《水浒传》叙事艺术研究

第一节 明清人对于《水浒传》艺术价值的论述

纵观明清两代的《水浒传》批评，可以说经历了一个由一元化的社会历史批评到政治批评与美学批评二元兼顾的发展历程。明代早期《水浒》批评者着眼点主要在政治、道德价值判断，在对《水浒》艺术的批评方面，他们往往用史家叙事标尺来衡量小说。最值得注意的是，他们借评论《水浒》来确认小说价值的努力对推动整个明清时期小说评点及小说创作做出了重要贡献。

《水浒传》的成书经历了漫长的过程。胡适曾经说过，《水浒传》是从南宋初年到明朝中叶"四百年文学进化的产儿"。[①] 在它的创作、传播、再创作的过程中，一直受到了下层社会接受者的政治倾向及审美理想的制约和导航。所以《水浒传》的思想倾向、审美趣味往往与统治阶级、精英文人的趣尚背道而驰。正统文人对《水浒》的最早关注和批评就体现在对其思想倾向的否定，甚至诅咒。嘉靖年间田汝成评价《水浒》，为其贴上"海盗"标签，指责其"奸盗脱骗机械甚详"[②]，从而对其彻底否定。这种诅咒式批评很能代表当时士大夫阶层对于《水浒传》的态度。后来王圻《续文献通考》、天都外臣《水浒传叙》、周亮工《因树屋书影》、章学

[①] 胡适：《〈水浒传〉考证》，《中国章回小说考证》，安徽教育出版社1999年版，第41页。

[②] （明）田汝成：《西湖游览志馀》第二十五卷《委巷丛谈》，上海古籍出版社1998年版，第379页。

第六章 《水浒传》叙事艺术研究

诚《丙辰札记》等书均自不同角度引用过这段话。

但是，明清时代也不乏与主流价值标准相悖的士人，他们从自己的真实感受出发，表达了对《水浒传》的肯定性评价。稍后于田汝成的李开先于《一笑散》中说："……《水浒传》委曲详尽，血脉贯通，《史记》而下，便是此书。且古来更未有一事而二十册者。倘以奸盗诈伪病之，不知序事之法，学史之妙者也。"① 这种评论，没有囿于传统道德观念约束，没有因其思想倾向存在问题而将其全盘否定，而是对它的叙事艺术成就给予高度肯定，并且将其叙事艺术成就抬高到与《史记》同样的高度，这种真知灼见难能可贵，在《水浒》传播批评史上有重要意义。当然李开先用史家叙事规范来衡量小说创作并不恰当，但他启发接受者应该多从艺术维度来评价《水浒》，却给后来的《水浒》艺术研究开拓了思路。

明代张凤翼的《水浒传序》更是全面肯定《水浒传》的思想倾向：

> 予读《春秋》，而知圣人不得已之心矣。……是固礼失而求诸野，非得已也。论宋道，至徽宗，无足观矣。当时，南衙北司，非京即贯，非球（俅）即勔，盖无刃而戮，不火而焚，盗莫大于斯矣。宋江辈逋逃于城旦，渊薮于山泽，指而鸣之曰：是鼎食而当鼎烹者也，是丹毂而当赤其族者也！建旗鼓而攻之。即其事未必悉如传所言，而令读者快心，要非徒《虞初》悠谬之论矣。乃知庄生寓言于盗跖，李涉寄咏于被盗，非偶然也。兹传也，将谓诲盗耶，将谓弭盗耶？斯人也，果为寇者也，御寇者耶？彼名非盗而实则盗者，独不当弭耶？传行而称雄稗家，宜矣。②

---

① （明）李开先：《一笑散》，引自朱一玄、刘毓忱编《水浒传资料汇编》，南开大学出版社2002年版，第167页。
② （明）张凤翼：《水浒传序》，引自朱一玄、刘毓忱编《水浒传资料汇编》，南开大学出版社2002年版，第170页。

他公然标榜《水浒传》不是"诲盗"而是"骂盗",堪称石破天惊之语,为后人摒弃偏见、打破陈规,多角度阐释《水浒传》奠定了基础,开辟了道路。

思想家李贽首次宣扬《水浒传》乃"古今至文",把将不登大雅之堂的小说与正统文学的代表秦汉文、近体诗等量齐观。其《童心说》宣称:"诗何必古选,文何必秦汉。降而为六朝,变而为近体,又变而为传奇变而为院本,为杂剧,为《西厢记》,为《水浒传》……皆古今至文,不可得而时势先后论也。"① 另据周晖《金陵琐事》卷一记载:"(李贽)常云:宇宙内有五大部文章:汉有司马子长《史记》、唐有《杜子美集》、宋有《苏子瞻集》、元有施耐庵《水浒传》、明有《李献吉集》。"② 这种对小说戏曲等通俗文学样式的大胆肯定,在当时语境中,可谓惊世骇俗之论,为后人理性评价《水浒传》、《西厢记》等通俗文学作品开拓了道路。

在艺术批评方面,首先是对《水浒传》小说产生原因的探讨。明清时人认为,《水浒传》成书既有客观原因也有主观原因。客观方面,许多有识之士不约而同地认识到,《水浒传》之所以产生和当时的社会现实有直接关联。天都外臣《〈水浒传〉叙》云:"夷考当时,上有秕政,下有菜色。而蔡京、童贯、高俅之徒,雍蔽主聪,操弄神器,卒使宋室之元气索然,厌厌不振,以就夷虏之手。此诚窃国之大盗也。"③ 政治腐败,生灵涂炭,奸臣当道,外敌凭陵,以至于宋室行将灭亡的现实,正是《水浒传》得以产生的根源;李卓吾《忠义水浒传序》说得更加明白:"盖自宋室不竞,冠屦倒施,大贤处下,不肖处上。驯致夷狄处上,中原处下。一时君相犹然处堂燕雀,纳币称臣,甘心屈膝于犬羊已矣!施、罗二公身

---

① (明)李贽:《李贽文集》(第1卷),社会科学文献出版社2000年版,第91—92页。

② (明)周晖:《金陵琐事》,引自朱一玄、刘毓忱编《水浒传资料汇编》,南开大学出版社2002年版,第202页。

③ (明)天都外臣《〈水浒传〉序》,引自朱一玄、刘毓忱编《水浒传资料汇编》,南开大学出版社2002年版,第167—169页。

在元,心在宋;虽生元日,实愤宋事。"① 宋朝君臣的倒行逆施导致国家的危亡,激起英雄义士的极大愤慨,所以世间才会有歌颂叛逆的《水浒传》。怀林的《〈水浒传〉一百回文字优劣》开篇写道:"世上先有《水浒传》一部,然后施耐庵、罗贯中借笔墨拈出。若夫姓某名某,不过劈空捏造以实其事耳。"又说:"非世上先有是事,即令文人面壁九年,呕血十石,亦何能至此哉!亦何能至此哉!"② 这些认识都是闪烁着朴素的唯物思想的光辉,正确地揭示出《水浒传》之所以产生的现实根源。

金圣叹认为,"施耐庵以一心所运,而一百八人各自入妙者,无他,十年格物而一朝物格"③,这里的"格物"就是指认识主体对种种社会现象的体察探究以发现内在本质的活动;并说"施耐庵作《水浒》一传,直以因缘生法为其文字总持"(贯华堂本《水浒传》第五十五回回前批)。

对于《水浒传》产生的主观条件,明清时人也发表了许多真知灼见,最有代表性的就是李卓吾的"发愤著书"说。他说:"《水浒传》者,发愤之所作也。"④ 这种小说创作心理动力说揭示出小说家的创作激情来源于内心积郁已久、无法排泄的"愤",来源于忧国忧民忧己的一往情深。在这种心理机制下写出的作品才能情真意切,感人至深。可以说这种小说创作动机说是我国小说创作主体研究的一个重要突破。陈忱《水浒后传论略》云:"《水浒》,愤书也。宋鼎既迁,高贤遗老,实切于中;假宋江之纵横,而成此书,盖多寓言也。""愤大臣之覆𫗧,而许宋江之忠;愤群工之阴狡,而许宋江之义;愤世风之贪,而许宋江之疏财;愤人情之悍,而许

---

① (明)李贽:《忠义水浒传序》,引自朱一玄、刘毓忱编《水浒传资料汇编》,南开大学出版社2002年版,第171—172页。
② (明)怀林:《〈水浒传〉一百回文字优劣》,引自朱一玄、刘毓忱编《水浒传资料汇编》,南开大学出版社2002年版,第186页。
③ (清)金圣叹:《〈水浒传〉序三》,引自朱一玄、刘毓忱编《水浒传资料汇编》,南开大学出版社2002年版,第212—215页。
④ (明)李卓吾:《〈忠义水浒传〉序》,引自朱一玄、刘毓忱编《水浒传资料汇编》,南开大学出版社2002年版,第171—172页。

宋江之谦和；愤强邻之启疆，而许宋江之征辽；愤潢池之弄兵，而许宋江之灭方腊也。"①而且明确表示，他的《水浒后传》是继承了《水浒传》的发愤著书传统的，"《后传》，为泄愤之书"，借此书宣泄对于奸贼误国、忠良被害的愤恨，可谓夺他人之酒杯，浇自己之块垒。

明末清初金圣叹评点《水浒》，实际也继承并发扬了李卓吾的发愤著书思想，他虽然在《读第五才子书法》称："施耐庵本无一肚皮宿怨要发挥出来，只是饱暖无事"，但在评点《水浒》的字里行间，不止一次地阐发过《水浒》乃发愤著书的思想，如第十八回回首总批云："此回前半幅，借阮氏口痛骂官吏，后半幅借林冲口痛骂秀才。其言愤激，殊伤雅道。然怨毒著书，史迁不免，于稗官又奚责焉！"②楔子的总批中也说："为此书者，吾则不知其胸中有何等怨苦，而为如此设言。然以贤如孟子，犹未免于大醇小疵之讥，其何责于稗官？后之君子，亦读其书，哀其心可也。"③

其次，明清时期评论家论述了《水浒传》深刻的写实性和丰富的蕴涵。天都外臣《〈水浒传〉叙》说：

> 载观此书，其地则秦、晋、燕、赵、齐、楚、吴、越，名都荒漠，绝塞遐方，无所不通；其人则王侯将相，官师士兵，工贾方技，吏胥厮养，驵侩舆台，粉黛缁黄，赭衣左衽，无所不有；其事则天地时令，山川草木，鸟兽鱼虫，刑名法律，韬略甲兵，支干风角，图书珍玩，市语方言，无所不解；其情则上下同异，欣戚合离，捭阖纵横，揣摩挥霍，寒暄嚬笑，谑浪排调，行役献酬，歌舞谲怪，以至大乘之偈，真诰之文，少年

---

① （清）陈忱：《水浒后传论略》，引自朱一玄、刘毓忱编《水浒传资料汇编》，南开大学出版社2002年版，第488—496页。
② （清）金圣叹：《水浒传回评》，引自朱一玄、刘毓忱编《水浒传资料汇编》，南开大学出版社2002年版，第247页。
③ 同上书，第227页。

第六章 《水浒传》叙事艺术研究

之场,宵人之态,无所不该。①

这段话阐明了《水浒传》艺术生命力的源泉不仅在于它根植于现实的土壤,而且反映社会生活极其广博,展示通俗小说同样具备丰富的学术价值和巨大社会功能。

明清以来,也有不少人对《水浒传》的艺术缺陷有所论列,尤其是七十回以前部分与七十回以后的艺术失衡问题。明末金圣叹将《水浒传》七十一回招安以后文字删去,而改为卢俊义惊噩梦终结,名义上是为否定《水浒》"忠义"之说,实际很大程度上出于对七十一回后文字的不满。而后代许多人赞扬金圣叹的删改,也都是出于这个原因。20世纪以来,学界对此问题的探讨不断深入,鲁迅在论及金圣叹腰斩《水浒》的问题时曾说,"一部大书,结末不振,是多有的事"。②他并探讨了其成因,认为《水浒传》是集合许多口传或小本水浒故事而成的,难免有不能一律处。况且描写成功以后的文章,本来就比描写正做强盗时难些。③鲁迅从《水浒传》成书的历程分析其缺陷,表示了宽容和理解。50年代宋云彬《谈〈水浒传〉》一文认为,"《水浒传》写勇士们被逼上梁山都写得很好,可是一上梁山以后,每个人就没有什么发展了"。④再如,卢俊义上梁山且坐第二把交椅,明清以来有许多人指出是败笔。清人蔡元放《〈水浒后传〉读法》就指出:"又如卢俊义本是好好一个北京员外,安居乐业,即是本领武艺甚好,而山寨中兵多将广,尽可不必需此一人。乃忽然平地生波,将他赚哄上山,要他入伙,弄得他家破人亡,受刑拷、犯思(患)难,即他一身,亦几乎死于

---

① (明)天都外臣:《〈水浒传〉叙》,引自朱一玄、刘毓忱编《水浒传资料汇编》,南开大学出版社2002年版,第167—169页。
② 鲁迅:《中国小说史略·附录》,人民文学出版社1973年版,第293页。
③ 鲁迅:《中国小说的历史的变迁》,见《中国小说史略·附录》,人民文学出版社1973年版,第293页。
④ 宋云彬:《谈〈水浒传〉》,《文艺月报》1953年3月号。

非命。虽说罡煞数应聚会，然毕竟觉道不妥。"① 胡适在《〈水浒传〉考证》中也指出过这个问题。② 另外，梁山泊成千成万的喽啰从何而来，作者也没有交代，这是一个很大的疏漏，后人也多有批评。

第二节 对《水浒传》人物塑造艺术的论述

李卓吾对《水浒传》刻画人物个性的艺术特别赞赏，指出《水浒》中的人物形象"全在同与不同处有辨"，其第三回回评说：

> 描画鲁智深，千古若活，真是传神写照妙手。且《水浒传》文字，妙绝千古，全在同而不同处有辨。如鲁智深、李逵、武松、阮小七、石秀、呼延灼、刘唐等众人都是急性的。渠形容刻画来，各有派头，各有光景，各有家数，各有身份，一毫不差，半些不混，读去自有分辨，不必见其姓名，一睹事实就知某人某人也。③

他十分重视《水浒传》人物性格的典型性特征，在第九回回评又说："施耐庵、罗贯中真神手也！摩（摹）写鲁智深处，便是个烈丈夫模样；摩（摹）写洪教头处，便是个忌嫉小人底身份；至差拨处，一怒一喜，倏忽转移，咄咄逼真，令人绝倒。异哉！"④ 第二十四回回评又说："说淫妇便像个淫妇，说烈汉便像个烈汉，说呆子便象个呆子，说马泊六便象个马泊六，说小猴子便象个小猴子。但觉读一过，分明淫妇、烈汉、呆子、马泊六、小猴子光景在

---

① （清）蔡元放：《〈水浒后传〉读法》，引自朱一玄、刘毓忱编《水浒传资料汇编》，南开大学出版社2002年版，第499页。

② 胡适：《〈水浒传〉考证》，《中国章回小说考证》，安徽教育出版社1999年版，第41页。

③ （明）李卓吾：《水浒传回评》，引自朱一玄、刘毓忱编《水浒传资料汇编》，南开大学出版社2002年版，第173页。

④ 同上。

眼，淫妇、烈汉、呆子、马泊六、小猴子声音在耳，不知有所谓语言文字也"。① 这些论述直接影响到明末清初的金圣叹等人。金圣叹进一步论述了《水浒》善于刻画人物个性的艺术特点，他在《读第五才子书法》中说：

> 《水浒传》一个人出来，分明便是一篇列传。至于中间事迹，又逐段逐段自成文字。……亦有五六句成一篇者。
> 别一部书，看过一遍即休。独有《水浒传》，只是看不厌，无非为他把一百八个人性格，都写出来。
> 《水浒传》写一百八个人性格，真是一百八样。若别一部书，任他写一千个人，也只是一样，便只写得两个人，也只是一个样。②

金圣叹注意到水浒人物群像同中有异的特征："《水浒传》只是写人物粗卤处，便有许多写法。如鲁达粗卤是性急，史进粗卤是少年任气，李逵粗卤是蛮，武松粗卤是豪杰不受羁靮，阮小七粗卤是悲愤无说处，焦挺粗卤是气质不好。"③ 比李贽所评更加深入。金圣叹在剖析造成个性差异的原因时，不仅论述了他们出身经历的不同，而且运用了"气质"这一当代文艺心理学常用的概念，金圣叹固然不懂什么文艺心理学，他的"气质"也还主要是指伦理、政治方面的蕴含，但是他在探讨人物性格的形成时已将触角延伸到人物内在心理机制的层面，这不能不说是小说批评的重要进展。

20世纪30年代，梅寄鹤《水浒传绪言》在论及"水浒传之文章"时说："《水浒》之文章之所以胜于其它小说，在于将人物个性分别清楚"，"至于书中人物，有李逵憨直，在在形出宋江之奸

---

① （明）李卓吾：《水浒传回评》，引自朱一玄、刘毓忱编《水浒传资料汇编》，南开大学出版社2002年版，第175页。
② （清）金圣叹：《读第五才子书法》，引自朱一玄、刘毓忱编《水浒传资料汇编》，南开大学出版社2002年版，第218—225页。
③ 同上。

诈；有杨雄之昏庸，而在在衬出石秀之阴鸷；有林冲之遭际，而在在衬出鲁达之义勇。机杼百折，文心独运，又岂庸俗之旧小说所可几及耶？"①

50年代至70年代，对《水浒传》塑造人物形象方法的论述缺乏新意，主要重复如下几个方面：作者运用现实主义创作方法，把人物置于典型化的社会矛盾中刻画其性格；现实主义与浪漫主义相结合的方法塑造梁山英雄形象，体现高度的典型化与强烈的人民英雄主义色彩；通过人物的行动展示人物的性格；心理刻画、对话描写、人物语言的个性化，以及环境、景色的渲染等也是重复率很高的套语②。

20世纪80年代借用苏联的典型理论，对于《水浒传》人物性格进行分析。如陈洪、沈福身《李卓吾小说创作论评述》一文认为，李卓吾"同而不同"的理论实际上已经接触到小说艺术的核心任务，"'同'接近于代表性、共性；'不同'接近于具体性、个性；'同而不同'，则辩证地揭示出在典型形象中，二者是矛盾统一的关系"。③ 实际是在证明李卓吾的典型人物理论符合唯物辩证法中共性与个性、矛盾的普遍性与特殊性之间辩证关系的原理。而三百多年前的李卓吾恐怕未必以为然。

美国学者浦安迪认为，"《水浒传》在人物塑造方面，通过反讽手法的运用，使几乎每个重要人物都带有他自己的寓意，他们不是一览无余的单纯的正面人物或反面人物，而是复杂的问题人物。围绕着这些内涵复杂的人物，小说的多层次质感才逐渐展现，传统小说批评的多元化倾向得以因此而确立。"④ 如对英雄武松、李逵、鲁智深的描写莫不如此。仅以武松形象为例：

---

① 梅寄鹤：《水浒传绪言》，1933年上海中西书局印澄江梅氏藏本120回《古本水浒》卷首。
② 《〈水浒〉的思想和艺术》，南开大学中文系古典文学教研室撰写于1972年12月，见南京大学中文系资料室1980年编《水浒研究资料》，第467页。
③ 陈洪、沈福身：《李卓吾小说创作论评述》，《天津社会科学》1983年第2期。
④ ［美］浦安迪：《中国叙事学》，北京大学出版社1996年版，第150页。

第六章 《水浒传》叙事艺术研究

武松打虎是家喻户晓的故事。武松是个好汉吗，看来似无问题，但如果我们细读《水浒传》的"武十回"，就不难发现，武松其实并不是完美无缺的英雄。繁本《水浒传》中对武松画像的阴暗面的最有力的描写，莫过于血溅鸳鸯楼的那场令人毛骨悚然的大屠杀。表面上，武松的盛怒完全有理，只有在作者用他那支生花的妙笔点出武松滥杀无辜的奴婢和卷走金银财宝时，我们才看到他的翻案文章。

作者不仅揭露武松性格中的暴虐的一面，也暗示了他个性中强中弱的一面。他在第二十一回出场时，是个身患疟疾、郁郁不得志的小人物。在第三十一回里，武松为了追赶一条黄狗，竟失足"一个筋斗倒撞下溪里去"，挣扎不起。金圣叹批曰："其力可以打倒大虫，而不能不失手于黄狗，为用世者读之寒心。"更有讽刺意味的是——如众所周知——武松的最后入寂时，成了一个独臂的废人。[①]

这种对《水浒》人物描写中反讽手法的解读，启示我们，尊重文本，立足文本，细读文本，是文学阐释活动的起点。

第三节 《水浒传》结构艺术研究

明清人对《水浒传》情节发展既曲折生动又转换自然的特点有较多论述。容与堂本第七十八回，李秃翁曰："《水浒传》文字不可及处，全在伸缩次第。"第八十七回李卓吾评曰："描画琼妖纳延、史进、花荣、寇镇远、孙立弓马刀剑处，委曲次第，变化玲珑，是丹青上手。"[②] 金圣叹于贯华堂本《水浒传》第八回评曰："此一回书每每用忽然一闪法，闪落读者眼光，真是奇绝。""今观

[①] [美] 浦安迪：《中国叙事学》，北京大学出版社1996年版，第144—145页。
[②] （明）李卓吾：《水浒传回评》，引自朱一玄、刘毓忱编《水浒传资料汇编》，南开大学出版社2002年版，第182—183页。

水浒研究史脞论

其叙述之法,又何其诡谲变幻,一至于是乎……譬如空中之龙,东云见鳞,西云露爪,具极奇极恣之笔也。"[1] 第二十七回评说:"读第一段,并不谓其又有第二段;读第二段,更不谓其还有第三段。文势离奇屈曲,非目之所尝睹也。"[2]

《水浒传》第十三回在描写了一场惊心动魄的激斗之后,笔锋一转,落到了赤发鬼刘唐醉卧灵官殿,被马步兵捉住,从此转到七星聚义、智取生辰纲的情节。对于这种不着痕迹的巧妙转换,李贽评道:"《水浒传》文字,形容既妙,转换又神,如此回文字,形容刻画周谨、杨志、索超处,已胜太史公一筹。至其转换到刘唐处来,真有出神入化手段。此岂人力可到?定是化工文字,可先天地始,后天地终也。不妄不妄!"[3] "景阳冈武松打虎"一回中袁无涯刻本眉批云:"情事都从绝处生出来,却无一些做作之意,此文章承接入妙处。"[4] 金圣叹在《第五才子书读法》也中指出,《水浒传》是"字有字法,句有句法,章有章法,部有部法"。[5] 陈忱指出,《水浒传》"头绪如乱丝,终于不紊,循环无端,五花八阵,纵横错见,真奇书也。"[6]

明代人还论述了《水浒传》构思完整、血脉贯通的特征。李开先《词谑·一笑散》中认为,《水浒传》情节结构具有"委曲详尽,血脉贯通"的特点,并将其与《史记》相提并论:"崔后渠、熊南沙、唐荆川、王遵岩、陈后冈谓《水浒传》委曲详尽,血脉贯通,《史记》而下,便是此书。且古来更未有一事而二十册者。倘

---

[1] (清)金圣叹:《水浒传回评》,引自朱一玄、刘毓忱编《水浒传资料汇编》,南开大学出版社2002年版,第234—235页。
[2] 同上书,第257页。
[3] (明)李卓吾:《水浒传回评》,引自朱一玄、刘毓忱编《水浒传资料汇编》,南开大学出版社2002年版,第174页。
[4] 《水浒传会评本》,北京大学出版社1981年版,第411页。
[5] (清)金圣叹:《读第五才子书法》,引自朱一玄、刘毓忱编《水浒传资料汇编》,南开大学出版社2002年版,第218—225页。
[6] (清)陈忱:《〈水浒后传〉论略》,引自朱一玄、刘毓忱编《水浒传资料汇编》,南开大学出版社2002年版,第488—496页。

以奸盗诈伪病之，不知序事之法，学史之妙者也。"① 他的这种评价对后人影响颇大。胡应麟尽管对《水浒传》的诗词韵语表示不屑，但对《水浒传》的叙事结构艺术却赞赏有加："今世人耽嗜《水浒传》，至缙绅文士亦间有好之者。第此书中间用意，非仓猝可窥。世但知其形容曲尽而已；至其排比一百八人，分量重轻，纤毫不爽，而中间抑扬映带，回护咏叹之工，真有超出语言之外者。余每惜斯人以如是心，用于至下之技。"②

明清之际金圣叹认为，《水浒传》作者"有全书在胸而始下笔著书者"，譬如书中对于主角宋江的出场安排，"《水浒传》不是轻易下笔，只看宋江出场，直在第十七回，便知他胸中已算过百十来遍"。又说"《水浒传》七十回，只用一目俱下，便知其二千余纸，只是一篇文字"。③ 这些评语都是就《水浒传》有完整艺术构思特征而言的。

金圣叹对百二十回《忠义水浒传》前后艺术结构失衡状况颇为不满，并进行了斧正改造。他修订的70回本特别重视结构的细密严谨，他将120回本的70回以后内容全部删去，于众英雄梁山排座次的高潮中戛然而止，用他自己的话说，"读之正如千里群龙一齐入海，更无丝毫未了之感"。金圣叹还故意把底本中洪信搬倒的石碑改为石碣，再加上阮氏三雄所居村名的石碣，自天而降、书有天罡地煞名号的石碣，然后诡称"三个石碣字，是一部《水浒传》大段落"④。他的这些改造尽管遭到后人訾议，但经其改造后的70回本脉络贯通，更加浑如一体，则是事实。金圣叹还对《水浒传》的一些结构技巧进行了更加细致的论述。如"横山断云"、"草蛇灰线"等，前人多有论述，此处从略。

---

① （明）李开先：《一笑散》，引自朱一玄、刘毓忱编《水浒传资料汇编》，南开大学出版社2002年版，第167页。
② （明）胡应麟：《少室山房笔丛》卷四十一《庄岳委谈下》，上海书店出版社2001年版，第437页。
③ （清）金圣叹：《读第五才子书法》，引自朱一玄、刘毓忱编《水浒传资料汇编》，南开大学出版社2002年版，第218—225页。
④ 同上。

明清人对于《水浒传》叙事中的"闲笔"也多有论述。如第五十五回叙写梁山大军与呼延灼率领的官军对阵时，却插入了一句"此时虽是冬天，却喜和暖。"袁无涯刻本李卓吾夹评曰："没紧要中点出时节"。金圣叹评曰："偏是百忙时，偏有本事作此闲笔。"①

金圣叹还论述了《水浒传》"镜中看镜"的叙事方式。第五十回雷横到勾栏听白秀英说唱《豫章城双渐赶苏卿》话本，金圣叹评曰："景之奇幻者，镜中看镜；情之奇幻者，梦中圆梦；文之奇幻者，评话中说评话。如《豫章城双渐赶苏卿》，真对妙景，焚妙香，运妙心，伸妙腕，蘸妙墨，落妙纸，成此妙裁也。"②类似的情节还有第九十回李逵和燕青到东京桑家瓦子听评话《三国志》"关云长刮骨疗毒"，并借李逵喝彩表达评价意见。以往学界论及此处多作为《水浒传》成书晚于《三国志通俗演义》的明证，其实这种镜中镜、小说中套小说的叙事方法可以使故事场面与说评话场面互为映衬，可以更好地折射人物性格，深化故事意韵，收到似真传神的艺术效果。今人杨义先生称这种故事中套故事的方法近似于西方文学理论所说的"元小说"叙事方法。③

整体来看，清代人对于《水浒传》结构艺术的论述并不多见。李渔在《闲情偶寄·时防漏孔》中曾指出："吾于古今文字中，取其最长、最大而寻不出纤毫渗漏者，惟《水浒传》一书。"④这段话有些言过其实。

晚清时期，邱炜䒢《菽园赘谈》提出，小说结构"自有章法有主脑在，否则满纸散钱，从何串起？"举《水浒》为例，"《水浒》主脑，在于收结三十六人，故以'梁山泊惊恶梦'戛然而止"。并认为《水浒》作者"意在于著书，故可止则止，不在于群

---

① 《水浒传会评本》，北京大学出版社1981年版，第1006页。
② （清）金圣叹：《水浒传回评》，引自朱一玄、刘毓忱编《水浒传资料汇编》，南开大学出版社2002年版，第279页。
③ 杨义：《〈水浒传〉的叙事神理》，《齐鲁学刊》1994年第1期。
④ （清）李渔：《闲情偶寄》"词曲部"，上海古籍出版社2000年版，第73页。

盗。故凭空而起者，亦无端而息，所谓以不了了之也"①。

眷秋《小说杂评》称："以文章论，《水浒》结构严整，用字精警。""以结构论，《水浒》较《石头记》严整有法。"② 这是20世纪初较为少见的关于《水浒传》结构的评论，只是过于简略。

20世纪20—40年代，深受西方现代小说观念影响的评论家对《水浒传》结构存在的种种缺陷提出了更加理性的批评。俞平伯《谈中国小说》一文批评《水浒传》的结构存在前后龃龉、伤害完整的弊病："《水浒传》的本事是北宋之大盗，但在南宋则因中原沦陷，想望草泽英雄，遂变强盗为忠义，而有招安平寇之说；明初杀戮功臣，于是写宋江等功成被害；清初又因苦流寇久，重新又把张叔夜请来杀强盗，而'天下太平'。《水浒》既有那么长远的历史，而各种版本又多错杂，于是这书便成为一种杂拌，文格文情自相龃龉。"③ 此论结合《水浒传》复杂的成书背景而提出，自有其一定道理。而认为"清初又因苦流寇久，重新又把张叔夜请来杀强盗，而'天下太平'"等语，则显然与金圣叹腰斩《水浒》的动机不符。

胡适《水浒传考证》、《水浒传后考》等文曾激烈批评金圣叹批的所谓"八股文法"，将其"草蛇灰线"、"鸾胶续弦"诸法一笔抹杀，全盘否定。鲁迅1924年所撰《中国小说的历史的变迁》论及了《水浒传》艺术结构前后的失衡问题，提出《水浒传》"结尾不振"的问题，他说："《水浒传》是集合许多口传，或小本《水浒》故事而成的，所以当然有不能一律处。况且，描写事业成功以后的文章，要比描写正做强盗时难些。一部大书，结尾不振，是多有的事。"并指出了这种现象是由于"集合许多口传，或小本《水

---

① 邱炜萲：《菽园赘谈》，引自朱一玄、刘毓忱编《水浒传资料汇编》，南开大学出版社2002年版，第360页。
② 眷秋：《小说杂评》，引自朱一玄、刘毓忱编《水浒传资料汇编》，南开大学出版社2002年版，第368—370页。
③ 俞平伯：《谈中国小说》，载《小说月报》1928年第19卷第2号。

浒》而成。"①

　　50年代至80年代，对《水浒传》叙事结构的论述主要围绕是"有机的"还是"无机的"问题而展开。后者以茅盾提出的"无机论"为代表，其《谈〈水浒〉的人物和结构》一文认为："从全书看来，《水浒》的结构不是有机的结构。我们可以把若干主要人物的故事分别编为各自独立的短篇或中篇而毫无割裂之感。但是，从一个人物的故事来看，《水浒》的结构是严密的，甚至也是有机的。在这一点上，是可证明《水浒》当其尚为口头文学的时候是同一母体而各自独立的许多故事。"②李希凡则持相反的观点，他在《〈水浒〉的作者与〈水浒〉的长篇结构》中认为："《水浒》长篇章回结构，不仅不是缺乏'有机的结构'，而是具有着现实主义长篇艺术结构的主要特色，它的个别累赘、松散的地方，虽然还存留着说话讲述阶段某些原始形态的缺陷，表现了长篇章回小说刚刚形成时期的过渡阶段的特点，但这并没有完全损害它的思想艺术概括的完整性。"③这种"有机"和"无机"的争论，虽然已经超越传统叙事理论的畛域，一定程度上体现出现代学术思辨的特点，但还只是从表层故事情节的结构形态来谈论的，仍然带有传统学术思维的笼统、感性特征，尚未深入到文本的深层结构。

　　60年代，中国科学院文学研究所编的《中国文学史》认为，《水浒传》所写的大大小小的故事，既有相对的独立性，故事之间又有着有机的联系，表达共同的中心内容。④这一说法倾向于李希凡的观点，受到当时《水浒传》思想价值评价的影响。游国恩等编《中国文学史》的论述较为笼统简约，只说《水浒传》的全部结构"完整而富有变化"。⑤北京大学中文系编的《中国小说史》则指

---

①　鲁迅：《中国小说史略·附录》，人民文学出版社1973年版，第269—309页。
②　茅盾：《谈〈水浒〉的人物和结构》，《文艺月报》1950年第2期。
③　李希凡：《〈水浒〉的作者与〈水浒〉的长篇结构》，《文艺月报》1956年第1期。
④　中国科学院文学研究所编：《中国文学史》，人民文学出版社1962年版，第870页。
⑤　游国恩等编：《中国文学史》，人民文学出版社1964年版，第890页。

第六章 《水浒传》叙事艺术研究

出,《水浒传》整个结构不够完善,各个局部之间的联系也不够紧密。[1] 这一观点倾向于茅盾的意见。80年代,欧阳健、萧相恺谈到当年的这一争论时,支持茅盾的意见,说:"《水浒》的集大成者,在按照《水浒》'大情节'的'母题'把这全部已有的庞大丰富的材料组织成一个统一整体的时候,尽管也曾努力确定一个总的发展线索,找到各个部分的匀称的比例,注意到各个部分的合理穿插和前后关联;但是他们面对着的毕竟是在'说话'阶段已经获得了高度成就,实际上已经无法改变其定型结构的'小情节'的预制部件,这就明显地留下了许多不能堪称为'有机'的缺陷。"[2] 在此问题上发表意见的还有王齐洲、吴士余等人。

此外,陈辽从小说发展的角度分析了《水浒传》结构的创新意义,认为其结构是递进式的。在《水浒传》作者看来,由这一事件推移到另一事件,由这一人物任主角,再由另一人物任主角所代替,由喜剧到悲剧,其间都是有因果关系的。"于是《水浒》作者以递进式的结构取代了单线顺序式的结构,这在我国小说结构上又是一次创新。"[3]

80年代以来关于《水浒》叙事结构的研究,由于受到西方结构主义理论的影响,出现了著名的"板块结构"说。最早由郑云波《论〈水浒传〉情节的板块构成》一文提出,郑文把百二十回《水浒全传》分为四大板块,外加序曲和尾声,实为六大板块[4]。

马成生《水浒通论》第十三章"《水浒》的结构"[5] 可以视为"板块"说的代表。马先生依据百回本《水浒传》内容情节,将全书分为五大板块:

---

[1] 北京大学中文系编:《中国小说史》,人民文学出版社1978年版,第126页。
[2] 见《〈水浒〉情节结构刍议》,载《水浒争鸣》第1辑,长江文艺出版社1982年版。
[3] 陈辽:《论中国长篇小说结构的嬗变》,《江海学刊》1995年第1期。
[4] 郑云波:《论〈水浒传〉情节的板块构成》,《水浒争鸣》第4辑,长江文艺出版社1985年版。
[5] 马成生:《水浒通论》,浙江古籍出版社1994年版,第295—312页。

(1) 序幕：引首和第 1 回。

(2) 前半部（第 3—42 回），又分为五大板块：

第 1，鲁智深故事，即"鲁十回"：第 3—9 回，第 17 回，第 57 回，第 58 回；

第 2，林冲故事，即"林十回：第 7—12 回，第 19—20 回；

第 3，晁盖等故事：第 13—20 回；

第 4，武松故事，即"武十回"：第 23—32 回；

第 5，宋江故事，即"宋十回"：第 32—42 回；

(3) 中间部分（第 44—60 回），又可以分为六个较小的板块：

第 6，杨雄、石秀故事：第 44—46 回；

第 7，三打祝家庄故事：第 47—50 回；

第 8，解珍、解宝故事：第 49—50 回；

第 9，朱仝、雷横故事：第 51—52 回；

第 10，三山聚义打青州：第 57—58 回；

第 11，攻打华山和芒砀山故事：第 59—60 回；

(4) 后半部分（第 61—99 回），又可以分为四大板块：

第 12，卢俊义故事，即"卢十回"：第 61—70 回；

第 13，接受招安故事：第 70—82 回；

第 14，征辽故事：第 83—89 回；

第 15，平方腊故事：第 90 回—99 回；

(5) 尾声，第 100 回。

马先生并指出，一百二十回本的《水浒全传》增有征田虎、征王庆二十回，又可分为两大板块。根据郑振铎《水浒全传序言》的推测，施耐庵的原本在宋江等招安以后只有"征方腊"一件事，果然如此，那么《水浒传》后半部只有三大板块。而金圣叹评本《水浒传》则只有一大板块。

第六章 《水浒传》叙事艺术研究

这种解读方式的要点及优长主要体现在两个方面：一是将《水浒传》文本系统化整为零，切割成一个个独立的板块，作为结构系统的组成单位，它们是以人物或事件为中心的叙事单位，既便于考察《水浒传》的成书过程，又便于梳理排比各板块之间的关系；二是揭示出板块之间的线索，如马成生指出，"《水浒传》的作者就是设置了这第一条思想意义的线——忠义，把全书的大'板块'与小'板块'贯穿起来"①。其实是指出了《水浒传》文本结构的组合方式，即用一条深层哲理结构将各板块贯穿起来成为一个艺术整体。后一方面更加重要。这种"板块结构"理论虽然比"有机"、"无机"之论更加关注文本，论述更加细致深入，但却严重忽视文本内在机制的主体性，把各结构要素之间的关系视同一种机械性链接。总起来看，仍是过分突出外在叙事主体对于文本的统摄主宰作用，最终并未跳出传统叙事结构理论的窠臼。

同时，80年代以来，关于《水浒传》结构形态的讨论一方面仍然遵循传统叙事理论进行，另一方面随着西方新理论、新方法如叙事学、结构主义等被引入中国传统文学研究，《水浒传》结构的研究也因借助"他山之石"，取得了突破性进展。特别是叙事学理论为《水浒传》叙事艺术的研究提供了崭新的视角，展示了更广阔的视野。

郑铁生《论〈水浒传〉叙事结构》②一文借叙事学理论对《水浒传》结构作了重新探讨。叙事学认为，叙事结构不仅是叙事成分的机械组合样式，而且是作家世界观、艺术观的一种形象图示。表层由人物、事件组成的不同叙事单元之下往往隐含着深邃的哲理意蕴。郑文引入西方叙事学理论中的"单元结构"和"结合部"概念：人物是一个建构过程，他将在矛盾中不断地被否定和置换。人物个性的发展有其内在动力性，个性张力不断扩展，在与社会化群体性格系统双向互动的建构过程中，不仅不断产生个性新质，而且

---

① 马成生：《水浒通论》，浙江古籍出版社1994年版，第303页。
② 郑铁生：《论〈水浒传〉叙事结构》，《天津外国语学院学报》1998年第1期。

不断推动情节向前发展。因此，不同人物的不同性格结构决定了不同的叙事单元结构。不同单元结构之间，即不同人物之间的联结称为结合部。根据以上理论观念，郑文把《水浒传》七十回以前的叙事结构归纳为：

五个大单元：
1. 鲁智深（鲁十回）
2. 林冲（林十回）
3. 武松（武十回）
4. 宋江（宋十回）
5. 卢俊义（卢十回）

五个小单元：
1. 杨志（12—13回，17回）
2. 杨雄、石秀（44—46回）
3. 柴进（52—54回）
4. 高俅（55—60回）
5. 李逵（43回，72—75回）

大小单元之间的结合部，即单元结构的组合方式主要有如下几种：

1. 互动式，如鲁智深与林冲的组合方式是互动式结构形态；

2. 穿插式，如武松与宋江的性格结构是互相穿插的；

3. 平行式，杨志押送生辰纲和晁盖智取生辰纲就是一种平行发展关系；

4. 串联式，晁盖等七人以单个人串联方式聚义东溪村，谋划劫取生辰纲，展示了七种不同的性格结构；

5. 统领式，宋江性格结构的矛盾及其发展，对于许多好汉的性格结构产生了重要影响；

6. 层递式，如三山聚义，桃花山联合二龙山，又联合白虎山，又联合梁山。多层递进，推动群雄上梁山。

第六章 《水浒传》叙事艺术研究

叙事结构的美学意涵在于"关系"对"意义"的功能作用。因此《水浒传》叙事结构形态包含两个层面：故事层面与意蕴层面。郑铁生还把一百二十回本《水浒传》分为五个时空格局，并分别指出每一种时空格局所蕴含的深层含义，以及社会化性格系统人与人之间关系所发生的量变和质变。郑文还指出，《水浒传》叙事结构以人物性格为组合的叙事方式，仅限于七十回之前。七十回之后又回到了传统的以故事情节为主要成分的叙事结构模式。借用叙事学理论观照《水浒传》的叙事结构，使我们认识到，《水浒传》"71回前以人物性格结构组合的叙事结构创造性地推进了故事小说向性格小说的发展，使得技巧性的结构方式愈来愈失去往日的辉煌"[1]。这种借用西方叙事理论对《水浒传》结构艺术的解读，无疑为这一问题的研究增添了崭新的科学因素，但也存在两个亟须解决的问题：一是西方理论移植中国传统小说研究的适用性问题，二是如何将西方理论与中国传统叙事理论接榫、融合的问题。这两个问题不能很好解决，其结论的说服力就难免要打折扣。

美国学者浦安迪在其《中国叙事学》中曾以《水浒传》结构为例，驳斥了某些西方汉学家对中国古典小说缺乏"艺术整体感"的指责，他说：

> 中国奇书文体的字无虚用、事无虚设体现在"事"与"事"之间的空间布局之上。金圣叹《读第五才子书法》曰："《水浒传》章有章法，句有句法，字有字法。"[2]

浦安迪借鉴自然科学化整为零的微观研究方法，归纳出奇书文体以"十回"单元为基础的"百回"定型结构。他认为，在四大奇书成文的时代，中国古典小说的定型长度为一百回，并不是一个偶然的巧合，它已成为文人小说形式的标准特征，"百"的数字暗

---

[1] 郑铁生：《论〈水浒传〉叙事结构》，《天津外国语学院学报》1998年第1期。
[2] ［美］浦安迪：《中国叙事学》，北京大学出版社1998年版，第61页。

示着各种潜在对称和数字图形意义，正好符合中国艺术美学追求二元平衡的倾向。明代文人小说家把说书人讲述的各自独立的片段故事一回一回地串联成百回巨著，此举本身在中国小说美学史上的意义已经非同小可，更为重要的是，他们又把惯用的"百回"总轮廓划分为十个十回，形成一种特殊的节奏律动。《水浒传》、《西游记》、《金瓶梅》的早期版本，大致都分成十卷，每卷十回。这个看来似乎是出于偶然的版本学细节，其实暗蕴明清文人小说布局的一个重要秘密。我们一旦看破奇书文体由十乘十的叙述节奏组成——即小说叙述的连续统一性被有节奏地划分为十个"十回"的单元——全书的整体结构模型就了然在目了。① 他并认为，《水浒传》的结构布局在许多地方体现出奇书文体的"十回"模式，现存的繁本百回《水浒传》，虽然没有一部是分成十回一卷的，但各种分成二十卷、每卷五回的本子，都可以变相地合并成"十回"的结构，叙事本文基本上是以十回为单元的节奏组成的。这种十进位的章法既清楚地见于前半部的所谓"武十回"、"林十回"、"宋十回"等脍炙人口的卷帙，又贯穿于后半部梁山泊全伙受招安（第七十二至第八十二回），和平辽（第八十三回至第九十回）、平田虎（第九十一回至第一百回）、平王庆（第一百一回至第一百十回）、平方腊（第一百十一回至第一百二十回）的所谓征四寇部分。浦安迪甚至认为，即使《水浒传》七十回、一百回和一百二十回三种看似不合百回定型结构的本子，其实并无结构上的矛盾。相反一百二十回的布局可以看作对百回繁本的结构合理性的一种旁证，它保存了前者的明显数字平衡感和对称性，只是一种"加一倍写法"。金圣叹腰斩的七十回本也是如此，表面上看来，它似乎否定了百回本及其引申出的百二十回本的结构意义，但实际上这种貌似的否定却更足以重新肯定百回本的设计。② 浦氏从叙事节奏角度，将《水浒传》结构归纳为以十回为单元的节奏模式，不失为一种新的解读方

---

① ［美］浦安迪：《中国叙事学》，北京大学出版社1998年版，第62页。
② 同上书，第65—66页。

第六章 《水浒传》叙事艺术研究

式，可以为我们提供新的启示。但是，他用自己归纳的所谓"奇书文体十回模式"去硬套二十卷百回本《水浒传》的结构，已经有些牵强，又说其他三种本子的《水浒传》统统合乎他的"十回"结构模式，就有些难以自圆其说了。

浦氏进一步分析了包括《水浒传》在内的奇书文体"十回"主结构中的次结构。他认为，奇书文体的次结构存在于每一个十回的单元之内。读奇书文体时，在一个十回的单元里，我们经常能发现某种小型的内在起伏的存在，例如，每十回中的第九、第十回在布局结构中都具有特定功能。此外，每十回单元的中间，即第五回的前后往往是另一个关键，经常孕育着一个饱含喜怒哀乐的情绪高潮，夹在首尾两次相对平静的低潮中间。这种"三四回次结构法"，在其他各部奇书的结构中也有十分广泛的运用。在《水浒传》十回单元的总框架之下，我们可以看到三至四回的较小单元穿插出现。与此同时，《水浒传》也间或采用类似《西游记》"引入本题"的结构技巧，即在三四回一节的小单元之间插进另一单独的回目作为插叙，例如第五十三回公孙胜斗法破高廉，既是结构上单独的一回，又和整个从第五十四回至第五十六回的宋江大破呼延灼连环马的叙述单元在主题上相连。他还探讨了这种次结构与宋、元、明、清小说戏曲共同叙事俗套之间的内在联系，并指出，这种次结构法只有在明清文人小说中才真正发展成为一种精致文化的老练结构特色。总之，奇书文体的次结构，须从小说回目的逢三、逢五、逢七、逢九处去寻找。①

浦安迪还探讨了《水浒传》"十回"单元结构的拼合法则。他认为，一百二十回本《水浒传》，从第一回"张天师祈禳瘟疫，洪太尉误走妖魔"到第十八回"林冲水寨大并火，晁盖梁山小夺泊"和第十九回"梁山泊义士尊晁盖，郓城县月夜走刘唐"，为英雄聚义的第一段落；而第二十回后的第三十八回"浔阳楼宋江吟反诗，梁山泊戴宗传假信"和第三十九回"梁山泊好汉劫法场，白龙庙英

---

① ［美］浦安迪：《中国叙事学》，北京大学出版社1998年版，第69—71页。

雄小聚义"的宋江上山落草,则为聚义的第二个大段落;随之进入小说的核心虚构情景部分,直到第七十一回"忠义堂石碣受天文,梁山泊英雄排座次"结束;然后又用后第七十一回到第八十二回的一大段落,专门讲述梁山一百零八位好汉全伙出齐后受招安的始末;最后则是从第八十三回开始的著名的"征四寇",直到第一百二十回的尾声。这样《水浒传》就形成了"二十——二十——四十——四十"的整体结构安排。①

浦安迪还探讨了奇书文体高潮发生的位置。他认为,一般来说,中国小说里情节的高潮(climax),往往远在故事的终点之前就发生了。奇书文体的高潮模式,往往在作品前半部以三分之二的篇幅作为主体,逐步构造出小说的核心虚构境界,然后再用一段冗长的结尾来使这个境界逐渐解体。② 金圣叹之坚持腰斩一百二十回的《水浒传》,使之成为七十回之举,在结构上的意义更是不容忽视。我们可以把一百二十回本《水浒传》的终点,视为在第七十一回"梁山泊英雄排座次",然后通过"征四寇"的血战有条不紊地几乎清除了所有的梁山好汉,从而实现了上述约定俗成的结构美学原则。金圣叹的七十回本《水浒传》以"忠义堂石碣受天文,梁山泊英雄惊噩梦"使故事戛然而止,也提供了足以和第一回对称抗衡的起承转合,给人以强烈的天道循环的结构感受。这种布局的真意在于延绵不断的回转,所以我们可以进而把这类似无了局的结构视为一种无休止的周旋现象。③

浦安迪还从中西文学观念比较的角度,探讨了中国传统评点家笔下的"结构"一词的真正含义。他说,许多中国传统评点家们视之为"结构"的地方,并不一定相当于西方文学批评中的 structure 问题。例如,中国传统的评点家时常研究小说的"针线"问题,认为这是小说结构极重要的一个方面。但是,当我们作比较研究时,就会发现这里所谓的"结构"往往并不是西方叙事名著里的 struc-

---

① [美]浦安迪:《中国叙事学》,北京大学出版社1998年版,第73页。
② 同上书,第78页。
③ 同上书,第76—81页。

ture——那种"大型"叙事架构所拥有的艺术统一性——它处理的只是奇书文体所特有的段落与段落之间的细针密线的问题。也就是说，它其实不是"结构"（structure），而是"纹理"（texture，文章段落间的细结构），处理的是细部间的肌理，而无涉于事关全局的叙事构造。① 浦安迪对《水浒传》及其他奇书结构艺术的论述始终体现出重视文本、细读文本的思想，并揭示出一些中国传统批评方法容易忽略的盲点。但是他的研究也存在过度阐释的现象，如他提出，奇书文体中的季节描写体现一种特殊的结构原则，譬如，"冷热"的字样在明清小说中的意义，远远不止仅指天气的冷暖而已，而具有象征人生经验的起落的美学意义。《水浒传》喜欢把元宵节作为节令描写的典范，书中许多关键的场景恰好被安排在这一佳节，似非偶然。② 其实书中的这些描写不能一概而论，有的只是"偶然"现象，并无微言大义，因而其解读不免带有主观色彩。

还有的学者从中国传统文化思维方式，如术数思维角度，探讨《水浒传》结构艺术与传统文化心理的关系。术数之学是相信天人感通的古代中国人参究天地玄机的一门方术学艺，一些神秘的数字往往成为他们推断人事成败以及是否符应天命的重要参数。从《宋史·侯蒙传》中"江以三十六人横行齐魏"，到龚圣与《宋江三十六人赞》、《宣和遗事》中宋江三十六人姓名绰号，都可体现出这种术数思维的特征。杨义认为："《水浒传》也是借助于这种宇宙术数思维而形成其神异宏大的整体结构的。"③《水浒传》在原有传说及文献资料的基础上，把三十六人扩展到一百零八人，组成了三十六天罡、七十二地煞的天地神祇系列，从而潜伏下一个星宿聚散离合的带有神话意味的隐性结构神理。而且，百回本卷首移去"灯花婆婆"引语，而换上宋太祖为霹雳大仙下凡，宋仁宗为赤脚大仙转世，以及洪太尉到龙虎山上清宫请张天师祈禳瘟疫，搬倒"遇洪而开"的石碣，误走一百单八妖魔等故事，更加强化了隐性神秘结

---

① ［美］浦安迪：《中国叙事学》，北京大学出版社1998年版，第87—93页。
② 同上书，第81—86页。
③ 杨义：《〈水浒传〉的叙事神理》，《齐鲁学刊》1994年第1期。

构的框架。

杨义并认为,《水浒传》叙事具有三重结构层面或神理:"最外一层是以天人感应模式建构起来的超人间的玄想层面,中间一层是以高俅为代表的奸邪之辈和以宋江为代表的'义士——罪人'两极对立的社会层面,最内一层是宋江内心的孝义或忠义两相共构的心理层面。三个层面的相互呼应、制约和运作,形成了《水浒传》形散神圆的叙事结构和神理。"[1]

郑铁生《论〈水浒传〉叙事结构》[2]一文也论及了《水浒传》中数字"三"的神秘蕴涵及其对全书深层结构的囊括。书中梁山好汉是一百零八人,天罡星三十六人,地煞星七十二人,都是三的倍数。春秋时哲学家老子曾经用三个数字概括大千世界运行规律,他说:"一生二,二生三,三生万物"。"一"是整个世界,世界万物都可一分为二;"二"是既对立又统一,由此产生"三"。因此,"三"成为创造孕育的象征。梁山第一代领袖王伦带领杜迁、宋万、朱贵三个地煞星开辟基业。王伦被火并后晁盖做了梁山寨主,梁山很快兴旺起来。晁盖中箭身亡后,宋江成为第三代领袖,很快由"三山聚义"到"英雄排座次",一百零八位好汉全部聚合起来,使梁山事业达于极峰。这种阐释,大大拓宽了《水浒传》艺术研究的视野。不过,这种术数思维角度的探讨也容易出现一种弊端,就是有时把书中出现的数字统统纳入术数思维,并进而穿凿附会,得出一些超越文本的结论。

《水浒传》的叙事视角早已引起研究者的注意。20世纪80年代西方叙事理论传入中国以后,包括《水浒传》在内的中国古典小说的叙事视角问题成为学界的一个研究热点。论者普遍认为,由于中国古典小说,特别是通俗小说直接来源于"说话"艺术,因此其叙事几乎全部采用全知全能的说话人视角,并因此歧视中国传统小说叙事方式的陈旧。其实,这种认识十分片面。《水浒传》的叙事

---

[1] 杨义:《〈水浒传〉的叙事神理》,《齐鲁学刊》1994年第1期。
[2] 郑铁生:《论〈水浒传〉叙事结构》,《天津外国语学院学报》1998年第1期。

第六章 《水浒传》叙事艺术研究

视角并非是单一的，而是丰富多变的。金圣叹的批语已经涉及《水浒传》叙事中采用限知视角的问题，如他对鲁智深大闹野猪林一部分文字的视角转换问题，就曾发表过独到见解。限知视角有意造成叙事中的空白，制造神秘莫测的审美效果，金圣叹对《水浒传》的这种视角艺术早已有所觉察，他惊异地赞叹："乃今观其叙述之法，又何其诡谲变幻，一至于是乎？第一段先飞出禅杖，第二段方跳出胖大和尚，第三段再详其皂面直缀与禅杖戒刀，第四段始知其为智深。……"[①]而且金圣叹对于宋江杀惜情节中宋江与阎婆惜于楼下、楼上的对话，由全知叙述改为有意的限知叙述，认为不仅增强了情境的逼真感，还更加活灵活现地刻画出二人相互盘算的诡秘心理。如二十九回"武松醉打蒋门神"，写武松一路至快活林途中，每见一处酒肆都要喝三碗酒，"无三不过望"，这些经历基本都是采用武松的限知视角。而当叙至武松吃了十几处好酒肆时，作者笔锋一转，写施恩看武松时并不十分醉。金圣叹于此处评曰："此句非写武松面上无酒，只是写施恩心头有事。"[②]实际是指出了叙述视角的回闪转移。

杨义总结道，《水浒传》叙事视角除了全知视角和限制视角，还采用了流动视角、环形视角和辐射形视角。[③]书中有很多故事中人物视角与站在故事之外的叙述者——说话人视角的相互转换的描写。外在于故事的插入语是说话人的全知视角，他把随着人物视角一同历险的接受者的注意力突然从故事世界中拉出，让接受者从艺术情境中突然清醒，从而在接受者心理中制造现实与虚幻、迷糊与清醒交相作用的审美张力。中国古代的公案题材小说、鬼怪题材小说最擅长这种叙事技巧。《水浒传》流动视角中最有代表性的是环形视角和辐射视角。前者例子如第十二回"急先锋东郭争功，青面兽北京斗武"，杨志与索超在教场上枪来斧去，斗到五十余合不分

---

① （清）金圣叹：《水浒传回评》，引自朱一玄、刘毓忱编《水浒传资料汇编》，南开大学出版社2002年版，第234页。
② 《水浒传会评本》，北京大学出版社1981年版，第546页。
③ 杨义：《〈水浒传〉的叙事神理》，《齐鲁学刊》1994年第1期。

胜败。"月台上梁中书看得呆了；两边众军官看了，喝彩不迭；阵面上军士们递相厮觑道：'我们做了许多年军，也曾出了几遭征，何曾见这等一对好撕杀！'李成、闻达在将台上，不住声叫道：'好斗！'"贯华堂本金圣叹夹批曰："要看他凡四段，每段还他一个位置，如梁中书则在月台上，众军官则在月台上梁中书两边，军士们则在阵面上，李成、闻达则在将台上。"眉批云："一段写满教场眼睛都在两人身上，却不知作者眼睛乃在满教场人身上也。作者眼睛在满教场人身上，遂使读者眼睛不觉在两人身上。真是自有笔墨未有此文也。"并指出，"此段须知在史公《项羽纪》'诸侯皆从壁上观'一句化出来"。① 杨义先生将上述这种笔法归纳为环形视角。②

辐射形视角可以第六十六回"吴用智取大名府"为例，作者通过一城之主梁中书试图从东西南北四个城门逃命而未得逞的经历，用他的流动视角充分展示大名府全城陷落的状况。

80年代以来，《水浒传》结构艺术研究展现出全新的理论景观和科学品格，取得了许多重要突破，这主要归功于学术观念的更新和勇于采用中外先进的研究方法。首先，立足文本，将结论建立于深入分析的基础之上。其次，大胆引进西方批评理论，不仅拓宽了《水浒传》艺术研究的理论视角，更为之增添了科学理性的质素。最后，追根溯源，在传统文化的深厚土壤中探寻《水浒传》结构艺术形成的种种因子，为古代文学的文化研究开辟无限广阔的视野。

第四节 金圣叹的小说创作论和《水浒传》文法论

金圣叹的小说理论主要分布于他对《第五才子书》的序语和正文的批语中，而他的《读第五才子书法》则可称为他的小说理论总纲。

---

① 《水浒传会评本》，北京大学出版社1981年版，第252页。
② 杨义：《〈水浒传〉的叙事神理》，《齐鲁学刊》1994年第1期。

第六章 《水浒传》叙事艺术研究

金圣叹的小说创作论，首先强调小说与历史的区别。中国古代历史叙事虽然十分发达，但文学叙事却相对滞后，中国没有史诗和长篇叙事诗。明清时期小说创作的极度繁荣却并没有导致叙事理论的真正自觉与成熟。一种突出的表现就是历史叙事的"信实"原则如同紧箍咒一样总是试图控制小说叙事的"心猿意马"。而金圣叹小说理论的前卫性却是一个绝无仅有的特例。首先，他反对把小说中的人物视同历史上的人物。针对社会上有人攻击《水浒传》中宋江等三十六人事迹与史实的不符，他说："三十六人是实有，只是七十回中许多事迹，须知都是作书人凭空造谎出来"，并强调"《水浒传》到底是小说"。①

金氏论述了小说与历史创作方法的不同。他从创作主体功能发挥的角度，指出"《水浒》胜似《史记》"，因为"《史记》是以文运事，《水浒》是因文生事。以文运事，是先有事生成如此如此，却要算计出一篇文字来。虽是史公高才，也毕竟是吃苦事。因文生事即不然，只是顺着笔性去，削高补低都由我"。② 历史叙事中的叙事主体严重受制于历史事实，而小说叙事中的叙事主体则可以充分发挥主观能动性，去进行自由地虚构、创造。这种论述是十分精辟的，在中国叙事主体理论研究中可谓是一种重要突破。

其次，金圣叹探讨了《水浒传》创作主体的创作心理。主要是援佛理入于小说批评。他在第五十五回回评中指出："耐庵作《水浒》一传，直以因缘生法，为其文字总持，是深达因缘也。"③ 他的"因缘生法"说实际是用佛教大乘空宗的"假有"观以揭示小说创作的内在规律，如第五回套用大雄先生之言，对于鲁智深火烧瓦官寺的评论："文如工画师，亦如大火聚，随手而成造，亦复随手坏。如文心亦尔，见文当观心。见文不见心，莫读我此传。"④

---

① （清）金圣叹：《读第五才子书法》，引自朱一玄、刘毓忱编《水浒传资料汇编》，南开大学出版社2002年版，第218—225页。
② 同上。
③ 《水浒传会评本》，北京大学出版社1981年版，第1018页。
④ 同上书，第152页。

实际是强调小说的虚构性质。并于文中评语再三致意,如"一部书从才子文心捏造而出,并非真有其事"(第三十五回评语)。"凡若此者,岂谓当时真有是事?盖是耐庵墨兵笔阵,纵横入变耳。"(第十八回评语)对于创作过程中的虚构的明确认识在当时十分难能可贵,因为即使是通俗小说创作至为繁盛的明代,人们论述小说向来推重信实原则,而贬斥虚构创造。

再次,金圣叹提出了"动心"与"格物"的观念。他在第五十五回回评中指出,"惟耐庵于三寸之笔,一幅之纸之间,实亲动心而为淫妇,亲动心而为偷儿。既已动心,则均矣。"又说"写豪杰、奸雄之时,其文亦随因缘而起,则是耐庵固无与也。或问曰:然则耐庵何如人也?曰:才子也。何以谓之才子也?曰:彼固宿讲于龙树之学者也。讲于龙树之学,则菩萨也。菩萨也者,真能格物致知者也"[①]。所谓"动心",是指对于客观素材的处理过程,"既已动心则均",则是指创作主体与描写对象的合而为一,是一种创作心理的暂时幻觉状态。在这种认识基础上,他又探讨了第三回鲁达雁门遇赵员外和第二十回宋江杀惜的故事,认为都是事物内部的"因缘"所致。他的"格物"实际是指对于世态人情的认识,是从生活中汲取素材、体验人情物理,突出小说创作主体对于现实生活的依赖。总之,"动心"与"格物"体现出金圣叹对于创作主体与现实对象之间辩证关系的认识。

金圣叹提出,《水浒传》有许多文法:"《水浒传》到底只是小说,子弟极要看,及至看了时,却凭空使他胸中添了若干文法。人家子弟只是胸中有了这些文法,他便《国策》、《史记》等书都肯不释手看,《水浒传》有功于子弟不少。旧时《水浒传》,贩夫皂隶都看;此本虽不曾增减一字,却是与小人没分之书,必要真正有锦绣心肠者,方解说道好。"[②] 他主要概括出如下文法:

1. 倒插法,即《水浒传》叙事善于设置伏笔。如《水浒传》

[①] 《水浒传会评本》,北京大学出版社 1981 年版,第 1018 页。
[②] (清)金圣叹:《读第五才子书法》,《水浒传会评本》,北京大学出版社 1981 年版,第 15—22 页。

第六章 《水浒传》叙事艺术研究

第三回在叙述完五台山下铁匠间壁客店,金氏夹批:"老远先放此一句,可谓隔年下种,来岁收粮,岂小笔所能?"①

2. 夹叙法,即同时有两个人说话,一个尚未说完,另一个又插入。其实是金圣叹在批改《水浒》时的个人创造。主要是第五回"九纹龙剪径赤松林,鲁智深火烧瓦官寺":

> 此回突然撰出不完句法,乃从古未有之奇事。如智深跟丘小乙进去,和尚吃了一惊,急道:"师兄请坐,听小僧说。"此是一句也。却因智深睁着眼,在一边夹道:"你说你说!"于是遂将"听小僧"三字隔在上文,"说"字隔在下文,一也。智深再回香积厨来,见几个老和尚,"正在那里"怎么,此是一句也,却因智深来得声势,于是遂于"正在那里"四字下,忽然收住,二也。林子中史进听得声音,要问姓甚名谁,此是一句也,却因智深闹到性发,不睬其问,于是"姓甚"已问,"名谁"未说,三也。凡三句不完,却又是三样文情,而总之只为描写智深性急,此虽史迁,未有此妙矣。②

3. 草蛇灰线法,即叙事线索前后陆续相连,却不十分分明。如金圣叹举例说:"如景阳冈勤叙许多'哨棒'字、紫石街连写若干'帘子'字等是也。骤看之,有如无物;及至细寻,其中便有一条线索,拽之通体俱动。"③

4. 大落墨法,即对某些重要场面和情节进行浓墨重彩地描绘。如吴用说三阮,杨志北京斗武,王婆说风情,武松打虎,还道村捉宋江,二打祝家庄等是也。

5. 绵针泥刺法,就是说作者在叙事的过程中应该用情节本身来表现个人的思想情感倾向,近似于皮里阳秋的"春秋笔法"。这

---

① 《水浒传会评本》,北京大学出版社1981年版,第113页。
② 同上书,第142页。
③ (清)金圣叹:《读第五才子书法》,《水浒传会评本》,北京大学出版社1981年版,第15—22页。

259

也是遭到胡适等人口诛笔伐的一个重要罪证。

6. 背面铺粉法，即对比反衬手法，如宋江的权诈与李逵的真率总是形成一种反衬，相得益彰。

7. 弄引法，为了不使大的情节让人感到突兀，特地事先设计一段小的文字，以引出后面的大情节。

8. 獭尾法，即在重要情节结束后要余波荡漾，令人回味无穷。

9. 正犯法，即把相同的事件、情节多次出现，却不会让人感到重复乏味。如武松打虎、李逵杀虎、二解争虎等相同却并不给人一重复之感。

10. 略犯法，即两故事略微相似，但写来并不相同。

11. 极不省法，"文章又有省即加倍省，增即加倍增之法，不写则只须一句，写则必须两番。"①

12. 极省法，故意设置巧合，节约笔墨，"当省即省，乃文家要诀"。

13. 欲合故纵法，如白龙庙前，李俊二张二童二穆等救船已到，却写李逵重要杀入城去。

14. 横云断山法，"只为文字太长了，便恐累赘，故从半腰间暂时闪出，以间隔之"。如两打祝家庄后忽然插出解珍、解宝争虎越狱事。

15. 鸾胶续弦法，如燕青往梁山报信时路遇杨雄石秀却不认识，用如意子打雀斗巧以引出姓名，看似巧合，实际是"刻苦算得出来。"

金圣叹的"文法"论，长期以来是一个争议很大的问题。要真正理解这个问题须破除两种障碍，一是金圣叹为什么要大力宣扬《水浒传》的文法；二是胡适在《水浒传考证》中所表达的金圣叹批改《水浒》是为了反对张献忠、李自成起义的观点，以及他在此基础上斥责金圣叹所谓"《水浒》文法"乃"八股文法"的问题。

---

① （清）金圣叹：《读第五才子书法》，《水浒传会评本》，北京大学出版社1981年版，第15—22页。

对于第一个问题,我们要认识到,金圣叹之所以要这样做,是对当时主流学界视《水浒传》为洪水猛兽、为"海盗"之书的一种强有力的反拨。所以他赞扬《水浒传》为"文章之总持","读之即能得读一切书之法",又说"《水浒传》章有章法,句有句法,字有字法。人家子弟稍识字,便当教令反复细看。看得《水浒传》时,他书便如破竹"。① 他的目的正是为了使读者突破传统偏见,正视《水浒传》的艺术成就。李渔说:"施耐庵之《水浒》,王实甫之《西厢》,世人尽作戏文小说看。金圣叹特标其名曰'五才子书''六才子书'者,其意何居?盖愤天下之小视其道,不知为古今来绝大文章,故作此等惊人语以标其目,噫!知言哉!"② 因此,我们可以说金圣叹是一种有意识的矫枉过正,不如此便不足以引起社会对《水浒传》的足够关注和重视。

胡适在 20 世纪 20 年代对金批《水浒传》艺术分析的否定,实际也是出于对封建八股毒害士人罪恶的一种矫枉过正的过激反应。他不仅否定梁山聚义的性质,而且对金圣叹所谓的"水浒文法"也是深恶痛绝。胡适的观点对后世影响很大,以至于在 20 世纪 50 年代至 70 年代末有人骂金圣叹为"封建反动文人"。其实胡适的评论也是与当年激进的反封建潮流相趋同的,难免有些过激。

第五节 对《水浒传》语言风格的评论

在尊文言、重典雅的传统语境中,纯用白话叙事的小说《水浒传》要被主流社会和文士阶层接受、认可,无疑存在巨大困难。那些忠诚的封建卫道士因仇视其内容,同时也无视其包括语言艺术在内的成就。不过还是有一些有真知灼见的文士能够冲破传统偏见,对于《水浒传》语言艺术给予了肯定性评价。这些评价文字虽然比

---

① (清)金圣叹:《读第五才子书法》,引自朱一玄、刘毓忱编《水浒传资料汇编》,南开大学出版社 2002 年版,第 218—225 页。
② (清)李渔:《闲情偶寄》卷一《词曲部·词采第二·忌填塞》,《李渔全集》(第 11 卷),浙江古籍出版社 1992 年版,第 24 页。

较简略，但却能点出《水浒传》语言艺术的神髓所在。

李卓吾用"化工"一词评论《水浒传》的语言。"画工"与"化工"是中国古代艺术评论时的两个概念，"画工"是指艺术上的形似逼真之境，"化工"则指导艺术上的"形神兼备"之境。第二十一回回评："此回文字逼真，化工肖物。摩（摹）写宋江、阎婆惜并阎婆处，不惟能画眼前，且画心上；不惟能画心上，且并画意外。顾虎头、吴道子安得到此？至其中转转（换）关目，恐施、罗二公亦不自料到此，余谓断有鬼神助之也。"[①] 在《水浒传》第七十六回"吴加亮布四斗五方旗，宋公明布九宫八卦阵"的回评中，李卓吾说："是一架绝精细地羊皮画灯，画工之文，非化工之文，低品，低品！"又曰："若欲借此阵法封侯拜将，待河之清也。"[②] 是说这一段文字虽然描写九宫八卦阵层次清楚，细致逼真，但没有到达传神之境。第二十四回回评："说淫妇便像个淫妇，说烈汉便像个烈汉，说呆子便像个呆子，说马泊六便像个马泊六，说小猴子便像个小猴子。但觉读一过，分明淫妇、烈汉、呆子、马泊六、小猴子光景在眼，淫妇、烈汉、呆子、马泊六、小猴子声音在耳，不知有所谓语言文字也。何物文人，有此肺肠，有此手眼！若令天地间无此等文字，天地亦寂寞也。也不知太史公堪作此衙官否？"[③]

李卓吾论《水浒传》语言，还提出了"趣"的概念。在对《水浒传》的批点中，李卓吾一再指出，《水浒》叙事有"趣"。他所说的"趣"主要指《水浒》的语言生动幽默，情节曲折离奇，趣味横生。第五十三回回评："有一村学究道：'李逵太凶狠，不该杀罗真人；罗真人亦无道气，不该磨难李逵。'此言真如放屁。不知《水浒传》文字，当以此回为第一。试看种种摩（摹）写处，哪一事不趣？哪一言不趣？天下文章当以趣为第一。既是趣了，何

[①] （明）施耐庵、罗贯中：《容与堂本水浒传》，上海古籍出版社1988年版，第300页。

[②] 同上书，第1122页。

[③] 同上书，第356页。

第六章 《水浒传》叙事艺术研究

必实有是事,并实有是人。若一一推究如何如何,岂不令人笑杀!"① 李卓吾对《水浒传》语言的论述,给予后人以重要启发,如陈洪、沈福身《李卓吾小说创作评论》一文认为,"李卓吾把'化工'作为小说艺术境界的最高标准,而且赋予了更具体的含义"。② 袁宏道在《东西汉通俗演义序》中赞扬《水浒》的语言"明白晓畅,语语家常,使我捧玩不能释手者也"。③

作为早期章回小说,《水浒传》中插入了大量诗词韵语,它们都出自外在于故事的"说话"人的视角,带有明显的模式化特征,它们与情节机理的关系是明清评论家探讨的一个重要话题。如第八回写林冲被董超、薛霸押解沧州途中,由于天气炎热,林冲棒疮举发,举步维艰,两个公人则不停地辱骂催逼,这时看看天晚,但见:

> 红轮低坠,玉镜将明。遥观樵子归来,近睹柴门半掩。僧投古寺,疏林穰穰鸦飞;客奔孤村,断岸嗷嗷犬吠。佳人秉烛归房,渔父收纶罢钓。唧唧乱蛩鸣腐草,纷纷宿鹭下沙汀。④

这种悠闲恬谧的田园诗般的情景与林冲此时命悬一线的危险处境,与情节发展的紧张气氛,显然格格不入。而且,这些词句搬到其他小说中的类似情境中仍可通用。难怪容与堂本中李卓吾在这段韵文之上加了眉批"删"字。

再如第十回写林冲来到大军草料场,正当严冬天气,纷纷扬扬卷下一天大雪来,"怎见得好雪,有《临江仙》词为证":

---

① (明)施耐庵、罗贯中:《容与堂本水浒传》,上海古籍出版社1988年版,第797页。
② 陈洪、沈福身:《李卓吾小说创作评论》,《天津社会科学》1983年第2期。
③ (明)袁宏道:《东西汉通俗演义序》,引自朱一玄、刘毓忱编《水浒传资料汇编》,南开大学出版社2002年版,第197页。
④ (明)施耐庵、罗贯中:《容与堂本水浒传》,上海古籍出版社1988年版,第118页。

作阵成团空里下，这回忒杀堪怜。刬溪冻住子猷船，玉龙鳞甲舞，江海尽平填。　宇宙楼台都压倒，长空飘絮飞绵。三千世界玉相连，冰交河北岸，冻了十余年。①

李卓吾在这首词下批道："俗极，可删！"这首咏雪的《临江仙》不仅文辞鄙俚拙劣，而且没有任何艺术个性，可以适用于所有的故事、所有的雪景。因为它是说话人早已背熟的套语，只要遇到类似的场景出现，他还会搬出来套上。这些韵语与故事世界是疏离的，隔膜的。

对于《水浒传》的语言艺术，胡应麟的态度是肯定其叙述语言，而否定其插入的诗词韵语。他说：

《水浒》余尝戏以拟《琵琶》，谓皆不事文饰，而曲尽人情耳。然《琵琶》自本色外，《长空万里》等篇即词人中不妨翘举。而《水浒》所撰语稍涉声偶者，辄呕哕不足观，信其伎俩易尽；第述情叙事，针工密致，亦滑稽之雄也。②

他又说："此书所载四六语甚厌观，盖主为俗人说，不得不尔。"③ 胡应麟将《水浒传》的语言之美比拟于《琵琶记》。从中我们也可以看出，胡应麟对于小说语言的审美标准，那就是以"不事文饰，而曲尽人情"为高。

金圣叹对《水浒传》语言的论述，突出其人物语言的个性化："《水浒传》并无之乎者也等字，一样人便还他一样说话，真是绝

---

① （明）施耐庵、罗贯中：《容与堂本水浒传》，上海古籍出版社1988年版，第141页。
② （明）胡应麟：《少室山房笔丛·庄岳委谈下》，上海书店出版社2001年版，第437页。
③ 同上。

奇本事。"① 可见，他反对小说中人物使用文绉绉的书面语，而推崇使用符合人物身份、带有生活气息的口头语，这样才有利于活画人物的个性神髓。如他批武松"主人家快把酒来吃"语："好酒是武二生平。只此开场第一句，便如闻其声，如见其人。"② 他对于书中阎婆惜话语中出现"飞剑"、"五圣"等词汇啧啧称赞，指出"一篇中，如'飞剑'句，'五圣'句，'阎王'句，确是识字看曲本妇人口中语。"③ 第十六回生辰纲被劫之后，杨志欲寻短见，又猛可醒悟，寻思道："爹娘生下洒家，堂堂一表，凛凛一躯，自小学成十八般武艺在身，终不成只这般休了……"圣叹评曰"杨志语"。④ 第十一回叙杨志丢了生辰纲，再回东京，央人来枢密院打点，奢望再补殿司府制使职役，却被高俅轰了出来，他回到客店，思量道："王伦劝俺，也见得是。只为洒家清白姓字，不肯将父母遗体来玷污了。指望把一身本事，边庭上一枪一刀，博个封妻荫子，也与祖宗争口气，不想又吃这一闪！高太尉，你忒毒害，恁地刻薄！"圣叹于此处连批两个"杨家语"，⑤ 道破了书中人物语言的个性化特征，并加深了人们对《水浒传》人物塑造艺术的认识。

晚清评论家论述了《水浒传》语言的艺术风格。平子《小说丛话》将《水浒传》与《金瓶梅》作了比较："《水浒》多正笔，《金瓶》多侧笔；《水浒》多明写，《金瓶》多暗刺；《水浒》多快语，《金瓶》多痛语；《水浒》明白畅快，《金瓶》隐抑凄恻；《水浒》抱奇愤，《金瓶》抱奇冤。处境不同，故下笔亦不同。"⑥ 眷秋《小说杂评》中把《水浒传》与《石头记》进行了比较："《水浒》与《石头记》，其取境绝不同。《水浒》简朴，《石头记》繁丽；

---

① （清）金圣叹《读第五才子书法》，《水浒传会评本》，北京大学出版社1981年版，第15—22页。
② 《水浒传会评本》，北京大学出版社1981年版，第419页。
③ 同上书，第394页。
④ 同上书，第306页。
⑤ 同上书，第236页。
⑥ 平子：《小说丛话》，引自朱一玄、刘毓忱编《水浒传资料汇编》，南开大学出版社2002年版，第363页。

《水浒》刚健,《石头记》旖旎;《水浒》雄快,《石头记》缥缈。"①

在20世纪上半叶的白话文运动中,《水浒传》作为第一部用白话写作的长篇小说曾备受赞扬。

胡适《水浒传考证》说:"这部七十回的《水浒传》,不但是集四百年水浒故事的大成,并且是中国白话文学完全成立的一个大纪元。"② 30年代,瞿式镇《水浒传集证》提出:"把新文学的眼光来评量《水浒》……水浒一书便成白话文的大好材料。"③ 40年代,郑振铎《插图本中国文学史》第六十章《长篇小说的进展》对嘉靖本《水浒传》语言方面的成就给予了高度赞美,他说:"这位改作者,其运用国语文的程度已臻炉火纯青之候,几乎是莹然的美玉,粹然的真金,湛然的清泉,已不见一毫的渣滓,一丝的疵瑕。而其曲折深入、逼真活泼的描写,也已与最高创作标准相符合。"④ 可谓当时的最高评价了。

50年代,因为《水浒传》被全社会高度推重,其语言艺术也受到人们极力的赞美。时人对于《水浒传》人物口语的通俗且个性化,以及描写语言的简洁生动等特点都有论述。茅盾在《谈〈水浒〉的人物和结构》中指出:"人物的对白中常用当时民间的口头语,因而使得我们如闻其声;又如动作的描写,只用很少几个字,就做到了形象鲜明,活跃在纸上……"⑤ 宋云彬《谈〈水浒传〉》一文认为,《水浒传》的语言是朴素的、纯粹的。⑥

60年代出版的游国恩等编《中国文学史》,着重从《水浒传》

---

① 眷秋:《小说杂评》,引自朱一玄、刘毓忱编《水浒传资料汇编》,南开大学出版社2002年版,第368—370页。
② 胡适:《水浒传考证》,《中国章回小说考证》,安徽教育出版社1999年版,第41页。
③ 瞿式镇:《水浒传集证》,1930年上海三民公司印本《水浒》(70回)卷首。
④ 郑振铎:《插图本中国文学史》,作家出版社1989年版,第927页。
⑤ 茅盾:《谈〈水浒〉的人物和结构》,原载《文艺报》第2卷第2期,引自《水浒研究论文集》,作家出版社1957年版,第5页。
⑥ 宋云彬:《谈〈水浒传〉》,《文艺月报》1953年3月号。

第六章 《水浒传》叙事艺术研究

的来源论述了其从话本口语进步到文学语言的过程，指出其特色在于：首先，明快、洗练，无论叙述事件或刻画人物，常常寥寥几笔就达到绘声绘色、形神毕肖的地步。其次，生动、准确，富有表现力。最后，书中很多人物语言达到了个性化高度。①

70 年代末以来，对《水浒传》语言的论述角度多元，也更加深入。有人从《水浒传》语言入手来研究其作者身份、成书过程以及主题思想。陈辽在《关于〈水浒〉评价中的几个问题》中指出，要考察《水浒传》作者的思想倾向，必须认真研究《水浒传》作品本身。他着重分析了《水浒》中的诗词骈语，从中概括出作者的天命思想、忠君思想、替天行道思想以及忠义思想等。② 无论其抽取的研究对象是否典型，也不论其结论正确与否，他的这种通过作品语言来探寻作者思想倾向的方法无疑是有新意的。欧阳健、萧相恺二人则不以为然，他们认为，《水浒》中的诗词并不都体现了作者的思想。因为"状以骈俪，证以诗歌"正是"说话"艺术的特点之一。他们并举出第七十一回"单道梁山泊好处"中的两句韵语"仗义疏财归水浒，报仇雪恨上梁山"，从中发现的却是"地地道道的市民的思想"。③

何士龙《谈谈〈水浒〉的语言艺术》论及《水浒传》人物语言的个性化："不仅出身、地位、教养不同的人物，他们的语言不同，就是出身、地位、教养相同相近的人物，也通过语言写出他们性格的差异。"④ 齐裕焜《明代文学史》论述《水浒传》语言时的视野更开阔，他认为，《水浒传》语言"和《三国演义》比较，更为生动活泼，生活气息浓厚，人物语言个性化成就高"，和《红楼梦》比较，《水浒传》"更多地吸收民间说唱文学的语言成就，带

---

① 游国恩等编：《中国文学史》，人民文学出版社 1964 年版，第 891—892 页。
② 陈辽：《关于〈水浒〉评价中的几个问题》，《文学评论》1978 年第 6 期。
③ 欧阳健、萧相恺：《〈水浒〉作者代表什么阶级的思想》，《社会科学研究》1980 年第 4 期。
④ 何士龙：《谈谈〈水浒〉的语言艺术》，《水浒争鸣》第 1 辑，长江文艺出版社 1983 年版。

有更浓烈的民间文学色彩,更生动泼辣,酣畅淋漓"。[①] 将《水浒传》语言艺术置于长篇小说发展史的大背景下进行考察,从而使其历史意义得以更清晰地彰显。郭预衡《中国古代文学史》(四)重点论述了《水浒传》语言的独特风格:"《水浒传》无论写人叙事,还是描景状物,其语言或细腻,或简捷,或夸张,或明快,都显得粗犷俊爽,雄健豪放,具有壮美的风格特点。"[②]

[①] 齐裕焜:《明代文学史》,浙江古籍出版社1997年版,第131—132页。
[②] 郭预衡:《中国古代文学史》(四),上海古籍出版社1998年版,第120—121页。

第七章 《水浒传》影响研究

现存《水浒传》续书主要有三种，都为续补前书之作：陈忱《水浒后传》四十回，署名"古宋遗民"，叙事起自百回本《水浒传》之后；《后水浒传》十卷四十五回，题"新镌施耐庵先生藏本后水浒传"、"青莲室主人辑"，情节接续《水浒全传》之后。清刘廷玑《在园杂志》卷三记载，有一种《水浒》的续书写宋江转世为杨幺，卢俊义转世为王魔（摩），"文词乖谬，狗尾不若"，[1] 当指此书。两书与《水浒传》立意基本相同。而清代俞万春《荡寇志》（一名《结水浒传》）则接续金圣叹批改的七十回本之后，立意与各本《水浒传》均相反。

第一节 《荡寇志》研究史述评

《荡寇志》七十回，附"结子"一回，又名《结水浒全传》，是一部与《水浒传》立意相反的续书。作者俞万春，字仲华，别号忽来道人，浙江山阴（今浙江绍兴）人，生于乾隆五十九年（1794），卒于道光二十九年（1849）。他出身于封建官僚家庭，年轻时曾随父宦游粤东，参与过镇压瑶民之变的战争，有功获议叙。后行医于杭州，晚年崇奉道教，"著有《骑射论》、《火器考》、《戚南塘纪效新书释》、《医学辨症》、《净土事相》，皆属稿而未镌。而

---

[1] （清）刘廷玑：《在园杂志》卷三，引自朱一玄、刘毓忱编《水浒资料汇编》，百花文艺出版社1981年版，第577页。

尤有卷帙繁重者，是《荡寇志》"①。

《荡寇志》接续金圣叹批本《水浒传》七十回，梁山英雄排座次后。俞万春在《荡寇志》"引言"中称"当年宋江并没有受招安、平方腊的话，只有被张叔夜擒拿正法一句话"，故事大概谓陈希真、陈丽卿父女开始受高俅父子迫害，逃离京师，与亲戚刘广暂时落草猿臂寨，却专与梁山贼寇作对。后来几经周折，又投奔官军，陈希真被朝廷录用，官至都统制。陈氏父女在燕国公张叔夜率领下，围剿并打败梁山义军，最后擒获三十六头领，将他们凌迟处死。

据其子俞龙光《〈荡寇志〉按语》述其创作动机及创作过程云："《荡寇志》所以结《水浒传》者也，感兆于嘉庆之丙寅，草创于道光之丙戌，迄丁未，寒暑凡二十易，始竟其绪，未遑修饰而殁。"可知俞万春创作《荡寇志》直接导源于他对《水浒传》结局的不满，而要为其重新创造结局。其创作始于道光六年（1826），完成于道光二十七年（1847），历经22年，可见其态度之不苟，用心之良苦。咸丰元年（1851）始由俞龙光刊刻行世。

中国古代小说一般没有明确的为政治服务的目的，但《荡寇志》却是个例外，它倡导"尊王灭寇"，自觉为王朝政治服务。而这也就注定了它在问世后一个半世纪中所遭受的备极荣衰的命运。同时，尽管《荡寇志》旨在"结《水浒传》"，以扫清《水浒传》在世间的影响，但它毕竟是《水浒传》的续书，它的命运也总是与《水浒传》牵连在一起，只是两书的荣辱遭遇总是截然相反。在清代，《水浒传》被官方视为"诲盗"之书，屡次禁毁。封建士大夫一再诅咒其作者罗贯中"子孙三代皆哑"；《荡寇志》于道光二十七年（1847）完成后封建士大夫纷纷为其撰写序跋，赞扬备至，他们故意曲解《水浒传》原意，甚至攻击罗贯中著《后水浒》播乱人间，声言《荡寇志》可以消弭《水浒传》恶劣影响、大有功于世道人心云云。最典型的是半月老人的《荡寇志续序》：

---

① （清）俞龙光：《荡寇志按语》，见清大文堂刊本《荡寇志》卷首。

第七章 《水浒传》影响研究

> 近世以来，盗贼蜂起，朝廷征讨不息，草野奔走流离，其由来已非一日。非由于拜盟结党之徒，托诸《水浒》一百八人以酿成之耶？俞君吉甫次兄仲华先生……初从尊人先大夫宦游粤东，既而归浙，著《荡寇志》一书，由七十一回起，直接《水浒》，又名之曰《结水浒传》，以著《水浒》中之一百单八英雄，到结束处，无一能逃斧钺，俾世之敢于跳梁，藉《水浒》为词者，知忠义之不可伪托，而盗贼之终不可为。其有功于世道人心，为不小也。[1]

俞焴的《重刻荡寇志按语》、俞龙光《荡寇志按语》、古月老人《荡寇志序》、陈奂《荡寇志序》、徐珮珂《荡寇志序》、东篱山人《重刻荡寇志序》、钱湘《续刻荡寇志序》，镜水湖边老渔《荡寇志跋》等，都发表过类似评论，无不为《荡寇志》中梁山好汉被斩尽杀绝而高声称快。南京、苏州的官员还慷慨出资镂版印行。从上述序言所谓"耐庵之笔曲以深"云云来看，实际都受了金圣叹假托"施耐庵原本"的蒙骗，也受了坊刻《征四寇》的影响。

一直到晚清的王韬还极力赞许《荡寇志》的"尊王灭寇"思想，他说："耐庵于《水浒传》，终结以一梦，明示以盗道无常，终为张叔夜所剪除。于是山阴忽来道人遂有《结水浒》之作，俾知一百八人者，丧身授首，明正典刑，无一漏网。今我以《水浒传》为前传，《结水浒》为后传，并刊以行世，俾世之阅者，凛然以惧，废然以返，俾知强梁者不得其死，奸回者终必有报。"[2]

另据钱湘《续刻荡寇志序》记载："咸丰三年，五岭以南，萑苻四起……当道诸公，急以袖珍版，刻播是书于乡邑间，以资劝惩，厥后渐臻治安。"一部小说得到封建士大夫如此高的赞誉，可

---

[1] （清）半月老人：《荡寇志续序》，《荡寇志》卷首，焕文书局校印《绘图荡寇志》本。

[2] （清）王韬：《水浒传序》，《第五才子书》卷首，清光绪十四年（1888）上海大同书局石印本。

以被官方当作平乱安邦的工具，这在中国小说史上是绝无仅有的现象。

20世纪对《荡寇志》思想价值的评价基本上都是否定的，而对其艺术价值的评价则随着政治气候的变化而差异甚大。本书将20世纪的《荡寇志》研究主要划分为三个时期：世纪之初至40年代为第一个阶段，其特点是：肯定其艺术而否定其思想；第二个阶段为50年代至70年代，是对《荡寇志》思想、艺术全面否定的时期；第三个阶段为80年代至90年代，本时期表现出以回归文本、理性阐释为主导的三种发展趋向。

一 世纪之初至40年代：对《荡寇志》思想上否定、艺术上肯定

19、20世纪之交是中国学术开始从古典型向现代型的历史性转折时期。在文学研究领域，西方人文学科理论与方法的引进，激起了国人文学观念的根本性变革和更新。一向为正统观念所歧视的小说受到了空前的重视，被推崇为"文学之最上乘"①。《水浒传》与《荡寇志》的命运也开始发生根本性逆转。20世纪之初资产阶级革新派把《水浒传》当作政治宣传的工具，称其为"社会主义小说"（王钟麒《论小说与社会改良之关系》，载1907年出版《月月小说》第1卷第9期），"独倡民主、民权之萌芽"（定一《小说丛话》，《新小说》1905年第3号）。作为反《水浒传》的《荡寇志》，这时自然就成为被挞伐的对象。譬如，《荡寇志》写了梁山好汉被张叔夜全部擒拿正法的结局，邱炜萲便模仿明清以来士大夫咒骂《水浒》作者罗贯中"子孙三代皆哑"的手法，指出像俞万春这样以笔杀人、杀人务尽的"嗜杀人者"也应受到"死后绝嗣"的恶报。② 燕南尚生《水浒传新或问》提出，《水浒传》前70回中

---

① 狄平子：《论文学上小说之位置》，引自朱一玄、刘毓忱编《水浒传资料汇编》，百花文艺出版社1981年版，第387页。
② 邱炜萲：《菽园赘谈·续小说闲评》，引自朱一玄、刘毓忱编《水浒传资料汇编》，百花文艺出版社1981年版，第594、595页。

第七章 《水浒传》影响研究

的好汉已组成一民主共和政体,成为完全无缺之独立国,而《后水浒》平四寇之呓语则使已脱出奴隶范围、登上自由之境的人再入奴隶范围,而俞仲华《结水浒》"必欲陷人于黑暗地狱,其心始安,则媚上之心、奴隶根性使然也。……则《后水浒》曰溷,《结水浒》曰诡。曰溷,则或有澄清之一日。曰诡,则一去其诡,中无所有矣。"[①]他认为,无论《后水浒》还是《结水浒》,都是宣传投降招安、甘做奴隶思想之作,毒害无穷,应受到批判挞伐。这是基于激进民主革命思想而发的一种评论,其意不在《水浒》续书本身。在对《荡寇志》的艺术评价方面,本时期虽不乏肯定之语,但总起来看以否定为主。黄人《小说小话》云:"《荡寇志》警绝处几欲驾耐庵而上之……惜通体不相称;而一百八人之因果,虽针锋相对,未免过露痕迹。"(载1907年出版《小说林》第1卷)指出《荡寇志》为达到反《水浒》目的,不惜违背生活真实而弄巧成拙的缺陷。

这一时期对《水浒传》和《荡寇志》的评论都是属于政治实用主义性质的,还不能称为严格意义上的研究,但对《荡寇志》的评论有两点值得注意:一是已经表现出对《荡寇志》创作动机及题旨的根本否定,颠覆了以前封建士大夫对它的道德美化。这种价值取向也是20世纪绝大部分时间对《荡寇志》思想价值的基本态度。二是论及《荡寇志》的文字多是与《水浒传》相比较而言的,这种批评方法也一直贯穿于20世纪的《荡寇志》研究。

真正从现代学术意义上对《荡寇志》作出科学评价的是20世纪20年代鲁迅的《中国小说史略》(1924年北京大学新潮社排印本)一书和《中国小说的历史的变迁》(本篇为鲁迅于1924年7月在西安暑期讲学时的讲稿)一文。鲁迅将《荡寇志》思想价值与其艺术成就分而论之,肯定其艺术,否定其思想。在《中国小说的历史的变迁》中他如此评价俞万春及其《荡寇志》:"他的文章

---

① 燕南尚生:《水浒传新或问》,《新评水浒传》卷首,清光绪三十四年(1908)保定直隶官书局排印本。

是漂亮的，描写也不坏，但思想实在未免煞风景。"在《中国小说史略》中鲁迅说："书中造事行文，有时几欲摩前传之垒，采录景象，亦颇有施罗所未试者，在纠缠旧作中，盖差为佼佼者矣。"鲁迅的评论虽然简略，但评价客观而中肯，给予《荡寇志》一个基本的学术定位，体现出一位杰出文学史家的眼光和卓识。鲁迅对《荡寇志》的评价及评价方法确实有奠基的意义，一直到40年代末，对《荡寇志》的评价及研究方法均未超越鲁迅的水平。后来郑振铎《〈水浒传〉的续书》一文结合俞万春的生平经历及思想，对《荡寇志》进行了更加深入的研究。他认为《荡寇志》的立意"太辜负了《水浒传》的一部绝好的英雄传奇了"。郑文加深化了《荡寇志》人物形象研究，指出陈丽卿形象前半部分比较成功，后面则成了超人，严重失真。这些见解都是十分精辟的。①

1935年世界书局出版《足本荡寇志》，卷首有一篇赵苕狂撰写的《荡寇志考》，这是20世纪上半期一篇比较全面探讨《荡寇志》的专题论文。赵文有两点值得关注：一是对于《荡寇志》艺术特征的研究更加深入，他指出俞仲华创作此书有完整的艺术构思，布局周密，人物的下场都交代得非常清楚。并从与《水浒传》比较的角度指出其艺术上的不足，对于人物个性的描写"是万万及不上《水浒传》的"。② 这些见解也基本符合作品的实际。二是赵文的研究视野更广阔，将《荡寇志》置于古代小说续书现象这个大背景上进行考察，指出"续集或后传十有八九得不到好评的"，"续集定次于正集成为普遍的一种心理"。从而使他的《荡寇志》艺术上远不及《水浒传》的结论更有说服力。三是赵文的研究方法更科学。他结合俞仲华所处时代及其个人经历分析了他创作此书的动机，论述了文本基本风貌。赵苕狂是较早将时代、作家与文本结合起来对《荡寇志》进行全面研究的学者，尽管不够深入，但开拓之功实不可没。另外，这一时期《荡寇志》研究论文还有：吴龙术《〈荡寇

---

① 郑振铎：《〈水浒传〉的续书》，《郑振铎文集》（第5卷），人民文学出版社1988年版，第151页。

② 赵苕狂：《荡寇志考》，《足本荡寇志》卷首，世界书局1935年版。

志〉与〈水浒传〉》(《西北风》第6期,1936年7月16日)、周煦良《〈水浒〉与〈荡寇志〉》(《新中华》第4卷第8期,1946年4月16日)等,总体看来,其研究水平皆未超出鲁迅、郑振铎、赵苕狂诸人。

这一时期的《荡寇志》研究有如下特点:首先,由于学术思想相对比较自由,对《荡寇志》研究态度比较客观,评价比较公允。鲁迅、郑振铎等人对《荡寇志》艺术特色及成就进行了较为深入研究,作出了一些肯定性评价,为后人的研究奠定了较好的基础。其次,研究方法比较科学,注意将社会历史背景考察与文本审美分析有机结合起来。二三十年代马克思主义理论方法(又称社会学的批评方法)被引入中国文学研究,为探索文学创作与社会背景的关系、揭示文学作品内在发生机制,以及用辩证的观点来评判作品等方面开拓了新的视野。郑振铎、赵苕狂等人都能自觉将唯物辩证的思辨方法贯穿于《荡寇志》研究之中,从作者经历、时代背景等方面探讨小说创作的动机,但也都不脱离文本的审美分析,提出了一些很有见地的观点。他们还注意将作品思想、艺术分而论之,有肯定,也有否定。这些无疑都为后世确立了好的研究范式。不过这一时期的《荡寇志》研究,总起来看视野比较狭窄,文本阐释比较肤浅。

二 50年代至70年代:对《荡寇志》思想价值、艺术成就全面否定

从50年代开始,《荡寇志》的学术命运伴随《水浒传》主题研究中"农民起义"说的盛行而跌入极衰的境地。50年代初,杨绍萱《论水浒传与水浒戏》(载《人民戏剧》1950年8月第1卷第5期)、王利器《水浒与农民革命》(载1953年5月27日、28日《光明日报·文学遗产》)等文相继提出"农民起义"说,后经冯雪峰于1954年撰写长篇论文《回答关于〈水浒〉的几个问题》(分别载于1954年《文艺报》第3、5、6、9、11号)强化论述,使农民起义说进一步理论化、系统化。此说成为20世纪后半期关

于《水浒传》主题最权威的观点,各种教科书也均采此说。在这种背景下,《水浒传》的研究者往往把历史、小说和当下的政治混为一谈。涉及与《水浒传》相关问题的评论,对待农民起义的态度成为最根本的评价尺度。作为专门反《水浒》的《荡寇志》,在50年代人们评论《水浒》时除了将其作为对照物偶然提及外,几乎无人问津,没有一篇专题论文。

60年代至70年代学界对《荡寇志》的思想、艺术作出了全盘否定的评价。本期对《荡寇志》的总体评价,一言以蔽之曰"反动文学的代表"。随着60年代《水浒传》研究日益政治化,《荡寇志》相应地被冠以"反动小说"、"反面教材"和"大毒草"等称号,成为被批判的对象。曾被鲁迅等人肯定的《荡寇志》的艺术描写反而被视为表现"反动"主题的帮凶。郑公盾《关于〈荡寇志〉》[①]一文是新中国成立后较早发表的研究《荡寇志》的专题论文,该文称:《荡寇志》"是一部彻头彻尾歪曲《水浒传》和污蔑我国封建社会农民革命起义的反动小说。"郑文论及它的艺术描写,每于"艺术"二字加上引号,认为是作者"迷惑欺骗读者"的手段。并强调说"《荡寇志》是我国古典文学园地里出现的一株最具有毒性的毒草。它就是那种思想内容极其反动而又带'艺术性'的'能毒害人'的反动作品"。谈凤梁《论〈荡寇志〉的反动性》[②]也表达了类似观点。中国社会科学院文学研究所主编的《中国文学史》(人民文学出版社1962年版),于清代小说部分对《荡寇志》不置一喙。游国恩等人主编的《中国文学史》(人民文学出版社1963年版)对《荡寇志》作出了完全否定的评价,称其"自始至终对宋江等农民起义英雄表现了一种刻骨的仇恨","由于它在艺术上还有一定成就,它的害处就更大"。[③]

在1975年至1976年轰轰烈烈的"评《水浒》"运动期间,《荡寇志》也受到格外的关注,成为大批判的对象,一年之内竟有

---

① 郑公盾:《关于〈荡寇志〉》,《学术月刊》1962年12月号。
② 谈凤梁:《论〈荡寇志〉的反动性》,《南京师院学报》1963年第1期。
③ 游国恩等主编:《中国文学史》(四),人民文学出版社1963年版,第389页。

四篇论文发表，它们是：武渝《论〈水浒〉与〈荡寇志〉》（《开封师院学报》1975年第3期）、吴调公《一根黑藤　两个毒瓜——〈水浒〉与〈荡寇志〉》（《南京师院学报》1975年第4期）、吴调公《一个政治目的，两种艺术标本——谈〈水浒〉与〈荡寇志〉》（《光明日报》1975年11月22日）、魏永征《〈水浒〉与〈荡寇志〉》（《朝霞》1975年第10期）。这些论文的共同特点是充斥了火药味十足的阶级斗争话语，对《荡寇志》的否定也达到无以复加的地步。这种批评已经完全脱离文学研究的轨道，而变成政治斗争的工具，学术研究彻底迷失了自我。何满子先生曾称这种小说批评为"以阶级斗争为纲的机械独断意识"，并忧心忡忡地指出，"文革"以后的若干年内这种风气在学术界仍有市场。[1] 1978年出版的由北京大学中文系编著的《中国小说史》设有《荡寇志》专节，显示对这部小说是重视的。但对其作出的评价并未超出"评《水浒》"运动时的水平，评论中充满诸如"污蔑农民起义军"，"灭农民起义军的威风，长地主阶级的志气"等阶级斗争话语。并称《荡寇志》艺术上"基本上不值得一提"，不仅人物"都是按既定的反动政治概念向壁虚造出来的"，还存在"一些抄袭的痕迹"。并引用了毛泽东《在延安文艺座谈会上的讲话》中的一段话作为论据："内容愈反动的作品而又愈带艺术性，就愈能毒害人民，就愈应该排斥"，因此"我们对这株大毒草必须坚决排斥，彻底批判"。[2]

50年代至70年代的三十年间，《荡寇志》研究没有取得任何进展，与社会学方法的极端庸俗化有直接关系。50年代以来，在文学研究界，社会学的批评方法由20世纪上半叶的一种方法变成了独尊的方法，本来这一理论方法有诸多优势，特别是它强调用唯物辩证的观点评价作品。但这一时期的《荡寇志》研究及所有文学研究，显然并未遵循这一原则方法。同时，《水浒传》主题研究领域"农民起义"说的一枝独秀取消了多元阐释的可能，也导致了对

---

[1] 何满子：《学术论文集·古小说经典谈丛弁言》，福建人民出版社2002年版。
[2] 北京大学中文系著：《中国小说史》，人民文学出版社1978年版，第321页。

《荡寇志》价值的彻底否定。

三　80年代至90年代：沿袭前两个时期评价模式，同时呈现回归文本、理性阐释的趋向

70年代末80年代初，随着思想的解放，学术研究逐渐向本体回归。古代小说研究领域也开始拨乱反正。《水浒传》研究界面临的首要任务是对"评《水浒》"运动进行反思检讨，突出表现于当时为金圣叹翻案、为宋江平反，以及对《水浒传》主题的争论中。自1978年至1980年，先后有王俊年等人《〈水浒传〉是一部什么样的作品》[①]、陈辽《关于〈水浒〉评价中的几个问题——兼与王俊年等同志商榷》[②]、王开富《〈水浒传〉是写农民起义的吗？》[③]等论文相继对"农民起义"说提出质疑。1980年又先后有伊永文《再论〈水浒传〉是反映市民阶层利益的作品》[④]、欧阳健、萧相恺《〈水浒〉"为市井细民写心"说》[⑤]等论文提出《水浒传》性质的"市民说"。从此"农民起义"说的权威性受到了削弱，《水浒传》主题研究逐步呈现多元化发展态势。但是"农民起义"仍然具有很大影响，譬如八九十年代出版的文学史、教科书大多仍采用此说。在这种背景下，《荡寇志》研究呈现三种趋向：一是沿袭50年代至70年代的评价方式，对思想、艺术全面否定；二是回归20年代至40年代鲁迅等人批评方法，肯定其艺术，否定其思想；三是更新观念，回归文本，理性阐释。

先看第一种趋向。70年代末以来对"评《水浒》"运动和"农

[①] 王俊年等：《〈水浒传〉是一部什么样的作品》，《文学评论》1978年第4期。
[②] 陈辽：《关于〈水浒〉评价中的几个问题——兼与王俊年等同志商榷》，《文学评论》1978年第6期。
[③] 王开富：《〈水浒传〉是写农民起义的吗？》，《重庆师范学院学报》1980年第3期。
[④] 伊永文：《再论〈水浒传〉是反映市民阶层利益的作品》，《河北大学学报》1980年第4期。
[⑤] 欧阳健、萧相恺：《〈水浒〉"为市井细民写心"说》，《群众论丛》1980年第1期。

民起义"说的反思并未在一夜之间改变一些人的思维定式，对《荡寇志》的研究批评也未能挣脱庸俗社会学的束缚。1984年谈凤梁发表长篇论文《〈荡寇志〉批判》①，从"污蔑农民起义"等三个方面论述了《荡寇志》的"反动性"，并指出"我们决不能孤立地去欣赏《荡寇志》的'某种艺术性'"。1985年高明阁《〈荡寇志〉对〈水浒传〉的反扑》②认为，"《荡寇志》的作者，只从地主阶级对造反者的憎恨出发，肆意对农民予以丑化、污蔑、歪曲和打击，当然既不会反映历史的事实，也不符合艺术的真实"，"艺术技巧是失败了的"。一直到90年代末，仍有文章对《荡寇志》思想、艺术全面否定。③

第二种趋向表现出向20年代至40年代鲁迅等人观点及评价方法的回归，肯定其艺术，否定其思想。1981年人民文学出版社出版的《荡寇志》，前有戴鸿森撰写的《校点说明》，一方面仍然称"在我国小说史上，《荡寇志》可算是反动文学的代表之一"。另一方面又指出《荡寇志》"文情交至，颇能动人"，陈丽卿、刘慧娘这两个女性形象颇有个性特征等。1997年出版的张俊《清代小说史》这样概括《荡寇志》的主题："小说旨在鼓吹'尊王灭寇'，……书中宣泄了对农民起义军的刻骨仇恨"。同时又称其结构严谨，情节发展环环相扣，彼此勾连等。④ 这些评论实际是鲁迅、郑振铎等人观点的重复。

第三种趋向主张转变观念，对《荡寇志》研究进行重新定位，回归文本，进行多元阐释。随着80年代初以来《水浒传》研究中"农民起义"说权威地位的动摇，一些学者提出《荡寇志》研究也要打破传统思维定式，以新的理论视角对这部小说进行重新审视和定位。1983年郭兴良发表《一座逆作者之愿而矗立的纪念碑——

---

① 谈凤梁：《〈荡寇志〉批判》，《文艺论丛》（20），上海文艺出版社1984年版。
② 高明阁：《〈荡寇志〉对〈水浒传〉的反扑》，《明清小说研究》1985年第2辑。
③ 龚维英：《简析〈水浒〉两种续书——〈水浒后传〉和〈荡寇志〉比较研究》，《贵州社会科学》1998年第3期。
④ 张俊：《清代小说史》，浙江古籍出版社1997年版，第409—410页。

谈〈荡寇志〉的思想倾向和认识价值》[1]一文，此文可看作20世纪后二十年第一篇试图为《荡寇志》价值及其研究重新定位的重要论文。该文首先对于此前学界全面否定《荡寇志》价值的做法表示不满，指出这种现象反映的对待文学遗产的态度不符合彻底的辩证唯物论。该文第一次大胆肯定《荡寇志》思想内容有其认识价值，并从四个方面进行了论列：（一）从小说中可看到梁山英雄们气壮山河的不屈斗争。（二）从中可以看到梁山领袖们的高贵品质。（三）可以感受到封建阶级对农民起义所怀的恐惧和仇恨。（四）可以看到起义农民用鲜血写下了多少深刻的教训。这些诠释虽仍不脱阶级斗争论的羁縻，但毕竟是向着对《荡寇志》文本理性诠释的方向迈出了勇敢的一步。另外，郭文还谈到了《荡寇志》中描写的种种新奇火器枪炮、飞弹战车，认为"使人明显地感受到作者生活的那个时代西方的'洋风'是怎样吹到东方这古老帝国来的"，也表明了一种正视《荡寇志》文本的态度。但这些言论在当时并未引起学界重视。事隔两年之后，《曲靖师专学报》1985年第1期发表了两篇有关《荡寇志》的论文，一是周颐厚、黎敏茜反驳上述郭文观点的《〈荡寇志〉认识价值之浅见》，另一是郭兴良的辩驳文章《应该怎样看文学认识价值：再谈〈荡寇志〉兼答周颐厚、黎敏茜二同志》。周、黎二人文章反驳郭文的逻辑起点仍然是《水浒传》是歌颂农民起义的，并由此得出《荡寇志》思想内容反动的结论。而且"艺术手腕"，也"都寓有一定的反动深意"。郭兴良的辩驳文章则批判了传统的"定点观察，单向思维"的惯性，指出在《荡寇志》研究中"冲破传统观念"的必要性。应该说这种争论对于引导《荡寇志》研究走向科学轨道是有益处的，但遗憾的是，这场小范围论争并没有引起学界的足够重视，凸显了80年代前期学界对《荡寇志》这部曾被定性为"反动小说"的作品还心存戒备，人们对古小说研究领域的这块"是非"之地还顾虑太深。

---

[1] 郭兴良：《一座逆作者之愿而矗立的纪念碑——谈〈荡寇志〉的思想倾向和认识价值》，《曲靖师专学报》1983年第1期。

第七章 《水浒传》影响研究

1984年欧阳健发表的《〈荡寇志〉新说》①也是一篇试图为《荡寇志》研究寻求突破的重要论文。此文提出，因为《荡寇志》所赖以产生过不良社会效果的客观环境已经发生了根本变化，"生活在现代历史环境中的读者，完全可以摆脱专在作者的动机和立意上打圈子的狭隘功利观的束缚，而从作品的直接阅读和欣赏中，去发现《荡寇志》长期被掩埋着的——或者也可以说是在新的历史条件下新获得的价值"。欧阳健提出了《荡寇志》研究应转变观念、回归文本的问题。他又从创作者的主观动机往往与其艺术实践的结果相背离的角度，论述了《荡寇志》作者主观上追求的美实际结果却变成了丑，反之亦然。他启示人们应该从文本实际出发，而不是从先入为主的意识形态偏见出发去分析作品。欧阳健最后指出，《荡寇志》"既有认识的价值，也有审美的价值"。这种评价比郭兴良的观点更向前迈进了一步。郭兴良和欧阳健的论文尽管有些观点显得偏激，但却为《荡寇志》研究步入理性、科学境界清除了障碍。另外，90年代末有的学者从近代中国文学观念的变革这个大背景出发，重新审视《荡寇志》的文学史意义。袁进《试论中国近代对文学范围认识的突破》②一文认为，中国传统文学观向来鄙视小说，但是《荡寇志》在近代所受到的礼遇，从某种程度上说标志着正统士大夫开始改变对小说的看法。这种观点虽有失偏颇，但也是对单一价值评判标准的颠覆，是从另一视角对《荡寇志》新价值的观照。

赵启安《试论〈荡寇志〉意象意境层和思想意义层的不确定性及启示》③一文借用西方接受美学派强调读者主体性的理论，对于《荡寇志》文本进行了深度解读。该文认为，对《荡寇志》的研究应该摒弃传统观念，容许更加多维的阐释空间。赵文深入论述

---

① 欧阳健：《〈荡寇志〉新说》，《上海师范大学学报》1984年第4期。
② 袁进：《试论中国近代对文学范围认识的突破》，《学术季刊：上海社会科学院学术季刊》1999年第2期。
③ 赵启安：《论〈荡寇志〉的意象意境层和思想意义层的不确定性及启示》，《临沂师专学报》1996年第5期。

了《荡寇志》文本意象意境层与思想意义层的不确定性。譬如书中塑造的正面人物陈希真、陈丽卿、刘慧娘等人都存在与封建伦理观念相悖谬之处，从这个角度来看，它应该是封建伦理说教的一种言不由衷的自我否定。尽管赵文提出的一些观点有值得商榷之处，但却为《荡寇志》文本内蕴的阐释拓就了一块自由的天地。

上述三种趋向中的第三种代表了本时期《荡寇志》研究发展的主导方向，它主张突破单极政治思维、采用多元理论角度，重点阐释《荡寇志》文本，发掘其丰富文化内涵，符合20世纪80年代以来学术研究理性的、多元的发展趋势。欧阳健文章发现的《荡寇志》作者主观追求与客观审美效果的背离，赵启安论文对《荡寇志》文本意象层与思想意义层的不确定性的揭示，都为未来《荡寇志》研究的突破积蓄了势能。从第一、第二种趋向，尤其是第一种趋向也可以看出，20世纪后二十年《荡寇志》研究仍未摆脱庸俗社会学的影响，用简单的政治价值判断代替艺术本体的分析，从而制约了《荡寇志》研究向更深层次发展。同时还应该看到，本时期《荡寇志》研究总体水平不高，尤其是文本研究还很薄弱，与本时期《水浒传》研究的全面繁荣形成强烈的反差。

统观20世纪的《荡寇志》研究，在其题旨、人物、叙事艺术、认识价值等方面取得了一些成绩，但总起来看研究水平偏低，不仅不成系统，也缺乏广度和深度，未能根本扭转学术界对《荡寇志》的歧视和忽视。以论文数量计，若去除"评《水浒》"运动期间的四篇大批判文章，整个20世纪《荡寇志》研究论文只有二十篇左右。而且后20年中有的论文不过是对前人观点的改头换面和重复。既无高质量的论文，更没有对作品及其作者生平、思想进行研究的专著。从90年代末出版的一些小说史、文学史和20世纪学术史著作看，《荡寇志》研究难以纳入史家的视野。如胡从经《中国小说史学史长编》（上海文艺出版社1998年版）未列《荡寇志》研究，一些文学史对《荡寇志》避而不谈。如果从全面研究一个作家的角度来要求，即从作者评传、作品研究、研究资料集这样一种研究系统来衡量，20世纪的《荡寇志》研究至多只能算是刚刚起步，从

第七章 《水浒传》影响研究

研究规模、质量到研究方法都有待改进和提高。

在对 20 世纪《荡寇志》研究史进行梳理与反思的同时，如何才能使《荡寇志》研究在新世纪获得突破与超越？笔者认为，可从以下几个方面着手：

第一，更新学术观念，摒弃庸俗社会学思维模式，开展多元化理论视角研究。欧阳健先生于 20 世纪 80 年代即提出，生活在现代环境中的读者，应"摆脱专在作者的动机和立意上打圈子的狭隘功利观的束缚，而从作品的直接阅读和欣赏中，去发现《荡寇志》长期被掩盖着的——或者也可以说在新的历史条件下新获得的价值。"[①] 在新的世纪，我们应充分汲取当代思想解放的成果以及西方人文学科新理论新方法，从文化学、人类学、心理学、伦理学、历史哲学等多层面对《荡寇志》进行多维理性透视，挖掘其多层文化内涵和新的时代意识。

第二，开展对《荡寇志》的叙事学研究。20 世纪在运用中国传统叙事理论解剖《荡寇志》艺术得失方面已经取得了一些进展，但总体表现出理论视野狭窄、成果肤浅的不足。借用西方叙事理论，通过对《荡寇志》叙事视角、时空、结构、话语等系统的研究，将会大大深化对《荡寇志》叙事文本的内在把握，也会进一步加深对《荡寇志》人物形象体系与文学价值的认识。

第三，深化续书现象研究。明清小说的续书一般情况下是为了发展原著而续，《荡寇志》却是为了消弭原著影响而撰。一百多年的传播史证明，《荡寇志》的影响根本无法与《水浒传》相提并论，这其中就不单纯是模仿与创新的问题了，还蕴含有作家应如何处理艺术与生活、文学与政治、创作与接受等多重复杂关系的问题，这些问题都很值得我们研究。

刘海燕《〈水浒传〉续书的叙事重构和接受批评》[②] 是一篇系统研究《水浒传》续书的力作。全文从《水浒》续书的叙事重构、

---

① 欧阳健：《〈荡寇志〉新说》，《上海师范大学学报》1984 年第 4 期。
② 刘海燕：《〈水浒传〉续书的叙事重构和接受批评》，《明清小说研究》2001 年第 4 期。

《水浒》人物形象的再创造,和《水浒》续书的接受与批评等三个方面,深入论述了《水浒》续书研究中存在的一系列重要问题。如不同的《水浒》版本决定制约了续书不同的接续方式,陈忱《水浒后传》自百回本《水浒》结尾续起,是基于作者对梁山好汉招安后处境的合理分析;青莲室主人的《后水浒传》接续百二十回本《水浒传》,作者对于梁山好汉招安结局进行了清醒反思,因此自出机杼,使小说情节、人物与原著皆无关系;俞万春《荡寇志》自金圣叹七十回本续起,与金圣叹一样对梁山好汉带有强烈的主观色彩,因此"通体不相称","而一百八人之因果,虽针锋相对,未免过露痕迹"①。

《水浒传》的续书如《水浒后传》、《荡寇志》等人物形象、情节篇章虽不乏精彩的描写,但为何其故事、人物在社会上流传不广、鲜为人知,与《水浒传》根本无法相比?清代的刘廷玑对于《水浒传》续书已有"狗尾续貂"、"狗尾不若"的斥责;30年代赵苕狂的《荡寇志考》更以《荡寇志》为例尖锐指出"事实和理想相反,续集或后传十有八九得不到好评","续集定次于正集成为普遍的一种心理"。因为"凡是一部小说的续集或后传,不论它是写得好或是写得不好,总给人家看低一着的了",这是一种习惯心理②。郑振铎先生《〈水浒传〉的续书》一文指出了《荡寇志》中的主人翁陈丽卿性格前后矛盾、陈希真是超人等问题,但没有探讨原因。80年代郑公盾《关于〈荡寇志〉》也提出这个问题,但对于原因的探讨染上太强的意识形态色彩。90年代以后,尤其进入21世纪以来,《水浒》研究视野越来越广,思想藩篱越来越少,论者对诸多问题的探讨愈益深刻。

清代的三部续书对民国时期的续书也有一定的影响,但后者却加入了更多的理性思考。续书在人物形象的塑造方面主要表现为对《水浒》原著中好汉形象的补充和发展。但是晚清和民国时期的

---

① 黄人:《小说小话》,引自朱一玄、刘毓忱编《水浒资料汇编》,百花文艺出版社1981年版,第593页。
② 赵苕狂:《荡寇志考》,《足本荡寇志》卷首,世界书局1935年版。

《水浒》续书则在书中人物的身上寄托了各自的社会理想和批判。

总之,《水浒》续书的创作,体现了不同时代文人作家对《水浒传》的不同理解和接受,并把《水浒》题材作为他们批判社会、抒写郁忿的载体。客观上证明了《水浒传》的无穷魅力和强大的艺术生命力。

第二节 《水浒后传》研究

《水浒后传》四十卷,题"古宋遗民著,雁宕山樵评"。《水浒后传》承接百回本《水浒传》而来,写宋江被朝廷鸩毒而死之后,幸存者李俊、阮小七等人不甘蔡京、童贯等人的迫害,再聚山林,重举义旗,对抗官府。后来金兵南侵,官军不能抵挡,中原陆沉,于是李俊等人又奋起抗金,勤王救国,中有燕青入金营向徽宗皇帝献青子黄柑、李俊、燕青牡蛎滩救高宗等情节。后来李俊等人看到国内难有作为,于是便如《虬髯传》的虬髯客,率众浮海而去,并于暹罗国创建王业。此书思想意蕴与艺术描写均有较高成就,因此,清代以来学界对其关注度较高。研究热点聚焦于作者陈忱生平、《水浒后传》主旨、文学价值等几个方面,以下略述之。

关于作者陈忱的研究。记载陈忱生平事迹最早且最详细的,是晚清汪曰桢所撰的《南浔镇志》。汪曰桢(1813—1881),字刚木,号谢城,浙江吴兴人,清咸丰时曾任会稽教谕,主要著作有《湖雅》、《历代长木辑要》等。汪氏《南浔镇志》卷十二云:

> 陈忱,字遐心,号雁宕山樵。其先自长兴迁浔,阅数传至忱。(《研志居琐录》)读书晦藏,以卖卜自给。(《范志》)究心经史,稗编野乘无不贯穿。(《董志》)好作诗文,乡荐绅咸推重之。惜贫老以终,诗文杂著俱散佚不传。(《琐录》)[1]

---

[1] (清)汪曰桢:《南浔镇志》,引自胡适《中国章回小说考证》,安徽教育出版社1999年版,第113页。

《研志居琐录》为范颖通撰,《董志》指乾隆五十一年董肇铠撰的《南浔镇志》,《范志》是道光二十年由范来庚续修。

对于明亡之后陈忱的主要作为,《南浔镇志》卷三十六又引沈彤《震泽县志》卷三八《杂录二·旧事二》云:

> 国初吾邑(震泽)之高蹈而能文者,相率为惊隐诗社,四方同志咸集。今见于叶桓奏诗稿与其它可考者,茗上……陈忱雁宕……诸君以故国遗民,绝意仕进,相与遁迹林泉,优游文酒;芒鞋箬笠,时往来于五湖三泖之间。①

汪曰桢在《南浔镇志》"著述门"著录陈忱作品下又注云:"按《范志》,忱又有《读史随笔》。……顺治中,秀水又有一陈忱,字用瞫……著《诚斋诗集》、《不出户庭录》、《读史随笔》、《同姓名录》诸书。"②有意指出清初两个陈忱的区别。这些记载为后人的研究工作提供了基本史料,奠定了初步的基础。由此我们可知陈忱是明末遗民,有坚定的民族气节,不仕清朝。据此也就容易理解《水浒后传》署名"古宋遗民"的命意所在,并为探讨《水浒后传》的创作动机提供了前提。

20世纪20年代,胡适、鲁迅等人曾就《水浒后传》的作者问题进行过一场热烈的讨论。主要体现于胡、鲁二人于1923年至1924年的四次往还通信,以及胡适写于1923年12月20日的《〈水浒续集两种〉序》和鲁迅写于1924年3月的《中国小说史略·后记》。讨论的主要内容:一是辨别乌程陈忱与秀水陈忱并非一人;二是对于《水浒后传》艺术水平的评价。

对于《水浒后传》作者陈忱生平的考证,胡适所依据的材料主要还是上述汪曰桢《南浔镇志》,以及俞樾《茶香室续钞》,并根据陈忱三首遗诗推断:陈忱"生于万历中叶,约当1590,死于康

---

① (清)沈彤:《震泽县志》,江苏古籍出版社1991年版,第340页。
② (清)汪曰桢:《南浔镇志》,引自胡适《中国章回小说考证》,安徽教育出版社1999年版,第114—115页。

熙初年，约当1670，年约八十岁"。鲁迅根据朱彝尊《明诗综》和《嘉兴府志》得出与胡适相同的结论。如他在《小说旧闻钞》中《水浒后传》一条下注曰："案清初浙江有两陈忱：一即雁宕山樵，字遐心，乌程人；一字用亶，秀水人，著《诚斋诗集》、《不出户庭录》、《读史随笔》、《同姓名录》诸书……近胡适做《水浒后传》序，引汪曰桢《南浔镇志》，所记雁宕山樵事迹及著作颇详。汪《志》谓道光中范来庚所修《南浔镇志》，亦云忱又有《读史随笔》，其误与《四库书目提要》正等。"①

徐扶明《〈水浒后传〉作者陈忱的爱国思想》一文，据陈忱《九歌》诗中"我生万历时"、"我今潦倒垂半百"，以及自注"壬寅（1662）初夏作"等文字，推断其生于明万历三十六年（1608）②，清康熙时还在世；郑公盾《关于陈忱和〈水浒后传〉》一文根据陈忱《东池初集叙》中有"崇祯甲戌，予年二十，潜居南浔野寺……"的记载，推算其生年当在万历四十三年（1615），③较为可信。张俊《清代小说史》中以为陈忱生于万历四十一年（1613），不知何据。但对其卒年，因材料缺乏，至今无法查明。

郑振铎《〈水浒传〉的续书》一文指出，《后传》中阮小七等人多次提及征方腊及征辽的事，却从未提起过一句"田虎、王庆"的话，可见四十回的《水浒后传》是直接于百回本《水浒传》的。④ 他的研究深入到文本内部，其结论已经得到学界普遍认同。

对陈忱作品的钩稽。对于陈忱的著述，汪曰桢《南浔镇志》卷三十：

---

① 鲁迅：《小说旧闻钞》，《鲁迅全集》（第10卷），人民文学出版社1973年版，第93—94页。
② 徐扶明：《〈水浒后传〉作者陈忱的爱国思想》，《光明日报·文学遗产》第111期，1956年7月1日。
③ 郑公盾：《关于陈忱和〈水浒后传〉》，《水浒传论文集》，宁夏人民出版社1983年版。
④ 郑振铎：《〈水浒传〉的续书》，《郑振铎文集》（第5卷），人民文学出版社1988年版，第1489页。

> 浔人所撰……弹词则有陈忱《续二十一史弹词》，曲本则有陈忱《痴世界》……演义则有……陈忱《后水浒》。[①]

汪氏《南浔镇志》"著述门"著录陈忱《雁宕杂著》（佚）、《雁宕诗集》二卷（未见）二种。可见陈忱热衷于通俗文学创作，而且成就突出，可惜他的作品除了《水浒后传》及一些诗歌存世之外，其他多已散佚。

继胡适《〈水浒续集两种〉序》中所录陈忱三首诗之后，赵景深先生于1940年所撰《〈水浒后传〉作者的诗》一文又从《明诗纪事》"辛签"卷发现陈忱诗歌二十七首，并根据其诗歌中表露的国破家亡之感，以及《水浒后传》中李俊海外做国王的故事，推测"李俊就是影射郑成功的"[②]。20世纪前期学者已经注意将陈忱及其作品研究结合起来，并联系明清易代之际的社会背景，知人论世，取得了明显进展，为后人的继续探讨奠定了较扎实的基础。

《水浒后传》主题研究。陈忱《水浒后传论略》中有一段夫子自道，后来被称为"泄愤"说：

> 《后传》为泄愤之书：愤宋江之忠义，而见鸩于奸党，故复聚余人，而救驾立功，开基创业；愤六贼之误国，而加之以流贬诛戮；愤诸贵幸之全身远害，而特表草野孤臣，重围冒险；愤宦官之嚼民饱壑，而故使其倾倒宦囊，倍偿民利；愤释道之淫奢诳诞，而有万庆寺之烧，还道村之斩也。[③]

清蔡奡（元放）《评刻水浒后传序》也认为："《水浒后传》之

---

① 引自胡适《中国章回小说考证》，安徽教育出版社1999年版，第114页。
② 赵景深：《〈水浒传〉简论》，《中国小说丛考》，齐鲁书社1980年版，第168页。
③ （清）陈忱：《水浒后传论略》，引自朱一玄、刘毓忱编《水浒传资料汇编》，南开大学出版社2002年版，第489页。

作,盖为'罡煞'二字发皇其辉光,'忠义'二字敷扬其盛美",并说作者立言之本意"有当于圣贤彰瘅劝惩之旨"。[①]这种观点显然受到李卓吾《忠义水浒传序》的影响。蔡元放《水浒后传读法》一文又从世人审美心理需要的角度,探讨《水浒后传》的成书。他说作者为《前水浒》英雄好汉"并无一个好收成结果"而扼腕不平,因而才使以李俊为首的梁山好汉到海外"另建一番功业,另受一番荣华,同归一处,以讨后半世收成结果,作美满大团圆,以大快人心"。[②]这种审美心理角度的分析在当时无疑是十分独特而深刻的。

刘廷玑对小说续书畅行现象进行了分析,其《在园杂志》卷三云:"近来辞客稗家,每见前人有书盛行于世,即袭其名,著为后书以副之,取其易行,竟成习套,有后以续前者,有后以证前者,甚有后与前绝不相类者,亦有狗尾续貂者。"他对于小说续书创作者投机心理的分析是符合实际的。但对《水浒传》两种续书:《水浒后传》和《后水浒传》,他采取褒贬不同的态度,称前者"犹不失忠君爱国之旨",而斥后者"一片邪污之谈,文辞乖谬,尚狗尾之不若也"。[③]他的评价标准当然是封建正统伦理。俞樾《茶香室续钞》卷十四《后水浒》引用沈登瀛《南浔备志》云:"陈雁宕忱,前明遗老,生平著述并佚,惟《后水浒》一书,乃游戏之作,托宋遗民刊行。"[④]则是有意淡化《水浒后传》的政治色彩。

20世纪20年代,胡适《〈水浒续集两种〉序》承接陈忱之意又进一步作了发挥,指出是书"处处都是借题发泄著者的亡国隐

[①] (清)蔡奡:《评刻水浒后传序》,引自朱一玄、刘毓忱编《水浒传资料汇编》,南开大学出版社2002年版,第496页。
[②] (清)蔡奡:《水浒后传读法》,引自朱一玄、刘毓忱编《水浒传资料汇编》,南开大学出版社2002年版,第497—507页。
[③] (清)刘廷玑:《在园杂志》卷三,引自朱一玄、刘毓忱编《水浒传资料汇编》,南开大学出版社2002年版,第507—508页。
[④] (清)俞樾:《茶香室续钞》,引自朱一玄、刘毓忱编《水浒传资料汇编》,南开大学出版社2002年版,第521页。

痛"①。朱太忙撰写于 1934 年的《评点水浒后传序》称此书"极有价值，乃爱国小说也"②。赵苕狂《后水浒传考》一文则基本照抄胡适的见解，认为此书本旨可以概括为两大主题："甲、发泄亡国的隐疼；乙、对奸臣的处分"③。联系胡、赵等人生活的二三十年代，中国正处于外有列强入侵、内有军阀混战的多难时期，他们对外敌、内奸的切齿之痛是可以理解的。

　　胡适根据陈忱晚年（康熙年间）创作《水浒后传》，以及郑成功于 1660 年占据台湾等事实，最早将二者联系起来，提出《水浒后传》中所写李俊暹罗称王故事，是暗指郑氏占领台湾，以寄托作者的复明理想。④ 鲁迅《中国小说史略》中所言"避地之意"，所指略同。这种看法，一直到 90 年代及以后，仍有人坚持。袁世硕对清初郑成功于东南沿海抗清形势进行了深入考证，并认为《水浒后传》让梁山英雄到海外建立王业，而又始终关心故国，寄托了作者"恢复明朝的理想"。因为此书写作之时，正值郑成功兴兵抗清最为激烈的时期，郑成功、张煌言等曾沿长江而上直捣金陵。事败后清廷曾兴"通海案"搜捕抗清志士，陈忱虽未参与，但其友人魏耕曾被指控为"通海案"主谋而于康熙元年（1662）被斩。因此《水浒后传》的创作显然寄托了作者避世以复明的理想。⑤ 这种观点已被学术界所普遍接受。1997 年 6 月出版的张俊《清代小说史》、2001 年发表的莎日娜《试析明清之际章回小说作家的避世心态》等对此说做了进一步阐发。

　　20 世纪 50 年代对《水浒后传》主题的评论沿袭《水浒传》主

---

① 胡适：《〈水浒续集两种〉序》，《中国章回小说考证》，安徽教育出版社 1999 年版，第 119 页。
② 朱太忙：《评点水浒后传序》，《水浒续集》卷首，上海大达图书供应社 1934 年版。
③ 赵苕狂：《后水浒传考》，《续水浒》卷首，世界书局 1936 年版。
④ 胡适：《〈水浒续集两种〉序》，《中国章回小说考证》，安徽教育出版社 1999 年版，第 117 页。
⑤ 袁世硕：《稗边琐记四则·〈水浒后传〉与清初"通海案"》，《93 中国古代小说国际研讨会论文集》，开明出版社 1996 年版。

题评价的模式，强调《水浒后传》也是描写农民起义的作品，歌颂了农民反抗封建统治和异族侵略的精神。1955年北京宝文堂书店出版的《水浒后传》卷首有一篇《出版者的话》，中有这样的话："《水浒后传》客观地反映了南宋末年社会存在的两大矛盾：一个是人民与南宋皇朝的阶级矛盾；一个是汉族人民与金朝侵略者的民族矛盾。通过这两个矛盾的错综，作品真实地表现了农民起义军顽强的反抗精神。"徐扶明写于1956年的《〈水浒后传〉作者陈忱的爱国思想》一文认为："明陈忱的《水浒后传》，是描写梁山英雄在黑暗的封建统治下再度起义，也描写了他们对野蛮的异族侵略的坚决反抗，在一定程度上歌颂了农民英雄英勇的斗争精神。"[1] 上海古典文学出版社1956年版《水浒后传》的《出版说明》又称这部小说"是清代爱国主义文学的一个组成部分"。这些评价都带有政治实用主义的倾向。

80年代以来，对于《水浒后传》主题的研究，除了"农民起义"说、"爱国主义"说之外，郑公盾又认为李俊等人在太湖与巴山蛇的斗争带有"市民斗争色彩"，书中燕青、乐和等英雄人物都是带有"市民特点的好汉"[2]。这些观点都带有意识形态语境下阶级论色彩。

对于《水浒后传》文学价值的评价。蔡元放撰写于乾隆三十五年（1770）的《水浒后传读法》是清人研究《水浒后传》最有系统、最为全面的著作。他全面论述了《水浒后传》创作的动机，思想、艺术上优于《水浒传》的特点，在各回总评中还仿金圣叹评点《水浒传》的方法，具体论述了《水浒后传》的艺术技法，如：相间成文法、犯而不犯之法、跳身书外法、明点法、暗照法、忙里偷闲法、借树开花法、烘云托月法、加一倍写法、火里生莲法、水中吐焰法、灰线草蛇法、欲擒故纵法、背面敷粉法、移花接木法等，

---

[1] 徐扶明：《〈水浒后传〉作者陈忱的爱国思想》，《光明日报·文学遗产》第111期，1956年7月1日。
[2] 郑公盾：《关于陈忱和〈水浒后传〉》，《水浒传论文集》，宁夏人民出版社1983年版，第331页。

虽然不免琐碎杂乱，而且明显照搬金圣叹的"《水浒》文法"，但也有一些真知灼见，他处处注意与《水浒传》对比来分析《水浒后传》在艺术上的创新，《水浒后传》也往往能够翻旧出新，独出机杼，如他指出，《水浒传》好汉动辄滥杀无辜，有损豪杰美德，不能令人满意，因此《水浒后传》描写人物就有意识避免这种缺陷，"本传所杀之人……俱各有应死之处……这方杀得并无遗憾，方是真豪杰举动"。这种研究方法，对后世续书研究树立了典范。在文本形式方面，他认为《水浒后传》也有胜似《水浒传》之处，"如每回有提纲二句，乃一回之眼目，亦可以证作者之笔法者也。《前传》之前七十回，用'大闹'字者凡十。不特其中事迹不尽合二字之名，亦且数见不鲜矣。"①

胡适在《〈水浒续集两种〉序》中特别赞赏《水浒后传》叙事行文带有真挚感情的特点。以为"著者抱亡国的隐痛，深恨明末的贪官污吏，故作这种借题泄愤的文章。他的感情的真挚遂不自由地提高了这部书的文学价值了。"并对《水浒后传》中燕青冒死入金营向徽宗献青子黄柑一段赞叹不已："这一大段文章，真当得'哀艳'二字的评语！古来多少历史小说，无此好文章；古来写亡国之痛的，无此好文章；古来写皇帝末路的，无此好文章！"②

对于《水浒后传》中的人物描写，民国时期的研究者讨论最多的是李俊和燕青。胡适《水浒传续集两种》以读史眼光评价《后传》中的人物，认为李俊是全书主要人物，作者对他用力甚多："《后传》第九回里写李俊'不通文墨，识见却是暗合'，这便是古人描写刘邦、石勒的方法了。"又说"《后传》的主要人物究竟还要算浪子燕青"，从全书情节描写来看，作者对燕青是十分"偏爱"的。这些评价都是很有艺术眼光的，可惜考据家胡适没有对《水浒后传》的艺术成就进行更深入的研究。鲁迅对于《水浒后

---

① （清）蔡元放：《水浒后传读法》，引自朱一玄、刘毓忱编《水浒传资料汇编》，南开大学出版社2002年版，第497—507页。

② 胡适：《〈水浒续集两种〉序》，《中国章回小说考证》，安徽教育出版社1999年版，第124—125页。

传》的文学价值颇有微词。他在1924年1月5日写给胡适的信中说："我之不赞成《水浒后传》，大约在于托古事而改变之，以浇自己的块垒这一点。"①郑振铎《〈水浒传〉的续书》对于《水浒后传》颇受诟病的大团圆结局有不同看法，他认为李俊为暹罗国王、君臣赋诗、兄弟欢会的团圆结局，并非为了弥补前书"神聚蓼儿洼"的悲剧结局，"作者之意，实不在弥补缺憾，而在怀念英雄"，自有独到之处。他对于《后传》善于创造凄清意境的艺术手法大加赞赏，他说："全书充满了凄凉之况，如深秋夕照，空山独立，凉风吹过松顶，簌簌有声。"②

50年代《水浒后传》文本研究走向深入，对于《水浒后传》的人物形象塑造、写景艺术等都有涉及。成柏泉《陈忱和〈水浒后传〉》一文认为："《后传》中对几个主要人物的描写，如阮小七、李俊、乐和、燕青等，基本上与《前传》所展示的人物性格是符合的，而作者又有了新的创造，"并称赞《后传》善于描写自然景色，如李俊眼中的太湖雪景，饮马川风景等，都表现出"作者的描写手段是不弱的"。③

70年代大陆处于"文革"动乱，《水浒后传》无复研究可言。此期港台地区学者很关注《水浒后传》取得的卓异艺术成就。张健《读〈水浒后传〉——中国的乌托邦》一文称其为"一部肇承《水浒》、扬励民族精神的《后传》"。重点把《水浒后传》与中国历史上其他几部著名文人长篇小说相比较，指出其不愧为中国历史上第一流的长篇小说。张文探讨了《水浒后传》笔法与《虬髯客传》、《三国演义》的关系，称赞其文字的洗练亦是其他章回小说难以比拟的，甚至《儒林外史》在某些方面也不如陈忱笔下的多姿多彩。比起《水浒传》来，它犹保持后者的一份粗气，而一般地说却雅驯

---

① 鲁迅：《鲁迅书话》第五辑，北京出版社1997年版。
② 郑振铎：《〈水浒传〉的续书》，《郑振铎文集》（第5卷），人民文学出版社1988年版，第149页。
③ 成柏泉：《陈忱和〈水浒后传〉》，《水浒研究论文集》，作家出版社1957年版，第374页。

得多。不仅指出其笔下人物比起《水浒传》"更见生动活泼",而且对景物的描写,对往事的回忆,都有《水浒传》所不能企及处。其主题也有超越《水浒》之处,作者结合自己亡国之痛而遐思海外另创新天地;它还比《水浒传》蕴含了若干高一境的人生观。《水浒传》的人生观不过是杀人须杀死,救人须救彻,而《后传》的人生观则是孔子式的——可以仕则仕,可以隐则隐;可以进则进,可以退则退。而且其文章善于安排,往往在一战斗的场面之后匀出篇幅来抒写一宁谧之境。并对《后传》中的燕青形象赞扬备至,称"燕青的幽默可大可小,一如他的明理和多智,他是三国的孔明,儒林的少卿,红楼的宝玉"云云。并总论道:"主题严肃而脱俗,人物鲜活而卓特,情节多变而紧密,对话生动而逼真,笔墨不冗不略,节奏刚柔互见,《水浒后传》实已具备一部伟大小说的充分条件,足以与《红楼梦》、《儒林外史》鼎足而三。"[1] 其评论注重文本分析,且视野开阔,但存在评价过高的问题。

郑公盾《关于陈忱和〈水浒后传〉》一文指出了"《后传》处处都在模仿《前传》"的特点。"但它在艺术造诣上也是有一定的创造性的",并举出阮小七的性格发展为例。同时还指出书中一些反面人物的形象也有一定的典型意义。郑文还指出《水浒后传》结局流于才子佳人小说模式的艺术缺陷。[2]

20世纪80年代以后,对《水浒后传》的研究趋向多元化。首先,重视小说续书的文学史价值,将其视为全面理解明清小说创作现象并探讨其发展规律的必不可少的方面。不少论者认为,《水浒传》的续书现象本身就直观地反映了《水浒传》对当时小说创作所发生的巨大影响。莎日娜《试析明清之际章回小说作家的避世心态》一文认为,小说续书虽不同程度表现作家逃避现实的倾向,但

---

[1] 张健:《读〈水浒后传〉——中国的乌托邦》,原载《幼狮学刊》第40卷第3期。收入幼狮月刊编委会主编《中国古典小说论集》,幼狮文化事业公司1975年版。
[2] 郑公盾:《关于陈忱和〈水浒后传〉》,《水浒传论文集》,宁夏人民出版社1983年版,第328—329页。

第七章 《水浒传》影响研究

也可促进小说作家主体意识的增强，从而提高小说文体的艺术地位。① 对小说续书现象产生的动因，有的论者不仅从社会政治角度，还引用文化心理学研究方法，从文化心理层面进行深入探究。薛泉《论明清小说续书的成因》一文重点从明清时期严酷的政治环境，以及追求大团圆的传统文化心理等方面探讨了包括《水浒后传》、《荡寇志》在内的小说续书产生的原因②。

新时期对于《水浒》续书文学价值的评价仍然意见不一。高玉海《假做真来真亦假——论〈水浒传〉两种续书的艺术缺陷》则对《水浒后传》的艺术价值给予了完全否定的评价。③

就研究方法而言，新时期有人用类型学方法，从多角度对《水浒》续书进行分类、观照，更深刻透视这种文学现象。如刘兴汉《试论中国小说史上的续书问题》从与前书立意相符和反动两个方面，把《水浒后传》归入"与前书立意基本相符"者，把《荡寇志》归入"对前书立意的反动"者。④ 王旭川《中国古代小说续书的类型与特征》则从文类特征角度将《水浒传》续书归入"依附名著"类，主要表现其社会政治观点和对农民起义的态度；从文法类角度又可归入"接续类"小说；从"立意类型"角度来看，《水浒后传》可归入"正立意类"，《荡寇志》则可归入"反立意类"。⑤ 诚然，这些归类法难免有削足适履之嫌，譬如《水浒后传》该不该视作"接续类"作品就颇值得商榷。但把《水浒传》续书纳入不同的类型体系之下进行观照，也有利于我们多角度、多侧面透视《水浒传》的文学价值。

---

① 莎日娜：《试析明清之际章回小说作家的避世心态》，《前沿》2003 年第 4 期。
② 薛泉：《论明清小说续书的成因》，《殷都学刊》2002 年第 4 期。
③ 高玉海：《假作真来真亦假——论〈水浒传〉两种续书》，《中国文学研究》2001 年第 1 期。
④ 刘兴汉：《试论中国小说史上的续书问题》，《东北师大学报》（哲学社会科学版）1987 年第 3 期。
⑤ 王旭川：《中国古代小说续书的类型与特征》，《零陵师范高等专科学校学报》2002 年第 2 期。

第三节 《后水浒传》研究

《后水浒传》有清初素政堂刊本，卷端题"新镌施耐庵先生藏本后水浒传"，次行题"青莲室主人辑"。卷首有序，末署"采虹桥上客题于天花藏"。青莲室主人真实姓名不详，或以为即作序的天花藏主人。天花藏主人其生平、籍贯、真实姓名皆不详，据研究，当生于明末，活跃于清初小说界，以创作和评论才子佳人小说而知名。现知与其有关的才子佳人小说有《人间乐》、《玉支玑》、《平山冷燕》等13种。是书版本久佚，20世纪30年代，孙楷第撰《中国通俗小说书目》时只指其名，注曰"未见"。1964年马蹄疾先生于旅大图书馆访得，1981年春风文艺出版社出版排印本，推动了此书的传播。

《后水浒传》的情节接续《水浒全传》之后。因为小说第一回即指出，水浒英雄"奉旨征服大辽，剿平河北田虎、淮西王庆、江南方腊"的事迹。小说叙写宋江、卢俊义死后分别转生为农家孪生子杨幺、王摩兄弟，吴用则托生为何能，李逵托生为马霳。由于南宋初年朝政腐败之极，加上金兵入侵，杨幺、王摩聚集何能、马霳等三十六人在洞庭湖君山聚义，劫富济贫，对抗官军。朝廷派遣岳飞前去征剿，杨幺等战败，从地道遁去，众英雄"化作黑气，凝结成团，不复出矣"。

在对《水浒传》续书的研究之中，《后水浒传》向来很少引人注意。因为它承袭《水浒传》题旨，仍然宣扬武力反抗政府，因此封建士夫避之唯恐不及，偶有所论，亦如仇视《水浒传》一样，对其思想、艺术给予全盘否定。前引刘廷玑《在园杂志》卷三的言论即是一例。

采虹桥上客对杨幺等人反抗官府行为给予高度评价，他说："如宋徽、钦二帝，无治世之才，任用奸佞，以致金人自北而南。一身尚无定位，岂有余力及于群盗？故前之梁山，后之洞庭，皆成水浒以聚不平义气。至于走险弄兵，扰乱东南半壁，则莫不正名分，指目为强梁跋扈，尽欲荡平。"并认为此书"曰妖曰魔，作者

第七章 《水浒传》影响研究

之微意见矣"。①

直到20世纪50年代，《水浒传》研究者严敦易尚以为此书已经失传。他在《水浒传的演变》中说："这部《后水浒》……以杨幺为主要的题材与人物，又被斥责为'乖谬''邪污'……这本书后无传本，也许的确是'乖谬''邪污'，不为统治方面所容，受到迫害了吧。"②

60年代，陈宽《关于〈后水浒传〉》一文对于旅大图书馆所藏《后水浒传》进行了初步研究。该文对《后水浒传》的思想倾向给予高度肯定，但对其艺术描写则基本持否定态度。文中认为，《后水浒传》的主题仍是颂扬农民起义，"但是这部小说所描写的农民起义斗争的深度、广度，尤其是艺术描写方面，都远不如《水浒传》，甚至不及陈忱《水浒后传》。"并指出这部小说带有严重的封建迷信和宿命论思想，还掺杂着不少色情描写。"全书的结构也比较松散，艺术造诣是比较差的。"③ 这种评价尺度和思维方式透射出那个时代特有的意识形态话语特征。

70年代末以来，随着《水浒传》研究的全面深入，《后水浒传》作为其续书之一种，开始被纳入研究视野。但对它的总体评价不高。

90年代，对其思想及艺术价值的重估。张俊《清代小说史》认为，《后水浒传》"把历史上宋江与杨幺两次起义用'天道循环'论联结起来，反映了农民起义前仆后继的斗争精神，构思奇妙，意味深长"④。同时对于小说中杨幺形象的描写给予肯定，以为是对于宋江形象的超越，是"对《水浒传》反抗主题的深入开掘"。着重于"反抗主题"，也是一种颇为简单化的评价方式。但又认为

---

① （清）采虹桥上客：《后水浒传序》，《后水浒传》卷首，中国经济出版社2012年版。
② 严敦易：《水浒传的演变》，人民文学出版社1959年版，第256—257页。
③ 陈宽：《关于〈水浒后传〉》，《光明日报》1964年2月4日。
④ 张俊：《清代小说史》，浙江古籍出版社1997年版，第26页。

《后水浒传》艺术上对前传模拟太多，按谱填词，缺乏创造。①

第四节 《水浒传》版画插图研究述略

中国古籍向来重视插图，图文并茂，相得益彰。明清小说更几乎是无书不图②。插图既是附着性艺术，受文本规定内容的制约，但它又不是对作品内容的简单图解，而是一种再创造，所以又具有独立的审美价值。

在古小说版画中，《水浒》插图是一个很重要的组成部分。《水浒传》众多版本中的插图风格各异、异彩纷呈，它们作为《水浒传》艺术整体的有机组成部分，曾对《水浒传》的阅读与传播起过巨大的促进作用。没有人估算过在《水浒传》传播史上插图艺术的贡献到底有多大，尤其对那些中等水平以下的读者来说，有时与其说他们喜欢小说的文字，毋宁说他们更喜欢书中的绣像插图。因此明清以来以至今日，也不断有人发表对于《水浒传》绣像插图的评论，并且出现过几次评论高潮和几种值得注意的现象。对这些评论进行回顾、反思，总结其得失，不仅对《水浒传》研究本身，而且对中国版画史、美术史研究都会大有裨益。然而在学界，无论是治《水浒传》研究史者还是治中国版画史者都很少触及这一方面，这不能不说是一种缺憾。本节拟对《水浒》插图研究历史做一简要述评，以抛砖引玉，引起学界注意，把这一问题的研究引向深入。

现知最早为宋江等人画像的可能要推南宋人高如、李嵩③，最

---

① 张俊：《清代小说史》，浙江古籍出版社1997年版，第27页。
② 参见傅扬《明代的木刻版画与〈水浒全传插图〉——中国版画的发展与明代版画艺术的成就》，影印袁无涯刻本《水浒全传插图》卷尾，人民美术出版社1955年版。
③ 对于"虽有高如李嵩辈传写"一句的理解向有分歧，有人以为"高如李嵩辈"实为一人。郑振铎《水浒传的演化》以为"高如"应作"高手"，聂绀弩《〈水浒〉是怎样写成的》以为"高如"应作"高人如"；另有人以为，"高如李嵩"之间应断开，是指的两个人，胡适《水浒传考证》、鲁迅《中国小说史略》均持第二说。今采用第二说。

第七章 《水浒传》影响研究

早为之作赞语的要算龚圣与。宋周密《癸辛杂识续集》卷上引龚圣与《宋江三十六人赞》记载："宋江事见于街谈巷语，不足采著。虽有高如、李嵩辈传写，士大夫亦不见黜，余年少时壮其人，欲存之画赞，以未见信书载事实，不敢轻为。"[1] 高、李二人都是南宋宫廷画院待诏（光宗、宁宗、理宗三朝），"传写"即今日绘画之意。龚开，字圣与，南宋遗民，善画人物，又喜题赞。可见早在宋江故事处于"街谈巷语"阶段的南宋，就已经有著名画家为他们画像、著名文人为他们题赞了。从当时"士大夫亦不见黜"的影响来看，高、李二人所画宋江三十六人像应是相当成功的。尽管这些画像已佚，且龚氏赞语只是就宋江三十六人绰号着笔，所传信息有限，但却为明清人的《水浒》插图与题赞开了先河。

明清时期对《水浒传》插图的研究，见诸文献且最值得注意的有两种现象：一是对袁无涯刻本《忠义水浒全传》的研究，二是对陈老莲《水浒叶子》的评论。

嘉靖以前的《水浒传》刻本既不可见，其有无插图也就不可知晓。明万历至崇祯是中国木刻版画的黄金时期，这一时期也恰好是《水浒传》刻本最夥、版本演变最关键的时期。所刻各本几乎都有插图，尽管数量不等、质量良莠不齐。这些争奇斗艳的插图不仅是各版本争夺读者市场的一种重要手段，而且它们本身已经形成各具特色的艺术流派。因此，插图艺术自然引起编刊者和读者的重视，所发表的对于插图的评论散见于各版本的序跋、发凡，以及文人的笔记中。

如何处理插图与情节的关系是明清人关注的一个重要问题。当时许多插图本《水浒传》都是每回一幅插图，这样虽然照顾到图与文的平衡，却牺牲了插图艺术应有的概括力。对《水浒传》颇有研究的书贾袁无涯，在其刊于万历四十二年（1614）的《忠义水浒全传》前有一篇《忠义水浒全书发凡》，其中谈到他处理插图与情

---

[1] （宋）周密：《癸辛杂识续集》卷上，引自朱一玄、刘毓忱编《水浒传资料汇编》，南开大学出版社2002年版，第19—23页。

节关系的原则,值得重视:

> 此书曲尽情状,已为写生,而复益之以绘事,不几赘乎?虽然,于琴见文,于墙见尧,几人哉?是以云台、凌烟之画,《豳风》、《流民》之图,能使观者感奋悲思,神情如对,则象固不可以已也。今别出心裁,不依旧样,或特标于目外,或叠彩于回中,但拔其尤,不以多为贵也。①

这段话不仅表达了刊刻者对于插图特有的"感奋悲思、神情如对"的艺术感染力的自觉体认,更重要的是阐明了处理插图与情节关系的原则:图不在多而在于精,在于能够摄取书中最典型、最动人的故事与场面。这种认识是极有见地的。这个版本的插图极力避免了每一回书作一幅画的老套,有的回目没有一幅图,有的回目却有两三幅图,有的一幅图能表现两个故事以上的内容,有的一个故事又用两幅以上的图来表现。这种处理方法不能不说是一种创造。

《水浒传》插图研究史上最引人注意的一个现象是对陈洪绶《水浒叶子》的评论。所谓"叶子",又称"酒牌",为古代宴饮时的娱乐用具,明清两代十分流行,其内容多取自戏曲、小说。明陆容《菽园杂记》卷十四:"斗叶子之戏……其形制一钱至九钱各一叶,一百至九百各一叶。自万贯以上,皆图人形。万万贯呼保义宋江,千万贯行者武松……"② 又,褚人获《坚瓠》癸集卷一引潘之恒《叶子谱》云:"叶子始于昆山,用《水浒》中人名为角觝戏耳。"③ 黎遂球《运掌经》云:"署之以宋江之徒者,必勇敢忠义然

---

① (明)袁无涯:《忠义水浒全书发凡》,引自马蹄疾编《水浒资料汇编》,中华书局1977年版,第12—14页。
② (明)陆容:《菽园杂记》,引自朱一玄、刘毓忱编《水浒传资料汇编》,百花文艺出版社1981年版,第499页。
③ (清)褚人获:《坚瓠》癸集,引自朱一玄、刘毓忱编《水浒传资料汇编》,百花文艺出版社1981年版,第500页。

第七章 《水浒传》影响研究

后能胜,而又非徒读书者所能知也,故署之以不知书之人。"[1] 陈老莲(1598—1652),名洪绶,字章侯,诸暨人。"家素封,豪放好饮酒……作画,染翰立就,奕奕有生气……朝鲜、兀良哈、日本、撒马儿、鸟罕思藏购莲画,重其直,海内传模为生者数千家。"[2] 陈老莲的人物画成就很高,在我国版画史上占有重要地位。其中《九歌图》、《水浒叶子》、《博古叶子》、《张深之正北西厢记秘本》、《新镌节义鸳鸯冢娇红记》等酒牌、文学插图最为著名。《水浒叶子》是老莲版画中的重要作品,以宋江以下四十人为表现对象,这种叶子在明代万历以后,特别是崇祯时最为盛行。陈老莲一生共画过四种《水浒叶子》,其中最佳的一种一直到新中国成立后在苏州一带的民间仍有翻刻。对于陈氏《水浒叶子》的研究评论自其生活的当世以至于今日都没有停止,由此可见其影响深远之一斑。

明清人对老莲《水浒叶子》的评价主要体现在两个方面:一是盛赞其画艺高超,所绘人物逼真、传神;二是指出老莲笔下《水浒》人物画像出于独创,带有强烈的个人主观色彩。明末著名散文家张岱曾与陈章侯过从甚密,他如此评价老莲的《水浒牌》:"古貌、古服、古兜鍪、古铠胄、古器械,章侯自写其所学所问已耳。而辄呼之曰宋江,曰吴用,而宋江、吴用亦无不应者,以英雄忠义之气,郁郁芊芊,积于笔墨间也。"又说:"余友陈章侯,才足掞天,笔能泣鬼。……兼之力开画苑,遂能目无古人……画《水浒》四十人,为孔嘉八口计。遂使宋江兄弟,复睹汉官威仪。"[3] 着重指出陈氏笔下的宋江等人融入了自己的人格精神。江念祖《陈章侯水浒叶子引》则盛赞陈章侯所绘《水浒》人物达到了"颊上风生"

---

[1] (明)黎遂球:《运掌经》,引自朱一玄、刘毓忱编《水浒传资料汇编》,百花文艺出版社1981年版,第500页。
[2] 见《陈老莲水浒叶子》卷首,江苏苏州人民出版社1959年版。
[3] (明)张岱:《陶庵梦忆》,上海古籍出版社2001年版,第99—100页。

之化境，收到了"令观者为之骇目损心"的艺术效果。①

清初顾苓《塔影园集》卷四《跋水浒图》则指出，老莲《水浒图》成功原因之一是他与原书作者罗贯中思想情感的相通。他说："山阴陈洪绶画《水浒图》，实崇祯之末年，有贯中之心焉。"②张岱、江念祖等人皆生于明清鼎革之际，他们对老莲《水浒叶子》的评价也融入了自己的家国之悲、身世之慨，他们也许对老莲画笔下的《水浒》式英雄皆寄予了某种希望。

到了清朝江山已趋稳固的康熙时代，画家刘源则站在卫道士立场对陈老莲作《水浒叶子》表示不解，并流露惋惜、责备之意。其《〈凌烟阁功臣图〉叙》云："独惜陈章侯精笔妙墨，不以表著忠良，而顾有取于绿林之豪客，则何为者也？"③当然这也可以从另一方面验证老莲"精墨妙笔"绘《水浒》所取得的巨大成就。

总之，明清时期文人对陈老莲《水浒叶子》的评价虽多是对其艺术成就的赞美，但笼统而简略，缺乏对于老莲画艺的理性分析，譬如对老莲人物画的构图技法、艺术风格关注很少，且不同程度地忽略了老莲《水浒叶子》与原著内容的关系。

杜堇的《水浒全图》也是明清人讨论的一个热点。杜堇，明代画家，本姓陆，后改姓杜，号柽居、古狂，江苏丹徒人，"诗文奇古，成化中举进士不第，遂绝志进取。画界画楼台最工，严整有法，人物亦白描高手，花卉并佳"。④所画《水浒全图》有图54幅，每幅2人，绘梁山一百单八将。清末刘晚荣《水浒图序》赞叹道："元罗贯中先生因《宋史》……遂演为《水浒传》，以写其胸中磊落之气。……不谓阅一沧桑，又得明杜先生堇为之补图，其技如飞卫之射，视虮子如车轮，神妙出罗传之外。……披览之下，觉

---

① 郑振铎编：《中国版画史图录》第十三册，中国书店出版社2012年版，第5—8页。
② （清）顾苓：《塔影园集》卷四，引自朱一玄、刘毓忱编《水浒传资料汇编》，南开大学出版社2002年版，第609页。
③ （清）刘源《凌烟阁功臣图》，清光绪十年（1884）上海同文书局石印本卷首。
④ （清）徐沁：《明画录》卷一，上海古籍出版社1996年版。

英风义概，奕奕如生，令人不可迫视，洵足与罗书并传矣。"① 从"足与罗书并传"的评价足可看出刘晓荣对小说插图地位的自觉肯定。

《水浒传》插图的一个重要传统是，有像有赞，相互发明，并与文本故事相互叠印，从而逐渐加深读者对故事的理解。因而有些研究者在关注图像的同时也颇为重视赞语的价值。郑振铎先生说："盖画家与木刻家固若鸟之双翼，车之双轮，相倚为用者也。"② 近人蒋瑞藻对陈老莲、杜堇二人《水浒图》的评论不仅着眼其画艺之高超，更叹其赞语之精妙。蒋氏《小说枝谈》卷上云："近见醉耕堂本《水浒传》（清初本），所有出象（按醉耕堂本名曰《出象水浒传》），均题'陈章侯画'。自宋江至徐宁，凡四十人，须眉生动，象各有赞。"并列举鲁智深、扈三娘、柴进等人的赞语，称为"均敏妙可诵"。③ 他在《缺名笔记》中评杜堇《水浒图》："杜堇所绘之象……百八人各有特殊姿态，英风义概，奕奕如生。象各有赞……"并选录关胜、鲁智深、武松等人的赞语，从不同角度进行赞美。如扈三娘赞语为："罔谈彼短，靡恃己长；天壤之间，乃有王郎。"蒋氏赞叹道："天造地设，巧不可阶。直是滑稽之雄！"④

20世纪30年代是现代意义上古代版画研究的起步阶段。主要代表人物有鲁迅、郑振铎等人。他们工作的重点是对中国古代版画资料进行搜集、整理，对中国古代版画发展史进行梳理、建构，对不同时期、不同流派、不同版画家的作品进行价值评估。从宏观上对中国木刻版画的审美价值给予评价，从理论上唤起国人对这笔民族遗产的重视。如鲁迅于序、跋、书信中发表了许多关于版画理论的精辟论述，他在《南腔北调集》中指出："书籍的插图，原意是

---

① （清）刘晓荣：《水浒图序》，（明）杜堇绘图、（清）刘晓荣编《水浒全图》，学苑出版社2000年版。
② 郑振铎：《中国版画史序》，《西谛书话》，生活·读书·新知三联书店1983年版，第492页。
③ 蒋瑞藻：《缺名笔记》，引自朱一玄、刘毓忱编《水浒传资料汇编》，百花文艺出版社1981年版，第695页。
④ 同上书，第611—612页。

在装饰书籍，增加读者的兴趣的，但那力量，能补助文字之所不及，所以也是一种宣传画。"① 郑振铎先生致力于古代版画作品的收集更是不遗余力，他编印的《中国版画史图录》于 1940 年出版，收录包括《水浒传》插图在内的古代版画作品 1700 余幅。郑先生对小说、戏曲插图尤其珍视，他在《劫中得书记》中生动记叙了自己几经周折获得陈老莲《水浒叶子》木刻原本②的那种如获珍宝、欣喜若狂的心情："诚是宗子（张岱）所谓'使宋江兄弟复睹汉官威仪'之作……细细翻阅，不忍释手……须眉毕现，目睛皆若有光射出纸面。"以五十金买回，"持书而归，喜悦无艺。胸膈不饭而饱满，陶醉若饮醴酒。求之廿载，而获之一旦，诚堪自庆也"。③ 他们虽然对包括《水浒传》在内的小说插图论述并不太多，但其在文献整理、理论倡导方面的开启之功实在很大，对五六十年代古代版画研究产生重要影响。

20 世纪五六十年代，伴随着几种插图本《水浒传》及专门的《水浒传插图》的出版，迎来了一次难得的《水浒传》版画插图研究的高潮。

1955 年陈启明为人民美术出版社出版的《水浒全传插图》所撰写的《前言》是一篇全面研究《水浒传》插图艺术的重要论文。陈先生对现存各种版本的《水浒》插图进行了认真考证，将它们分为两大类：一类是书中的插图，另一类是专门的《水浒》插图。前一类又可分为两种情况：一是根据《水浒》回目作的插图，如天都外臣序本《忠义水浒传》、万历间新安黄诚之刻本《忠义水浒传》、容与堂刻本《李卓吾先生批评忠义水浒传》、袁无涯刻本《忠义水浒全传》、崇祯间《精镌合刻三国水浒全传》、康熙间芥子园刻本

---

① 鲁迅：《鲁迅全集》（第 4 卷），人民文学出版社 2005 年版，第 458 页。
② 郑振铎于《劫中得书记新序》中曾作补正，指出《得书记》第八十六则《陈章侯水浒叶子》所说"黄肇初"刻本乃清初覆刻本，潘景郑所藏才是原刻本。但据王贵忱《记黄君蒨刻本〈水浒牌〉》（载《学术研究》2001 年第 3 期）一文考证，潘景郑藏本也是翻刻本，黄君蒨刻本才是初刻。
③ 郑振铎：《劫中得书记》，上海古籍出版社 2006 年版，第 67—69 页。

《李卓吾评忠义水浒传》，这些版本的插图除了杨定见序本是一百二十幅插图，其余都只有一百幅左右。二是依据故事发展作的图文对照，有连续性，类似于连环画。如万历间余氏双峰堂刻本《水浒志传评林》、崇祯间富沙刘兴我刊本《全像水浒志传》、雄飞馆刊本《英雄谱本水浒传》等，它们的插图数量多寡不等，多的千余幅，少的也有百余幅；第二类是一些专门的《水浒》人物插图，最突出的是杜堇、陈洪绶等人的作品。[①] 这样的宏观分类很有必要，它使我们对《水浒传》传播史上纷纭复杂的插图问题有了一个大致的、比较清晰的认识，也为后人的进一步研究打下了基础。

这一时期对于《水浒传》插图的研究一般注意到思想性和艺术性两个方面。社会学批评是普遍采用的理论方法。在评论思想性时，"人民性"是一个根本标准；在艺术分析方面，"现实主义"是经常出现的术语。如傅扬评《水浒全传插图》就认为："表现了梁山英雄人物不同的阶级出身，不同的社会地位、思想意识和精神面貌。""从表现方法上看，插图的现实主义精神和人民性是很明显的。"[②] 带有明显的社会学批评色彩。

傅扬特别关注《水浒全传插图》人物性格刻画的成功，并以宋江、吴用两人为例，认为"它创造了梁山革命领袖宋江的形象，恢宏大度，镇定深涵，俨然具有革命领袖的气质。军师吴用，机警沉着，从容稳定，不失其书生本色，但又流露出英雄气概。那种指挥若定的神情，表现出中古时期农民革命运动当中谋略家的风度"。并指出它们是从当时历史环境中若干人物的形象概括出来的、具有时代的、一般的和本质的特点。[③] 这种评价视角很明显是受到当时流行的《水浒传》"农民起义"说及文艺批评中典型理论的影响。傅扬的文章还分析了《水浒全传插图》构图艺术特点。指出插图作

[①] 陈启明：《〈水浒全传插图〉前言》，影印袁无涯刻本《水浒全传插图》卷首，人民美术出版社1955年版。

[②] 傅扬：《明代的木刻版画与〈水浒全传插图〉——中国版画的发展与明代版画艺术的成就》，影印袁无涯刻本《水浒全传插图》卷尾，人民美术出版社1955年版。

[③] 同上。

者善于利用人物动作弥补表现全景时细节刻画的不足。同时对于《水浒全传插图》的喜剧性讽刺手法、细节刻画、环境描写、画面的诗意美等方面的创新也都有论述。陈启明先生在《〈水浒全传插图〉前言》[①]中指出袁无涯刻本插图最值得注意的特点是"具有优美的民族风格",这句话也揭示了中国古代所有木刻版画最重要的一个艺术特征。

20世纪五六十年代对陈老莲《水浒叶子》的研究也出现了一次高潮,探讨的问题有所深化。

1959年7月江苏苏州人民出版社出版了《陈老莲水浒叶子》,卷首有傅抱石撰写的《陈老莲水浒叶子前言》,文中指出:"老莲这本《水浒叶子》,无论从历史上或艺术上都是非常珍贵的","苏州在中国版画艺术高度发展的明代,和新安、武林的成就相比,是独具特色的。但后来衰歇了,现在重刻这水浒叶子,是一个重要的可喜的开始"。[②] 不仅高度肯定老莲《水浒叶子》的艺术价值,还提出在新时期发展区域性版画艺术的问题。

本时期对陈老莲《水浒叶子》的研究比较侧重于其思想性方面的人民性、老莲对梁山好汉的同情。施阐《陈老莲的〈水浒叶子〉》[③]一文认为,老莲《水浒叶子》的成功除了艺术技法之外,更重要的是他对梁山英雄好汉的同情,热情歌颂他们反抗封建统治的英雄行为。关以洁《谈陈老莲的〈水浒叶子〉》一文认为,"陈画《水浒》是站在人民方面,对梁山好汉抱着很大的同情,并给以毫无保留的歌颂",并举出对刘唐的赞语"民脂民膏,我取汝曹!泰山一掷等鸿毛",认为"这是何等强烈的水浒精神!"而刀笔小吏的宋江气宇轩昂,竟有"王者"气象;李逵满脸皱纹,不是凶,不是愁,而是斗争生活的印记。一个无比诚直、憨厚、英勇的人,

---

① 陈启明:《〈水浒全传插图〉前言》,影印袁无涯刻本《水浒全传插图》卷首,人民美术出版社1955年版。
② 郑振铎:《劫中得上记》第八十六《陈章侯水浒叶子》,古典文学出版社1956年版。
③ 施阐:《陈老莲的〈水浒叶子〉》,《河北美术》1963年第9期。

一个最忠实于农民阶级的穷汉子的形象被画家真实地刻画出来。[①]

施阐《陈老莲的〈水浒叶子〉》一文对这套画作的艺术胜境着墨甚多。首先，论述了《水浒叶子》的创新精神及其与时代风尚的关系。指出陈老莲的艺术旨趣和整个艺术活动，都同当时画坛上流行的风气相对立。明代画坛自中叶开始流行一种摹古风气，至明末清初更加显著，而且模仿对象多限于山水画，尤其是元代四大家的作品。而陈老莲则翘然自异，他善于吸收前人之长，最后形成自己的风格。其人物画线法的神趣，虽与宋元人有相贯通之处，但他个人的创意和变化却是显著的。早年用线转折有情，中年以后则清圆细劲，其用笔的深厚独到是胜过前人的。人物的造型也敢于打破前人的程式，通过夸张变形来加强人的精神、性格的表现。他的作品个性非常强烈，别有一种古拙之趣，继唐寅、仇英之后成为明代人物画的大家，他的人物画对后代影响很大。其次，论述了这套人物画的独创性。认为老莲《水浒叶子》不重外部形体的细致刻画，而是突出人物的精神气质和主要特征。老莲也借助于某些特征性的细节着意表现他们的不同出身、不同的社会地位。在《水浒叶子》里有不少人物都手有所执，它们并非是可有可无之物，而是画家着意经营之处。如李俊手持钓竿，以现其艄公身份；解珍肩扛一把挂满猎物的钢叉，一望便知是一个猎户。对老莲以隐为显、善画眼睛等手法也有论述。

关以洁则探讨了陈老莲《水浒叶子》艺术格调与原著风格的内在契合，称其"所有的形象都以直硬的线条出之，一经凑刀，最合于《水浒》的刚劲的、生机勃勃的基调，给人以强有力的艺术感染"。触及老莲《水浒》人物画的内在神韵层面。关文还强调了老莲画作的主体精神。指出陈老莲画《水浒叶子》不仅是把文字描述转换成丹青形象，将文本内容视觉化，而且还将个人对现实生活的真切感受、情感融入了笔下的人物，指出"它的出色在于老莲以极大的同情和敬仰的心理描写了四十位《水浒》英雄，神形兼备地刻

[①] 关以洁：《谈陈老莲的〈水浒叶子〉》，《人民日报》1962年6月24日。

画了他们的形象和力量，这些形象都显然是从人民生活中汲取而来，并非臆想所能画得的"。

画家与刻工之间关系也是本期《水浒》版画研究的一个重点。王伯敏《中国版画史》等著作列举了大量画家与刻工密切合作的事实，论证了版画插图艺术是画家与刻工精诚团结、共同创造出来的。① 王伯敏指出，中国古代版画在构图处理上善于"经营位置"，即画面不受任何视点、时间的限制，体现出浓厚的民族特色。如刘君裕刻本《水浒全传》中的许多插图，诸如"火烧翠云楼"、"怒杀西门庆"、"承恩赐御宴"等都巧妙地经营了位置。②

这一时期，对于近代以来出版的各种《水浒传》连环画也纳入了研究视野。根据张澜青《关于古典文学作品改编连环画的问题——从〈水浒传〉连环画说起》③ 一文的统计，近代画家为《水浒传》所作连环画有80种左右。新中国成立后仅仅人民美术出版社截至1962年印发的《水浒传》连环画就达1700余万册，对于《水浒传》在新时代的传播起了重要作用。这些连环画艺术水准参差不齐，有些作品思想或艺术上存在严重缺陷。张文探讨了《水浒传》改编过程中存在的一些比较突出的问题，如缺乏再创造精神、图画庞杂臃肿而缺乏提炼等。这些见解都是很中肯的。他并提出了将《水浒传》改编成连环画的基本原则，那就是处理好图画与原著故事的关系，注意选择和提炼，做到理主线、砍丫枝，紧紧围绕故事的主要矛盾构思。这些观点见解对于绘画改编原著具有普适性意义。

从研究人员的身份来看，这一时期《水浒传》插图研究者主体力量是美术工作者，他们的艺术眼光特别敏锐，专业优势十分明显，而且他们当中不乏民间版画研究专家。但是，他们在古籍版本知识方面的缺乏也制约了他们的研究深度。

总起来看，这一时期的《水浒传》插图研究过分偏重政治、道

---

① 参见王伯敏《中国版画史》，上海人民美术出版社1961年版，第115页。
② 王伯敏：《中国版画史》，上海人民美术出版社1961年版，第77页。
③ 张澜青：《关于古典文学作品改编连环画的问题——从〈水浒传〉连环画说起》，《光明日报·文学遗产》1965年5月23日。

德价值判断，而相对忽视甚至轻视对艺术本体的关注，更注重思想内容的纯正、积极、健康，尤其强调作品的人民性、革命性，批评理论往往套用毛泽东关于批判继承古代文化遗产的原则，即吸其精华、弃其糟粕，以及历史唯物主义和阶级斗争的观念。不免带有庸俗社会学倾向，如施阑对于《水浒叶子》中武松的赞词"伸大义斩嫂头，啾啾鬼哭鸳鸯楼"，解读为"具有对统治者反抗的深刻意义"，就颇令人费解。

70年代末以来，随着学术领域思想解放的不断推进，《水浒传》版画研究也逐渐回归学术本位，趋向历史上空前繁荣的局面。突出表现为两种倾向：一是包括《水浒传》在内的小说版画资料的收集取得长足进展。80年代以来，我国陆续出版了一些古代版画集，如傅惜华《中国古典文学版画选集》（上海人民美术出版社1981年版）、郑振铎《中国古代木刻画选集》（人民美术出版社1985年版）、周芜《中国版画史图录》（上海人民美术出版社1988年版）。这些选集均收录《水浒传》版画插图，如傅惜华《中国古典文学版画选集》共收录多种版本的《水浒传》插图24幅，有些插图前附有对版本、版式、绘画者、刻者、年代的简要介绍。周芜《中国版画史图录》收录明清两代绘刻的《水浒叶子》及多种版本的《水浒传》插图。1996年1月首都图书馆编辑、线装书局出版的《古本小说版画图录》，美国斯坦福大学出版社1988年出版的Robert Hegel教授所著的《中华帝国晚期插图本小说阅读》，2010年中国书店出版的郑振铎《中国版画史图录》，都收录了许多不同年代、不同版本的《水浒传》版画插图，为学界研究提供了珍贵资料。

二是发表了许多《水浒传》版画研究的论著。仅以陈老莲《水浒叶子》为例，从中国知网检索情况看，检索项"题名"输入"陈洪绶"，自1979年至2016年年初，有结果689条；自1980年以来的博士硕士论文有74条。这些论文中几乎无一例外都涉及《水浒叶子》。1979年以来的专著出版，据不完全统计有：

《明陈老莲水浒叶子》，李一氓供稿，上海人民美术出版社

1979 年版

王璜生《陈洪绶》，吉林美术出版社 1996 年 12 月版

翁万戈《陈洪绶》，上海人民美术出版社 1997 年版

陆伟文《陈洪绶》，上海人民出版社 1998 年版

《陈洪绶隐居十六观册页》，四川美术出版社 1998 年版

《陈洪绶作品》，陕西人民美术出版社 1999 年版

陈传席《陈洪绶》，河北教育出版社 2003 年版

《陈洪绶书画集》，中国民族摄影艺术出版社 2003 年版

陈玉铭《陈玉铭说陈洪绶》，河北美术出版社 2004 年版

杨士安《陈洪绶家世》，北京出版社 2004 年版

裘沙《陈洪绶研究：时代、思想和插图创作》，人民美术出版社 2004 年版

葛焕标、骆焉名、楼长君《陈洪绶》，海潮摄影艺术出版社 2005 年版

陈传席《陈洪绶版画》，河南大学出版社 2007 年版

吴敢、王双阳《陈洪绶传》，浙江人民出版社 2008 年版

欧阳云编《董其昌与陈洪绶绘画艺术读解与赏析》，陕西人民美术出版社 2010 年版

《陈洪绶全集》（四册），天津人民出版社 2012 年版

牛志高《中国历代名画作品精选：陈洪绶》，安徽美术出版社 2014 年版

王璜生《陈洪绶》一书附有《陈洪绶年表》，并详细考定，老莲创作《水浒图卷》是在天启五年（1625），被研究者认为是确考。王贵忱《记黄君蒨刻本〈水浒牌〉》一文对《水浒牌》的版本源流做了进一步考证、辨析，提出黄君蒨刻本为原椠，黄肇初本为后出，郑振铎《中国版画史图录》所录"黄肇初刻本"是更后的翻刻本。[①] 另外，高莽《俄译本〈水

[①] 王贵忱：《记黄君蒨刻本〈水浒牌〉》，《学术研究》2001 年第 3 期。

浒传〉的插图》①一文介绍了苏联和俄罗斯于1955年、1959年、1997年三次出版的俄文版《水浒传》封面及书内插图情况，可惜作者叙述过于简略，使人难获更多信息。

明清以来，《水浒传》插图本不知凡几，它们的版刻源流，刻工情况，艺术风貌，都尚有很大的探讨空间，现代出版技术支持下的各种纸质、电子水浒画作纷纷问世，令人目不暇接，呼唤批评界及时跟进，鉴别其优劣，总结其得失，以推进《水浒传》小说研究与《水浒》版画研究的良性互动，使其不断走向深入。这是新时代赋予学术界的一项艰巨使命。

第五节 黄肇初刻本《陈章侯水浒叶子引》作者辨正及考索

一 学界对《陈章侯水浒叶子引》作者的以讹传讹

现存陈老莲《水浒叶子》四种刻本②中，潘景郑收藏本有两个显著特征：一是于朱武一页书口处刻有"黄肇初刻"四字，故被称为"黄肇初刻本"。一般认为，该本晚出于黄君倩刻本，其刻印质量也稍逊于黄君倩刻本。二是它的书前比黄君倩刻本多了一篇署名"江念祖"撰的《陈章侯水浒叶子引》。因篇幅不长，将其全文抄录如下：

说鬼怪易，说情事难；画鬼神易，画犬马难。罗贯中以方言亵语为《水浒》一传，冷眼觑世，快手传神，数百年稗官俳

---

① 高莽：《俄译本〈水浒传〉的插图》，《俄罗斯文艺》1998年第1期。
② 现存陈老莲《水浒叶子》的四种刻本：一是李一氓藏本，因其于"神武军师朱武"一页书口处刻有"徽州黄君倩刻"六字，故又称为"黄君倩刻本"。该刊本曾于1979年由上海人民美术出版社出版。该本被当代有关专家鉴定为初刻，并入选第三批《国家珍贵古籍名录》（参见李致忠《陈老莲水浒叶子初刻本的再现》，《收藏家》2012年第7期）。现藏四川省图书馆。二是潘景郑收藏本，后归郑振铎先生，并收入其主编的《中国版画史图录》。该本于朱武一页书口处刻有"黄肇初刻"四字，故又称为"黄肇初刻本"。现藏国家图书馆。三是郑振铎藏本。四是顾炳鑫藏本。后二本均无刻工名。

场都为压倒。陈章侯复以画水画火妙手，图写贯中所演四十人叶子上，额上风生，眉尖火出，一毫一发，凭意撰造，无不令观者为之骇目损心。昔东坡先生谓李龙眠作华严相，佛菩萨言之，居士画之，若出一人。章侯此叶子何以异是！①

这篇《小引》指出，《水浒叶子》倾注了老莲强烈的主体精神，是其与水浒人物声气相通、心心相印的产物，自创作方法言，是老莲"心仪其人，凝而成像"②的结果。因此，《水浒叶子》与《水浒传》正可以合为二美，并存千古而不灭。这篇精当妙绝的《引》文曾被众多《水浒叶子》研究者广泛引用。但在引用过程中，该引文的作者"江念祖"却屡屡被引为"汪念祖"，且误引的论著数量甚夥，简直有些令人触目惊心，这些论著的作者中甚至不乏美术史或陈洪绶研究的名家。兹略举数例：

裘沙《关于陈洪绶的〈水浒叶子〉》，载《新美术》1985年第4期

范银花《陈洪绶人物画创作综论》，南京师范大学硕士论文（2003届）

凌君武《追本溯源——对传统版画艺术特质的一点思考》，载《苏州教育学院学报》2005年第1期

李永华 安雪《读陈洪绶〈水浒叶子〉走笔》，载《图书与情报》2005年第1期

王永亮《明代木刻版画中的创新价值研究》，西南大学硕士论文（2008届）

吴自立《陈洪绶师古集大成论》，载《艺术探索》2009年第2期

---

① （清）江念祖：《陈章侯水浒叶子引》，郑振铎编《中国版画史图录》第十三册，中国书店出版社2012年版，第5—8页。

② 傅抱石：《陈老莲水浒叶子前言》，《陈老莲水浒叶子》卷首，苏州人民出版社1959年版。

第七章 《水浒传》影响研究

宋志坚《鲁迅与陈洪绶的版画》，载《福建艺术》2010年第1期

伍佳《陈洪绶木刻版画中的"文人画"因素》，杭州师范大学硕士论文（2012届）

更为荒唐的是，有的论著中两次引及这篇《引》，竟然前一处称其作者为"江念祖"，后一处又称为"汪念祖"，如陈潇《在正统之外——陈老莲绘画中的怪诞美学思想研究》（西南大学硕士论文，2010届,）一文第15页、第45页分别引及这篇《引》，即出现上述错误。而且这种谬误还有继续蔓延、扩散之势。因此，对这种谬误若不及时肃清，不仅有损这篇引文作者的著作权，更会削弱《水浒叶子》版本研究及影响研究的严谨性。同时，这种本不该有的疏谬与长期的延续应该引起我们对人文科学研究学风问题的反思。

二 《陈章侯水浒叶子引》作者辨正

首先，黄肇初刻本《水浒叶子》现藏国家图书馆，书前附有《陈章侯水浒叶子引》，落款赫然题"江念祖"，这是最直接的证据。郑振铎先生《中国版画史图录》第十三册收录这个刻本，书前江念祖的"引"文共四个半页，限于本文篇幅，仅录其落款页书影如下图所示[①]：

据郑振铎先生记述，他曾先后收藏过两种黄肇初刻本《水浒叶子》，一种是购自朱瑞祥，缺刘唐、秦明二页，仅存38页。曾被郑氏收入《中国版画史图录》初版（1940年5月至1941年12月，由上海良友复兴图书公司陆续出版了四函十六册，抗战胜利后又由上海出版公司补印了四册一函，一共二十册），但该刻本目前下落不明。另一种是得自潘景郑之足本，该本刻印质量优于先得者，郑氏编《中国版画史图录》再版时便以此本替换下先得之本。此本现藏于国家图书馆，极为易见。

---

① 郑振铎编：《中国版画史图录》第十三册，中国书店出版社2012年版，第8页。

313

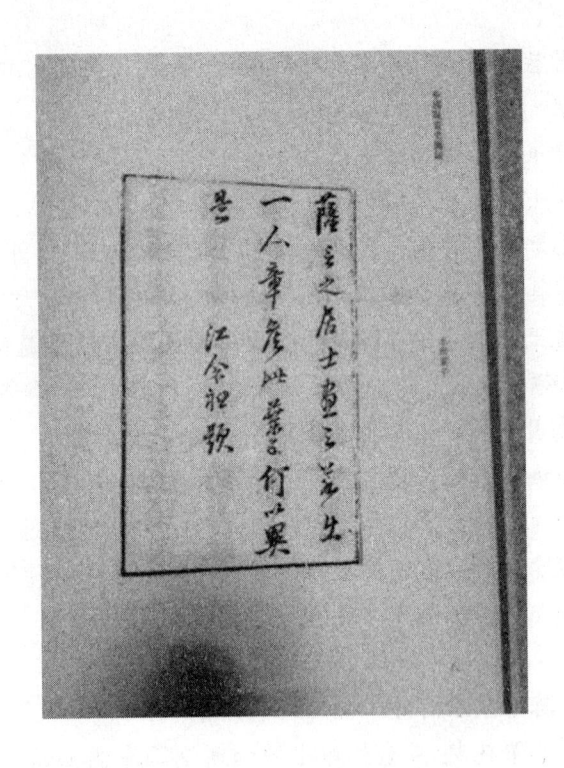

三 《陈章侯水浒叶子引》作者江念祖考证

关于陈老莲《水浒叶子》的研究成果可谓汗牛充栋，对于《陈章侯水浒叶子引》的引用也甚为广泛，但对于这篇《引》作者江念祖，却至今未见专门研究论著出现。考索江念祖，可以通过三种路径：一是清代以来画学专书及专文的介绍，二是江念祖交游圈的记录，三是江念祖同乡人的记载。以下分述之：

（一）周亮工《读画录》对江念祖的记载最为详细。《读画录》卷四有《江遥止》一篇，云：

> 江遥止处士念祖，歙人，时家虎林。字画皆极力摹古，然颇有自得之致。尝作画与予，自题云"黄子久没北苑树基，而老笔纵横，饶有荆、关遗意。今人以虞山片石画子久，以荆、关诿云林老人，未为得二家宗法。"即此可知遥止自命矣。晚

年隐金、衢间，闭门深山，罕与人接。范文白题遥止画曰："顾、陆而下，倪、黄而上，风流未坠。不特气韵高，亦缘本领大耳。"昔人欲以五百卷益赵令穰画心，便是此意。①

这段记述包含了江念祖的字、籍贯、身份、侨居之处、书画造诣、自负的个性、晚年境况以及范骧的赞语。后世有关江念祖的信息基本均不出周亮工的上述记载。如清彭蕴璨编《历代画史汇传》卷三关于江念祖的介绍，明言出自《读画录》。② 清冯金伯《国朝画识》卷四《江念祖》全抄《读画录》。③ 今人张飞莺《新安画派 风流弥远》一文于明清新安画派列有渐江（俗名江韬）、江必名、江念祖等人。④

（二）江念祖交游圈中，周亮工是一个关键人物。周亮工与陈老莲及江念祖均有直接交往。周亮工（1612—1672），字元亮，号减斋、栎园等，明末清初著名学者，明崇祯庚辰年（1640）进士，于明清二代均曾出仕，故于《清史》被列入《贰臣传》。周亮工博学多才，艺术造诣精深，著述也很宏富，诸如《赖古堂集》、《因树屋书影》、《读画录》、《赖古堂印谱》、《尺牍新钞》等。周亮工于清初江南士林交游甚广，其中包括许多画坛名流，只要细读一下其《读画录》就很清楚了，陈洪绶、江念祖均在其交游圈子之内。周亮工13岁即与陈洪绶定交，见诸记载至少晤面三次，相知甚深。有意思的是，老莲比亮工年长14岁，两人竟能成为"莫逆交"。老莲曾不止一次为亮工作画，周亮工《读画录》卷一《陈章侯》载：

家大人官暨阳时，得交章侯，数同游五泄。余时方十三

---

① （清）周亮工：《读画录》卷四，清康熙（1662—1722）烟云过眼堂刻本，第28页。
② （清）彭蕴璨编：《历代画史汇传》，清道光间（1821—1850）刻本。
③ （清）冯金伯：《国朝画识》，清道光间（1821—1850）刻本。
④ 张飞莺：《新安画派 风流弥远》，《中国书画》2011年第5期。

龄，即得以笔墨定交。辛巳，余谒选，再见于都门，同金道隐、伍铁山诸君子结诗社。章侯谬好余诗，遂成莫逆交。余方赴潍，章侯遽作《归去图》相赠，可识其旷怀矣。后十余年，再见湖上，册中所存皆在孤山小阁中为予作者。①

顺治八年（1651），亮工入闽前与老莲会于杭州定香桥畔，老莲连续挥毫十余日，为亮工作大小横直幅四十二件。周亮工《赖古堂集》卷二十二《题陈章侯画寄林铁崖》一文有详细记载。②周亮工《赖古堂尺牍新钞》卷五收有江念祖《与减斋》一件，题下注云："江念祖，字遥止，休宁人，入家武林。"正文云：

黄子久从北苑树基，而老笔纵横，饶有荆、关遗意。今人以虞山片石画子久，以荆、关谀云林老人，似未为得二家宗法也。③

上述同出周亮工之手的两条资料对江念祖的记载基本相同，但也存在些微差异。对于江念祖的籍贯，一云"歙人"，一云"休宁人"，一种可能的解释是，休宁、歙县相毗邻，于清初均属徽州府，而徽州府治所在歙县，故人们习惯以"徽州"或"歙"统指其下辖六县。当然也不能排除《尺牍新钞》记载有误的可能。所谓"虎林"、"武林"均是杭州古时的别称。

许楚《青岩集》卷五收有一首《春暮同江伯征胡介石江遥止饮公韩水阁看浮桥放灯共赋》："良晤竟如此，羁人何处愁。过溪山谷暗，十里火珠流。树鼓摇荒艇，葑萤上小楼。茗香聊夜话，殊

---

① （清）周亮工：《读画录》卷一，清康熙（1662—1722）烟云过眼堂刻本，第6页。
② （清）周亮工：《赖古堂集》卷二十二，清康熙十四年（1675）周在浚刻本，第193页。
③ （清）周亮工：《赖古堂尺牍新钞》卷五，上海书店出版社1988年版，第128页。

胜一春游。"① 诗中"羁人何处愁"一句沉痛之极。许楚（1605—1676），字方成，号小江、青岩等，江南歙县人，明诸生，少入复社，有诗名。甲申（1644）国变后，甘为遗民，沉溺山水，并寻访忠烈遗事，著有《青岩集》十二卷等。

毛先舒《东苑诗文抄》内有《初秋感怀寄江遥止》一首："凤凰山北早警秋，丛桂庭前夕露流。君自高才能慢世，予怜多病好披裘。楼船晓出黄牛峡，烽火晴高白鹭洲。拟共登临望鸿雁，长江东去正堪愁。"② 诗中"君自高才能慢世"一句点染出江遥止高才傲世之个性。末句"长江东去正堪愁"的"愁"意也蕴含深广。毛先舒（1620—1688），字稚黄，仁和（今杭州）人，明诸生，明亡后，甘为遗民。能诗文，通音韵。著有《东苑诗文抄》、《思古堂集》等。

以上许楚、毛先舒二人与江念祖的交游及酬唱，可以补充周亮工《读画录》记载的不足，有助于深化、丰富对于江念祖"处士"身份的认识。

（三）同乡人的记载。《（道光）歙县志》卷八之十二"方技·画"于清初画家下列汪中、渐江（僧弘仁）、汪家珍、吴之麟、程鸣、程义、汪鼐、吴逸、江必名、江念祖，等等。③《（民国）歙县志》卷十"人物志·方技"载："江必名，字德甫，江村人，嘉定籍诸生。为董其昌入室弟子，画入宋元人阃奥，与从弟念祖并称。念祖字遥止，钱塘籍廪生，著述甚富，作画得石田老人真诀。范文白题曰：'顾陆而下，倪黄而上，风流未坠。不特气韵高，亦缘本领大耳。晚年隐金衢间，闭门罕与人接。'"④ 同书卷十六"方技·画"亦列江念祖之名。⑤ 同书卷八十五"艺文志"著录江念祖著作

---

① （清）许楚：《青岩集》，康熙五十四年（1715）白华堂刻本。
② （清）毛先舒：《东苑诗文抄》，清康熙（1662—1722）刻《思古堂十四种书》本。
③ 《（道光）歙县志》卷八二，道光八年（1828）刊本。
④ 《（民国）歙县志》卷十，1937年铅印本，第16页。
⑤ 《（民国）歙县志》卷十六，1937年铅印本，第2796页。

五种：《玲珑庵稿》、《绿萝馆稿》、《二妙堂稿》、《南屏山草》、《平山草》。① 但未载各书具体卷数，其存佚情况亦不明朗。

今人编《歙县志》第二十七编"人物·书画类"《江念祖》条：

> 江念祖，字遥止，江村人，寄籍钱塘（杭州旧县），廪生。湛深经术，著述甚富。工画，得吴门画派宗主、明代四大画家之首沈周（号石田）真诀，且颇有自得之致。浙江海宁范骧（字文白）题赞："顾（恺之）陆（探微）而下，倪（云林）黄（公望）而上，风流未坠，不特气韵高，亦缘本领大耳。"晚年隐居金、衢山间，闭门慎修，罕与人接。②

这段文字显系抄合周亮工《读画录》和《（民国）歙县志》相关记载而来。另外，歙县人程邃跋《渐江山水册》又言及："吾乡画学正脉，以文心开辟，渐江称独步……因念遥止、天际，皆江氏一门，海内各宗，群然互出，渐公在世可谓长不没乎！"③渐江，俗姓江氏，名韬，字六奇，法名弘仁，号渐江学人，江南徽州歙县人，明末清初新安画派的领袖。天际，是江远的字，与江念祖同为歙县江村人，画学青藤。

综上，江念祖是明末清初徽州府歙县人，长期侨居杭州，为人颇有些恃才傲物。他是新安画派的画家，著述较为宏富。甲申国变后，不求仕进，所交游多为明朝遗民，晚年隐居于浙江的金华、衢州一带。就是说，江念祖身兼画家、遗民和隐士三重身份，这种身份与志趣与陈老莲存在很大程度的契合，因此，很容易对陈老莲绘《水浒叶子》产生强烈共鸣，其能写出奇文《陈章侯水浒叶子引》是很自然的事。

江念祖更为详细的生平事迹、书画创作情况还有待于更进一步

---

① 《（民国）歙县志》卷八十五，1937 年铅印本，第 2319 页。
② 歙县地方志编纂委员会编：《歙县志》，黄山书社 2010 年版，第 1127 页。
③ （清）端方：《壬寅销夏录》，稿本，第 617—618 页。

的考证，尤赖于新史料的发现。

顺便补充一下，清吴坤修《（光绪）重修安徽通志》卷二百五于徽州府"人物志·忠节"曾记载一休宁籍的"汪念祖"："汪念祖，字聿修，休宁人，郎中知府衔。尝捐金助饷，并充试卷费，独建节孝总坊，义举甚多。咸丰十年，筑卡大阜瀛，同子（员外郎衔）如冈、侄知府嘉诰，督团击贼，力竭均死，一家十九人殉难。"[①] 很显然，这个咸丰间为清廷殉难的知府官"汪念祖"，与明末清初的画家"江念祖"是风马牛不相及的。

结　语

当今学界有些人将"江念祖"误作"汪念祖"，不过因二人姓氏"江"、"汪"二字仅有笔画一"横"之差。但差之毫厘，谬以千里。这种谬误流传弥广，其贻害也就愈大，我们必须及时发现、及时纠正。至于致其然之故，良由研究者于研究过程中不看原始文献，仅靠人云亦云即盲目沿袭所造成，这实为学风浮躁之一个表征。因此，回归原始文献，做到"无一字无来处"，还是人文科学研究最基本的态度和方法。

[①] （清）吴坤修：《（光绪）重修安徽通志》卷二百五，清光绪四年（1878）刻本。

参考文献

专　著

（明）施耐庵、罗贯中：《容与堂本水浒传》，上海古籍出版社 1988 年版。

（明）施耐庵：《金圣叹批评本水浒传》，岳麓书社 2006 年版。

（明）施耐庵、罗贯中：《水浒全传》，王利器校注，河北教育出版社 2009 年版。

《水浒传会评本》，北京大学出版社 1981 年版。

（宋）罗烨：《醉翁谈录》，上海古典文学出版社 1957 年版。

（明）贾仲明：《录鬼簿续编》，中国戏曲研究院编《中国古典戏曲论著集成》第二册，中国戏剧出版社 1959 年版。

（明）高儒：《百川书志》，上海古籍出版社 2005 年版。

（明）晁瑮：《宝文堂书目》，上海古籍出版社 2005 年版。

（明）臧懋循：《元曲选》，浙江古籍出版社 1998 年版。

（明）田汝成：《西湖游览志馀》，上海古籍出版社 1998 年版。

（明）沈德符：《万历野获编》，中华书局 1959 年版。

（明）胡应麟：《少室山房笔丛》，上海书店出版社 2001 年版。

（明）李贽：《李贽文集》，社会科学文献出版社 2000 年版。

（明）郎瑛：《七修类稿》，文化艺术出版社 1998 年版。

（明）王圻：《稗史汇编》，《四库全书存目丛书》（子部第 141 册），齐鲁书社 1995 年版。

（明）王圻：《续文献通考》，《四库全书存目丛书》（子部第 185—

189册），齐鲁书社1995年版。

（明）张岱：《陶庵梦忆》，上海古籍出版社2001年版。

（清）钱曾：《虞山钱遵王藏书目录汇编》，上海古籍出版社2005年版。

（清）李渔：《闲情偶寄》，上海古籍出版社2000年版。

（清）阮元校刻：《十三经注疏》，浙江古籍出版社1998年版。

（清）俞万春：《荡寇志》，人民文学出版社1985年版。

（清）刘源：《凌烟阁功臣图》，清光绪十年（1884）上海同文书局石印本。

（清）徐沁：《明画录》，台湾明文书局1991年版。

胡适：《中国章回小说考证》，安徽教育出版社1999年版。

鲁迅：《中国小说史略》，人民文学出版社1973年版。

鲁迅：《小说旧闻钞》，《鲁迅全集》（第10卷），人民文学出版社1973年版。

鲁迅：《华盖集续编》，《鲁迅全集》（第3卷），人民文学出版社1981年版。

余嘉锡：《余嘉锡论学杂著》，中华书局1963年版。

郭箴一：《中国小说史》，商务印书馆1939年版。

李辰冬：《三国水浒与西游》，大道出版社1945年版。

郑振铎：《插图本中国文学史》，作家出版社1989年版。

郑振铎：《郑振铎文集》（第5卷），人民文学出版社1988年版。

郑振铎：《劫中得书记》，上海古籍出版社2006年版。

郑振铎：《郑振铎文集》（第6卷），人民文学出版社1998年版。

郑振铎编：《中国版画史图录》，中国书店出版社2012年版。

吴梅：《顾曲麈谈》，中国人民大学出版社2004年版。

刘大杰：《中国文学发展史》（下卷），中华书局1949年版。

叶德均：《宋元明讲唱文学》，上杂出版社1953年版。

孙楷第：《日本东京所见小说书目》，人民文学出版社1958年版。

孙楷第：《中国通俗小说书目》，人民文学出版社1982年版。

严敦易：《〈水浒传〉的演化》，北京出版社1957年版。

作家出版社编辑部编:《水浒研究论文集》,作家出版社1957年版。
刘修业:《古典小说戏曲丛考》,作家出版社1958年版。
中国科学院文学研究所编:《中国文学史》,人民文学出版社1962
　　年版。
游国恩等编:《中国文学史》,人民文学出版社1964年版。
马蹄疾:《水浒资料汇编》,中华书局1977年版。
北京大学中文系编:《中国小说史》,人民文学出版社1978年版。
聂绀弩:《中国古典小说论丛》,上海古籍出版社1981年版。
戴不凡:《小说见闻录》,浙江人民出版社1980年版。
赵景深:《中国小说丛考》,齐鲁书社1980年版。
南京大学中文系资料室编:《水浒研究资料》,1980年内部印刷。
柳存仁:《伦敦所见中国小说书目提要》,书目文献出版社1982
　　年版。
欧阳健:《水浒新议》,重庆出版社1983年版。
何心:《水浒研究》,上海古籍出版社1985年版。
刘世德:《施耐庵研究》,江苏古籍出版社1984年版。
傅惜华等编:《水浒戏曲集》,上海古籍出版社1985年版。
马蹄疾:《水浒书录》,上海古籍出版社1986年版。
王丽娜:《中国古典小说戏曲名著在国外》,学林出版社1988年版。
李法白、刘镜芙编著:《水浒语词词典》,上海辞书出版社1989
　　年版。
王晓家:《水浒琐议》,山东文艺出版社1990年版。
江苏省社科院明清小说研究中心编:《中国通俗小说总目提要》,
　　中国文联出版公司1990年版。
马成生:《水浒通论》,浙江古籍出版社1994年版。
罗尔纲:《水浒传原本和著者研究》,江苏古籍出版社1992年版。
沈伯俊编:《水浒研究论文集》,中华书局1994年版。
齐裕焜:《明代小说史》,浙江古籍出版社1997年版。
张俊:《清代小说史》,浙江古籍出版社1997年版。
徐朔方:《小说考信编》,上海古籍出版社1997年版。

郭预衡主编:《中国古代文学史》,上海古籍出版社1998年版。
任大惠主编:《水浒大观》,上海古籍出版社1998年版。
程毅中:《宋元小说研究》,江苏古籍出版社1999年版。
陈大康:《明代小说史》,上海玩呢已出版社2000年版。
黄俶成《施耐庵与〈水浒传〉》,上海人民出版社2000年版。
张燕瑾、吕薇芬主编:《明代文学研究》,北京出版社2001年版。
辛美高、黄霖主编:《明代小说面面观:明代小说国际学术研讨会论文集》,学林出版社2002年版。
侯会:《水浒源流新证》,北京华文出版社2002年版。
朱一玄、刘毓忱编:《水浒传资料汇编》,南开大学出版社2002年版。
何满子:《何满子学术论文集》,福建人民出版社2002年版。
黄霖:《中国小说研究史》,浙江古籍出版社2002年版。
杨义:《中国古典小说史论》,中国社会科学出版社2004年版。
沙先贵编:《水浒辞典》,崇文书局2006年版。
马幼垣:《水浒二论》,生活·读书·新知三联书店2007年版。
马幼垣:《水浒论衡》,生活·读书·新知三联书店2007年版。
[美]浦安迪:《中国叙事学》,北京大学出版社1996年版。
[日]高岛俊男:《水浒人物事典》,日本讲谈社1999年版。
[美]夏志清:《中国古典小说史论》,胡益民等译,江西人民出版社2001年版。

论 文

瞿式镇:《水浒传集证》,上海三民公司1930年《水浒》(70回)印本卷首。
赵苕狂:《荡寇志考》,1935年2月世界书局版《足本荡寇志》卷首。
余嘉锡:《宋江三十六人考实》,《辅仁学志》第8卷第2期,1939年12月。

茅盾：《谈〈水浒〉的人物和结构》，《文艺月报》1950年第2期。
陈中凡：《试论水浒传的著者及其创作时代》，《南京大学学报》1956年1月号。
王利器：《水浒与农民革命》，1953年5月27日、28日《光明日报》。
张政烺：《宋江考》，《历史教学》1953年1月号。
《关于本书的作者》，1953年12月人民文学出版社第二版《水浒》卷首。
陈中凡：《试论水浒传的著者及其创作时代》，《南京大学学报》1956年1月号。
周邨：《书元人所见罗贯中〈水浒传〉和王实甫〈西厢记〉——关于中国小说、戏曲史的二三事》，《江海学刊》1962年第7期。
李修生：《〈稗史汇编〉"院本"条非元人记元事》，《江海学刊》1963年第2期。
顾廷龙、沈津：《关于新发现的〈京本忠义传〉残页》，《学习与批判》1975年第12期。
柳存仁：《罗贯中讲史小说之真伪性》，《香港中文大学中国文化研究所学报》第8卷第1期（1976年12月）。
王俊年、裴效维、金宁芬：《〈水浒传〉是一部什么样的作品》，《文学评论》1978年第4期。陈辽：《关于〈水浒传〉评价中的几个问题》，《文学评论》1978年第6期。
刘冬：《施耐庵生平探考》，《中华文史论丛》1980年第4辑。
聂绀弩：《论〈水浒〉的简本与繁本》，《中华文史论丛》（总第14辑）1980年第2辑。
欧阳健、萧相恺：《〈水浒〉"为市井细民写心"说》，《群众论丛》1980年第1期。
欧阳健、萧相恺：《〈水浒传〉作者代表什么阶级的思想》，《社会科学研究》1980年第4期。
张惠仁：《〈施耐庵墓志〉的真伪问题》，《群众论丛》1981年第3期。

马幼垣：《牛津大学所藏明代简本〈水浒〉残叶书后》，《中华文史论丛》1981年第4期。

罗尔纲：《水浒真义考》，《文史》第15辑，中华书局1982年版。

卢兴基：《关于施耐庵文物史料的新发现》，《文汇报》1982年11月6日。

章培恒：《〈施耐庵墓志〉辨伪及其他》，《中华文史论丛》1982年第4辑。

张国光：《水浒祖本探考》，载《江汉论坛》1982年第1期。

范宁：《〈水浒传〉版本源流考》，《中华文史论丛》1982年第4期。

罗尔纲：《从罗贯中〈三遂平妖传〉看〈水浒传〉著者和原本问题》，《学术月刊》1984年第10期。

高明阁：《〈水浒传〉与〈宣和遗事〉》，《水浒争鸣》第1辑，长江文艺出版社1982年版。

欧阳健：《国贻堂〈施氏家簿谱〉世系考索》，《江海学刊》1982年第3期。

徐朔方：《从宋江起义到〈水浒〉成书》，《中华文史论丛》1982年第4辑。

王利器：《〈水浒全传〉是怎样纂修的？》，《文学评论》1982年第3期。

何满子：《从宋元说话家数探索〈水浒〉繁简本渊源及其作者问题》，《中华文史论丛》1982年第4辑。

章培恒：《施彦端是否施耐庵》，《复旦学报》1982年第6期。

黄霖：《宋末元初人施耐庵及"施耐庵的本"》，《复旦学报》1982年第5期。

陈洪、沈福身：《李卓吾小说创作评论》，《天津社会科学》1983年第2期。

欧阳健：《〈荡寇志〉新说》，《上海师范大学学报》1984年第4期。

马幼垣：《呼吁研究简本〈水浒〉意见书》，《水浒争鸣》第3期，长江文艺出版社 1984 年版。

马幼垣：《排座次以后〈水浒传〉的情节和人物安排》，《明报月刊》1985 年第 6 期。

马幼垣：《现存最早的简本〈水浒传〉——插增本的发现及其概况》，《中华文史论丛》1985 年第 3 期。

马幼垣：《嵌图本〈水浒传〉四种简介》，《汉学研究》1988 年第 6 期。

王利器：《〈水浒传〉的来源》，《西南师范大学学报》1987 年第 1 期。

袁世硕：《郭勋与〈水浒传〉》，《柳泉》1984 年第 4 期。

曲家源：《〈水浒〉一百单八将绰号考释》，《松辽学刊》1984 年第 1—2 期。

王利器：《水浒释名》，《社会科学研究》1985 年第 3 期。

张国光：《两截〈水浒〉之说岂能成立》，《湖北大学学报》1985 年第 3 期。

侯会：《水浒源流管窥》，《文学遗产》1985 年第 4 期。

李骞：《〈京本忠义传〉考释》，《明清小说研究》第 1 辑，中国文联出版公司 1985 年版。

侯会：《再论吴读本水浒传》，《文学遗产》1987 年第 4 期。

李庆西：《〈水浒〉主题思维方法辨略——兼说"起义说"与"市民说"》，《文学评论》1986 年第 3 期。

李思明：《通过语言比较来看〈古本水浒传〉的作者》，《文学遗产》1987 年第 5 期。

左东岭：《中国小说艺术演进的一条线索——从明代〈水浒传〉的版本演变谈起》，《郑州大学学报》（哲学社会科学版）1992 年第 2 期。

杨义：《〈水浒传〉的叙事神理》，《齐鲁学刊》1994 年第 1 期。

宁稼雨：《〈水浒传〉与中国绿林文化》，《文学遗产》1995 年第 2 期。

李树果：《〈八犬传〉与〈水浒传〉》，《日语学习与研究》1995 年第 2 期。

侯会：《鲁智深形象源流考》，《首都师范大学学报》（社会科学版）1996 年第 2 期。

陈新：《近五十年来〈水浒传〉出版情况琐忆》，《文教资料》1997 年第 3 期。

朱奕、王尔龄：《〈水浒〉人物绰号材源考论》，《天津师大学报》1997 年第 2 期。

竺青、李永祜：《〈水浒传〉祖本及"郭武定本"问题新议》，《文学遗产》1997 年第 5 期。

李鲁歌：《历史上到底有没有宋江》，《西北大学学报》（哲学社会科学版）1998 年第 3 期。

郑铁生：《论〈水浒传〉叙事结构》，《天津外国语学院学报》1998 年第 1 期。

李承贵：《20 世纪中国人文社会科学研究方法回眸与检讨》，《南昌大学学报》（人社版）1999 年第 4 期。

石昌渝：《从朴刀杆棒到子母炮——〈水浒传〉成书研究之一》，《文学遗产》1999 年第 2 期。

魏达纯：《再证〈古本水浒〉后 50 回非施耐庵所作——前 70 回后 50 回用语调查》，《中山大学学报》（社会科学版）1999 年第 3 期。

李万寿：《读"两种〈水浒〉说"与"两截〈水浒〉说"》，《古籍整理出版情况简报》2000 年第 11 期。

罗文起：《评张国光"两种〈水浒〉说"与"两截〈水浒〉说"》，《中国社会科学院研究生院学报》2001 年第 3 期。

史式：《评〈"两种《水浒》说"与"两截《水浒》说"究竟谁是谁非?〉》，《广西师范大学学报》2001 年第 3 期。

王学泰：《〈水浒传〉思想本质新论——评"农民起义说"等》，《文史哲》2004 年第 4 期。

刘天振：《陈老莲〈水浒叶子〉研究述略》，《绍兴文理学院学报》2004 年第 6 期。

刘天振:《20世纪〈水浒传〉研究方法的回顾与检讨》,《菏泽学院学报》2006年第3期。

刘天振:《〈水浒传〉"农民起义"说与〈荡寇志〉的学术命运》,《海南大学学报》(人文社会科学版)2007年第1期。

刘天振:《〈水浒传〉版画插图研究述略》,《水浒争鸣》第10辑,崇文书局2008年版。

刘天振:《〈水浒传〉"农民起义"说形成的历史根源》,《文史知识》2008年第12期。

刘天振:《20世纪以来〈水浒传〉人物绰号研究述略》,《水浒争鸣》第11辑,中央文献出版社2009年版。

刘天振:《论王圻〈稗史汇编〉之编撰及其"史稗一体"观》,《复旦学报》(社会科学版)2011年第4期。

魏文哲:《谈〈水浒传〉〈金瓶梅〉中的武松形象》,《明清小说研究》2013年第3期。

陈奇佳:《海外水浒研究撷谈》,《中国图书评论》2014年第12期。

张同胜:《〈水浒传〉的宗教记忆:白莲教的叙述与想象》,《兰州大学学报》(社会科学版)2015年第1期。

温虎林:《叙事的延伸与升华:〈水浒传〉连环画考述》,《宁夏大学学报》(人文社会科学版)2015年第4期。

后　记

即使从明朝嘉靖年间《百川书志》著录《水浒传》版本算起，《水浒传》研究也已走过将近五百年的历史，伴随学术观念的变迁，学术方法的更新，其研究视野不断得以拓展，研究内涵不断得以丰富，广泛延伸至文献研究、文本研究、传播研究、影响研究、文化研究等诸多方面。本书仅就明清以来《水浒传》研究方法的演进、文献学视域中的作者、版本、本事及成书研究、文本视角的思想意涵及叙事艺术研究、影响层面的续书现象及版画插图研究现状，进行回顾与反思，而且偏重于20世纪以来现代学术语境下《水浒传》研究历程的梳理与评论，检阅已取得的成就，反思存在的问题，展望未来努力的方向。面对深邃难测的《水浒》研究资料，本书所涉及不过如万木丛中一片叶而已，所表达的认识仅为一隅之见，故以"脞论"命题。

本书动笔始于2002年年底。书中部分内容曾以单篇论文形式在《复旦学报》（社会科学版）、《海南大学学报》（人文社会科学版）、《文史知识》、《浙江师范大学学报》（社会科学版）、《水浒争鸣》等期刊发表过，或在一些学术会议上宣读过。其中第三章第二节"简本系统研究"，我的硕士生王辉曾参与撰写。在这次出版之前又做了一些修改。但这些曾以单篇论文形式发表的部分与其他新撰部分仍可能存在些许重复、冲突之处，还请读者诸君海涵。

本书在撰写过程中，参阅过邓绍基、史铁良先生主编的《明代文学研究》（北京出版社2001年版）一书，特致谢忱。